编目（CIP）数据

：数学高峰秦九韶/颜灼灼著. —成都：
出版社，2022. 11
史名人丛书小说系列）
78-7-5411-6490-3

）算… Ⅱ. ①颜… Ⅲ. ①长篇历史小说-中国-
√. ①I247.5

版本图书馆 CIP 数据核字（2022）第 198942 号

SUAN JI JIUZHANG: SHUXUE GAOFENG QINJIUSHAO

算极九章：数学高峰秦九韶

颜灼灼　著

出 品 人　张庆宁
编辑统筹　罗月婷
责任编辑　陈雪媛
特约编辑　陈红晓
内文设计　史小燕
封面设计　魏晓舸
责任校对　蓝　海
责任印制　桑　蓉

出版发行　四川文艺出版社（成都市锦江区三色路 238 号）
网　　址　www. scwys. com
电　　话　028-86361802（发行部）　　028-86361781（编辑部）

邮购地址　成都市锦江区三色路 238 号四川文艺出版社邮购部　610023
排　　版　四川胜翔数码印务设计有限公司
印　　刷　成都紫星印务有限公司
成品尺寸　168mm×238mm　　　　　开　本　16 开
印　　张　17　　　　　　　　　　　字　数　270 千
版　　次　2022 年 11 月第一版　　　印　次　2022 年 11 月第一次印刷
书　　号　ISBN 978-7-5411-6490-3
定　　价　65. 00 元

四川历史名人（第二批）丛书
编委会名单

四川历史名人（第二批）丛书总序

——传承巴蜀文脉，让历史名人"活"起来

　　文化是民族的血脉。文化兴国运兴，文化强民族强。

　　党的十八大以来，习近平总书记以政治家的战略眼光，以唯物主义的科学态度，从中华文化的思想内涵、道德精髓、现代价值和传承理念等方面多维度、系统化地阐述了对待中华文化的根本态度和思想观点。他将中华优秀传统文化提升到"中华民族的基因""中华民族的根和魂"的崭新高度，指出"一个国家、一个民族不能没有灵魂"，要"加强对中华优秀传统文化的挖掘和阐发"，努力实现传统文化的"创造性转化、创新性发展"。

　　中华文化源远流长，积淀着中华民族最深沉的精神追求，是中华民族独特的精神标识，为中华民族生生不息、发展壮大提供了丰厚滋养。与古印度、古埃及、古巴比伦文明相较中华文明至今仍然喷涌和焕发着蓬勃的生机。四川作为中华文明的重要发源地之一，历史文化源通流畅、悠久深厚。旧石器时代，巴蜀大地便

有了巫山人和资阳人的活动，2021年公布的全国十大考古发现之一的稻城皮洛遗址，为研究早期人类迁徙提供了丰富材料。新石器时代，巴蜀创造了独特的灰陶文化、玉器文化和青铜文明。以宝墩文化为代表的古城遗址，昭示着城市文明的诞生；三星堆和金沙遗址，展示了古蜀文明的不同凡响；秦并巴蜀，开启了与中原文化的融通。汉文翁守蜀，兴学成都，蜀地人才济济，文风大盛。此后，四川具有影响力的文人学者，代不乏人。文学方面，汉司马相如、王褒、扬雄，唐陈子昂、李白、薛涛，宋苏洵、苏轼、苏辙，元虞集，明杨慎，清李调元、张问陶，现当代巴金、郭沫若等，堪称巨擘；史学方面，晋陈寿、常璩，宋范祖禹、张唐英、李焘、李心传等，名史俱传；蜀学传承，汉严遵，宋三苏、张栻、魏了翁，晚清民国刘沅、廖平、宋育仁等，统序不断，各领风骚。此外，经过一代代巴蜀人的筚路蓝缕、薪火相传，还创造了道教文化、三国文化、武术文化、川酒文化、川菜文化、川剧文化、蜀锦文化、藏羌彝民族文化等，都玄妙神奇、浩博精深。瑰丽多姿的巴蜀文化，是中华文化的重要组成部分，是四川人的根脉，是推动四川文化走向辉煌未来的重要基础。记得来路，不忘初心，我们要以"为往圣继绝学"的使命担当，担负起传承历史的使命和继往开来的重任，大力推动巴蜀文化的传承、接续与转化，让巴蜀文化的优秀基因代代相传。

"四川历史名人文化传承创新工程"是深入贯彻习近平新时代中国特色社会主义思想，践行"两个结合"，推动中华优秀传统文化创造性转化、创新性发展的生动实践。自2016年10月提出方案，2017年启动实施，推出首批十位四川历史名人，彰显了历史名人的当代价值，推动了中华优秀传统文化传承发展。2020年6月，经多个领域权威专家学者的多次评议，又推出文翁、司马相如、陈寿、常璩、陈子昂、薛涛、格萨尔王、张栻、秦九韶、李调元等十位第二批四川历史名人。这十位名人，从汉代到清代，来自政治、文学、思想、教育、科学、史学等领域，和首批历史名人一样，他们是四川历史上名人巨匠的杰出代表，在各自领域造诣很高，贡献突出：文翁化蜀兴公学，千秋播德馨；相如雄才书大赋，《汉书》称"辞宗"。陈寿会通古今写三国，并迁双固创史体；张栻融合儒道办书院，超熹迈谦新理学。薛涛通音律、善辩慧、工诗赋，女中豪杰；格萨尔王征南北、开疆土、安民生，旷世英雄。陈子昂提倡兴寄风骨，横制颓波，天下质文翕然一变；李调元钟情乡邦文献，复兴蜀学，有清学术旗鼓重振。常璩失意不愤，潜心历史、地理、人物，撰《华阳国志》，成就中国方志鼻祖；秦九韶在官偷闲，精研天文、历律、算术，著《数书九章》，站上世界数学顶峰。

"四川历史名人丛书"的编纂出版，是深入贯彻落实中央《关于加强和改进出版工作的意见》和中办、国办《关于推进新时代古籍工作的意见》精神，推动四川出版高质量发展的重大举措，是传承巴蜀文明、建设文化强省、振兴四川出版的品牌工程。其目的是深入挖掘历史名人的思想精髓，凝练时代所需的精神价值，增强川人的历史记忆，延续中华文化的巴蜀脉络，推动中华文化传承创新，为实现中华民族伟大复兴提供精神力量。

"四川历史名人丛书"的编纂出版，始终坚持正确的政治方向、出版导向、价值取向，深入挖掘名人的精神品质、道德风范，正面阐释名人著述的核心思想，借以增强川人的文化自信，激发川人了解家乡、热爱家乡、建设家乡的澎湃力量；始终坚守中华文化立场，着力传承中华文化的经典元素和优秀因子，促进人民在理想信念、价值理念、道德观念上团结一致；始终秉承辩证唯物主义和历史唯物主义观点，用客观、公正、多维的眼光去观察历史名人，还原全面、真实、立体的历史人物，塑造历史名人的优秀形象，展示四川文化的独特魅力，让历史名人文化为今天的社会发展提供精神动能。

"四川历史名人丛书"的编纂出版，注重在创新上下功夫，遵循出版规律，把握时代脉搏，用国际视野、百姓视角、现代意识、文化思维，将思想性、知识性、艺术性、可读性有机结合，找到与读者的共振点，打造有文化高度、历史厚度、现代热度的文化精品，经得起读者检验，经得起学者检验，经得起社会检验，经得起历史检验；注重在质量和水平上下功夫，立足原创、新创、精创，努力打造史实精准、思想精深、内容精彩、语言精妙、制作精美的文化精品，全面提升四川出版的知名度和美誉度，为建设文化强省、助推治蜀兴川再上新台阶提供思想引领、舆论推动、精神鼓励和文化支撑，为增强中华文化影响力贡献四川力量。

"四川历史名人丛书"编委会

2022 年 4 月 5 日

目录

第一章 小荷才露尖尖角

南宋嘉定十二年（1219），四川巴州城。秦季槱立于城楼上，他身上的衣衫被冷风吹得猎猎作响。寒气砭人肌骨，他却长时间地站立着，一动也不动。

"爹——"一名少年匆匆登上城楼，少年乃秦季槱的长子秦九良，年方十九，面容清秀，眉眼与父亲颇为相似。

"如何？"秦季槱的声音透着焦灼。

"已经动员城中百姓参与守城，所有愿效力者，即刻于城楼下集合。"秦九良答复。

秦季槱询问秦九良愿参与守城的百姓共有多少人，需迅速清点人数，投入训练以迎敌。秦九良支支吾吾："只晓得略有千人，具体是个什么数，却未曾数清。"

不多时，城楼下黑压压地站满了人。秦季槱举目望去，除了青壮年，还有须发花白的长者，他长长地叹了口气。兴元军士权兴等作乱，犯巴州，敌众我寡。身为巴州知州，他需严防死守，保住这岌岌可危的城池与城中百姓。可是不知守城百姓的具体人数，该如何分派任务？

"爹，我有办法计算人数。"秦季槱正犯难，清朗的童音传来，一名唇红齿白、资质俊秀的男童跑到了他的面前，他是秦季槱的幼子、年仅十一岁的秦九韶。他从容沉稳，显露出与年龄不相符的成熟："请您先下令，三人一队列阵。"

"难道你要从高处计数，有多少个三人一队？"秦九良摇头，"千余人，即便将三人看成一人也数不清。"

"我只需知道剩下几人没有成队即可。"秦九韶似乎有十足的把握。

秦季槱于是令城楼下的人依言照做。每三人一列，很快只剩下一人没有成列。

接着秦九韶又请父亲让百姓五人排一队。

秦九良困惑道："为何如此？"秦季槱也感疑惑，但他知幼子天赋异禀，就照做了，很快百姓以五人为一队，发现有二人未成队。

秦九韶再次要求百姓七人排一队，这回秦九良面露不满之色："小弟莫不是在开玩笑？"

秦季槱亦微怒："生死关头，岂可儿戏！"

秦九韶却镇定以对："此乃最后一次，请你们相信我。"

城楼下众人七人一队，即罢。秦九韶只对着最后一排掠了一眼，见三人为余，便高声道："共有一千一百〇二人。"

秦九良怔了怔，问道："那队形变换如此之快，我瞧着眼花缭乱，你是如何得出确切人数的？"

"《孙子算经》中有一道题：今有物不知其数，三三数之剩二，五五数之剩三，七七数之剩二，问物几何？答曰：二十三。我的方法便是从那儿得来。"秦九韶解释，"我让百姓以三人、五人、七人分别列队，便是希望人数与三、五、七之倍数有关。当三人一队余一时，需要寻找一个符合条件的数，以三除之余一，但又是五、七之倍数，如此七十便符合。"

他接着缓缓道来："当五人一队余二时，以五除之余一，但又是三、七之倍数，二十一符合——"

不待秦九韶说完，秦九良像是揪住他的差错一样打岔："五人一队的结果是余二，你怎的说是'以五除之余一'？"

秦九韶朗声道："二十一这个数乘余数二后，不就都满足了吗？"

秦九良略作思索，恍然悟到：先找到以五除之余一，且是三、七倍数的二十一，再乘原本真正的余数二，这样便能保证余数不变了。他流露出惭愧的神情，放下身段，折服道："我明白了，你让七人排一队，是要找出'以七除之余一，但又是三、五之倍数'的那个数……"他一拍脑袋，"是十五！再以十五乘原余数三即可。"

但惊喜过后，秦九良欲言又止，似乎谜题即将揭晓，但揭晓的那一刻又令他陷入了更深的困惑。

秦九韶明白兄长所思，接着解释道："我知兄长困惑，若人数只有百来人，那最终这个数便是七十，加之二十一乘二，再加之十五乘三，也不过一百五十七人。但兄长说略有千人，那必定要将此数加大，而加大的那个数，要以三、五、七共同除之，又不能再有别的余数，如此，这个数必是三、五、七相乘之数倍多。"

秦九良这下彻底明白了："三、五、七相乘为一百〇五，也就是说，一百〇五的数倍，再加上有余数的一百五十七人，达到了一千人数后便是精确的人数。"

秦九韶点了点头："不错，一百五十七，加之一百〇五乘九，总数便是一千一百〇二人。"

"小弟聪慧过人，为兄自叹不如。"秦九良由衷道。

秦九韶却有些沮丧地摇了摇头："我只懂用算术点兵，却不懂以算术退敌。我翻遍了《孙子算经》，也找不到可借鉴之法，无法为爹爹排忧解难。"

秦九良将一只手轻搭在他的肩上，动作满含鼓励和期待："以你的聪明才智，只需多加学习历练，将来定能自创算法，不光为爹爹排忧解难，还可为国为民效力。"

秦九韶眼神坚定地望着兄长，重重点了点头。

这是秦九韶与兄长的最后一次对话。那之后，秦季槱带着秦九良引兵三战叛军，城内百姓亦誓死守城，却终究难逃兵败城破的命运，秦九良战死沙场。叛军进城后烧杀抢掠，百姓逃亡途中，最疼爱秦九韶的祖母和秦九良的新婚妻子惨遭杀戮身亡。很长一段时间，秦九韶频频为梦魇所折磨，梦中的巴州城内火光冲天、尸殍遍地，妇幼哭喊呼救。祖母、兄长和嫂子躺在地上，浑身是血，奄奄一息，他匍匐前行，拼尽全身气力向他们靠近。一柄长刀当头劈下，眼前人头落地，鲜血喷涌……他惊叫着从梦中醒来，额汗涔涔，在黑暗中拥被而坐，满腔惨痛无从排遣。

嘉定十五年（1222），临安城外吴山脚下。北风卷地白草折，雪片如鹅毛、似棉絮从天际漫舞而下，万物皆晶莹。一名少年独立于雪中，那少年便是秦九韶，十四岁的他，已长成玉面剑眉、俏目隆鼻的翩翩美少年。人称"隐君子"的陈元靓结庐于此，秦九韶慕名而来，叩门却无人应答，他只得在小宅院外等候。天色渐暗，风、雪愈来愈大，朔风劲扑，大雪纷飞下，他身上的斗篷、风帽已全为落雪掩去，变成一片粉白。地上的积雪越来越厚，人也逐渐陷于积雪之中，但他仍不愿离开，唯有搓着手跺着脚，勉强抵御寒冷的侵袭。

　　一阵"嘚嘚"的蹄声从远处传来，打破了山野的沉寂，夹带着"隆隆"的车轮滚动声。一辆缓缓驶来的驴车上，坐着个二十来岁光景的男子，他身穿蓝绸子棉袍，披着白色的棉披风，清雅俊逸。车子到了秦九韶跟前，男子跳下车来，他有些诧异地望着变成了"雪人"的秦九韶。

　　"先生可是'隐君子'陈元靓?"秦九韶当先询问。

　　"正是。"男子答道。

　　秦九韶当即拜倒在地，口中高呼："听闻先生精通算术，恳请先生收在下为学生!"

　　陈元靓先是为这举动吃了一惊，继而上前将他扶起道："外头风雪大，有什么话，进屋说。"

　　他领着秦九韶进了那宅院，两人抖落身上的积雪，在书斋内的交椅落座。秦九韶环顾四周，墙角有一个方形的大书柜，柜门对开，内部有分格，装满字画卷轴和各种书籍，桌案上摆放着笔墨纸砚等文房用具，桌案后有一扇屏风，以山水画装饰，好一间雅室。

　　陈元靓亲手煮汤点茶，请秦九韶品茗。茶汤清淡，宛若碧玉，秦九韶啜饮一口，赞道："香如幽兰，甘醇可口。今日有幸得见先生，文人雅士之风实令人钦慕。"

　　陈元靓面露微笑："你从何而来，为何要学习算术?"

　　"在下名秦九韶，字道古，普州人士。家父乃工部郎中秦季槱。"秦九韶自报家门。当年巴州城破，亲人丧命，秦季槱带着幸存的妻子与幼子辗转抵达都城临安，后被任命为工部郎中。"区区不才，自幼蒙祖母垂爱，聘请普州很有学问的先生汝佾，为在下授业，训导德行。后随祖母、母亲北上巴州，与知军州事的父亲及兄长团聚。临行前，汝先生赠予在下其收藏的《孙子算经》。在下痴迷其中，但惭愧的是，虽通读《孙子算经》，却只懂用算术点兵，而不懂如何以算术备战抗敌。"

"你想以算术备战抗敌？"陈元靓略微讶然，暗暗打量秦九韶，这通体俊雅书生的气质，全然不似能行军作战之人，"先说说，你是如何用算术点兵的。"

秦九韶于是将当年巴州的战乱，以及他如何清点守城百姓人数，细细向陈元靓道来。回忆伤痛的往事，仿若心口的伤疤再次被揭开，鲜血淋漓，亲人惨遭杀戮的惨痛，令他再度悲愤难当，眼眶泛红。

陈元靓了然叹气："我有所耳闻，当年权兴等作乱犯多城，劫财杀戮，百姓遭殃。后来幸得朝廷增派援军，平定了叛乱。令兄英勇杀敌，战死沙场，可敬可佩。"

"在下一直牢记兄长的鼓励之语，但在下愚陋，需高人指点。自创算法，为时尚早。如能先习得可供借鉴的备战抗敌算法，将来再遇战事，便可派上用场，为国效力。"秦九韶言辞恳切，"先生美名远播，与家父往来的许多名人学士，皆夸先生博览群书，学识渊博，尤其精研算术。望先生成全在下的心愿！"

陈元靓微微摇头，秦九韶以为他拒绝，脸色瞬间发白。但陈元靓只是说道："你倒懂用算术点兵，那算法来自《孙子算经》中的'物不知数'题。我且问你，你在巴州计算守城百姓的具体人数时，让百姓以三人、五人、七人分别列队，人数与三、五、七之倍数有关，最终算出总人数为一千一百〇二人。但假如当时愿参与守城的百姓并非略有千人，而是在十万人以上，你能用同样的算法计算出确切人数吗？"

秦九韶微微一怔，随即明白过来："十万人，人数太多，倍数太大，用同样的算法，行不通。"

"可有其他可行之解法？"陈元靓又问道。

秦九韶赧然："并无解法，还请先生指点。"

"我亦无解。数学博大精深，即便是有极度高超智慧的前人，也只能参透其中的些许奥妙。我虽研读过不少算术著作，但自认只能汲取成果，无法超越。"陈元靓坦然道，"你将来能否超越，要看个人造化。算术和道，其实是一体的，

《道德经》有云：道生一，一生二，二生三，三生万物。万物皆由道生，而世间万物皆与算术相关。虽如今许多士大夫轻视算术，称之为'九九贱技'，但早在周朝，算术便属于六艺，为礼、乐、射、御、书、数之一。你要利用算术为国效力，可以做的，远不止备战抗敌。学算术，最根本的目的是应用，国计民生，包纳广泛。你需多方涉猎，倘能触类旁通，则天下之能事毕矣。"

陈元靓说罢，抬手指了指那方形的大书柜："我这书柜中，除了《孙子算经》，还有《周髀算经》《九章算术》《五曹算经》《缉古算经》等历朝历代的算术著作，其中《九章算术》是最重要的一部，系统总结了战国、秦、汉时期的数学成就。共包含了二百四十六道应用问题及其解法，涉及秦、汉之前社会的政治、经济、科学、技术等，算术内容极其广泛，且与实际生活密切相关。你若有兴趣，这部书便借予你。日后可经常到我这儿来，遇到不明白的，我们共同探讨。"

秦九韶霍然起身，神色显得十分激动："如此说来，先生是答应收在下为学生了？"

陈元靓含笑道："收学生谈不上，我尚不够资格，只能是稍加指点。"

秦九韶"扑通"一声跪倒在地："老师在上，请受学生一拜！"他重重磕头。

陈元靓倒也不再推却老师之名，说了几句鼓励的话，便留秦九韶在此住宿。

书斋的屏风后有一张卧榻，虽已至深夜，秦九韶仍迫不及待地从书柜中取出《九章算术》，靠在卧榻上翻阅。榻前的火盆里烧着木炭，外头风雪交加，室内却是暖融融的。不知过了多久，盆里的火渐渐小了，他添加了木炭，又执火箸夹拨着盆内的木炭，让火烧得更旺一些。火光摇曳间，他的思绪飘回了童年的普州。

普州城天庆观街的秦苑斋是秦家宅院，也是秦九韶出生长大的地方，他在那里度过了一段快乐的童年时光。秦家乃官宦之家，秦九韶的祖父和父亲均进士及第，祖母和母亲则同为书香门第的大家闺秀。秦九韶自幼聪明好学，在祖母和母亲的教化下，三岁便显露天赋，能识字算数，诵读诗词。启蒙先生汝佾博学多才，还通晓算学、历法，更是令他受益匪浅。

嘉定八年（1215），秦九韶七岁。某日，汝侑带他前往普州城南云居山拜谒陈抟墓。陈抟为五代宋初著名道教学者，著有《易龙图》，是其算术代表作。通算学、历法的汝侑此前曾将《易龙图》中的算术、符号等，运用简单易懂的方法为秦九韶讲解。秦九韶听后，对算学、历法产生了浓厚的兴趣。汝侑还告诉秦九韶，陈抟天资聪明，且勤奋努力，读经史百家之言，过目成诵，无一遗忘，颇以诗名。十五岁便通晓道教玄理，能诗善文，才华横溢。这让秦九韶对陈抟愈发崇敬，主动提出要拜谒陈抟墓。

陈抟墓的两侧有一副对联："先生不必仍长睡，天下于今永太平"。当时秦九韶询问汝侑这副对联的含义，汝侑道，相传陈抟以睡悟道，睡功了得，在道家修炼上造诣高深，曾作一首《睡歌》献于宋太宗，大意是不必对日常琐事斤斤计较，更不应钩心斗角，如此便可宽心，延年益寿。因此陈抟去世后，人们刻上了这副对联，寓意陈抟不必继续长睡了，大宋王朝已不再受战乱之苦，民生富庶，百姓安居乐业。

汝侑说完这些，深深叹了口气："民生富庶，安居乐业，那都是从前的光景了。陈抟是在华山去世的，如今华山已被金人占领了。"

"为何不把华山从金人手中夺回来？"秦九韶天真地问。

汝侑唯有苦笑以对。

当时年幼的秦九韶对于靖康之耻尚懵懵懂懂，逐渐成长后，他对国难之殇有了深切的了解。尤其来到临安之后，与父亲交好的名人学士，皆主张抗金，一片报国之心。耳濡目染之下，他亦胸怀壮志，以岳飞的《满江红》自勉，"莫等闲、白了少年头，空悲切""待从头、收拾旧山河，朝天阙"。

秦九韶有些昏昏欲睡了，思绪却仍荡漾着。陈抟通晓道教玄理，著有算术之作。陈元靓认为，算术和道是一体的。道生一，一生二，二生三，三生万物……他默念着，意识逐渐模糊，就这样和衣进入了梦乡。

不知过了多久，秦九韶突然惊醒，床头的烛火已经燃尽，只有炭盆中明明灭灭的火星在黑暗中闪烁。他不知道是什么时辰，侧耳倾听，四周一片寂静，只有风雪扑打窗棂的簌簌响声和木炭燃烧发出的哔剥声。他动了动，被身旁的书硌了一下，猛然想起睡前正在阅读《九章算术》，立即跳下床，重新燃起烛火，继续翻阅。

他完全沉浸其中，直至敲门声响起，才被打断了思绪。打开门，外面天色已亮，陈元靓立在门口，正准备询问秦九韶昨晚睡得好吗，低头瞥见他手中的《九章算术》，又改了口："莫非你通宵苦读？"

"睡了一阵子。"秦九韶迫不及待地说了他的心得，"我粗略地看了一点内容，此书体例独特、内容瑰富，但每道题目的解法只用难懂的语言文字叙述，没有图解，也没有算术符号，学习难度较大。"

陈元靓点头道："不同的朝代都有语言文字的变化，古文字本就难懂，用于叙述算法，更令人费解。幸有魏晋时期著名算学家刘徽为这部《九章算术》作了注释，你学习时要配合他的注释，还要参考其他算经，这样便可扫清障碍。"

"多谢老师指点。"秦九韶感激道，"学生定当竭尽全力！"

一连下了几天雪，道路结冰，出行不便，秦九韶便在陈元靓的宅院住了下来。《九章算术》分为九章，依次为方田、粟米、衰分、少广、商功、均输、盈不足、方程、勾股。他如饥似渴地阅读，从第一卷第一章开始，潜心思考，每一道题都进行记录、推理、演算，不明白的，就一遍又一遍或读或演算，直至明白解题思路和技巧。实在不懂的便记下来，向陈元靓请教。而陈元靓读书写作、抚琴弄箫、煮雪烹茶、造饭。二人的隐逸日子过得安闲而自在。

终于放晴了，冰雪消融，趁着阳光明媚，陈元靓带秦九韶上了吴山。吴山山势不高，但绵亘起伏，登高凌空，可尽览临安江、山、湖、城之胜。崎岖的小道在群山幽谷间蜿蜒，二人一路攀爬，觉得疲累了，便在路边找了个可以歇脚的地方。

秦九韶歇息时也不忘从怀中掏出一卷《九章算术》，陈元靓见他如此惜时勤奋，流露出赞许的目光。

秦九韶琢磨着其中一道题目的解题方法，一边来回踱步，他太过专注，丝毫未察觉到自己正逐步向山崖边靠近。陈元靓也沉醉于秀丽山色之间，待到他意识到秦九韶有危险，开口欲提醒，已经晚了。几乎在同一时间，秦九韶无意中跨上崖边的一根横木，竟一脚踏空，整个身子随即翻倒了下去。他本能地伸手想抓住点什么，却什么都没有抓到，整个人随即以惊人的速度滚下山崖。他脑子里已无意识，连恐怖的感觉都没有，只能听天由命地一路翻滚。即便在这种情况下，他还不忘护住那一卷《九章算术》，紧紧贴在胸前。

蓦然间，他好像被什么东西卡住了，张开眼，发现自己被树枝挂住，低头往下望去，下方山涧，激流如万马奔泻，有数块巨石耸立其间。一旦树枝断裂坠落，后果不堪设想。他受了伤，浑身疼痛，已近乎虚脱，闭上眼睛，再也无力思考，就这样悬在半空，意识逐渐模糊。在失去知觉之前，他似乎听到了女子清脆悦耳的笑声，如银铃的撞击，一串串随风飘来，柔美如歌……

"韶儿……"有个温柔的声音在呼唤，是母亲，她略带责备，"韶儿，你离家多日，娘对你甚是牵挂，在外不比家中，无人照顾你，还是早些回来吧。"

"娘，我已经长大了，能照顾好自己，别老担心着我。"秦九韶理直气壮。

母亲叹了口气："你这孩子，自从你哥哥去了之后，娘就只剩下你了，不担心你，还能担心谁呢。"

秦九韶突然扑进母亲怀里，把面颊藏在她的衣裙里，抽泣着哭喊："娘……对不起……我不该让娘担心……"

秦九韶哭着醒过来了，他睁开眼，一时间有些迷糊，不知自己身处何处。眼见有张面孔，却不是娘，而是一个少女。他揉揉眼睛，少女看着十二三岁的年纪，肤白如玉，十分娇美可人。

"我不是你娘。"少女俏皮地一笑，跑了出去。

秦九韶环顾四周，这是一个陈设简陋却不乏雅趣的房间，墙角栽种了数枝蜡梅，满室幽香，旁边天然的石头摆成石桌石凳。他躺在一张小木床上，想起身，却使不上力，一动就钻心地痛，似乎浑身哪儿都痛。

少女很快又进屋来了，身后跟着个面相敦厚的男子。

"爹，他刚才在梦中哭着喊娘。"少女咯咯笑了起来，梨涡清浅，明媚动人，"都这么大了还喊娘，羞也不羞。"

"漪儿，不得无礼。"男子责备。

秦九韶想起昏迷前听到的银铃般的笑声，问道："是你们救了我？我那时似乎听到了你的笑声。"

"我和爹爹上山采草药，见你被挂在树枝上，爹爹冒险攀岩爬树，费了好大的功夫才将你救了下来，带到家中疗伤。"少女答道，"还不快叩谢我爹爹。"

"漪儿!"男子制止，他温和地望着秦九韶，"你的腰部挫伤，右腿和右臂也扭伤了，需要些时日才能恢复，身上还有其他的刮擦伤痕，虽无大碍，但行动不便。如不嫌弃，就先在这儿住下养伤。"

"多谢大叔救命之恩。"秦九韶感激不尽，"能否烦劳大叔，到附近陈元靓先生的住处，代我向他报个平安?"他寻思着眼下浑身是伤，回家不便，且会徒增母亲的忧虑，倒不如在这儿安心养伤。但需得尽快向陈元靓报平安，不知陈元靓是否见到他跌落山崖，是否在到处寻找他?

"你说的，可是'隐君子'陈元靓?"少女插话问道。

"正是。"秦九韶有些好奇，"你知道他?"

"我爹爹给他看过病，我还曾跟随他习琴。"少女答道，"我替你去跑一趟便是。"

"糟了!"秦九韶猛然想起，"我的书!"坠崖时被他护在怀里的《九章算术》，此时已不知去向。

"你说的是这个吧。"少女从怀中掏出一卷书，"你昏迷的时候还死死拽着，我翻了翻，如看天书，你怎的这般宝贝?"

秦九韶大大松了口气："这可是算经之首，战国、秦、汉时期的算学成就都在里面。我从陈元靓先生那儿借来的，万一弄丢了，真是天大的罪过了。"

少女抿嘴一笑："我不懂什么算学成就，不过你这么说，一定有你的道理。你好好休息，我现在就去找隐君子。"

秦九韶连连道谢。少女走后，秦九韶从男子口中得知，这里是吴山脚下的吴家村，与陈元靓的住处相隔不远。男子名叫殷鲁，是一名悬壶济世的郎中，少女是他的女儿殷清漪，比秦九韶小一岁，正值豆蔻年华。

晌午时分，殷清漪回来了，还带来了陈元靓。一见陈元靓，秦九韶欣喜异常，不顾自己浑身伤痛，开口便向他求教，坠崖前参不透的那道难题，解法究竟是如何得来的。

殷鲁笑道："这孩子如此好学，定是可造之才。"

陈元靓颔首微笑。

后来父女二人出去准备午膳，留下陈元靓和秦九韶单独探讨。到了厨房，殷清漪道："爹，方才我和隐君子回来的路上，遇见了几个金人打扮的男子，还有个宋人模样的人和他们在一起。其中一个金人像是带头的，直盯着我看，还跟旁边的宋人不知说了什么，那宋人也看了我一眼，两人都十分邪气。"

殷鲁皱起眉头："漪儿，以后还是不要一个人出门了。朝廷投降派当道，局势难料。天子脚下，也不太平啊。"

殷清漪乖巧地点了点头。

陈元靓和秦九韶仍在探讨中，殷清漪端着烧好的饭菜进屋，搁在石桌上，招呼陈元靓过去用膳。又端起其中一碗饭，夹了些菜放碗里，端到秦九韶面前，笑吟吟地说道："你的手受伤不方便，我喂你吃。"

秦九韶此时满脑子都是解题算法，有些神不守舍，殷清漪用调羹挖了一勺饭菜送到他嘴边，他竟一口咬住那调羹不松口。

"你这人怎么回事嘛！"殷清漪莫名其妙。

秦九韶怔怔地望着殷清漪，依然维持着刚才的姿势。

"喂——喂——"殷清漪连唤了两声，又伸手用力拽了拽那调羹，秦九韶这才回过神来，松了口。殷清漪还在用力，调羹猛一晃，里面的饭菜洒到了自己身上。

"对不起啊。"秦九韶忙道歉。

一旁陈元靓摇头笑道："道古研究算术题时总是这般模样，若非如此专注，也不会失足跌落山崖。"

"原来……"殷清漪稍事整理衣衫后，好笑地望着秦九韶，"算术题难道比命还重要吗？"

"那倒不是。"秦九韶挠着头，有几分尴尬，"以后避开那些危险的地方便是。"

"吃饭的时候若是将调羹咬断了吞下，也很危险。"殷清漪巧笑倩兮。

秦九韶忽然盯着她，吟道："绣面芙蓉一笑开。"

这举动未免有些唐突了，殷清漪却也不恼，只微红了脸，道："你这人真是……"又顿住，催促道，"快吃饭吧。"

殷清漪又送上一勺饭菜，秦九韶眨眼间就咽了下去，之后她几乎没有停顿过动作，才赶上了他的狼吞虎咽。

"当心噎着。"她善意提醒。

他含混不清地回应："赶紧吃完，我还要向老师请教。"

殷清漪只得依他，刚端起饭碗的陈元靓闻言也加快了吃饭的速度。

殷清漪收拾好碗筷，端了一壶水进来时，听得秦九韶和陈元靓在谈论有弧田，弦七十八步二分步之一，矢十三步九分步之七，如何算出为田几何？算法是以弦乘矢，矢又自乘，并之，二而一。她为他们分别添了水后，就在一旁安静地听着他们分析这一算法，虽然她听不懂，仍是很认真地听着。

后来两人换了个话题，秦九韶说道："刘徽在注释中提到，他是通过《周易》的阴阳之说，总结算术的根源，领悟了《九章算术》的内容。《周易》和算术，当真有如此紧密的联系？"

陈元靓答道："《周易》为六部儒家经典之首，是重要典籍，虽算不上是一部算学著作，但对于算学的研究的确有重要影响。我收藏的那些算经里头，仔细研究，便可发现受到《周易》影响的痕迹……"

"你们说的《周易》，是可以解卦的那个《周易》吗？"殷清漪忍不住插话。

"正是。你懂《周易》？"陈元靓询问。

"我不懂，但村里的黎婆婆懂《周易》大衍筮法解卦，你们若有兴趣，我可以带你们去瞧瞧。"殷清漪主动提出。

"大衍筮法解卦我已见识过了。"陈元靓道，"待道古伤愈后，你带他去，算卦方法，对他研究解题之法应该会有帮助。"

秦九韶能下床走动后，便迫不及待要求殷清漪带他去黎婆婆那儿。他的手臂已能活动自如，但腿伤还未彻底痊愈，村里的道路崎岖不平，他走得有些颠簸，殷清漪不时搀扶他一把。

整个村庄二十多户人家，黎婆婆住在村子的最里头，地势最高，与其他村民的茅草屋不同，她家的房舍是崭新的瓦房，远远望去，甚是醒目。殷清漪说道，黎婆婆早年丧夫，唯一的儿子在临安城内的官府当差，前两年回来盖的新房，平日里就黎婆婆一人居住，经常有人上门请她算命。

途中经过一座祠堂，也是瓦房，祠堂的门敞开着，秦九韶想入内参观，殷清漪便陪他进去。里面装饰简单朴素，进门是一方石埕，内有一间正厅和两间侧厅。对着大门的正厅内摆放着先祖的牌位。右边的侧厅内整齐排列着桌椅，是议事的场所。

左边的侧厅内，悬挂着一口大钟，旁边还放置着一面大鼓。"祭祀的时候，或者需要召集全村人议事的时候就会敲响钟鼓。若有紧急事件，也可鸣钟击鼓作为信号，全村人会立即到祠堂集合，共商对策。"殷清漪告诉秦九韶，这宗祠是全村各户筹钱建的，村里人都姓吴，同宗同族，只有他们一家是外姓。当初村中族长身患重病，机缘巧合之下，殷鲁治好了他的病。得知殷鲁无家可归后，族长盛情邀请他和家人到村里居住，全村人也都热情相迎，自那以后殷鲁父女就在村中安了家，也终于结束了居无定所的漂泊日子。

钟鼓后方的地上堆放着一些雕刻有精美纹饰的木板，吸引了秦九韶的目光，定睛细瞧，上面雕刻的是荷花、花瓶、蝙蝠、石榴等。殷清漪介绍，村里有蒸大笼年糕来祭拜天公的习俗，这八块木板可拼成一个八卦形状的大桶。秦九韶听了愈发感兴趣，立即动手整理那些木板，欲将其拼接起来，殷清漪也不曾亲眼见过拼接后的大桶是什么样子，觉得有趣，便在一旁协助。

两人颇费了一番功夫，殷清漪继续道，每年大年初二，村民们就开始忙活起来，糯米粉四百斤、蔗糖近三百斤，煮水揉面，用四口大鼎、八个大蒸笼同时开蒸。最后，蒸熟了的年糕要倒进这八卦形状的木桶内，固定放足三五天，待到初九祭拜天公前夕，才拆除木板。

大桶终于完整立起来，比殷清漪还要高。殷清漪踮起脚尖，指着桶内道，木板拆除后，上面的花纹尽显在年糕上，图案都有吉祥的寓意，"荷花""花瓶"寓意花开富贵，"蝙蝠"意为"有福"，"石榴"有"百子千孙"之意。祭拜完天公后，村民们都会来讨吉利，据说想要生儿子的，吃下年糕后，就会生个大胖小子。

秦九韶突然抬起头，笑眯眯地望着殷清漪："下回你也讨一块吃，瞧着是否会生下大胖小子。"

殷清漪顿时涨红脸，啐了一口："休要胡说，我还没嫁人呢。"

"娉娉袅袅十三余，豆蔻梢头二月初。"秦九韶不收敛，反倒愈发放肆地盯着她，"你如此娇美俊俏，很快便会嫁得如意郎君。"

殷清漪又羞又恼，跺跺脚，扭身就走。出了祠堂，又走出好一段路，身后没有任何动静。她停下脚步回头张望，过了好一阵子，才见秦九韶一瘸一拐地走出来，他走得很慢，步履艰难。她到底于心不忍，返回去扶他。其实祠堂外的道路平坦，秦九韶走起来并不费劲，是故意装出来的。殷清漪来到他身边后，他嬉皮笑脸道："我就知道，你不会丢下我不管。"

殷清漪想板起脸，但俊美少年笑如朗月入怀，她被柔光清辉笼罩着，也不自觉地眉目舒展，娇嗔道："以后不许再这样无礼。"

秦九韶假装正经地抱拳作揖："给小娘子赔罪了，小娘子不喜欢听，我不说便是了。"

殷清漪扑哧一笑："好了，快走吧。"

到了黎婆婆家门外，殷清漪上前叩门，不一会儿，黎婆婆便来开门，是个白发苍苍、拄着拐杖的老妪，见到二人，她露出慈蔼的微笑："小漪是带人来算命吗？"

"他不算命，只是听说很多算经受到《周易》的影响，想看看如何用《周易》大衍筮法解卦。"殷清漪笑道，"他受了伤，走路还不利索就急着要来，婆婆看在他这般好学的分上，就帮帮他吧。"

"这娃儿长得真俊，怪讨人喜欢的。"黎婆婆眯起眼睛打量秦九韶，"我还以为你们是来算姻缘的。"

殷清漪嗔睨："婆婆，别乱说话。"

"小丫头，还教训起人来了。"黎婆婆笑眯眯地说，"进屋吧。"

秦九韶瞟了殷清漪一眼，嘴角扬起一抹弧度："这个黎婆婆，挺有意思的。"

殷清漪撇撇嘴，垂首不语。

进了堂屋，黎婆婆取出五十根筮草，在桌上摆好，实际上用到的是四十九根。她自这四十九根中抽出一根另行放置，随后将剩余的四十八根任意分作两堆。

秦九韶在一旁仔细观察，其中一堆为三十一根，另一堆为十七根。黎婆婆从每堆中依次减去四根，直至两堆的余数都不大于四，此时其中一堆余下三根，另一堆余下一根。她将两堆各自的余数加上一，也就是刚开始单独放置的那一根，总和为五。秦九韶很快通过心算得出结论，无论黎婆婆如何分配两堆的数量，依照这样的方法操作后，最终的总和只有五或者九。

接下去，黎婆婆将四十九减去五，得到四十四，如果减去九则为四十，这是第一次差。之后将这四十四根或四十根筮草，依照同样的方法演算，可得出第二次差，四十、三十六或三十二。最后将第二次差继续按上述方法演算，得到第三次差，三十六、三十二、二十八或二十四。这四个数分别以四除之，得出九、八、七、六，分别成为老阳、少阴、少阳、老阴。经过三次演算，即得到一爻，作为算卦的依据。

"每一堆筮草四四数之，都会出现确定的余数。"秦九韶询问，"这筮法解卦，皆是四四数之？"

黎婆婆摇头道："筮家占筮，并非都是四四数之，也有三三数之、六六数之、八八数之、九九数之等法。"

"我明白了。"秦九韶道，"《孙子算经》中的'物不知数'题，想必就是从占筮之法中提炼而来的，我须得好好研究一番才是。"

"'物不知数'题是什么？"殷清漪很是好奇。

秦九韶将"物不知数"题和解题之法详细向殷清漪介绍。

殷清漪是个聪慧之人，且她跟着父亲行医、配药、算账，简单的算术也是会的，听罢秦九韶的介绍，她大致明白了其中的道理："你既已对解题之法一清二楚，还研究它作甚？"

"那道题是具体数字，数字又比较简单，用试猜的方法便可得出答案。"秦九韶微喟，"倘若数字很大，并推广到任意一个除数，仅凭猜测便不能奏效了。"

"假如当时愿参与守城的百姓并非略有千人，而是在十万人以上，你能用同样的算法，计算出确切人数吗？"陈元靓的问话在耳边响起，秦九韶又道："我这段时日总在想，能否找到一种普遍性的解法。"

"那就去找吧。"黎婆婆也听清了秦九韶的意图，"我老婆子不懂太深奥的东西，但我懂《周易》中的卦辞，'天行健，君子以自强不息'，我瞧着你是有福之相，将来必会遂了心愿。"

秦九韶对着黎婆婆深深一揖："多谢婆婆！"

秦九韶和殷清漪离开时，黎婆婆送他们出去，刚走到小院，便见有人推门进来，来者是个身躯凛凛的男子，三十上下的年纪，殷清漪与他的目光一接触，便感到两道寒芒直射而来。看清了对方的相貌后，她更是倒吸了口凉气，她记得这张脸，那日她找到陈元靓，与他一同返回的路上，遇见几个金人，有个像是带头的，直盯着她看，还跟旁边的宋人不知说了什么，那宋人便是此时面前的男子。

那男子大概也认出了殷清漪，目光在她的脸上逡巡片刻，嘴角浮现一丝若有似无的笑，在她看来有几分诡异。之后他未发一言，径自向屋里走去。

"这是我的儿子吴大富，他差事繁忙，难得回来一次，你还没见过吧。"黎婆婆介绍道。

一种不祥的预感划过殷清漪的心头，但她并未表露出来。

殷鲁外出行医去了，回到家中，殷清漪让秦九韶回床上躺着，她进厨房为他熬药，有些心神不宁。吴大富是宋人，但那天和他在一起的那几个男人都是金人，他为何会与金人在一起？

殷清漪动作麻利地为秦九韶换好药便走了，一句话也没说。秦九韶奇怪地望着她的背影，之前每次换药的时候，她担心他疼痛，都会说些逗乐的话，分散他的注意力，这次是怎么了？

过了一阵子，隔壁房间有琴声传来，初时琴音圆润飘逸，旋律飞扬，仿如一幅烟波浩渺的山水画卷徐徐展开。渐渐地，曲调变得跌宕起伏，秦九韶听出了其中深沉哀怨的情绪。他下了床，走出房间。

那是一间很小的书房，一架古琴，一张小凳子，一个简陋的书柜，还有一张桌子，再无其他陈设。悦耳的歌声伴着雄浑激昂的琴音响起："怒发冲冠，凭栏处、潇潇雨歇。抬望眼，仰天长啸，壮怀激烈……"殷清漪端坐在古琴前的小凳子上，和琴而歌，唱的是岳飞的《满江红》，声如莺啼，婉转动人，忧国忧民的郁悒之情蕴蓄其间。

"待从头、收拾旧山河，朝天阙"将琴歌推向了最高潮，嘈嘈如急雨的弦音戛然而止。秦九韶只觉得余音袅袅，回味无穷，脱口赞道："清漪妹妹这琴技、这歌喉，出神入化。"

"谢谢道古哥哥的夸奖。"殷清漪缓缓起身，当她面对身后的秦九韶时，似乎已从那悲壮伤怀的情绪中抽离，恢复了笑吟吟的模样，"打扰你休息了，抱歉。"

"怎会打扰呢，这是美妙的享受。之前听你说过曾跟随隐君子习琴，这还是第一次听到你抚琴吟唱，实在令人叹服。"秦九韶由衷说道，"没想到一个娇弱的小女子，能将岳将军的《满江红》演绎得如此荡气回肠。"

"小女子怎么啦，小女子也有报国之心。"殷清漪忽地敛了笑，低叹口气，"我本是鲁地人氏——"

"真巧，我也是鲁地人。"秦九韶打断她，莫名有些兴奋，"我的祖先是从鲁郡搬迁到普州安岳，不过那是很久以前的事了，久到我都不清楚到底是什么年代搬迁的。我觉得，这是我们冥冥之中注定的缘分。"

殷清漪脸上不由得发热了，她别过脸去，继续说道："'靖康之难'后，鲁地被金人占领，宋人一直为金人的残暴统治所苦。我的祖父参加了抗金起义，后因起义失败，祖父惨遭杀害，父亲带着我们一家十余口人南逃，最后在这个小村庄定居。途中流转失散，骨肉分离，母亲也在途中病逝，如今只余下我和爹爹二人相依为命。离开鲁地时我九岁，南逃之路的颠沛困苦，至今仍历历在目。国恨家仇，永世不忘。我和爹爹都盼着有朝一日收复河山，我们能够重返故土，告慰祖父。"

秦九韶心有戚戚焉，正欲开口，殷清漪又道："我再为你弹唱一曲吧，也是我自己依据诗作的意境谱曲，成为琴歌。跟《满江红》的风格完全不同。"

她再次抚琴而歌，是唐代诗人杜牧的《秋夕》：

银烛秋光冷画屏，轻罗小扇扑流萤。

天阶夜色凉如水，坐看牵牛织女星。

琴歌唱出了失意宫女孤独的生活和凄凉的心境，如泣如诉，哀婉动人。一曲终了，殷清漪转头笑问："如何？"

"好是好，就是太悲凉了。"秦九韶叹了口气，"你如此明媚，不该唱这样的琴歌。"

"我也不喜欢悲凉的曲子，却偏爱那句'坐看牵牛织女星'。"殷清漪浅笑盈盈，"小时候听我娘讲了牛郎织女的故事后，每年七夕的夜晚，我都会抬头寻找天上的牵牛织女星，但是这么多年过去了，我始终分辨不出哪里是天河，找不到牵牛星和织女星到底在哪儿。这首诗描写七夕之夜，一名孤单的宫女仰望天河两侧的牵牛织女星，那情景和我一样，不知道她是否看到天河，找到了那两颗星星……"

话音未落，窗外忽传来"咔啦"一声脆响，像是有人踩断了地上的枯枝。房间的窗户对着外面的小巷，殷清漪敏感地奔过去，打开窗户探出头，只见小巷尽头有人影一闪而逝，分辨不清。寒风从窗户灌了进来，她机泠泠地打了个冷战，用力将窗户重新关上。

"怎么啦？"秦九韶瞧出了她的不对劲。

"刚才好像有人在窗外偷听。"殷清漪显得有些不安。

秦九韶笑道："是被你美妙的琴声和歌声吸引过来的吧。"

殷清漪勉强挤出一丝笑意，兴许是她多心了，是她自幼目睹了金人的残暴，对金人充满愤恨，才变得如此多疑？

"哎呀，刚才竟没想到！"秦九韶忽地提高了音量，他不知殷清漪心中的忧虑，很快又回到了自己痴迷的算术中，"黎婆婆解卦使用的筮草是竹子做的，也可以用来当算筹。我想用算筹进行演算，不知可否向她借一副。"

"屋外就有竹子，你想要算筹，我给你现制一副便是，何必去借。"殷清漪不愿再见到吴大富。

"那可使不得，弹琴的手，怎能碰那些粗活。"秦九韶带着怜惜之意。

"富家子不知人间疾苦。"殷清漪嫣然一笑，"我们这等贫寒人家，粗活可没少做。"

秦九韶瞧出她笑容里淡淡的嘲讽，讪讪地说道："我也用木头做过算筹，只是眼下行动还不甚方便。我还会用巴茅秆扎房屋，仿造过飞鹤楼。"

"飞鹤楼是什么？"殷清漪颇感兴趣。

"是我的家乡普州西山上的一座建筑，高达八丈，有七层八角。梁柱斗拱、宝顶飞檐、高大恢宏。楼中有旋梯，每层都有环廊，登高远眺，可一览秀美景色。我六岁那年，母亲带我去观音庙会，我见手艺人用巴茅秆扎动物或者房屋，十分痴迷。之后便到附近的飞鹤楼前，学着用巴茅秆在楼前的空地上仿造了一座飞鹤楼。"秦九韶言语间流露出自豪之情，"我当时只有六岁，身长不足四尺。仿造的飞鹤楼比我还高，吸引了众多围观者，对我赞不绝口。"

"我看你天赋异禀，将来必成大器。"殷清漪美目流波，"你可愿意仿造一座气派的宅院送给我？我十分怀念在鲁地居住的大宅院，这里找不到一模一样的，只需外形结构相似。"

"不愿意。"秦九韶一口回绝。

殷清漪的眼里闪过一丝失望，但瞬间隐入笑颜："看来我不够资格。"

"非也，非也。"秦九韶微眯起眼睛，晃着脑袋，"仿造的宅院怎配得上你，我要为你建一座真正的宅院，雕梁画栋，宝剑赠英雄，香闺自然要赠美人。"

殷清漪朱唇微动，梨涡似有若无："难不成我夸你一句，你便当自己是神仙了，随手便可变出一座宅院？"

"我认同你所说的，我天赋异禀。"秦九韶毫不谦虚，"当然，仅有此还不够，努力钻研也是必需的。用巴茅秆扎房屋不过雕虫小技，眼下我正在学习研究营建工程。家父乃工部郎中，主管营建工作，因此我有机会阅读在民间难以见到的建筑书卷，还可跟随家父到工地巡察，亲眼见到工匠如何施工。我将来必能够自己设计，请工匠建造一座宅院。只是，还需一些时日，你要耐心等待。"

"你钻研算术，又要学习研究营建工程，学得来吗？"殷清漪依旧半信半疑。

"天赋异禀之人，所学甚多，文武皆能。"秦九韶愈发得意起来，"儿时在普州，我便学会了踢毽、骑马射箭、剑法等，只是技艺不精，来到都城后，高手如云，还有极好的场地和设施，我经常跟着那些高手学习，不断精进技艺，还结交了不少朋友。"

殷清漪登时眸光一亮："你懂剑法？谁教你的？"

"我们一家人在巴州团聚后，有一回我独自出去玩耍时，遇见一位女侠，我至今不知道她的姓名，她不肯告诉我。但她说，看我是练武的好材料，愿意将她的一身武艺传授于我。"秦九韶说道，"我跟着她学了一年多，直至兴元军士权兴等作乱，犯巴州，自那以后我再也没有见到过她。"

"听你这么一说，我真想见见那位女侠。我的三姑也是武艺高强的女子，她文武双全，也是我从小到大最佩服的人。我说过我是将门之后，祖辈世代习武。还有一套祖传剑法，本是传男不传女，三姑偷来剑谱暗自苦练，学成后竟强过所有的男子。三姑说过，只要我想学武，她会毫无保留地教给我。"殷清漪眸光一滞，怅然叹息，"只可惜，我还来不及学，抗金起义就爆发了。祖父被杀害后，三姑坚决不肯和我们一起南逃，她要加入其他的起义军，和男儿一样上战场抗金。无奈之下，我们只得忍痛分别。不知道三姑如今在哪里，过得怎么样。"

"你的三姑巾帼不让须眉，有杀敌报国之志，让多少男儿汗颜。"秦九韶慨叹，"乱世之殇，离散之痛，你我皆感同身受。"

殷清漪砍了竹子回来，秦九韶也帮忙，两人削了一根又一根的竹棍。室内越来越昏暗，灯油将尽，殷清漪起身去厨房取菜籽油，才感觉已是饥肠辘辘。她走进厨房，窗外朔风厉吼，推开窗一瞧，又下雪了，银片玉屑在苍茫的夜色中飞舞。村庄一片静寂，唯有几点灯火若隐若现。她忧心不已，这样的风雪夜，爹爹不知何时能回来。

蓦然间，远处出现了模糊的人影，她心头一喜，以为是爹爹回来了，但很快便发觉，人影不止一个，有三个人，正朝着她所在的方位移动。

厨房内没有点灯，窗户又比较隐蔽，殷清漪在黑暗中悄然观察，人影直奔着她家的房子而来，越来越近。她看清了，是三个身形高大的男人，皆蒙着面，看样子来者不善。她迅速关上窗户，冲进殷鲁的房间取了一把剑，殷鲁也学过祖传的剑法，南逃的路上一直带着这把剑。她刚带着剑进入秦九韶所在的房间，吹灭了油灯，就听到门被人踹开，发出"砰"的一声响，凛凛朔风呼啸着灌进了屋内。

"怎么回事？"秦九韶也意识到危险临近，沉声问。

"有几个人闯进来了，不知道是什么来头。"殷清漪也低声道，"我们要想办法逃出去。"

话音刚落，外面亮了起来，有人晃然了火折子。脚步声已逼近房门口，伴随着男人的粗嗓音："四处搜一搜，一定有人，刚才还亮着灯。"

殷清漪霍然拔出了剑。"把剑给我！"秦九韶从殷清漪手中接过了剑，"我来对付他们！"他和殷清漪刚躲到门后，一个彪形大汉便手持火折子走了进来。秦九韶欲趁其不备，带着殷清漪夺门而出，但那大汉异常警觉，猛然转身，拔出腰间的佩刀，直刺向秦九韶前胸。秦九韶挥剑相迎，金铁交鸣声中，大汉的手臂被划了一道口子，吃痛之下，手中的火折子掉落在地，秦九韶迅即将其踩灭，在室内陷入黑暗的一瞬间，秦九韶拉着殷清漪的手冲了出去。

身后响起杂乱的脚步声，秦九韶腿伤尚未痊愈，又带着殷清漪，心知难以御敌，瞬间已想好了逃生路线。他自来到吴家村后，今早才第一次出门，但他善于观察记忆，已经记清了周围的地形风貌。屋子旁边有一片枯草，枯草丛中有条干涸的水沟，正好可容一人匍匐爬行。

两人刚跳入水沟，那三个大汉追了出来，他们举着手中的火折子四下里搜寻。秦九韶和殷清漪一前一后沿着水沟迅速往前爬，水沟内布满枯枝残叶、杂草等，不断发出沙沙声，外头北风急劲，刮得雪花飞舞，摇撼枯树老枝、矮荆衰草，发出一片瑟瑟响声，正好掩盖了水沟里的动静。

水沟经过许多村民的房屋，两人拼命爬行，雪越来越大，纷纷扬扬落进沟里，覆在他们的身上，两人从屋里跑出来，没有添外套，在黑暗中摸索了很长一段距离后，已经冻得手脚僵硬，速度也越来越慢。两人直起身来，稍稍休息，秦九韶一探头，便见不远处，有个黑影在晃动，他迅即又缩了回去，短暂的一瞬，目光瞥见了前方祠堂的屋檐，祠堂的门长期敞开着，那人应该是刚到祠堂搜寻过了。

"我们到祠堂去。"秦九韶急中生智，一直待在水沟里恐怕会被冻死。但出去没有藏身的地方，随时都有被抓的危险。各家都紧闭着门，早早休息了，若是敲门求援，动静太大，反而将自身暴露了。眼下唯一可以暂时藏身的，就是祠堂。侧厅里有他们上午拼装好的木桶，由于走得匆忙，没有拆卸下来。那个大木桶，根据他的目测，可以作为他们的容身之处。

秦九韶再次小心探头，确定那黑影不见了，才爬出水沟，将殷清漪也拉了出来。两人猫着腰，一前一后飞快钻进了祠堂，直奔左边的侧厅，隐进了钟鼓后方，各自抖落身上的积雪。

上午拼装好的大木桶还好端端地在那儿。"我们挤挤，能塞得下。"秦九韶已有了对策，"我们先躲在桶中，万一有人来，我设法引开他们，你去敲响钟鼓，把村里的人都召唤过来。"他说罢当先跳入木桶。殷清漪也一跃坐上木桶的边沿，转身往下跳。桶内的空间容纳一人绰绰有余，两人一起便显得狭小，只能紧贴着。

殷清漪起初听说"挤挤"，并未多想，下来后才知是这样的处境，深夜与一男子这般贴身相处，成何体统！可是眼下已别无选择。寒气侵人，她却觉得浑身发烫，神志也有些混乱，本能地扭动身子想避开他，将桶壁蹭得发出"咯吱咯吱"的声响。倏然间，她被秦九韶紧紧抱住，他极低沉的声音在她耳边响起："别动，有人来了！"她将惊声尖叫生生咽了回去，侧耳倾听，却只听见外头狂风的呼号声。她不敢动，就这样缩在他的怀里，一颗心扑腾得厉害。

秦九韶比木桶高出些许，他借着那口大钟为掩护，观察着外面的动静。方才瞧见黑暗中有一簇火光跃动着，朝着他们所在的侧厅方向移动。火光越来越近，有个黑影悄无声息地晃进来，随即将侧厅的门轻轻关上了。他单手揽紧殷清漪，另一手握着剑，屏息凝神，时刻准备迎敌。

黑影越来越近，那是个手持火折子的人，火光映照着他蒙着黑布的脸，只看到两只眼睛闪动着光芒。距离大钟仅两步之遥时，黑影突然停住了。来人像是在摸索什么，不一会儿，黑暗中又出现几点火星闪烁。秦九韶分辨不清那是什么，只感觉隐隐有香气飘了过来，他尚未明白过来是怎么回事，那人影转瞬间已到了门后，开门闪身而出后，再度将门关上。

香气越来越浓，一阵晕眩袭来，秦九韶意识到不对劲，爬出木桶，踏熄了地上的火星，又将殷清漪也从木桶中抱了出来。两人拼尽全力各自敲响了钟和鼓后，殷清漪先倒了下去，秦九韶只觉得头晕目眩、四肢发软，强撑着又持续撞了几下大钟，终是也失去了知觉。

秦九韶醒来时，发现自己躺在床上，殷鲁守在床边。环顾四周，是这些日子在殷家居住的房间，昏暗的室内点着油灯，不知是什么时辰。他几乎以为昨夜发生的一切，只是一场梦，但瞧见殷鲁仿佛一夜之间苍老了许多，满脸的焦灼，他便明白那不是梦，而是真实发生过的。

"清漪呢？"他着急询问。

殷鲁沉重地摇了摇头："我到处找不到漪儿，就等着你醒来，告诉我发生了什么事。"

秦九韶一骨碌坐起身来，头还有点晕，他缓了缓，才将昨晚发生的一切细细道来。

殷鲁的面色越来越凝重，沉沉叹了口气才道："昨夜我因风雪耽误了行程，后半夜才回来，正碰上你被人抬回来。我听说，村民们一听到钟鼓声，便纷纷冲出家门赶往祠堂，但祠堂内空无一人，后来他们进入侧厅，只发现了躺在地上的你，并未见到漪儿，也无人知道她去了何处。我只能先等你醒来，你是中了迷魂香昏倒，我去那侧厅看了，地上还残留着未燃尽的迷魂香，我对你施以针灸，已经不碍事了。"

"听到钟鼓声前往祠堂的村民，都没有见到蒙面人吗？"秦九韶不解，祠堂在村庄的里端，若是在他和殷清漪敲响钟鼓后，那蒙面人再度进入侧厅带走殷清漪，出去后必定会撞见从各处赶来的村民。

殷鲁告诉他，最先进入祠堂的是黎婆婆的儿子吴大富，他一路上没有见到任何人，紧随其后进入的几个人也都没有碰到过任何陌生人。

秦九韶思忖着，村庄不大，通往祠堂的路只有一条，两边都是村民的住宅，除非是从水沟逃走。但那蒙面人身形十分高大魁梧，独自在水沟内爬行已是艰难，遑论还多带个人。

"会不会，那蒙面人是村里的人？蒙着脸，就是怕暴露真面目。"他猛然想起，昨日殷清漪曾因怀疑有人在窗外偷听而显得不安，想来她当时已经有所察觉，可他丝毫未放在心上。假使是村里的人，就可以将殷清漪藏在某处，自己混入村民当中，待人群散去后再将她带走。他后悔不已："是我疏忽了，怪我太没用，没能保护好清漪妹妹！"

"这怎能怪你，你已经竭尽全力了。"殷鲁凄然哀叹，"漪儿很可能是被金人掳走了，的确如你所说，这村里应该有内应。"

秦九韶听闻殷清漪遭遇金人之事，异常震惊，若真是金人所为，被金人掳掠到北方，必定受尽屈辱，等待殷清漪的，将是何等悲惨的际遇！而一切，竟都是因他而起！怒火在他的心头蹿起，继而熊熊燃烧，这是大宋的土地，金人竟如此猖狂作恶！

他愤然跳下床，吴大富是第一个进祠堂的，他要去找吴大富问个明白，当时侧厅内到底是怎样的情景，是否有何可疑之处。倘若村里真有内应，务必要将那人揪出来，逼问出殷清漪的下落，决不轻饶！

殷鲁并未阻拦，只是望着秦九韶匆忙离去的背影，眼底迸发出近乎凄惨的诀别之意。

外头没有下雪，天色灰蒙蒙的，有炊烟自前方低矮的屋檐上袅袅升起，已到了哺食之时，秦九韶此前昏睡了数个时辰。到了黎婆婆家，却被告知，吴大富今早便离家回城里了，她只知儿子在临安城内的官府当差，说不出更详细的。秦九韶又去了祠堂，侧厅内钟鼓依旧，那个大木桶也还在昨夜摆放的位置，不曾被动过。他忽然有些明白了，假如那蒙面人就是村里的人，便可在他和殷清漪昏倒后再进入侧厅，将殷清漪重新藏入木桶，再脱下那一身黑衣和蒙面巾也放入其中，假装是听到钟鼓声后第一个赶来，并设法将大家的注意力转移到倒在地上的人身上，而忽略了被藏在木桶里的另一个人。

秦九韶越想越觉得可疑，回去欲与殷鲁商议，殷鲁却不见了。房间的桌上摆放着一把剑、一本剑谱，还有一封留书。剑是昨晚秦九韶带走的，他昏倒后，剑也掉落在侧厅的地上，被殷鲁捡了回来。留书是给秦九韶的，殷鲁在其中说明，他已得到了殷清漪的下落，即刻动身前往寻找，并让秦九韶莫再参与此事，以免连累了父母家人。他还将祖传宝剑和剑谱托付于秦九韶，若他能平安归来，定会上门取回，万一回不来，便请他代为珍藏。

秦九韶注视着那潦草的字迹和散落的点点墨渍，茫然和愁苦的情绪升腾而起，如同虫豸，一点点啃噬着他的心。

秦府书斋内，秦九韶坐于书案前，案上摆放着一个大盘子，里面是殷清漪削了竹子，与他一同制成的那副竹算筹，他离开殷家时不忘收拾好带走。旁边的纸张上，写满了各种数学符号。

《孙子算经》中有记载，用算筹计数和运算，首先需识别其位置。算筹记数有纵和横两种方式，个位数用纵式，十位和千位用横式，百位和万位用纵式，其余纵横相间。运算时，便是将上述算筹记数法摹绘于纸上，表示各种数字。这段时间以来，秦九韶在解题的同时，还对原有的算术符号进行了革新，自创了一套专用的记数筹码，例如用圆圈表示零，增加符号"×"表示四，还增加了分别表示五和九的符号，且书写笔画少于过去表示四、五、九的筹码。北宋时期发明了珠算盘，到了南宋，珠算盘已经比较流行，筹算与珠算盘并行使用，他受到珠算盘的影响，在古筹码的基础上增加了几个新筹码，使其记数符号与珠算盘的记数更为接近。

此时他以自创的算术符号完成了一道数学题的推演后，对着盘中那些长短不一的算筹，凝神默默。已经一年多过去了，始终没有殷清漪和殷鲁的消息。那日读罢殷鲁的留书，秦九韶收拾好自己的物品，将剑和剑谱也带上，去了陈元靓的住处，将发生的一切告诉他。陈元靓打听到，前段时间金人使团来到临安，受到皇上的盛情款待，他们在临安逗留多日并四处游玩，陈元靓和殷清漪遇见的，正是金国使团的人，首领术虎烈也在其中。

吴大富在掌管四夷朝贡、宴劳、给赐、迎送之事的鸿胪寺任职，乃护卫队的头领。陈元靓寻了个机会到鸿胪寺外，躲在暗处见到吴大富，确认他便是和术虎烈在一起的那个宋人。如此一来，殷清漪被掳之事便逐渐明朗了，然而这一切都只是秦九韶与陈元靓的推测，并无证据可证明，是吴大富与使团的人勾结，掳走殷清漪。即便有证据，也很难将她救回来。

当朝皇帝赵扩即位后，原本有心讨伐金军，收复失地，为此准备了十二年，并开始派兵伐金，可是不过两年，因军政大权又落入投降派手中，唯有再度与金议和，除了每年纳贡由原先二十五万两白银增至三十万两，还额外赔偿了金军三百万两犒师银。宋帝与金帝的称谓由从前的侄叔改变为侄伯，屈辱程度更甚，纳贡持续至今。四年前，金国皇帝完颜珣又发动战争，金兵南侵，与宋军在边境上兵革互兴，各有胜败。战争持续数年，扰得朝廷不得安生。这种情况下，官府怎可能为了一介平民而得罪金人。

两人仍在苦思良策，金人使团已离开了临安。殷清漪这一去，必是千里云峰千里恨，万顷烟波万顷愁。而殷鲁，想来是凶多吉少了。

"韶儿——"母亲温柔的声音打断了秦九韶的思绪，她姓方，名唤惜芸，是个温婉典雅的中年美妇。

"娘——"秦九韶起身问候。

方惜芸的目光落在盘中的算筹上，摇头责备："你这孩子，家里有檀木的算筹不用，偏要用这竹棍，手都受过几次伤了，还不换掉。"竹制的算筹自是不如檀木，且当时秦九韶和殷清漪只是临时赶制，也没有细致的工具，做工较为粗糙。秦九韶一推演算术题就入了迷，有时算筹握在手中，不知不觉使了大力，不止一次被竹刺扎了手，前两日更是鲜血直流，偏生被方惜芸瞧见了。她心疼儿子，免不了唠叨几句，秦九韶却全然不当回事，

他笑了笑，尚未开口，方惜芸已转身离去，很快拿来了一个精美的檀木盒子，置于书案，不由分说便取走了他手中的盘子。"这些竹棍，趁早扔了。"她对那副伤了儿子的竹算筹颇有怨气。

"别扔！"秦九韶急喊。

方惜芸吓了一跳，不解地望着儿子，她实在不明白，这样一副破竹棍，究竟为何值得他如此不舍。

"娘，这是我亲手做的，就算换掉，也留着当作纪念吧。"秦九韶从母亲手中接回那盘子，走到书柜旁，打开抽屉放了进去。抽屉内还躺着一本剑谱，他的目光在剑谱停留少顷，又飘向墙上挂着的那把宝剑。他离开吴家村后，又在陈元靓处居住了几日，直至伤势彻底痊愈才回到秦府。未免家人担心，在吴家村遭遇的一切，他只字未提，剑和剑谱，也道是陈元靓所赠。

他怅然一叹，换了也罢，过往之事，犹如流水落花，再多的念想，也无法使河水倒流，落花重开。

方惜芸见秦九韶已将竹算筹收起，面露微笑，换了个话题："我听你爹说，他明日要去一个河渠工地巡察，工匠们正在那里修筑防洪堤坝，他打算带你同去。"

秦九韶一听，心头的那点阴霾登时消散了："太好了，我随爹爹去过多次工地，但这河渠工地还从未去过。"修堤筑坝是关系国计民生的工程技术问题，到工地既可学习水利工程的建筑，又可掌握具体数据、规格、用工、用料等及其计算方法，对算术的应用探究大有益处，他自然心向往之。

"我儿自幼聪明好学，为娘甚感欣慰。"方惜芸眉眼含笑。

河渠工地位于临安城外，秦季槱和秦九韶父子到来后，一面参观，一面了解施工情况。秦季槱和监工说着话，秦九韶远远瞧见有工匠正在堤坝附近取土，觉得奇怪，过去一看究竟，发现他们取土是用来增加堤干的高度。他记得在书上看到过，这种方法叫"削帮增顶"，用来修筑防洪堤坝将会适得其反，这样防洪堤虽增高，堤干却削薄了。他暗暗心惊，但"纸上得来终觉浅"，他决定自己去确认是否如书中所言。

秦九韶匆匆回到秦季槱身边，将他拉到一旁，悄悄告诉他这一发现和自己的打算。秦季槱对儿子的认真态度十分赞赏，当即向监工索要施工图纸，只道是秦九韶正在学习水利工程数据的计算方法，意欲躬行。监工并未怀疑，将图纸交给秦九韶，还提供了测量工具。堤坝的长、宽、高要依据抗水压力的大小，都有比例规格，必须遵循其大小尺寸施工。秦九韶费了好一番工夫，亲自测量，并计算出堤坝的标准比例与实际比例数据，发现二者差距甚大，他十分愤怒，这分明是偷工减料、中饱私囊之举，如此工程，祸国殃民！

秦季槱随即委婉地将这一发现向主管此项工程的水部郎中反映，并呈上了秦九韶计算出来的数据。

数日后，秦季槱一回家便直奔书斋，秦九韶正趴在地上，满地都是他用于推演算术题的稿纸。秦季槱没有打扰他，立在一旁静静地望着他。过了许久，秦九韶才从一堆稿纸中抬起头来。"爹爹——"他忙从地上爬起来，"你什么时候来的？"

"来了好一会儿了。"秦季槱微微一笑，"我今日接到朝廷的调令，因为工作需要，被调到科举考场，负责照料和点检试卷，你暂时无法继续学习研究营建工程了。"

秦九韶甚是惊讶："照料和点检试卷这样的事情，很多人可以胜任，应该不缺人手，为何要特地将爹爹调过去？"

秦季槱不紧不慢地说道："我反映了防洪堤坝工程偷工减料之事，戳穿了背后官人的秘密，断了他们的生财之道，自然有人恨我入骨。有此结果，在我的意料之中。"

秦九韶脸上的神情由惊愕转为愤怒，他额上的青筋跳动着："如若不戳穿那个秘密，发洪水的时候堤坝崩塌，后果不堪设想。非但不嘉奖有功之人，反倒将其贬职,岂有此理!"

"水部郎中乃当朝宰相史弥远的近亲,史弥远把持朝政,独断专行,怎能与他讲理。"秦季槱倒是一脸的云淡风轻,"人生总有起落,只求无愧于心。我虽遭贬职,但断了那防洪堤坝工程的祸根,深感欣慰,这是你的功劳。"

秦九韶口齿启动,欲言又止。

"此事到此为止吧,我来找你,是为了另一要事。"秦季槱伸手拍了拍他的肩膀,语重心长,"新任兵部郎中的魏了翁,他与我同庚,同年登进士甲科。他关心民间疾苦,不避权贵,与我十分投缘。魏了翁少时英悟绝出,日诵千余言,过目不再览,乡里称为神童。十五岁著《韩愈论》,抑扬顿挫,有作者风。而今精通天文、历法、祭祀、史事、诗词,又乐意提携后辈,他已答应收你为学生,将所学传于你。此等良师,你可要好好把握这个机会,莫丢了我的脸面。"

"谢谢爹爹!"秦九韶面露喜色,对于文武各艺,他皆如饥思饭,如渴思浆,"我一定努力不懈,绝不辜负爹爹的期望!"

第二章　天生我材必有用

冬去春来，早春的临安风光无限，烟柳画桥，花草溢香。这日午后，秦九韶约上陈元靓和李梅亭，一同泛舟西湖。李梅亭为嘉定七年（1214）进士，后任两浙转运司干办公事，与秦季槱一同点检试卷时相识，并成为好友。李梅亭在骈俪诗词方面造诣高深，那是科举考试的内容之一。秦季槱介绍秦九韶与李梅亭相识，李梅亭虽比秦九韶年长许多，但二人一见如故，于是经常往来。

"骈俪"是文章的对偶句法，运用对偶可使文章节奏整齐、声韵铿锵，语言更富美感。秦九韶向李梅亭学习骈俪诗词，李梅亭由浅入深，从诗词、辞赋的渊源、格律等多方面，循序渐进地为他讲解。

小舟行驶在湖面上，碧波荡漾，三人宛如置身于画卷中，群山环绕，花开红树，白鹭飞，乱莺啼，垂柳阑干尽日风。

"道古近来喜事连连，先是拜魏公为师，后又得李公授业，才艺精进，难怪春风得意。"坐在船头的陈元靓笑道。

"魏公才华过人，道古聪明好学，能拜在魏公门下，才艺精进不足为奇。我就不敢居功了，不过是趣味相投、互相切磋罢了。"坐在陈元靓身旁的李梅亭面容白净、细眉细眼，却有英武潇洒的风姿。

"李公过谦了，你的功劳，不才铭记在心。"秦九韶仰躺在一片金色的阳光里，相比那端坐的二人，他显得潇洒不羁，"不才正好要请李公指教。上回你以辛弃疾的《西江月·遣兴》来说明，每种词调皆有声情，例如上阕的后两句

'近来始觉古人书，信著全无是处'，十三个字的分量重可镇纸。下阕的后两句'只疑松动要来扶，以手推松曰去'则是用散文句法，更觉有拗劲。那么，词是如何转韵的？"

"诗转韵无定格，词则某句应平、某句应仄，不能随意改变，因而词韵转换较难安排。最多见的为暗中转韵，也有全首不转，直至末了才大转。"李梅亭以温庭筠字句优美的词作《菩萨蛮》为例：

"开首'小山重叠金明灭，鬓云欲度香腮雪'描绘了女子初醒时鬓发散乱的模样。'懒起画蛾眉，弄妆梳洗迟'写出了惆怅倦怠之情态。'照花前后镜，花面交相映'表达了妆成后顾影自怜的心情。'新帖绣罗襦，双双金鹧鸪'更添了一段新愁。'双双'二字是整首词的词眼，最后两句便是全文的高峰，看似依旧平叙梳状的过程，实乃一个大转折，手法更加高明。"

"听君一席话，令我茅塞顿开……"秦九韶突然顿住，远处传来了缥缈的歌声，宛如莺啼燕语，声声入耳。他一跃而起，循声张望。

陈元靓和李梅亭也都被那歌声吸引，齐齐举目。

船家摇着桨，小舟穿过断桥的桥洞，前方是一大片挨挨挤挤的荷叶，一艘画舫正迎面驶来，歌声近了，像是从画舫中传出的，还伴着泠泠琴音。

秦九韶听清楚了，唱的竟是方才李梅亭讲解的《菩萨蛮》，如出谷黄莺婉转啼唱，琴声缠绵幽怨，丝丝缕缕扣人心弦。

"如此缘分，妙不可言。"秦九韶笑叹着，让船家靠近那艘画舫，他想瞧瞧唱歌的女子是何模样。

陈元靓笑着摇了摇头，李梅亭则伸长了脖子，他和秦九韶一样好奇。

靠近了却发现，那女子是背对着他们坐在古琴前，抚琴吟唱，她身后的纱幔被风吹拂扬起，可见她锦衣罗裙，云髻上珠钗摇曳，纤腰不盈一握，身姿婀娜，单背影便已引人遐思。

"我叫唤一声美人儿，也许她会回头。"秦九韶说着真张嘴就要叫唤。

"不得无礼！"陈元靓忙开口制止。

李梅亭也道，不可唐突了佳人。

秦九韶及时咽住，却迅速转动念头，想出了另一个主意。"让我来试试。"他要过船家手中的桨，自己划了起来。

陈元靓和李梅亭知他图新鲜，并不为奇，只是笑望着他，看他是否能当好船夫。

　　秦九韶起初将小舟掌控得稳稳当当的，在荷叶丛中穿行。与画舫交会而过时，小舟却突然偏离了方向，直朝那画舫撞去。小舟剧烈晃动的同时，画舫上传来几声女人的惊叫。

　　李梅亭被晃得有些晕乎，还未缓过神来，陈元靓已明白了秦九韶的把戏，拿手指着他，笑也不是，骂也不是。

　　"何人如此大胆，竟敢惊扰了济国公！"一名内侍打扮的人探出船栏，气呼呼地骂道。

　　秦九韶微微一怔，他没有想到，济国公会在这画舫中。陈元靓一眼认出那是济国公赵竑府上的内侍，微笑着作揖道："苏内人，好久不见。"

　　"哎哟，原来是隐君子。"内侍名叫苏展，他也认出了陈元靓，态度立即缓和了，"怎么就这么巧，你的船撞上了我们的，把我家郎君和一船的女眷都给吓着了。"

　　"实在对不住，我今日和两个好友一同泛舟西湖，一时兴起，想要自己划桨，没想到捅了这么大的娄子。"陈元靓赔着笑脸，"容我登船，向济国公请罪。"

　　"你在这儿等着，我去向郎君通报。"苏展缩回了身，不一会儿便回来了，满脸堆笑，"郎君请隐君子和两位好友一同到画舫上，说人多热闹些。"

　　秦九韶方才故意让两船相撞，目的是引那歌喉与琴音同样美妙的女子回头，可那女子的歌曲虽然被打断，却不曾回头看一眼，他正感失望，听说被邀请上画舫，心中大喜，不待陈元靓开口，自己当先登上了画舫。陈元靓和李梅亭相视一笑，也随后上了画舫。

　　画舫上有廊有台，台上张挂纱幔，纱幔外有侍卫把守，纱幔内摆着一桌宴席，赵竑端坐其间，一众侍女侍卫环绕周围。

　　秦九韶迫不及待地望向那倚着船栏而坐的女子，疑问瞬间便在他的心头层层堆积，那女子的容貌，分明就是殷清漪！她没有被金人掳走？这两年来她去了哪里？怎么会同济国公在一起？可那女子的神情是全然陌生而遥远的，仿佛从来不曾认识他。莫名其妙的情绪如同汹涌而来的浪潮，剧烈冲击拍打着他，他几乎透不过气来了。

陈元靓见秦九韶不对赵竑行礼，却盯着那女子看，实乃大不敬。正欲提醒，乍见她的面容，也愣了愣，但他很快扯了扯秦九韶的衣袖，低声道："还不快向济国公行礼。"

秦九韶仿若从迷梦中醒来，"啊"了一声，上前见过了礼。

赵竑是当今圣上赵扩的养子，赵扩与后妃曾育有九子，但皆于幼年夭折。赵扩只能从旁支中挑选出继承人，立宋太祖赵匡胤的十世孙、燕懿王赵德昭的九世孙赵询为太子，不料赵询又在二十九岁那年病故。赵扩只得将自己弟弟沂王的儿子，也就是侄儿赵均要过来，先是立其为皇子，并赐名赵竑，后又加官检校少保，封为济国公。

赵竑容貌雄伟，气度不凡。他对秦九韶并无怪罪之意，客气地招呼他们三人落座。侍女们忙上前服侍，将斟满了酒的杯子分别送到三人面前，还有添碗箸的、布菜的，好不热闹。

秦九韶忍不住又偷眼瞧看那个酷似殷清漪的女子，当年他曾为无法营救殷清漪而痛心疾首、寝食难安，但时间一长，也就渐渐淡了。他精力充沛，兴趣广泛，朋友如云，殷清漪只是他生命中的一个过客，终究如无根的浮萍，任由雨打风吹去。可是这会儿见到眼前的女子，他内心深处似被一根无形的细线牵扯，又隐隐疼痛起来。

那些日子，他与殷清漪朝夕相处，妙龄男女间的朦胧情愫悄然滋生，他唤她清漪妹妹，她脆生生地喊他道古哥哥。他记得曾许诺为她建一座真正的宅院，雕梁画栋，虽有玩笑与冲动的成分，更多却是他发自内心的期许。他也记得逃生的那晚，两人在祠堂的大木桶内贴身相依，即便在那样危险的境地，他也能嗅到她身上的馨香，感觉到怦然的心跳。然而这美好的情愫才刚萌芽，便遭到了无情的扼杀。

"那是我府中的歌伎瑶瑟。"赵竑主动介绍，"我与元靓曾有过数面之缘，另外两位虽不相识，却也早闻其名。三位都是大才子，今日得以同船畅饮，是一大乐事。瑶瑟琴技了得，歌喉也十分美妙，还能依据诗词的意境谱曲。梅亭擅作骈俪诗词，不如赋诗一首，让瑶瑟弹唱。如何？"

李梅亭也不推拒，举杯一饮而尽，掀起纱幔一角，画舫已驶出了荷叶丛，前方杨柳拂堤，菀菀黄柳丝，蒙蒙杂花垂，他立时有了灵感。侍女已经备好笔墨纸砚，他提笔以"柳花"为题，赋诗一首：

> 蝶扑蜂粘发出狂，飘然欲上白云乡。
> 无端却被游蜂搅，绾住东风舞几场。

陈元靓和秦九韶皆拍手称好，赵竑也赞道："果然名不虚传。"当即让人将诗稿交予瑶瑟。

不一会儿工夫，袅袅琴音飘传而来，瑶瑟清脆而婉转地将李梅亭的诗作唱了起来。李梅亭本意写的是柳花不惧世俗纷扰，随性洒脱，托物言志，瑶瑟却唱得哀怨凄婉，令听者怆恻满怀，泫然欲涕。

一曲终了，赵竑唤瑶瑟到身边来坐，众人见她脸上还挂着晶莹的泪珠。

赵竑亲自取了帕子为她拭泪，问道："这诗怎被你唱得如此哀怨？"

瑶瑟盈盈然、恻恻然地望着赵竑，两颗晶莹的泪珠，顺腮而下，语气幽婉："妾身是自怜身世，觉得自己就如同那随风飘零的柳花，无依无靠，因而有些伤情。"

赵竑满眼怜惜之情，好言安慰："你既然跟了我，我就是你的依靠。放心吧，我迟早会给你一个名分。"

瑶瑟含愁带泪，长长叹息一声，幽幽如泣，动人怜惜。

赵竑情难自禁地将她揽进怀中，像哄孩子般，轻轻拍抚。

在场的人都看出，赵竑对此女甚为宠爱。秦九韶望着他们亲密的姿态，忽觉心口堵得慌，掩饰般地端起酒杯轻啜一口，暗中打量瑶瑟，肤如凝脂、螓首蛾眉，一对水盈盈的双眸，美丽绝伦。她的容貌与殷清漪一般无二，但比殷清漪更具迷人风韵，她眉眼间的轻愁薄怨，与殷清漪的天真烂漫也截然不同。殷清漪同样会谱曲，抚琴吟唱也十分动听，当然与瑶瑟还有些差距。他迷惑不解，为何会有如此形似却神不似的两个人？

瑶瑟羞怩地微扭身子，挣脱了赵竑的怀抱，若有所诉的目光从其余三人脸上飘过。秦九韶一接触到那目光，不由自主地微微一震，握着酒杯的手晃动着，杯中的酒都溢了出来，洒在他的罗衫上。侍女忙取来布巾为他擦拭。

陈元靓瞧出他的失态，轻咳了一声道："道古是又想起什么算术题了吧，两年前与我一同上山游玩时，就因琢磨一道题入了神，失足跌落山崖，险些丧命。幸得山脚下的神医相救，死里逃生。"

秦九韶回过神来，禁不住再度偷眼瞧看瑶瑟，她一脸的淡漠，假如是殷清漪，不可能对两年前的事无动于衷。

"哦？想不到，算术题竟会使人如此着迷。砥志研思，难能可贵。"赵竑又惊奇又佩服，对秦九韶举杯道，"大难不死，必有后福，祝你大器早成。"

秦九韶胸中似有火苗嗤地被点燃，他兴奋起来，道过谢，端起酒杯一饮而尽，又朗声道："好妓好歌喉。不醉难休。劝君满满酌金瓯。纵使花时常病酒，也是风流。"

"这欧阳修的词作，还真是应景。"李梅亭打趣。

"岂止是应景，简直深得我心。"赵竑哈哈大笑起来，又搂过瑶瑟，将一整杯酒递到她的樱唇边，"有此能歌擅琴的美人儿相伴，'纵使花前常病酒，也是风流'啊！我的美人儿，来，喝了这杯酒。"

瑶瑟勉强笑了笑，带着几分无奈，神情楚楚可怜，她就着赵竑的手，将一整杯酒喝了下去。

秦九韶带头鼓起掌来，陈元靓和李梅亭也跟着喝彩叫好。席间的气氛变得热烈起来，赵竑与他们三人纵情畅饮，面前的杯子不断被注满，再干了。瑶瑟偶尔也陪喝一杯，大多时候安安静静的，目光缥缈，不知想着什么心事，那对雾蒙蒙的大眼睛如梦似幻。

酒过三巡，四人都有了几分醉意。赵竑指着秦九韶道："我听闻，道古的父亲，是因为揭露防洪堤坝偷工减料，得罪了史弥远的近亲，才被调到科举考场。"

秦九韶怔愣了一下，一时不知该如何接口。赵竑又兀自道："史弥远与杨后相互勾结，擅权自重，坏事做尽。来日我掌权后，必定对他们严加惩罚！"

赵竑口中的杨后，是赵扩的皇后杨氏，早年她为赵扩的宠妃。赵扩欲立皇后时，宰相韩侂胄力主立另一宠妃曹妃为后位，但杨妃机智，趁着赵扩醉酒，让他写下立杨妃为皇后的字据。杨皇后对韩侂胄怀恨在心，后来便与史弥远联手除掉了韩侂胄。

杨皇后与史弥远勾结，早已不是什么秘密，但赵竑公然说破，毫不避忌有旁人在场，其余三人既尴尬又惊惶。

"国公喝多了。"陈元靓委婉提醒。

赵竑却不以为然，又端起酒杯道："来，为我早日惩恶，干杯！"

既然赵竑敬酒了，秦九韶想要端起酒杯，手却被陈元靓握住。陈元靓对秦九韶使了个眼色，松开手，用带着醉意的声音道："吾等不胜酒力，不能再喝了。"

赵竑一拍桌子，提高了音量："不能喝也得喝！"

一旁的瑶瑟被吓了一跳，劝道："郎君，酒多伤身，切莫贪杯啊。"

赵竑望向瑶瑟，她的眼中柔波荡漾，娇媚可人，他的醉意更浓了，不只醉酒，还沉醉在她的眼波里，语气也醺醺然："好，就依你，不喝了。我们找点别的乐子，可好？"他说罢，转头看了陈元靓一眼。

陈元靓见状知趣地起身道："吾等先行告辞，不打扰国公了。"

赵竑此时眼里已只有美人儿，挥了挥手："去吧。"

陈元靓、秦九韶和李梅亭刚走到船头，便见方才在席间伺候的几名侍女也随后而出，她们将通往廊台的纱幔放下，掩住了里边的春色。

秦九韶等人此前乘坐的小舟一直跟在画舫后头，秦九韶唤来船家，三人重新上了那条小舟。小舟渐渐驶离画舫，秦九韶将目光投向画舫上低垂的纱幔，一阵晕眩袭来。那几杯酒的后劲真足，他自嘲地笑了笑，躺倒在船上，只觉得天地都在旋转。

七月初七乃七夕节，临安街市上分外繁华热闹，车马盈市、罗绮满街，人群纷纷涌向七夕乞巧市集。入夜后，士庶之家在庭院搭起大棚，张挂牵牛织女图，备下瓜果、酒饼等，邀请亲眷中的女流，作巧节会。巧节会上，诸女置针线箱筐于织女位前，向织女星乞求智巧。家中有小儿的，诸小儿也各置笔砚纸墨于牵牛位前，乞聪明。

与外头的热闹相比，研究天文历法的太史局内一片寂静，须发花白的太史令周赟独自在灯下打盹。七夕节还有"曝书"的习俗，今日太史局内的典籍都被搬到太阳下曝晒，他忙了一天，累得腰背酸痛、昏昏欲睡。

太史局外，两名男子踏着夜色而来，一路交谈着。年长的乃兵部郎中魏了翁，四十多岁年纪，恂恂儒雅；年轻的是他的学生秦九韶。到了太史局门口，两名守卫拦住了他们。魏了翁说明，事先与太史令周赟有约。一名守卫入内通报，须臾便返回道，太史令有请。

　　周赟一见魏了翁便发起牢骚："魏老丈，你不好好过七夕节，非要来我这儿看星星，害得我有家不能回。"

　　"周老丈，不是我要看星星，是我的学生要看，他正在学习天文历法。你不是很乐意提携后辈吗？"魏了翁初到临安时曾参与国史修订，由此与周赟熟识。

　　"提携后辈也要分时间。"周赟牢骚不断，"今晚家中女眷乞巧，我本想一起热闹热闹，却被你给耽误了。"

　　"周公，我给你带了样礼物。"秦九韶笑嘻嘻，从随身携带的布兜里掏出了一对玩偶娃娃，递给周赟。玩偶娃娃是用龙涎佛手香雕刻而成的小童子，以雕木彩装栏座，并饰以金珠牙翠。

　　"哎呀，磨喝乐！"周赟立即两眼放光，牢骚也停了。

　　秦九韶亲热地搭着周赟的肩膀道："周公今晚回家便可将这磨喝乐供起来，保管来年喜得大胖孙子。"

　　这玩偶娃娃叫"磨喝乐"，七夕集市上皆卖磨喝乐，依照本朝风俗，已婚女子倘若还未生育，七夕节应将磨喝乐供于家里。据说多抚摸磨喝乐的头，来年就会生出如磨喝乐一般可爱的孩子。周赟有一对儿女，大女儿多年前便出阁了，小儿子去年成亲，儿媳至今未有身孕，小两口不急，周赟却抱孙心切。今晨周赟与魏了翁在市集偶遇，魏了翁见周赟对那磨喝乐良久注目。磨喝乐都是成对出售，周赟看中的那对，售价五千文铜钱。这样的价格平民百姓是买不起的，他们只能买泥娃娃。周赟买得起却舍不得花钱，魏了翁知他吝啬又好面子，好的舍不得买，买泥娃娃又怕遭人笑话，便不过问，后来果见他两手空空离开。

　　晚上魏了翁和秦九韶路过市集时说起此事，秦九韶当即决定买下那对磨喝乐赠予周赟。须得巴结好太史令，才能经常到太史局翻阅典籍，观测天文星象。这一招甚是管用，周赟笑得合不拢嘴，眉毛、胡子都在颤动，笑够了才夸道："这少年郎不光长得俊，还伶俐乖巧，你在哪儿收的这么个好学生。"

　　"他是秦季槱的儿子。"魏了翁笑道。

"哦——原来是秦衙内。"周赟听说过秦季槷，"魏老丈说，你想看牵牛织女星？"

"别的星星也想看。"秦九韶的脸上挂着讨好的笑，"烦劳周公了，妨碍你过节，实在抱歉。"

"好说好说。"周赟变得和蔼可亲，他将那对磨喝乐当宝贝似的，小心翼翼地收好，正欲领秦九韶上观象台，外头的院子里隐隐传来说话的声音。

"真是怪了，这个时候，还会有谁来？守卫也没拦着。"周赟叨叨着去探看究竟。

过了一阵子，一男一女走了进来，周赟跟在他们身后。

秦九韶一眼认出是赵竑和瑶瑟，很是惊讶，魏了翁上前见礼，他才定了定神，跟随其后。

赵竑和瑶瑟皆是一身寻常百姓的装扮，想来是不愿暴露了身份。瑶瑟虽荆钗布裙，却难掩天香国色。

"原来是魏公和秦衙内在这儿。"赵竑语气温和，"瑶瑟想看牵牛织女星，我便带她来了。"

秦九韶的记忆之门被猛然撞开，恍惚间，见殷清漪浅笑盈盈，听到她说，每年七夕的夜晚，都会抬头寻找天上的牵牛织女星，但是这么多年过去了，始终分辨不出哪里是天河，找不到牵牛星和织女星到底在哪儿。

"那就请国公上观象台吧。"周赟不敢怠慢皇子，只能先招待他了。

赵竑和瑶瑟离开后，秦九韶还呆立在原地。魏了翁连唤两声，他才长吁了口气，喃喃自语："天底下，真有如此相似之人吗？"

"你说什么？"魏了翁奇怪地望着他。

"济国公带来的瑶瑟……"秦九韶顿了顿才接道，"长得很像我从前认识的一个女子。"

魏了翁意味深长地看了他一眼，说道："我带你到这儿，是来观天象，而非看女子。"

秦九韶面露赧色："老师教训得是。"

"太史局的人每日通过天文气象仪器观测日月、星辰、风云、气候等，向朝廷报告，每年制定历法呈报皇上颁布。"魏了翁也不再细究，转而向秦九韶介绍，观测天象要修建很高的观象台，台上备有各种天文气象仪器，白天、黑夜都有人在工作。外人要进入太史局，需获得太史令的许可，观象台更不能随便上，除非是皇上、皇子那般拥有特权之人。今晚周赟本无须当职，是特意留下来接待他们的。

"观象台上都有哪些天文气象仪器？"秦九韶很是好奇。

"我朝张思训对历代测量天地位置的浑天仪详加研究后，造出了更为精密的自动天象仪。以齿轮转动代替人力操作运行，用水银代替水推动齿轮传导。机械转动与水银滴注能与天体时空运行同步，又保持恒定速度，测量精准，太宗皇帝亲自取名为'太平浑仪'。后因机绳断坏，无人知其制法。元祐元年（1086），苏颂奉命检验当时太史局等使用的各架浑仪，萌生了表演的仪器与浑仪配合使用的想法。他得知韩公廉精通算学、天文学，便告以张思训及前人仪器法式大纲。"

魏了翁接着道："后来苏颂与韩公廉等人兼采诸家之说，合作制成了水运仪象台，其构造复杂精巧，规模宏大，以水为动力。可以报时，还有观测天象、了解日月星辰运行规律的用途。我朝前期的天文机构为司天监，元丰改制后才改称太史局。仁宗至和元年（1054），司天监观测到天关客星爆发的情况，留下记录。英宗治平三年（1066），天文历法学家完成对彗星的观测记录。这些都是非常了不起的成就，也给后人留下珍贵的研究资料。如今有了水运仪象台，太史局功留青史，指日可待。"

说话间，外头又传来了敲门声。太史局的人都不在，秦九韶自己去开门。

门外站着苏展，他像是一路跑过来，气喘吁吁的。"秦衙内也在这儿啊。我家郎君在里头吗？"他急问。

"济国公上观象台了。"秦九韶问道，"是有什么急事吗？"

"观象台在哪里？快带我去。"苏展说着就冲进门，脚步飞快。

秦九韶只好紧跟上，他也不知道观象台的入口在哪里，还是魏了翁带的路。

出了里头的一扇小门，穿过曲曲折折的长廊，再进入尽头的一道拱门，眼前就是观象台的入口。观象台由台身和石圭组成，下大上小，平面呈方形，高约四丈。台体两旁围有盘旋踏道，呈方形覆斗状。入口处有人把守，苏展说明来意后，那人上去通报。

片刻，赵竑下来了，他面有不豫之色。

"郎君，你快回去吧。"苏展觑着他的神色，低声道，"夫人闹得厉害，把郎君送给瑶瑟小娘的琴和琴室内的其他摆设都给砸了。"

赵竑的脸色更难看了："是谁走漏了消息？"

"小底不知。"苏展惶恐不安，"郎君离开不久，夫人也离席，后来小底就被夫人传唤到琴室，她大声呵斥小底，若不立即将郎君找回去，就要挨板子。"

"放肆！我的人她也敢！"赵竑因愤怒而提高了音量。

"郎君息怒，夫人有孕在身，得让着她点。"苏展好言劝道，"你还是赶紧回去吧，乞巧宴上来的都是官宦人家的女眷，此事若是传扬出去，只怕有损郎君的声望。再说了，杨皇后那边也不好交代。"

赵竑攥紧拳头，好半晌才慢慢松开来，他长长吐出一口气："罢了，你在这儿等着，我去去就来。"他说罢转身又上了观象台。

方才苏展刻意压低了嗓音，但四周寂静，秦九韶的耳朵又特别敏锐，还是听清楚了。他明白了个大概，赵竑丢下有身孕的夫人，悄悄带着瑶瑟出府看星星，夫人发现后大怒，苏展也跟着遭殃。

赵竑很快便回来了，还是一个人，带着苏展匆匆离去。

秦九韶和魏了翁互视了一眼，魏了翁道："我们上去吧。"

二人沿着盘旋踏道而上，台上有两间小屋，分别安装计时仪器和观测仪器等。靠外的那间小屋内，周贽仍陪着瑶瑟，皇子带来的人，他不敢怠慢。赵竑此前欲带瑶瑟一同回府，但瑶瑟希望多待一阵子。太史局距离国公府不远，步行即可到达，加之考虑到夫人正在气头上，瑶瑟这会儿回去若被她撞见，恐怕局面愈发难以收拾，赵竑便由着她了。见二人来了，瑶瑟立即上前行礼，而后退至一旁问道："奴家可否留此听讲？"

"当然可以。"秦九韶抢先道。

魏了翁看了他一眼，默不作声。

周贽招呼秦九韶到窗口前，指着外面的夜空道："你看那横在空中的银色带子，便是天河。西边闪亮的星星是织女星，织女星附近有四颗小星星，排列成四边形，就像织女织布的梭子。牵牛星在织女星的对面，是那颗醒目的，两边各有一颗较暗的星星，与牵牛星三星相连，几乎呈一条直线，形如扁担，因此也被称作扁担星。"

秦九韶觉得甚是有趣:"既然有扁担星,是否也有鹊桥星?"

"鹊桥星没有,像喜鹊的星星倒是有。"周赟笑道,"你仔细瞧瞧,织女星的东北面、牵牛星的西北面有一组排列似'十'字的星星,其中有一颗较亮的,相传是七夕之夜为牛郎和织女搭桥的喜鹊。不过传说终归是传说,即便是七夕之夜,牵牛星和织女星依然在天河的两岸,几乎是不动的,更何况二者相距甚远,怎可能一晚便跨过天河相会,依旧是'盈盈一水间,脉脉不得语'。"

"虽然只是传说,但我还是愿意相信会有'金风玉露一相逢,便胜却人间无数'的美好一刻。"一直安安静静的瑶瑟忽然幽幽开口。

周赟干笑了两声,竟不知该如何接话。

"我也愿意相信,离别后还会有重逢的时候。"秦九韶注视着她,带着宁静自如的微笑。

面对秦九韶率直的注视,瑶瑟似被针刺一般,娇躯微颤,随即逃避似的垂下眼帘,不再吭声。

"快去瞧瞧水运仪象台吧。"魏了翁出言催促。

"秦衙内这边请。"周赟当先向水运仪象台走去。

秦九韶的目光在瑶瑟脸上停驻少顷,才缓缓移开。

水运仪象台有三层楼高,备存仪象之器,共置一台中。观测天体的浑仪置于上层,中层放置演示天象的浑象,下层则为使浑仪、浑象随天体运动而报时的机械装置。枢机轮轴隐于中,钟鼓时刻司辰运于轮上。以水激轮,轮转而仪象皆动。水运仪象台兼有三种功用,分别是观测天体运行、演示天象变化,以及准确报时。随着天象推移,会有木人自动敲钟、击鼓、摇铃报时。

周赟让秦九韶通过上层浑仪中的窥管仰观星体,牵牛星、织女星和它们附近的扁担星等清晰可见,秦九韶沉迷于其中,待他转过身来时,脸发亮,眼睛也兴奋地闪着光:"太奇妙了,我第一次如此近距离地看到了星星。方才听周公讲得明白,现在又看得真切,大饱眼福!"

"你再看看月亮。"周赟故作神秘状,"也许能看到月宫、嫦娥和玉兔。"

秦九韶信以为真,迫不及待地又管中窥月,他瞧看了半响,带着一脸的失落回头:"只见到月亮上有黑影,其他什么也没有。"

周贽和魏了翁都笑了起来，瑶瑟依旧垂首漠然。

"月亮上的黑影，我猜测是山脉。我们夜观天象多年，从未见过月宫、嫦娥和玉兔。至于是否真的存在，只能到月亮上去一探究竟了。"周贽捋了捋长髯，"我和魏老丈都盼着能到月亮上饱览美景，顺道会会嫦娥，可惜眼下难以实现。"

"你这老不羞，一把年纪了还想会嫦娥。"魏了翁嗤笑，"我不与你同流。"

"老师此言差矣。"秦九韶晃着脑袋，"《诗经》有云：窈窕淑女，君子好逑。以学生之见，君子无论老少，皆可逑之，那么会会嫦娥又何尝不可，何来'老不羞'之说？"

周贽拊掌大乐："此话深得我心。魏老丈，你这学生比你强过许多，孺子可教也，哈哈哈哈。"

秦九韶偷瞄了魏了翁一眼，他撇着嘴角，不置可否。秦九韶的目光又不受控制地飘向瑶瑟，瑶瑟恰巧也抬眼，与他相触的目光竟也微微带了笑意，他莫名地心头雀跃，禁不住笑出声来。

周贽听见秦九韶的笑声，更乐了："你好生努力，来日和我们一同揭开月亮之谜，共游月宫。"

"一定一定。"秦九韶满口应允。

"翅膀还没长硬就想飞，当心摔个稀烂。"魏了翁泼冷水，"好了，牵牛织女星已经看完，别耽误了人家观测天象。"

秦九韶点头称是，玩笑归玩笑，他对魏了翁还是十分敬重的。

魏了翁和秦九韶向周贽告辞，周贽要开始工作了，便不相送。瑶瑟默默跟在魏了翁和秦九韶身后，三人下了观象台，一路向外走去，秦九韶不时回头看看瑶瑟，她低眉顺眼的模样让他心疼。到了太史局的院子，瑶瑟赶到前头，正准备先一步去开门，秦九韶冲口喊道："瑶瑟小娘请留步！"

瑶瑟和魏了翁皆是吃了一惊，瑶瑟顿住脚步，转过身来，神色复杂地望着秦九韶。

"老师，我心中有些疑问，实在不吐不快。"秦九韶对魏了翁欠了欠身，面有愧意，语气却坚定。

魏了翁瞪了秦九韶一眼，但当着瑶瑟的面，不好说什么："既是如此，我先走一步。你赶紧解决了疑问，也回家去吧。"

秦九韶忙点头应允。

魏了翁的目光淡淡地扫过瑶瑟，上前开门，迈步出了太史局。外头的守卫重又将大门关上。

院子里只余下秦九韶和瑶瑟二人，四周悄然寂静，秦九韶几乎可以听到自己那骤然加速的心跳声。"清漪妹妹……"他试探性地喊，声音带了些微颤抖。

瑶瑟的眼睫扑闪了两下，用一对茫然的眸子瞅着他："秦衙内喊的什么？"

"清漪妹妹。"秦九韶重复道，"你就是吴家村郎中殷鲁的女儿殷清漪，我不相信世间会有如此相似的两个人。"

"你认错人了。"瑶瑟摇头否认，"奴家名唤瑶瑟，无父无母，自幼在临安的乐坊长大，不曾去过吴家村，更不是郎中的女儿。"

"你不承认，是有什么苦衷吗？"秦九韶紧逼着问。

"奴家绝非不承认，也没有任何苦衷。"瑶瑟耐心应答，"兴许奴家和秦衙内所说的那个女子的确长相相似，但奴家与秦衙内素昧平生，还望秦衙内莫要再纠缠，以免坏了奴家的名声。"

话已至此，秦九韶怔了怔，无言以对了。

"奴家告辞了。"瑶瑟说罢转身快步行至大门，开门而出。

秦九韶叹了口气，也随后出了门。到了外头的巷子，正见到瑶瑟的身影消失在巷子尽头。他不敢靠近，与她保持距离，也出了巷子。巷子外面是街道，集市上仍人来人往，瑶瑟那窈窕的身影汇入了人群中，沿着街道行走。

秦九韶觉得奇怪，国公府所在的万岁巷是往另一个方向去的，难道她不回国公府？那么她要到哪儿去？他不由自主地跟了过去。瑶瑟脚步匆匆，偶尔回头张望，秦九韶借着摊位和人流为掩护，尾随其后。到了一个分岔路口，瑶瑟拐进了旁边的一条小巷，秦九韶在巷口探头，瞧见她抬手敲了敲近处一户人家的门，不一会儿，"吱呀"一声，门开了，瑶瑟查看四下无人后，闪身进入，随即将门关上。

强烈的好奇心驱使秦九韶迅疾上前，那户人家种植着一棵大树，繁密的枝丫伸展出墙外。他翻上墙头，藏进了枝丫的暗影里。

瑶瑟就站在墙内院子里的树下，正等待着什么人。不一会儿，有个男人从屋里走了出来，月色明亮，看清那人竟是吴大富后，秦九韶惊讶万分。

吴大富刚在瑶瑟面前站定，瑶瑟便急急开口："昨夜，济国公借着醉酒，将史丞相赠送的七夕节礼物，那些珍玩全都砸碎了。他还指着书房墙上的地图对我说，日后得志，要将史丞相放逐到新州或者恩州。"

吴大富并未回应，只问道："赵竑与夫人近来感情如何？"

瑶瑟又将今晚发生的事情对他说了。

"我知道了，你赶紧回去吧，免得他起疑。"吴大富催促。

瑶瑟未再停留，转身便去开了门，依旧暗中观察过周围的动静后，再关门回到巷子里。待她的身影消失后，秦九韶跃下墙头追了出去，只见她出巷子后，朝着街道的另一头行去，那方向应该是回国公府。瑶瑟这般偷偷摸摸地来见吴大富，二人是何关系？瑶瑟口中的史丞相显然是史弥远，与他们又有何瓜葛？

秦九韶疑窦丛生，却无从开解，这事与他毫无关系，他无权干涉，只能无奈地回了家。

七夕夜观星之后，秦九韶和周赟成了忘年交，三天两头往太史局跑。秦九韶的性格豪宕不羁，与周赟十分投缘，他不懂就问，见巧便学，太史局内的其他老前辈也很喜欢他。这些老前辈都是满腹学问，且在天文历法方面各有专长与独到的见解，他们都对秦九韶倾囊相授，秦九韶则兼收并蓄、博采众长。

这日，秦九韶又来到了陈元靓的住处。"我有一重大发现，特来告诉老师。"秦九韶在书斋落座后，便急急开了口。

"是何发现？"陈元靓立即被勾动了好奇心。

"我这段时日跟随太史令周赟他们学习天文历算，发现历朝的历家们虽然掌握了上元积年的推算方法，却并未认识其规律。"秦九韶细细道来，"元"是开始的意思，将冬至作为一年的开始，朔日作为一月的开始，夜半子时作为一天的开始，还有甲子是干支纪日周期的开始。历法推算的起点，习惯上是取一个理想时刻。如若甲子那一天正好是朔日，又恰好这一天的夜半子时交冬至节，就用这个时候作为历法推算的开始，叫作历元。从历元更往上推，求一个出现"日月合璧，五星连珠"天象的时刻，这个时刻称为上元。从上元到编历年份的年数叫作积年，通称上元积年。

有了上元和上元积年，计算日、月、五星的运动与位置时就比较方便。推算上元积年的工作，最早始于西汉末年的刘歆。刘歆的《三统历》的主要内容是运用"三统"解释历法，以十九年为一章，八十一章为一统，三统为一元。经过一统即一千五百三十九年，朔旦、冬至又在同一天的夜半，但未回复到甲子日。经三统即四千六百一十七年才能回到原来的甲子日，这时年的干支仍不能复原。《三统历》又以一百三十五个朔望月为交食周期。

一个朔望月的日数，刘歆的计算依据来自《周易》，计算方法是："元始有象一也，春秋二也，三统三也，四时四也，合而为十，成五体。以五乘十，大衍之数也，而道据其一，其余四十九，所当用也，故著以为数，以象两两之，又以象三三之，又以象四四之，又归奇象闰十九，及所据一加之，因以再扐两之，是为月法之实。"最终得出一回归年的日数为三百六十五又一千五百三十九分之三百八十五日。

刘歆为了求得"日月合璧，五星连珠"的条件，又设五千一百二十个元、二千三百六十三万九千〇四十年的大周期，这个大周期的起点称作太极上元。

在刘歆之后，随着交点月、近点月等周期的发现，其他的历法研究者又将这些因素也加入理想的上元中去。日、月、五星有各自的运动周期和理想的起点，从某一时刻测得的日、月、五星的位置离各自的起点都有一个差数。随着观测越来越精密，以各种周期和各相应的差数来推算上元积年，算术过程越来越复杂，所得上元积年的数字也越来越庞大。

陈元靓听后便明白了："推算上元积年的方法，与'物不知数'题的解题方法之间，存在着一条隐蔽的暗道。"

"正是如此。"秦九韶接道，"《孙子算经》中的'物不知数'题，就是从《周易》大衍筮法中提炼而来的。推算上元积年的方法，其实也是大衍法，历家虽用，却用而不知。他们误以为是方程术，而不知是有别于方程术的，和'物不知数'题类似的余数问题解法。历家演法颇用之，却未有能推之者。大衍法在历法中的应用，也未载入《九章算术》。"

陈元靓颔首道："《九章算术》中有'方程'章，用算筹摆出数字方阵。还引进和使用了负数，并提出了正负术，也就是正负数的加减法则，第一次突破了正数的范围，这是一项重大的成就。但书中没有任何关于大衍法的记载。我猜想，并非未有能推之者，而是因为历家们将历法推算视为不可泄露的天机，以至于他们在算术上所取得的突破，都被禁锢在狭小的圈子里，无法得以传播。"

"老师所言甚是有理。"秦九韶表示赞同，"我现在所要做的，就是让那条隐蔽的暗道畅通无阻，得以见天日。"

"你果然是真心喜欢算术，我没有看错人。"陈元靓颇感欣慰，"我希望你能够写出一部可堪媲美《九章算术》的算书，踵事增华。"

秦九韶叹气道："而今我尚属入门，更何况算术遭人轻视，谈何容易。单就我朝颇有影响的程朱理学而言，这一学派代表人物朱熹认为，未有物，而已有物之理，至高无上的理先于物而存在，实乃谬误。过去的理学家们也都认为，医术、算术等皆技也，甚至公开反对朝廷开设算学馆。这导致许多士大夫受此理学的影响，也轻视算术。"

"我早就对你说过，许多士大夫轻视算术，称之为'九九贱技'。"陈元靓一脸淡然，"正因为此，才更需要用事实去改变他们的偏见，让他们明白，任何事物都有数的道理，不仅不该轻视，还需认识到其重要性，并广泛应用。我相信你有这样的能力。"

秦九韶眼眸一亮："不光算数，还有天文历法、营造，各种技艺，我都想要钻研。各种典籍文献浩如烟海，路漫漫其修远兮，吾将上下而求索。当下出现的许多新问题，用古算书上的方法已经难以解答。或许有朝一日，我真能将各方所学融会贯通，自创解法，并记录成书加以推广，让天下人获益。"

"长江后浪推前浪，世上今人胜古人。"陈元靓引用唐代韩愈《古今贤文·劝学篇》中的文句，作为对秦九韶的鼓励和期许。

"书山有路勤为径，学海无涯苦作舟。"秦九韶同样引用其中的句子作为回应。

二人相视一笑，陈元靓端起面前的黑瓷碗道："我以茶代酒，预祝你早日成功。"

秦九韶忙举起茶碗与他相碰，一同仰头整碗饮下。原该细细品啜的茶汤，竟也被喝出了几分豪气。

后来他们闲聊起来，秦九韶说起当日在太史局遇见瑶瑟，继而跟踪她之事，秦九韶已有好一段时间未与陈元靓见面，一直惦记着要将此事与陈元靓说道说道。

陈元靓沉吟片刻道："世间有两个容貌极为相似的人，倒也不足为奇。只是吴大富也牵扯其中，就甚是古怪了。前些日子梅亭到我这儿来，也说了关于瑶瑟的一桩奇事。"

"是何事？"秦九韶急切问道。

"那日济国公在府中为他出生满月的嫡长子举办诗会，邀请善诗词的官员赴会，梅亭也受邀前往。小世子出生后诏告天地、宗庙、社稷、宫观，圣上龙颜大悦，亲自为宝贝孙儿赐名赵铨。起初众人在花园中即兴赋诗，把盏共言欢，瑶瑟在一旁抚琴高歌助兴。后来济国公喝多了，竟当着满园宾客的面，搂抱瑶瑟求欢，那场面极为香艳。国夫人得知后大怒，赶来揪打瑶瑟，济国公上前制止，拉扯间将国夫人推倒，国夫人发髻上的一枝水晶双莲花掉落在地，摔碎了。"陈元靓转述，"据说此前国夫人就因为济国公宠爱瑶瑟而打翻了醋坛子，经常为此与济国公争吵。国夫人吴蕙兰乃太皇太后吴氏的侄孙女，当初是杨皇后做主将吴蕙兰许配给济国公，她很喜欢这个儿媳妇。为了小两口的事，杨皇后也是颇费苦心，上元之夜宫廷宴会后，专门赐予国夫人这枝水晶双莲花，让济国公亲自为她戴上，告诫他们要夫妇和睦。岂料没过多久，济国公便闯祸了。国夫人当即哭哭啼啼进宫告状去了。本是个大喜的日子，却闹了个鸡犬不宁，众宾客只能尴尬地各自散去。"

秦九韶明白了，怪不得当日在观星台下，苏展劝赵竑回去时说到杨皇后那边不好交代，原来国夫人是太皇太后的侄孙女。可他又有些糊涂："妇人拈酸吃醋，倒也常见，为何方才老师说是关于瑶瑟的一桩奇事？"

"奇就奇在，济国公怎会如此不顾及身份，当众与歌伎欢好。当日在画舫上，他同样酒醉，虽能瞧出他贪恋美色，但在那私密的场所，尚且算克制，还懂得驱散旁人，更何况是大庭广众之下。"陈元靓道，"梅亭懂些医理，他瞧出，济国公像是服用了某种致人乱性的药物。"

"是有人给济国公下了药？"秦九韶十分震惊。

"无凭无据，仅仅是暗自猜测而已。只是方才听你这么一说，愈发觉得事有蹊跷，且那瑶瑟十分可疑。"陈元靓略作思忖，"假如瑶瑟真是殷清漪，殷清漪乃郎中之女，她自己也懂医术，配置药物不成问题。恐怕，她是受人指使，故意挑拨济国公和夫人的关系。水晶双莲花摔碎，杨皇后必定对济国公心生嫌隙。”

“我那晚见到吴大富后，便留心打听，他如今已成了皇城副使武功郎，能够晋升，是因为攀上了史丞相的高枝。瑶瑟与他密会的那处宅院，是他购买的。难道当初清漪被吴大富掳走后，并非被金人带走，而是受制于史弥远？”秦九韶面色沉重，“济国公与史丞相不和，早已不是什么秘密，史丞相恐怕是想让杨皇后怨恨济国公，除之而后快？”

“这话可不能往外说，当心祸从口出！”陈元靓赶忙提醒，又摇头叹息了一声，“济国公不懂韬光养晦，喜怒形于色。他尚未被正式立为皇太子，最该做的，是恭敬君主，修身进德，以博取两宫的欢心，巩固自身地位。可他明知史弥远与杨皇后勾结，大权在握，却不懂收敛锋芒，实在令人担忧哪。”

秦九韶只觉得内心五味杂陈，瑶瑟若真是殷清漪，必定是有什么苦衷，逼不得已而为之。饱受金人入侵之苦，国恨家仇永世不忘的殷清漪，弹唱着岳飞的《满江红》，将忧国忧民的郁悒之情蕴蓄其间的殷清漪，怎会甘愿与投降派史弥远为伍，甘当他的棋子?!

月余之后，济国公府传出噩耗，出生不过两个月的小世子不幸夭折，被追封为永宁侯。小世子的死因是高热急症，外头传言，吴蕙兰怀孕时因赵竑独宠家中歌伎，二人屡屡争吵，吴蕙兰因此动了胎气早产，导致孩子先天不足。孩子高热病危的时候，赵竑还沉醉在歌伎的温柔乡里。小世子死后，吴蕙兰哭闹不止，要杀了那歌伎，可赵竑非但护着歌伎，还要纳她为妾。世人皆骂瑶瑟是狐媚子，红颜祸水，害得济国公家宅不宁。

不知是否因为受到孙儿去世的打击，数日后，原本体弱多病的赵扩突然病重，无法处理朝政。杨皇后临朝擅权，而史弥远早已长期把持朝政，二人愈发肆无忌惮。

秦九韶与友人结伴外出骑马、射箭归来，听说魏了翁来了，正与秦季楣在书斋谈话，便匆匆向书斋行去。到了书斋门口，魏了翁的声音传来：“如今朝中大臣如宰执、侍从、台谏皆为史弥远举荐，皇上这一病，可成了他和杨皇后的天下了。"

"济国公看来是指望不上了，只要史弥远把持朝政一日，收拾旧山河便遥遥无期了。"秦季槱微喟，"朝中之事变幻莫测，你我也无可奈何。"

"真德秀此前一再规劝济国公，在行为处事上，要认清场合与时机，不得僭越，可他根本不当一回事，依旧与各色人等往来频繁，轻率议论朝政，真德秀无奈辞去了宫教之职。史弥远曾多次在皇上面前媒孽济国公之短，又对沂王赞赏有加，显见有废黜济国公的企图。"魏了翁又道，"皇上虽看重济国公，却迟迟未册立他为皇太子。曾有朝臣提醒皇上，国事大且急者，储贰为先，皇上依旧未见行动，不知是否受史弥远影响。"

魏了翁口中的沂王，是史弥远派人物色来的宗室子弟赵贵诚，原名赵与莒。赵竑是原沂王的儿子，他被立为皇子后，已经去世的沂王无后，史弥远将赵与莒推荐给赵扩，于是赵与莒接替赵竑继承沂王王位，赵扩为其改名赵贵诚。

"济国公偏又将杨皇后得罪得不轻，唉……"秦季槱为赵竑叹息。

魏了翁有些愤然："简直荒唐至极，已经落人口实，还不知收敛，竟为了一个低贱的歌伎……"

"我不认为歌伎是低贱的。"秦九韶忍不住进去打断，"她们只是没能投生在好人家，身世堪怜。那瑶瑟小娘气韵高雅，满腹才情，许多闺房之秀都不如她。"

魏了翁冷哼一声："闺房之秀，怎会不知廉耻，魅惑家主！"

"是济国公自己贪恋美色，怎能怪歌伎魅惑他。"秦九韶本能地为瑶瑟辩解。

秦季槱莫名其妙地望着儿子，不明白他为什么要维护一个歌妓。

魏了翁意味深长地看了秦九韶一眼，忽然道："道古年届十七了吧，该给他寻门亲事，娶一房贤妻了。"

秦季槱笑道："早前已接连有媒人上门说亲，他不愿意，说要专心读书，参加科举考试，待金榜题名时，再考虑娶妻之事。"

"三岁一页举，要参加还得再等两年，岂不是太久了。"魏了翁不赞同。

"不急不急。我现在需要学习的太多，殚思极虑，哪有那个心思。再说了，也没有中意的人选。"秦九韶眼珠子转了转，"再过几年，正好老师的女孙也大了，不如就将她许配予我吧。"

魏了翁吹胡子瞪眼的："好小子，居然把主意打到我的女孙身上来了。"

魏了翁的女孙不过十岁，谈论亲事为时过早，秦季槱知道秦九韶是不喜魏了翁提娶亲之事，故意刁难他，哈哈大笑起来："魏公舍不得宝贝女孙，咱们也不敢强求。"

秦九韶也笑道："老师若不想嫁女孙，就莫再提娶妻之事了。"

魏了翁不作声了，秦季槱又笑道："韶儿过去从未将科举考试放在心上，他兴趣众多，还喜欢制作一些玲珑剔透的小玩意儿，认为不应当只重读书做文章，不重技艺。家内为此甚是着急，我还劝慰她，考取功名未必是唯一的出路。当年我进士及第，朝廷正处于风雨飘摇中，为此赋闲在家好些时日。还不如多个门道多条路，顺其自然，任其发展便可。如今他想要走仕途了，我自然也是支持的，毕竟我秦家乃官宦世家，长子又早逝，光于前，裕于后，唯有靠他了。只是希望他文章与技艺并重，真正成才，莫要一味读那些儒家经书而束缚了灵性。"

"秦公好功名而不迂腐，不拘陈规、豁达大度，令人钦佩。"魏了翁由衷道，又问秦九韶，"之前从未听你说过要参加科举考试，怎么突然就有了这样的想法？"

"我希望日后能将所学，尤其是算术技能，用于造福天下百姓。获得官职，才能施展拳脚，实现抱负。而要当官，参加科举考试是主要的途径。"秦九韶语气诚恳。这的确是他真实的想法，只不过他原本并不着急参加科举考试，来日方长，当务之急是打通推算上元积年的方法与"物不知数"题的解题方法之间那条隐蔽的暗道，但苦于近来频有媒人上门打扰，他担心父母被说动为他定亲，这才不得不将参加考试的日程提前，以此作为拒绝的理由。他眼下全然没有成亲的心思，也打心底排斥媒妁之言。成亲，自当两情相悦，他将来要迎娶真心相爱之人。

魏了翁对秦九韶造福天下百姓的志向很是赞赏，当即便为他考虑道："尊大人当年进士及第，你至少不能输给他。骈俪诗词是考试的内容之一，你有梅亭教授，自是不必担心了。但还有四书五经的内容必须熟读并背诵，朝廷有关法规也需熟记。"

秦季槱点头道："四书五经他虽有诵读，但尚未由浅入深地学习，日后要烦劳魏公多加指导。"

"好说好说。"魏了翁爽快应允，"若将来道古能成为忠臣良相，我也脸上有光。"说罢他和秦季槱都笑了起来，秦九韶也跟着笑，隐忧却在心头积聚，想起方才进书斋前听到的那番对话，不免生出"山雨欲来风满楼"之感。

不久后，秦九韶的担忧成真，赵扩病逝，无人知晓他究竟得的是什么病，宫中传言赵扩病危时，史弥远进献了不少金丹，赵扩服用后很快便去世了。但真相如何，已无从追寻。

新皇即位更是震惊朝野，赵扩仍病重时，史弥远便瞒着杨皇后，连夜带沂王赵贵诚入宫，并传达赵扩诏书："朕以才德微薄，承接国绪。念及国嗣尚未建立，曾立皇弟沂靖惠王之子为皇子。细察熟虑，仍然担忧本支不够强盛。皇侄邵州防御使贵诚，亦是沂靖惠王之子，犹如朕之子也，聪明天赋，学问日新，既亲且贤，朕意所归，使其并立为皇子……"赵贵诚被立为皇子的同时赐名为赵昀，授以武泰军节度使，封成国公。

赵扩弥留之际，史弥远请杨皇后同意废赵竑立赵昀为继承人的计划，杨皇后虽不喜欢赵竑，但起初并不同意，她明白诏书乃史弥远伪造，不愿违背赵扩的意愿，担心无法让朝臣们心服。史弥远见状，派杨皇后的两个侄儿一夜间先后七次进宫，向杨皇后陈述各种利害。两个侄儿跪在杨皇后面前哭着道，内外军民皆已归心，如若不立赵昀，祸变必生，杨氏一族都将遭殃。杨皇后禁不住一再劝说，出于自身利益的考量，又想到赵竑对自己大不敬，连水晶双莲花都敢摔碎，将来若是当了皇帝，必定愈发不将她这个太后放在眼里，终是同意了史弥远的做法。

赵扩驾崩后，史弥远才宣召一直被蒙在鼓里的赵竑入宫听诏："皇子成国公赵昀即皇帝位。尊皇后为皇太后，垂帘同听政。"随即以杨太后名义宣诏："皇子赵竑晋封济阳郡王，判宁国府，赐第湖州。"史弥远一手遮天，赵昀就这样登上了皇帝的宝座，本该即位的赵竑却被贬为济王，出居湖州。

朝野上下议论纷纷，不少人为赵竑义愤不平。但赵竑毕竟没有被立为皇太子，皇子与皇太子仅一字之差，却差别甚大，皇太子是唯一合法的皇位继承人，皇子只是被承认为皇帝的后嗣，而赵竑又非赵扩亲生，易嗣远比废储容易得多，更何况史弥远还有皇太后撑腰。因此朝臣们即便愤怒，对此也奈何不得。

赵竑已回天无力，不日便要动身前往湖州。秦九韶为瑶瑟的命运担忧不已，来到济国公府外打听消息，他明知自己什么也做不了，还是控制不住地想知道她是否安好，济国公府经历了这样的变故，她是否还有容身之处？哪怕只是远远见上一面，确认她安好无恙，他也就安心了。

济国公府大门紧闭，外头还有侍卫把守，赵竑实际上是被监管起来了。秦九韶根本无法接近济国公府，正发愁，瞥见苏展耷拉着脑袋从远处走了过来，他赶忙迎上前去，喊了声"苏内人"。

苏展冷不丁被吓了一跳，抬头见是秦九韶，流露出既感动又哀伤的神情："难得秦衙内还愿意和我打招呼，如今外头的人见了我们都躲得远远的，生怕受到牵连。"

"济国公他……还好吗？"秦九韶同情地询问。

苏展沉重叹气："事到如今，也只能任人宰割了。"

"瑶瑟小娘如何了？"秦九韶忍不住又问道。面对苏展惊疑的目光，他忙解释："我听说，济国公是因为她而得罪了太后——"

"那个女人，得知我家郎君被废后，她突然说要回家去看看，到现在都没有回来。"苏展截断了他的话头，声音里有止不住的怒气，"一定是怕被牵连，跑了。偏生我家郎君是个痴情种，明日要离开了，还惦记着她，让我赶紧去把她找回来，还怪我不安排人陪同。当时府里乱糟糟的，哪顾得上她呀。再说夫人那样恨她，也没有人敢和夫人作对，都巴不得她一去不回。"

"你方才就是去找瑶瑟小娘？找到了吗？"秦九韶暗暗心惊，若瑶瑟真是史弥远用来对付赵竑的一颗棋子，如今赵竑已被废，瑶瑟失去了利用价值，恐怕是凶多吉少。

"没有。之前她说自幼被卖到乐坊，从未提起过家在哪里。我去济国公为她赎身的长平坊打听，也没有人知道，这让我上哪儿找去啊。"苏展摇着头，唉声叹气，"我得回府去了，秦衙内，不知道明日这一去，以后还有没有再见的时候。"

"一定有的。"秦九韶忙宽慰他，"湖州与临安离得近，往来很方便。"

苏展苦笑了一下，脚步沉重地走远了。

秦九韶呆立片刻后，猛然转身，急匆匆去雇了辆驴车，前往吴山脚下的吴家村。他并不知晓瑶瑟说的要回家看看是否为实话，也无法完全确定瑶瑟和殷清漪是同一个人，但冥冥之中似乎有股力量驱使着他，牵引着他的脚步。

自从当年殷清漪和殷鲁失踪后，秦九韶就再也没有去过吴家村。多年过去，小村庄还是那般光景。他举目四顾，不禁黯然神伤。已近黄昏，村民们日落而息，都已回到各自家中准备飨食，路上见不到行人。他清楚记得殷家住的茅草屋，轻易便找到了。木门虽然老旧，但看着并无蜘蛛网和积尘，不像是久无人居的样子。他心中一动，伸手推了推门，门"吱呀"一声打开了。他走进屋，将门关上。

屋里干净整洁，显然是新近有人打扫过的，但灶台冰冷，毫无烟火气。秦九韶四下里探看，未见人影。最里间是他当日养伤的房间，他走到房门口，吓了一跳，里头的小木床上躺着一个女子，她双手紧握着一把剪刀，搁在胸口处，一对晶莹的眼睛凝视着他。他一时之间神志恍惚，又迷糊又茫然，分不清眼前的女子究竟是瑶瑟，还是殷清漪。

两人就这样对视半晌，秦九韶清醒过来了，试探性地喊了一声："清漪妹妹？"

女子缓缓放下剪刀，坐起身来，对他轻盈地笑了笑，那笑容却含满了说不出来的忧郁和悲苦："道古哥哥。"

这一声"道古哥哥"，让秦九韶瞬间湿润了眼眶，果真是她，殷清漪，当年她并未被金人带走，而是摇身一变，成了赵竑身边的瑶瑟。仿佛时光倒流，他们在这茅草屋中朝夕相处，陋室可以调素琴，谈笑有灵犀。弹指一挥间，物是人非事事休，欲语泪先流。

"清漪妹妹。"秦九韶开口，声音浸润着苦涩。

殷清漪眼泛泪光，微颤着声问："你怎么会到这儿来？"

"我见到苏展，他说……"秦九韶顿了顿才道，"他说你要回家去看看，他不知你家在何处，找不到你。我就想着，到这儿来碰碰运气。"

殷清漪闭了闭眼，泪珠悄然从眼角坠落。"你认识的殷清漪早已经死了，从她成为瑶瑟的那一刻起，就已经是一具行尸走肉。"她不待秦九韶询问，自己一五一十地道来，"那晚在祠堂，我中了迷魂香晕倒。醒来后，就到了史弥远府中。我是被吴大富掳走的，他说术虎烈一眼看上了我，他原本是协助术虎烈，要让他将我带走，但那日他躲在窗下听到我弹琴后，告诉了史弥远。吴大富是史弥远的人，赵竑好琴又好美色，史弥远正在物色一个色艺双绝的女子，打算送到赵竑身边，作为他的眼线。史弥远吩咐吴大富先将我带到他那儿，他见到我后，亲自去和术虎烈谈判，送了他许多美人和金银珠宝，才换得我留下。史弥远以权谋私，残害忠良，主持与金订立了屈辱的'嘉定和议'，那样的奸臣，我怎肯替他卖命。可他们又设计引来我爹，我若不从，他们便要将我爹折磨致死……"

　　殷清漪扬起泪痕遍布的脸："我逼不得已，只能照做。他们安排我进了长乐坊，化名瑶瑟，又买通了赵竑身边的人，设计让赵竑到长乐坊听曲，由我为他唱曲儿，赵竑对我一见钟情，当即提出为我赎身，我就此成了济国公府中的歌伎瑶瑟。赵竑对我十分宠爱，甚至不惜与杨皇后为他选定的夫人作对，这也是史弥远所希望的，他要利用我挑拨赵竑和吴蕙兰的关系，让杨皇后怨恨赵竑。他们还收买了济国公府的侍女，让她监视我。人为刀俎，我为鱼肉，我根本别无选择。我每一天都在痛苦和煎熬中度过，生不如死。"

　　秦九韶心中泛起一股强烈的酸楚，眼眶也发热了："你爹爹，他还好吗？"

　　殷清漪突然失声痛哭，她用手掩住了脸，哭得肝肠寸断，哭声中那深切的惨痛已让秦九韶明白了，他想劝慰，却不知如何出口，一时间只能呆望着她，满心凄惶。

　　许久，殷清漪才渐渐止住了哭声，带泪的眼睛里燃烧着怨恨："我以为任务已完成，他们会放了我爹爹，还我自由，谁知道……吴大富的外宅李氏悄悄来找我，告诉我，吴大富见我已没有了利用价值，竟然将我爹爹给杀害了。还有，术虎烈又来了临安，他仍对我不死心，吴大富欲将我献予他。李氏是被吴大富强抢来养作外宅的民女，她痛恨吴大富，同情我，让我赶紧逃走。可我又能逃到哪儿去呢，再说我活着已经了无生趣，这条命留着也无用了。只是我想在死之前再回到这里看看，我和爹爹在这儿生活多年，对这里的一草一木都有感情。

刚才听到脚步声，我以为是吴大富来抓我了，正准备用剪刀自戕，却不料是你。真没想到，我还能在死前再见到你，对你说出一切。如此，我也少了许多遗憾。"

"生命何其可贵，怎能轻易放弃！"秦九韶冲口而出。

殷清漪的嘴角浮起了凄恻而无奈的微笑："天下之大，却没有我的容身之处。像我这样的人，也不配继续活在世上了。"

"从现在开始，你不再是瑶瑟，瑶瑟已经死了，而你是脱胎换骨的殷清漪。"秦九韶满眼的真挚，"我可以帮你，帮你找个安全的地方藏起来。"

"藏起来？"殷清漪喃喃道，"难道，我要藏一辈子？"

"这只是权宜之计。"秦九韶语气有些急切了，"此地不宜久留，要想个法子，对付吴大富他们……"

他的目光扫过床上的那把剪刀，忽然有了主意，弯腰抓起剪刀，就要往自己的手臂捅。

殷清漪见状大惊失色，她根本不清楚他要做什么，只是下意识地扑过去，胡乱伸手抢夺剪刀。

秦九韶将剪刀握得很紧，殷清漪根本夺不走，手掌还被刀尖戳中，登时鲜血淋漓。

秦九韶被她突如其来的举动吓了一跳，手一松，剪刀"哐当"一声掉落在地。他一把拽过殷清漪的手腕，见她手掌上的鲜血不断往外淌，慌了。"有什么可以包扎止血的吗？"

"不妨事，我爹爹以前种的夏枯草还在，采点来敷上就行。"殷清漪抽出手腕，自己用左手按压住出血的右手掌，"你先告诉我，为什么要拿剪刀捅自己的手臂。"

"唉，怪我没有事先说明，害得你受了伤。"秦九韶为自己的鲁莽行为自责，"我是想要伪造你用剪刀自杀的假象，如果吴大富找上门来，看到地上到处都是血，或许就会相信你已经自杀身亡了。"

殷清漪震颤地望着他，眼泪奔涌而出："你为了我，不惜伤害自己。"

"你别哭啊，我皮糙肉厚，划道口子出点血，不碍事的。"秦九韶故作轻松地笑了笑，又换上了严肃的神情，"你这样细皮嫩肉的，怎么经受得住。草药在哪里，我这就去采。"

"我带你去。"殷清漪带泪低叹，"要制造流血的假象，无须用真正的血，有一种草药的汁液足可乱真，一并采些过来。"

秦九韶将门拉开一道缝，小心查看了一番，确认四下无人，才和殷清漪一同出了屋子。屋后有一处小坡，上面是一个园圃，里面全是当年殷鲁亲自栽种的草药。殷清漪一回来便先去了园圃，她曾陪着爹爹踏遍周围的大山采摘草药，并尝试着自己栽种，这片园圃里的草药都是父女二人的心血结晶，也承载着点点滴滴的回忆。大概是殷鲁临走前交代村里人照料，虽然已过去好些年，他的这些宝贝草药依然旺盛地生长着，殷鲁此前教给村里人不少草药治病的方法，这园圃里的草药还能继续惠及全村的村民，这让殷清漪获得了些许慰藉。

殷清漪辨认出夏枯草和鸡血藤，秦九韶分别采摘。

"我最喜欢鸡血藤的花，可惜花期已过，看不到它开花。"殷清漪心生感伤，"花与人一样，经不住岁月的蹉跎，但是花谢了还会再开，人逝去的芳华，永远也回不来了。"

秦九韶心下恻然，暗自长叹了口气。

回屋后，殷清漪却不愿立即用夏枯草止血，只让秦九韶去厨房取来一个小盆子，将鸡血藤折断，红色的汁液流入盆中，果然看起来和鲜血一般无二。随后殷清漪不再按压伤口，反而用力从伤口挤出鲜血，滴落在盆中。

"你这是做什么！"秦九韶急于制止。

殷清漪却淡然道："有血腥味，会更加逼真。"

"那应该用我的血。"秦九韶不由分说，按住她手上的伤口。

殷清漪却用力挣扎开来："就当我死过一回了，这样才能真正获得重生。"

秦九韶被这话震动了，有些失神地望着殷清漪，她好似使尽了浑身的气力，拼命揉捏自己的伤口，让鲜血混入鸡血藤的汁液中。她一定很疼吧，秦九韶模模糊糊地想着，心头也随着鲜血的滴落而划过阵阵抽痛。

殷清漪曾多年跟随父亲四处行医，耳濡目染，加之父亲有意栽培，她也通晓医术，懂得如何更好地伪装自戕留下的痕迹。她将血红的汁液涂抹在剪刀上，又洒在床上和地面，一切布置停当，才让秦九韶将夏枯草鲜叶捣烂，为她敷于伤处。

"我们先到隐君子陈元靓那儿去，再做打算。"秦九韶提议。

殷清漪轻轻点头。

二人出了屋子，外面天色已经黑了，他们借着夜色的掩护悄然出了村庄。秦九韶耳目极为敏锐，他先跳上在村口等候的驴车，刚将殷清漪拉上车，就听得身后隐隐传来不寻常的响动，猛回头，依稀辨认出有两个蒙脸大汉直奔村庄而来。

"快走！"他忙催促车夫。

车夫一挥鞭，拉车的驴子扬蹄而去。秦九韶握住殷清漪未受伤的左手，她的手冰冷颤抖。

"别怕！"他轻声安慰她，自己却也紧张不已，不住地回头张望，直至远处的人影消失在视线中了，才长出了口气。

第三章 世事洞明皆学问

到了陈元靓的住处，秦九韶将殷清漪先前的遭遇原原本本告诉了陈元靓，二人经过商议，决定先让殷清漪暂时在陈元靓这儿住下，他独处一隅，平常鲜有人造访，这里是最安全的。秦九韶负责为殷清漪寻觅一处可避人耳目的居所，术虎烈不会在临安久留，待他走后再迁居。

秦九韶和陈元靓谈话时，殷清漪坐在一旁恍若未闻，怔怔的，不知想着什么，不知不觉，眼泪溢出了眼眶，滚落到衣襟上。

秦九韶见状，担忧地唤了声"清漪妹妹"。

殷清漪回过神来，一对含泪的眸子直直地注视着他。

秦九韶着急想要劝慰，但关心则乱，一时间竟变得拙口钝辞了。

陈元靓当先道："好好活下去，才能告慰你爹爹的在天之灵。不经一番寒彻骨，怎得梅花扑鼻香。"

陈元靓那温暖的声音和兄长风范仿佛有抚慰人心的力量，再见秦九韶一脸紧张关切的神情，柔软的情绪像一束小小的火焰，逐渐融化了殷清漪那颗冰冻已久的心。"一切听凭你们的安排。"她柔声低语。

殷清漪安心在陈元靓的居所住下，秦九韶虽时时记挂着殷清漪，却不敢贸然前去。吴家村的屋内只有血迹，并无尸体，吴大富和术虎烈必定会四处打听寻找，活要见人，死要见尸。他担心被人盯上，暴露了殷清漪的藏身之处。

那段时间，秦九韶索性一门心思钻进书堆，力求打通推算上元积年的方法与"物不知数"题的解题方法之间的那条隐蔽通道。他总结前人的成果，寻得此类问题的共同之处，引而伸之，触类而长之。那日清晨，方惜芸推门进入书斋，见秦九韶竟睡在地上，身旁散落了满地的稿纸，上面全是密密麻麻的算式。深秋本就寒气袭人，还睡在寒凉的地上，很容易受风寒。

"韶儿——"方惜芸急切唤他。

秦九韶蓦然惊醒，一骨碌从地上爬起来。"哎呀，我怎么就睡着了！"他顾不上别的，直扑向那堆稿纸，找出其中一张，执起笔，继续纸上尚未完成的算式。

方惜芸心疼儿子，但见他如此专注痴迷，又不忍打扰。她近前细瞧，只见稿纸上写满了数字、符号，还有定数、衍母、衍数之类的她全然看不懂的文字，她摇摇头，叹了口气，转身缓步出了书斋，吩咐贴身伺候秦九韶的小环秋婵煮碗姜汤送过来，给秦九韶驱驱寒。

不知是吴家村屋内的那些血迹起了作用，还是陈元靓的居住地较为安全隐秘，直至术虎烈离开临安，吴大富也没有找到殷清漪。三个月后，秦九韶欣喜若狂地来到陈元靓的居所，临安刚刚迎来入冬后的第一场雪，此时积雪已融尽，他的脚步愈发轻快，意态甚得。

陈元靓一打开门，秦九韶便高声道："老师，我成功了！"

"哦？"陈元靓的眼中也浮现喜色，"你让那条隐蔽通道，重见天日了？"

"正是！"秦九韶冲口道。

"快跟我好好说说。"陈元靓拉着秦九韶进了书斋，听他细说。

秦九韶一落座，便打开了话匣子，从自己如何将《孙子算经》中的"物不知数"题进行推广说起：《孙子算经》中的"物不知数"题为"今有物不知其数，三三数之剩二；五五数之剩三；七七数之剩二。问物几何？"答案为二十三。意即有一堆物品，不知总数，每次取三个，剩余二个。每次取五个，剩余三个。每次取七个，剩余二个，得出的最小物品总数为二十三。众人能想到的解法，多为列举法，也就是将三、三数之剩二的所有数列举出来，即二、五……二十、二十三……；将五、五数之剩三的所有数列举出来，即三、八……十八、二十三……；将七、七数之剩二的所有数列举出来，即二、九、

十六、二十三……从而发现列举出来的数里可以找到很多重复出现之数，最小的数是二十三。但此法十分不便利，无法根本解决"物不知数"这类问题。

而秦九韶进行深入细致的研究后，决定用平时积累的方法，设计一个算式来解此类问题。他向陈元靓要来纸笔，低头写下一列加减算式，对陈元靓道："用我这解法，便可解'物不知数'此类题，且听我将《孙子算经》得出的最小数为二十三解释与你听。"

陈元靓凝目细瞧，只见秦九韶写的和式为：用三三数之的余数二与七十相乘所得一百四十，加上五五数之的余数三与二十一相乘所得六十三，再加七七数之的余数二与十五相乘所得三十，最后减去任意数乘一百〇五的所得二百一十。

"这里的任意数先定为二，老师算算是何结果。"秦九韶又道。

陈元靓心算一阵，正是二十三，忙问为何取七十、二十一、十五，又为何减去二乘一百〇五的所得？

秦九韶解释道："取七十，是因为它不会造成五、七的余数，但会对三产生余数一；取二十一，是因为它不会造成三、七的余数，但会对五产生余数一；同理，取十五，不会造成三、五的余数，但会对七产生余数一。"

陈元靓点点头，但略作思量又摇头问道："不错是不错，可为何让七十、二十一、十五分别乘余数二、三、二？"

秦九韶继续解释道："七十既然不会造成五、七的余数，乘二后亦不会造成五、七的余数，但会对三产生一乘二的余数。七十为二乘五乘七所得，因此可以被五乘七所得三十五整除，再乘二，依然为五乘七的倍数。但以三除七十，会产生余数一。七十乘二再以三除之，便会得到余数二，不正好是三三数之剩二？同理……"

"对对对，正是此理，让我来说吧。"陈元靓听后恍然大悟，他指着秦九韶列出的和式前三项，也就是二乘七十所得加上三乘二十一所得，再加上二乘十五所得，逐个儿道，"三三数之余数为二，五五数之余数为三，七七数之余数为二，称它们为'全要求'。余数二乘七十，满足'全要求'；余数三乘二十一，满足'全要求'；余数二乘十五，亦满足'全要求'。如此，三者相加，自是仍然满足'全要求'。"

陈元靓似离经脉贯通仅一步之遥，又对秦九韶问道："那么，减去二乘一百○五的所得，是为何?"

秦九韶笑答："一百○五是三、五、七相乘所得，自然也不会造成三、五、七的余数，因此让其倍数加减进入和式中，不影响你所说的那'全要求'。"顿了顿又往下接道，"其实，前三项减去一百○五乘二的所得，得到二十三，只是满足'全要求'最小的那个数；若前三项减去一百○五乘一的所得，得到一百二十八，也是满足的。抑或是前三项加上一百○五乘六、七、八等任何数的所得，皆满足'全要求'。和式中的任意数可以为正数，也可以为负数，因此所求之数，无穷无尽也。"

"原来如此。"陈元靓已全然明了。

"打通了那条隐蔽通道后，我创立了一套辗转相除的方法，以求'余数为一'，即一个数无论倍数为多少，以另一个数除之，所得余数均为一的方法。实际上便是用辗转相除法求出乘率，解决了乘率的具体求法。'物不知数'题为具体数字，且数字较为简单，以试猜之法亦可得到答案。但若数字很大，且推广到任一除数，仅凭猜测便无法奏效了。如今我终于找到了一种普遍性的解法，这便是我研究此类问题的最终成果。"秦九韶取出随身携带的一副算筹，"我设计了一道题目，以二十七除三千八百，原本商十四，余数为二十。我且为老师演算一番，若要使其余数为一，应如何以辗转相除法求出该乘率。"

陈元靓立即提供了一个用于演算的方形盘子。

"首先数数之乘除称为因式，设该数的除数为定数，各定数对应余数。将几个定数相乘所得称为衍母，若以某一定数除衍母，便称所得为该定数的衍数。每一衍数与除己之外的定数之间均为倍数关系。"秦九韶做了一番说明后，将盘子划分为四个格子，第一步，置余数二十于右上，定数二十七于右下，最终要得到的余数一于左上；第二步，以二十除二十七，商一余七，以商一乘左上的一，入左下，置余数于右下，替换原来的二十七；第三步，以七除二十，商二余六，以商二乘左下的一，加入左上，置余数于右上；第四步，以六除七，商一余一，以商一乘左上的三，加入左下，置余数于右下；第五步，以一除六，商五余一，以商五乘左下的四，加入左上，置余数于右上，左上的二十三即为所求乘率。

总而言之，便是以辗转相除法求乘率，直至余数得一为止，左上的数即为所求乘率。但这个一必须在右上，若右下首先出现一，则需要再做一步。

"妙，妙极了！"陈元靓连连称道，"道古精研算术，旗开得胜，可喜可贺。若能将此辗转相除法推广开来，在许多领域皆可运用，必将造福大众。只是，眼下单靠你我的力量难以实现，还需时间和机遇。"

"不急于一时，针对当下出现的，用古算书上的方法已难以解答的许多新问题，我还要一一自创解法，待将来记录成书后再一并推广也不迟。"秦九韶志在千里，"我以'大衍求一术'为此辗转相除法命名，老师以为如何？"

"'大衍求一术'。"陈元靓重复了几遍，似在细细品味，少顷才道，"我很认同你先前说过的，《孙子算经》中的'物不知数'题，就是从《周易》大衍筮法中提炼而来的。推算上元积年的方法，其实也是大衍法，历家虽用，却用而不知。《周易》中的筮法的确是大衍法的来源之一，你是将'大衍'作为一个算术词吧。大衍法在历法中的应用，也未载入《九章算术》。我现在愈发相信，你将来能够写出一部可堪媲美《九章算术》的算书，将'大衍求一术'载入其中，便可填补了这一空白。"

"知我者，老师也。"秦九韶的眼中闪动着得遇知音的光彩，"圣有大衍，微寓于易。奇余取策，群数皆捐。衍而究之，探隐知原。若真有著书的那一天，我要将此内容，写入序言当中。"

"甚好，甚好！"陈元靓夸赞。

"先生，该用午膳了。"柔美的女声传来，是殷清漪的声音。

陈元靓忽望着秦九韶笑道："你一来就与我谈论半晌，倒将清漪给忽略了。你也有一段时间没见到她了，快去瞧瞧吧。"

秦九韶的眼中立即闪过一抹愧疚之色："平常总惦记着她，刚来的路上还想着呢，可一说起算术就给抛到脑后去了。"他说罢快步向书斋外走去。

"道古——"陈元靓在身后唤他。

秦九韶回过身："老师还有事吗？"

"清漪她……心情不太好……"陈元靓有些欲言又止。

秦九韶心头一咯噔："是因为吴大富？"

陈元靓摇摇头，叹了口气："留待她自己与你说吧。"

殷清漪就站在外头，她不知道秦九韶来了，乍见微微一怔，随即展颜而笑，但秦九韶分明感觉到，那笑容是苦涩而酸楚的。

"老师说你……心情不太好……"他小心翼翼地开口。

殷清漪倏然蹙紧了眉头，满面凄惶之色："我……怀了赵竑的孩子。"

秦九韶呆愣住了，口将言而嗫嚅："你……有什么打算？"

殷清漪幽幽地吐出一口气来："我也是才发现……还没想好是否留下。"

秦九韶默然良久，才试探着询问："你对济王……"他很想知道，殷清漪对赵竑是否动了真感情，后面的话，却噎在喉中。

"是我对不住他，亏欠了他。"殷清漪的目光迷迷蒙蒙地投向彤云密布的天空，大雪将至，"当日得知先皇驾崩的消息后，赵竑一直在府邸焦急等候，等待宫中来人宣召他进宫。但他等了许久也未有人来。后来他实在等不及了，到大门口张望，正巧宫中派出宣召的使者从门口经过，当时我就陪在他的身旁，他很纳闷，使者为何没有进府。后来使者再次经过门口时，已经簇拥着当今圣上，直接进宫去了。赵竑整个人都呆愣住了……他是那样悲愤和绝望，可即便如此，他也不曾怀疑过我，依然温柔待我……"

她哽咽着，眼中漾泪。

秦九韶微蹙着眉峰，眼底一片心疼与无奈之色："不管你做出什么样的决定，我都会尽我所能帮助你。"

殷清漪已分不清心中是感动还是伤痛，樱唇微颤着，语声幽渺如太息："谢谢你，道古哥哥。"

正月在大雪纷飞中来临，赵昀下诏宣布改为端平元年，以示改元更化。数日后便传来了湖州有人造反的消息，湖州人潘壬打着拥护济王赵竑的旗号，和几个弟兄一同反叛朝廷。他们集合了一支上千人的队伍，自称为山东"忠义军"红袄军的人，闯入济王府，声称要拥立赵竑为帝。他们强行将赵竑带到湖州治所，硬将一件事先准备好的黄袍披于他的身上。赵竑踌躇不定，但潘壬等人以武力胁迫，他无奈之下只得与其约定，不得伤害杨太后及赵昀。得到允诺后，赵竑即皇帝位，并下令准备檄文，隔日讨伐史弥远史贼。

但天明后，赵竑发现自己受骗了，拥立他的根本不是所谓的"忠义军"，而是一些太湖渔民和湖州巡卒。潘壬最初的确和红袄军取得联系，但首领表面上与之约定起事日期，表示届时将进兵接应，实际却并未信守承诺。潘壬等人恐事情泄露，遂自行聚集了一帮乌合之众，仓促起事。

赵竑料定这帮乌合之众难以成事，立即派人报告朝廷有人造反，并亲率州兵讨伐。朝廷派来的军队抵达时，叛乱已被平定，"黄袍加身"的闹剧就此草草收场。湖州之变，赵竑并非预谋叛变，实乃被胁迫，之后还亲自率兵平叛，罪不至死，但很快便传来了赵竑死亡的消息，朝廷是以赵竑暴病身亡布告天下，朝野一片哗然。朝臣们都心知肚明，赵竑哪里有什么病，是史弥远派人以给赵竑治病为名去往湖州，逼迫赵竑自杀。赵竑的妾室与妾室所生的庶长子也被杀害，夫人吴蕙兰虽留得性命，却不得不出家为尼。赵竑死后，赵昀与史弥远为掩人耳目，也为平息朝野内外的非议，辍朝以示哀悼，追赠赵竑为少师，刻意降低了追悼级别，并封锁相关消息阻止事态扩大。

此事激起了正直人士的义愤，朝中重臣真德秀、魏了翁等人纷纷上书，为济王鸣不平，指责皇上处理此事不当，皇上却道，他对赵竑已经仁至义尽。而后各方的抗议被压制，为赵竑鸣冤叫屈者纷纷被贬离朝堂。

魏了翁离开临安前，到秦府辞行，与秦季樆、秦九韶相顾无言，三人沉默良久，秦季樆喟然长叹："原定皇位继承人含冤而死，重臣遭贬。如今朝臣泛论，一语及此，摇头吐舌，指为深讳。今后史弥远定是愈发有恃无恐了。"

"朝廷低调处理湖州之变，也未有正确表态，这样对济王不公，还使得民间对朝廷的态度疑惑不明，这样容易动摇人心，让盗贼小人有了颠覆朝政的可乘之机。为此我劝皇上厚伦纪，以弭人言，妥善处理济王后事以平息朝廷言论，却被认为首倡异论。史弥远为笼络人心，争取理学家的支持，还假意对我示优容。"魏了翁冷哼，"我岂能与那等奸臣同流合污！被我拒绝后，两日后我便遭弹劾，被黜至靖州。"

"皇上若依魏公之言厚伦纪，妥善处理济王后事，势必要追究幕后元凶史弥远。"秦季樆一语道破其中的利害关系，"皇上乃为史弥远拥立继位，一旦史弥远被追究罪责，皇上继统的合法性也会被动摇。为此皇上明知自己理亏，仍一意孤行。"

"我本以为皇上生长于民间，深知民间疾苦，更能广开言路、畅通民意，谁知道……"魏了翁摇头叹息，"罢了，伴君如伴虎，远离是非之地，倒也落得个清静。"

秦九韶在一旁沉默地听着秦季楣和魏了翁的对话，心中有浪潮涌动。他非官场中人，尚不懂为官之道，但因出身官宦之家，与官场中人常有往来，见识过那些表面曲意逢迎，实则居心叵测之人的丑陋面目。对于官场的尔虞我诈，钩心斗角，也从最初的震惊愤怒到习以为常。这是一条可能充满艰难险阻，甚至要为之付出生命代价的道路。然而，要实现自己的人生理想和远大抱负，走仕途是最可行的，他不免为那不可预知的未来有些担忧起来。

临行前，魏了翁伸手拍了拍秦九韶的肩膀，那语气是鼓励的："这一别，不知何日能再见了，人虽远离，挂念不断，我等着你金榜题名的好消息。"

"可老师不是说，伴君如伴虎？"秦九韶忍不住道。

"读圣贤书所为何事？儒学家张载说得好，'为天地立心，为生民立命，为往圣继绝学，为万世开太平'，我等所求无非如此。"魏了翁语重心长，"虽说伴君如伴虎，但忠臣可兴国。倘能安然与虎共舞自是最好，如若不然，但求凡事尽力而为，无愧于心。"

秦九韶对着魏了翁深深一礼："老师的教诲，学生当谨记于心。"

殷清漪端坐桌前，听着窗外一阵近紧似一阵的风雨声，手上动作着，将中草药装入七彩丝线缠绕的香囊中。屋里静悄悄的，已至初夏，过两日就是端午节了，这是一个盛大的节日，她却无心过节，只是想做些药用香囊和养生茶、养生糕点，趁着节日出游的人多，让家中仆妇去摆摊售卖。风雨声别有一份特殊的凄凉意味，搅得她心中烦闷，她停下手中的活儿，伸手摸了摸已明显隆起的腹部。当初她为是否留下这个孩子而犹豫不决时，得知了赵竑含冤而死的消息。小世子已夭折，而赵竑的另一儿子也被杀害，他再无子女，她终是下定了决心，要给他留个后，她要以这种方式弥补对他的亏欠，也为自己赎罪。然而，自己和腹中孩儿的前途堪忧，思及此，她凄然长叹了口气。

"小娘子。"一名妇人端了碗鸡汤走过来，"别太累着了，先把鸡汤喝了吧。"

妇人是秦九韶专门买来服侍殷清漪的，唤作锦娘，是个二十来岁的年轻寡妇，高大丰满，模样周正，老实本分。殷清漪已从陈元靓的居所搬至秦九韶为她安排的住处，那是一栋独门独院的小平房，位于临安城内一条小巷的最里端，此地临近郊外，居民多为单纯的农家及小贩，较为僻静安宁。小院内栽种着数枝修竹，三两芭蕉，殷清漪和秦九韶都钟情于这诗意的绿植。

秦九韶原本要承担殷清漪的一切吃穿用度，但殷清漪坚决婉拒，赵竑送了她许多珠宝首饰，她全部变卖，置办了一些必需品，又购得各种器皿材料，以药入饮、入食，制作各种养生茶饮和糕点，让锦娘到闹市摆摊，逐渐受到越来越多人的喜爱，有了一定的收入。

殷清漪接过汤碗，虽然毫无胃口，还是勉强将一整碗鸡汤全部喝下。

外头忽然传来了敲门的声响。

"一定是秦郎君，这么大的雨，他还冒雨前来。"锦娘笑道，"秦郎君对小娘子真是太好了。"

殷清漪的嘴角弯起一抹苦涩的弧度，并不言语。

锦娘快步出去开门了，殷清漪隐隐听到外头传来说话的声音，但等了好一阵子，不见有人进来。她忍不住起身出了房间，到厅口向外张望。外面是个院子，开辟了一片园圃，栽种着各种秦九韶从吴家村移植过来的中草药。此时秦九韶正弯着腰，像是在采摘某种草药，锦娘在一旁为他打伞。

"这么大的雨，赶紧进屋吧。"殷清漪高声喊。

"鸡血藤开花了！"秦九韶兴奋的声音响起，"我采摘一些，马上就来！"

殷清漪能想象出他在雨中兴致勃勃的模样，不忍扫了他的兴，便安静地等候着。

秦九韶很快双手捧着一大把花，和锦娘一前一后进了屋，室内顿时弥漫着浓郁的花香。

"在吴家村园圃的时候，你说过最喜欢鸡血藤的花，可惜花期已过，看不到它开花。我这些日子每次来都留意着，今日终于看到鸡血藤开花了。"秦九韶将鸡血藤的花儿连带枝叶扎成一束递给殷清漪，"找个瓶子装起来。"

殷清漪睄着秦九韶手中握着的一把光秃秃的藤条，不明白他留着那些藤条做什么。

"这些藤条另有他用。"秦九韶露出神秘的微笑。

殷清漪也不再追问，转身到里屋取来一个小瓷瓶，将鸡血藤花插入其中。一串一串的紫红色花朵，宛如许多小蝴蝶聚集在一起，振翅欲飞。她将花瓶搁在方桌上，怔怔地望着那鲜艳夺目的鸡血藤花。

秦九韶也有些出神地注视着殷清漪。

"怎么都发起呆来了。"锦娘的声音将二人推回神来，"我已准备好包粽子的馅料和菰叶，就等秦郎君过来了。"

殷清漪接口道："还以为下这么大的雨，你不会来了。"

"我既然答应今日要过来教你们包粽子，自然言而有信，再大的雨也要过来。"秦九韶郑重说道。

殷清漪微微一笑："那就开始吧。"

秦九韶将手中的藤条置于花瓶旁，随殷清漪入内。锦娘准备好了淘净并经过浸泡的糯米，还有枣、栗、柿干、银杏、赤豆和菰叶。

殷清漪和锦娘都望着秦九韶，等着他将粽子包成奇特的造型。殷清漪早知秦九韶手巧，曾听他说起会用巴茅秆扎房屋，仿造过飞鹤楼。于是前几日突发奇想，询问他是否能设计出造型与众不同的粽子，教与她和锦娘，而秦九韶自信心十足，于是有了今日的约定。

秦九韶显然已经事先有了构思，以菰叶裹糯米和其他馅料，不一会儿工夫，便将粽子包成楼阁，之后又是亭子、车儿等，诸般巧样，看得殷清漪和锦娘眼花缭乱。

"秦郎君的手太巧了！"锦娘惊叹，"这些巧粽若是放到铺子里售卖，一定很受欢迎。"

"我们跟着道古哥哥学习，学会了就自己做，然后拿到商铺去，相信他们会感兴趣。"殷清漪已经盘算好，要利用这些粽子赚些银钱。

于是秦九韶手把手地教，殷清漪和锦娘认真地学，她们都是心灵手巧之人，很快便做得有模有样了。

用午膳的时候，锦娘忽想起一件事情，对秦九韶和殷清漪说了："我今晨去米铺买米时，听得一桩奇事。此前米铺半夜进了盗贼，盗走了不少米，昨日三个盗贼都被抓住了。这本也不是什么大事，可官府派去查案的人都被难倒了，算不出到底被盗了多少米。"

"被盗了多少米，店铺主人自己不知道？"殷清漪觉得奇怪。

"店堂里的三箩米几乎被偷光，店主记不清原来每个箩里装了多少米，只知道装的一样多。"锦娘细说了她打听到的详情，"三个盗贼都将盗走的米带回家吃了。他们盗米的时候，店堂内黑漆漆的，每个人都用随手摸到的工具舀米，然后装入布袋。已经过去了好一段日子，他们都记不得总共舀了多少次。不知被盗米的总量，不好定罪量刑。"

秦九韶听着听着，眼睛发亮了，霍然起身道："那家米铺在哪里？我要去瞧瞧。"

"现在？"锦娘很是惊讶，"外头下那么大的雨，而且马上要用午膳了，不用这么着急吧。我们准备蒸粽子吃，先填饱肚子再去。"

殷清漪却是微微一笑："我们若是硬留住他，他必定坐立不安，午膳也吃不下，还不如给他准备点吃的，让他带着路上吃。"

"知我者，清漪妹妹。"秦九韶亦微笑道。

锦娘也不好再说什么，匆匆去厨房取来两个油纸包着的烧饼，递给秦九韶。

秦九韶接过道："粽子给我留几个，我回来吃。"

锦娘连声答应。

秦九韶冒雨去了锦娘所说的那家米铺，他并未说明身份，只道自己对算术有些研究，听闻店主为米被盗一事犯愁，想试试能否算出被盗米的总量。

店主见是个少年郎，摇头叹了口气："官府的人都没法子，小郎君就莫要掺和了，我这店里还有许多事要忙，你还是走吧。"

秦九韶正欲说服店主，忽见李梅亭和一位清癯的长者一同走了进来。

"李公。"

"道古。"

秦九韶与李梅亭同时惊讶地喊，都很意外会在此处遇见对方。

"道古怎会到这米铺来？你哪里用得着亲自来买米？"李梅亭先表达了

疑问。

"我不是来买米，是听说这里的米被盗，但算不出被盗数量，过来瞧瞧。"秦九韶如实道。

李梅亭了然笑道："我与沈知府也是为此事而来，昨日在诗会上听得沈知府说起此事，我立即想到了道古，还向他提起。原本想先来打探一下，再确定是否请你出马。没想到你消息灵通，已经自己上门来了。"他说罢向秦九韶介绍，他身旁那位长者乃临安知府沈礼仁。

秦九韶忙上前见礼，沈礼仁微一领首，并不言语，只是不露声色地打量了秦九韶一番。

店主见知府亲自来了，忙不迭地拜见，方才听到李梅亭与秦九韶的对话，意识到秦九韶的身份不一般，对他的态度立马发生了大转变："鄙人还未向这位小郎君说明米被盗的详情，不如一并说与诸位听。"

沈礼仁点点头，店主于是细细道来：店堂内的三箩米几乎被盗贼偷空。他记得三个箩筐装了同样多的米，被盗后经过清点，左边和右边的箩筐内均只余下一合米，中间的箩筐内余下一升四合米。据三个已被逮捕的小偷供称，他们各自带着布袋进入店堂偷盗时，四周漆黑一团，只能各自用随手摸到的工具舀米。盗贼甲摸得一个马勺，自左边的箩筐中舀米，盗贼乙踢着一只木屐，从中间的箩筐中舀米，盗贼丙触到一只漆碗，往右边的箩筐内舀米，三人都将舀得的米装入布袋，然后各自带回家吃了。如今三人都只记得每次舀米时将自己手中的器具装满，而且箩筐内余下的米都不够再舀一次了。

"盗贼用于舀米的那三件器具还在吗？"秦九韶询问。

"在，我这就去取来。"店主匆匆入内，不一会儿便取来曾被那三个盗贼使用的马勺、木屐和漆碗。秦九韶又要来测量工具，自己动手测量后得出的结果是，马勺一次能舀一升九合米，木屐一次能舀一升七合米，漆碗一次能舀一升二合米。

秦九韶测量计算的时候，李梅亭和沈礼仁安静地立在一旁，看着他忙碌。店主也一声不吭，他虽然并不相信秦九韶能够算出被盗米数，但连知府都默许了秦九韶的行为，他自然也未敢多言。

"我能计算出被盗的总米数。"秦九韶望着沈礼仁，眼中闪着自信的光芒，以自己此前独创的"大衍求一术"，便可解开此难题，"只需一个时辰，小生必能算出准确数目。"

李梅亭笑道："道古既然这么说，必定是有十足的把握了。"

沈礼仁眸光深沉地盯着秦九韶，只是简短说道："今晚我们再到这儿来，向你要答案。"

秦九韶回到殷清漪那儿时，才想起将锦娘给他的烧饼落在米铺里了，他一口也没吃，依旧饿着肚子。

锦娘赶紧去厨房蒸粽子。秦九韶有些发怔地站在原地，不知在想些什么。

殷清漪看了他一眼，转身进屋取出了一个小盒子，打开来，里面是一副竹制的算筹，她将那副算筹递给秦九韶："拿去吧，我知道你现在需要这个。"

秦九韶顿时面露惊喜之色："你怎么知道我需要？"

"瞧你的表情便知道，你一定是在琢磨算术题。"殷清漪眉眼微弯，"若是不将算筹给你，你必定吃不下粽子，说不定等不及粽子蒸熟便回家去了。"

秦九韶伸手接过，扑哧笑了起来："你什么时候做的算筹？我家中还收藏着我们一起做的那副算筹，我用了好长一段时间，直到手经常被竹刺扎出血，才收起来。"他说着笑意渐敛，话音一顿，怅然叹了口气。

殷清漪悄悄垂下睫毛，掩饰住伤感悲凉的情绪，低声道："有空的时候就削几根，做做停停，持续了一段时间才做好。"

短暂的沉默过后，她又开了口："纸笔也为你准备好了，随我来。"

秦九韶跟随殷清漪进入房间，书桌上摆放着已经研好的墨、毛笔和一沓纸，还有一个用于演算的方形盘子。

秦九韶喜得一把拽住殷清漪的手，连声道谢。

殷清漪微红了脸，轻轻将手抽出，神情有些尴尬。

秦九韶却已转移了注意力，他坐到桌前，将算筹搁于盘中，迫不及待地开始演算。一升为十合，以合为计算单位，甲盗贼的马勺一次能舀十九合米，他舀米的箩筐剩余一合米；乙盗贼的木屐一次能舀十七合米，他舀米的箩筐剩余一升四合米，也就是十四合米；丙盗贼的漆碗一次能舀十二合米，他舀米的箩筐剩余一合米。这可以转化为一道题目：有一个数被十九除余一，被十七除余四，被十二除余一，求这个数。以秦九韶独创的大衍求一术，恰好可以解题。

他列甲器具马勺、乙器具木屐和丙器具漆碗的所容各为十九合、十七合、十二合，为元数。连环求等，皆得一。以元数相乘，十九乘十七乘十二，所得三千八百七十六，为衍母。以各元数为定母，以定母除衍母，得衍数。甲得二百〇四，乙得二百二十八，丙得三百二十三，各为衍数。他借助算筹，将三个衍数列左行。各满定母，以衍数除之，各得余数，甲得十四，乙得七，丙得十一。

用大衍求一术，以辗转相除法各求乘率。甲得十五，乙得五，丙得十一，各为乘率，列右行。对寄左行衍数甲二百〇四，乙二百二十八，丙三百二十三，以两行对乘之，得用数。

锦娘蒸好了粽子，又煮了碗汤，殷清漪帮着她先将一盘粽子端了过来。

"先吃个粽子吧。"殷清漪不忍打扰正聚精会神摆弄算筹的秦九韶，但担心他饿坏了身子，只能将盘子端到他身旁，出言打断。

秦九韶应了一声，确实也饥肠辘辘了，但他的左手依旧停留在算筹上，视线也没有离开，只是伸出右手，他的脑子里满是那些数字和数列，胡乱摸索着从盘中抓过一个粽子，竟然直接送到嘴边，张口便咬了下去。

殷清漪发出"啊"的一声惊呼，秦九韶的牙齿被硌得生疼，也回过神来，定睛一瞧，竟是连同包裹粽子的菰叶一并咬下，那菰叶硬邦邦的，如何咬得动。

"我来剥吧，你继续忙。"殷清漪无奈叹了口气，从他的手中取过粽子，动手将外面的那层菰叶剥开。

秦九韶抱歉地对她笑了笑，转头又投入了算术的世界。

锦娘端来煮好的蔬菜汤，殷清漪让她放在桌上的空余位置。锦娘离开后，殷清漪取出碗里的调羹，挖了一块粽子往秦九韶嘴里送，他张嘴吃下，她又舀了一口汤，他也喝下。他双手没有闲着，或摆弄算筹，或提笔在纸上写计算结果。殷清漪就在旁边，一口一口地喂他吃粽子、喝汤。

秦九韶得到的甲、乙、丙用数分别为甲三千〇六十、乙一千一百四十、丙三千五百五十三，列右行，既得用数，始验问题三箩剩米，将甲、乙、丙三个盗贼从三个箩筐内盗走米后剩余的一合米、十四合米、一合米，一、十四、一，这三个数字列左行。对三人所用，以两行对乘之，甲得三千〇六十，乙得一万五千九百六十，丙得三千五百五十三。并三数，得总数二万二千五百七十三。满衍母三千八百七十六，去之，不满三千一百九十三，合展为三石一斗九升三合，为三箩适满细数。以左边箩筐剩一合减之，余三石一斗九升二合，为甲盗米，右边箩筐同样剩一合米，三石一斗九升二合亦为丙盗米。以中间箩筐剩米一升四合减之，余三石一斗七升九合，为乙盗米。三人盗米相加，共得九石五斗六升三合，便是店铺被盗的总米数。

秦九韶终于大功告成，长舒了一口气，这才意识到殷清漪一直站在他身旁，喂他吃粽子喝汤，一个粽子吃完，又剥了一个。

"哎呀，太对不住了，让你这般辛苦！"秦九韶猛然意识到，殷清漪是有身孕的，他没能照顾她，反倒还让她伺候，他面露赧色，迅即起身将圆墩让予殷清漪坐下。

"没事的。"殷清漪抿嘴笑了笑，"早知你一研究起算术，便入忘我之境。相比从前差点将调羹咬断，方才连同菰叶咬下，已是不值一提了。"

秦九韶取了她手中余下的粽子，三两口吞咽，又端起汤碗将剩余的汤也灌了下去。

"当心，别噎着。"殷清漪软语叮咛，又从怀中掏出一条红绡帕子递给他，接触到他投来的目光，她偏头望向纸上密密麻麻的数字，有些怔神。

秦九韶接了帕子胡乱抹抹嘴，目光再度落到殷清漪的脸上。感觉到他的注视，殷清漪回过头来，这一次，她未再躲避他的目光。四目相瞩，许久，她勉强展露微笑，那抹笑是可怜、无奈的。

秦九韶默默瞅着她，一股恻然的哀楚猛地兜上心来，他转头注视窗外，雨打芭蕉，叶叶心心，舒卷有余情。"当日在你家养伤时，你给我喂饭的情景，仿佛还在昨日。"他想笑，笑容却顿在唇角，化为一声叹息，"弃我去者，昨日之日不可留。"

殷清漪倒是笑了，但笑得可怜，笑得无奈，她低声吟道："自是人生长恨水长东。"

秦九韶踏着夜色去了米铺，李梅亭和沈礼仁也依约而至。秦九韶开门见山，直接说了答案。他还带上了殷清漪制作的那副算筹，正欲细说如何得出这一答案，沈礼仁却摆手道："不必了，我相信你的答案是正确的。"他又掠了垂手躬立在侧的店主一眼，"店家以为如何？"

店主恭顺行礼："一切听凭使君决断。"

沈礼仁微一颔首，道："既是如此，明日便可定罪量刑了。"

身旁的李梅亭笑道："道古立了一大功，使君该给点奖赏才是。"

沈礼仁伸手捋了捋胡子，意味深长地望着秦九韶："你想要什么样的奖赏？"

秦九韶忙道："承蒙使君的信任，愿意给小生机会，为使君分忧，小生已是感激不尽，哪里还需要什么奖赏。"

沈礼仁的嘴角隐约流露出一丝笑意："既是如此，我们便走吧。"

李梅亭跟在沈礼仁身后走出几步后，回过身来，拿手指了指秦九韶，撇撇嘴，又皱皱眉，模样有些滑稽。

秦九韶知他是在笑自己傻，不懂借机索要些好处，不以为意地冲他笑了笑算是回应。

李梅亭也笑着摇摇头，重新转身离开了。

临近中秋，整个临安城热闹起来，家家户户置办着过节所需物品。殷清漪却无心过节，她的身子越来越沉重，经常坐在窗前，对着小院里的芭蕉出神，被一份落寞的百无聊赖的情绪包围着。秦九韶每次来看她，都能感觉到她平静无波的外表下，实则浪潮翻涌，她积压着满腹的辛酸和苦楚，却无从发泄。

他悄悄向锦娘打听殷清漪的情况，锦娘叹着气道："小娘子经常觉得乏力、头晕，近来愈发严重，吃饭没胃口，夜间也辗转难眠，她自己懂医术，知是因忧思伤脾而气结，致血行失畅、气血瘀滞。郎君想法子劝劝她吧。"

这日，秦九韶终是按捺不住，走到殷清漪身后，小心翼翼地开了口："孩子生下来后，你打算怎么办？"

殷清漪被刺到了痛处，蓦然从窗外收回了目光，她的面孔雪白，翕动着嘴唇，想说什么，却吐不出一个字。

"我知道，这对你来说，是非常艰难的抉择，但这件事情，必须早做打算。"秦九韶低低叹息，轻声道，"前些日子我与元靓先生也谈及此事，这是济王唯一的骨血，我们都认为……若要确保孩子永远平安……"

"这孩子，不能留在我的身边。"殷清漪咬了咬牙，终于发出了声音，微弱，却镇定而清晰，"待他出生后，便与我再无瓜葛。只是……需要寻得一户好人家，我才能安心……"

秦九韶暗舒了一口长气，虽然吴大富那边暂时没有动静了，但危机并未解除，为孩子觅得一个好的归宿，永远保守他的身世秘密，才是最明智的选择。但骨肉分离，那锥心蚀骨之痛，殷清漪怎堪承受！他为她而忧心忡忡，劝说的话几次到了嘴边，却愣是说不出口。如今她自己能够想通，愿意忍痛割爱，那便是再好不过了。

"这个你放心，我们自会将一切安排妥当。"秦九韶承诺。

殷清漪直直地注视着秦九韶，眼里那深刻的凄楚和烧灼般的痛苦传染给了秦九韶，他的心底也漫过一阵钝痛，与她一道沉默着，再无言语。

临安城内除了中秋赏月，还有另一盛事——观潮。"八月十八潮，壮观天下无"，这是大文豪苏轼对钱塘秋潮的咏赞。八月十八前后，是观潮的最佳时节，每逢中秋佳节前后，男女老幼倾巢而出，车马纷纷。到了八月十八这一天，钱塘江更是人山人海，观者群集、争睹奇景，十余里间，珠翠罗绮溢目。

中秋节当日，秋阳朗照，金风宜人，午后，秦九韶与陈元靓、李梅亭相约前往观潮。最佳观潮点位于钱塘江上六和塔一带，到了夜间，后宫皇后、嫔妃和宫女内侍们也会前往六和塔观赏波澜壮阔的钱塘江大潮。但李梅亭嫌人多拥挤，坚持拉着他们去了江畔的翠荫亭，亭子傍水而建，周围古树婆娑，幽雅而宁静。只是由于地势较低，加之树木的遮挡，视野不佳。三人只好攀爬上树，从高处俯瞰钱塘江景。

秦九韶文武双全，爬树自是不在话下，李梅亭也身手矫健，就是苦了较为文弱的陈元靓，秦九韶先爬上去，再回身来拉陈元靓，李梅亭则在下方将他往上托，防止他滑落。陈元靓好不容易才坐到了树干上，仍颤巍巍的，秦九韶伸手稳住了他的身子。

"李公，你给我们找了个观潮的好地方啊。"陈元靓摇头苦叹，"让我体验了一把老夫聊发少年狂。"

"元靓的年纪还比我轻许多，怎的就自称老夫了。"李梅亭哈哈大笑，"上树观潮，也是难得的人生体验。"

秦九韶没有理会他们的对话，兀自兴致勃勃地眺望远处。"快看，潮来了！"他忽然兴奋地高喊。

三人齐齐凝目望去，起始之时，微见远处好似一条白带迤逦而来，顷刻波涛汹涌，水势高有数丈，满江沸腾，甚为壮观。三人皆惊叹高呼，不住口地赞美。

蓦然间，一阵娇笑声传来，随后清脆的女声扬起："三位郎君好雅兴，不怕将树干压断了，摔下来吗？"

这话惊动了树上的三人，李梅亭率先回头，秦九韶也回过身，手一松，陈元靓的身子晃了晃，他惊呼："快扶住我！"

秦九韶赶忙调整姿势，一面稳住陈元靓，一面好奇向树下张望。

树下立着两名女子，瞧那衣着打扮，应是大户人家的小娘子与小环。方才发出笑声和说话的是活泼伶俐的小环，和她在一起的小娘子一直沉默着，她肌肤微丰、合中身材、俊眼修眉，她手执罗扇轻遮粉面，微垂双眸，显露出无限矜持与娇柔。

"两位小娘子莫非也是来观潮的？"秦九韶当先开口回应，语带调侃，"这树干结实得很，断不了，但你们怕是上不来，还是换个地方吧，免得扫了兴。"

"你好生无礼，我们怎可能与你们一道在树上。"小环不满责备。

李梅亭笑着替秦九韶解释："道古不是这个意思，若你们要上树，我们自然是要先下去的，男女授受不亲，这个道理岂能不懂。"

听得"道古"二字，那小娘子倏然抬眸，略一扫视秦九韶，眸光又迅速飘向别处。

秦九韶并未注意到她的异样，笑了笑，转身继续观潮，不再理会。

小娘子轻轻扯了扯小环的衣袖："咱们回去吧。"

小环的目光对着树上转了转："这就走了？不打声招呼再走？"

小娘子羞恼地横了她一眼："就你嘴碎。"

小环抿嘴偷乐。

小娘子忸怩转身，迈开步子，小环忙跟了上去。

李梅亭仍居高临下地望着她们离去，嘴角流露出一丝意味深长的笑意。

中秋夜，贵家结饰台榭，民间争占酒楼玩月，丝篁鼎沸。闾里儿童，通宵嬉戏。夜市骈阗，至于通晓。秦九韶、陈元靓与其他几位同样或尚未婚配，或因籍贯回避而离开原籍任职，未携带家眷的文人雅士在李梅亭的住处焚香拜月，求得早步蟾宫，高攀仙桂，并酌酒高歌。

近院落有一池塘，池边丛生的翠竹如同绿色的屏障，围护在墙院周围。池塘边摆放着一张大案，案上摆放着酒樽、菜肴、各色果品。一侧再设小桌、茶床，茶床上陈列着茶盏、盏托、茶瓯等物。众人围案而坐，举头可见夜空中皓月高悬，俯视亦有一池明月，不知谁家的笙竽之声遥遥传来，宛若云外。

酒足饭饱后，开始品茗作诗。两名侍童负责煎茶，茶床旁设有茶炉、茶箱等，炉上放置汤瓶，炉火正炽，汤瓶里的水沸滚后，童子手提汤瓶点茶。所谓点茶，是将团茶用茶碾研磨成细碎的茶末，置于黑色的盏中，再将汤瓶中的滚水往盏中浇，一面使用茶筅打出泡沫，银白的茶沫饽与黑盏黑白相映，呈现素朴的美感。

几只盛着茶汤的黑盏分别被童子端到大案上，置于每位宾客面前，每个人都端起茶碗轻啜慢咽，连茶水带茶末一并喝下。

"李公，此时若不赋词一首，岂非辜负了这良辰美景。"宾客中有人提议李梅亭月下赋词。

其余人纷纷附和。

李梅亭当即令侍童取来笔墨纸砚，他略一思忖，挥毫泼墨：

> 端正九秋月，今夜始生明。扬辉毓秀，飘然海上跨长鲸。认得灵均初度，直用望舒为御，重耀紫枢庭。何事乘槎使，尚藉执珪卿。　　合东西，瞻使节，镜中行。腾腾渐渐，绕枝乌鹊不须惊。太白擒胡了未，即墨降城安否，玉斧仗修成。圆却山河影，捣药兔长生。

众人纷纷拍手称妙，赞不绝口。

陈元靓感叹："圆却山河影，捣药兔长生。李公忧心于国，千般愁绪皆借由这词作，与明月融为一阕了。"

"太白擒胡了未，即墨降城安否。"另一来自鲁地即墨的文士被触动了伤心事，眼眶泛红，哀声道，"不知几时才能驱逐金人，收拾旧山河，得以重返故土。"

气氛骤然伤感起来，在场之人胸中均积郁着爱国之情，此时又被李梅亭的词作勾起深重的忧患意识，覆巢之下，焉有完卵！空有一腔热血却报国无门，此时唯有寄希望于明月，期盼月圆人圆山河圆。

秦九韶举头望明月，想起同样来自鲁地的殷清漪，陡然被勾动了满腹心事，心中低吟："明月不谙离恨苦，斜光到晓穿朱户。"

前些日子，秦季槱被任命为收藏皇帝御制文集的阁员，兼潼川府军州事，最迟中秋后便要走马上任。父亲调任，秦九韶自然要同行，他绝不能丢下殷清漪一个人在这儿，却无法毫无顾忌地带她同行，况且她大腹便便，经不起舟车劳顿。他一直犹豫着，不知该如何对殷清漪开口，也尚未思考出一个妥善的解决方法。

独立小院的殷清漪同样正仰头望着夜空中的一轮圆月，她手握着一个镯子，那是秦九韶亲手制成的鸡血藤手镯，呈现鸡血一样鲜亮的棕红色，甚为漂亮精致。日间秦九韶来探望她时，作为中秋礼物赠予她。秦九韶听殷清漪说过，鸡血藤有补血活血、舒筋通络的作用，殷清漪因忧思伤脾而气血瘀滞，待她生产后长期佩戴，除了美观，还能对防治产后瘀血所致的肢体疼痛产生一定的功效。

秦九韶告诉殷清漪，那天在这儿采摘了鸡血藤的花后，他将剩余的藤条带回家中，先将每根藤条细心清洗干净，精心挑选出几根。而后生了炉火，将藤条置于火上迅速游走，藤条遇热后慢慢弯曲，他反复尝试，终于做出了接近完美的弯曲形状，最后用剪刀在上面剪出一个口子，安装上自己专程到商铺打造的银质饰品，一个精美的手镯便制作完成了。

银饰上刻有一个"漪"字，殷清漪的手指轻抚过那个字，他对她如此上心，如此细心，只觉得柔肠百折，眼中泪光莹然。心尖蓦地一阵抽痛，腹部也隐隐作痛起来。

锦娘匆匆取了一件褙子过来，披在殷清漪的身上："秋夜寒凉，小娘子千万别因为赏月而着凉。"

"我哪有心情赏月。"殷清漪喟然长叹，迈着沉重的步伐向屋内行去，锦娘上前搀住她。

刚走到房门口，下腹的剧痛感便袭来，还伴有明显的下坠感。殷清漪双手捧腹，咬牙呻吟，细密的汗珠顺着她惨白如雪的脸颊滑落。

"小娘子，你怎么啦？"锦娘吓坏了，赶紧扶她到床上躺着。

殷清漪痛苦地蜷缩在床上："我……怕是动了胎气……"

锦娘有些惊慌失措，家里没有其他人，她若是去请接生的老娘，小娘子便独自在家无人照应。

正想去邻居家请帮手，敲门声突然响起，她开门见是秦九韶，登时喜出望外："秦郎君，你真是来救命的，小娘子动了胎气要早产，快去请接生的老娘过来。"

秦九韶提前离席，原本是要回家陪父母赏月的，但走出一小段路后，心头不知为何骤然划过一阵不安的感觉，于是脚步不听使唤地朝着殷清漪的住处而来。此时他闻言心急如焚，锦娘刚说出老娘的住址，他便飞奔而去。

锦娘一面照看着殷清漪，一面准备热水。秦九韶很快领了老娘回来，锦娘忙前忙后地做准备。

剧烈的疼痛一阵一阵袭来，殷清漪痛得全身痉挛，但她紧咬着牙关，愣是一声不吭。

秦九韶一个大男人，自然不能陪在殷清漪身旁，只能在院子里等候，他看到锦娘不断将血水端出往外倒，又不断提着烧开的水进屋。他记不得锦娘究竟进出了多少趟，只觉得她的身影不停在眼前晃动。见到水盆里那触目惊心的猩红，秋夜本就寒凉，他愈发感到冷气侵砭着肌骨。

秦府内，秦季樒携方惜芸与一众家仆登危楼玩月，面前的桌案上摆放着石榴、梨、栗、枣与饼等食物。

"韶儿怎么还不回来，说好了要早点回来。"方惜芸幽幽叹了口气，"家宴不参加也就罢了，连赏月都不肯陪我们了。"

秦季樒微笑着安慰道："孩子大了，总要结交自己的朋友，中秋本就是以文会友的佳节。"

"交友是重要，但团圆也很重要。"方惜芸到底还是唤了府中的厮儿丁芮到李梅亭那儿，催促秦九韶早些回来。

厮儿回来后却道，秦九韶早就离开了，说是要早些回家。

这下秦季槱与方惜芸面面相觑，脸上皆是疑惑的神情。

"夫人，"服侍秦九韶的小环秋婵忽然走到方惜芸跟前，略微迟疑地开了口，"有件事……我不知当讲不当讲。"秋婵是秦府的家生女儿，她生得水灵，又细心体贴，很得方惜芸的喜爱，有意将来让秦九韶纳她为妾，秋婵明白方惜芸的心思，她也对秦九韶爱慕得紧，盼着他早日娶一房贤妻，自己好成为他的妾室。

"但讲无妨。"方惜芸道。

秋婵于是轻声道："前些日子，我见郎君在做藤镯，就是用藤条做的手镯，他坚持自己动手，不让人帮忙。我问他为何要做藤镯，他道只是觉得好玩，但我瞧见做好的镯子上镶了银饰，上头还刻了一个'漪'字，我觉得……像是……像是要送给谁家小娘子的。"

方惜芸心中吃了一惊，面上却不动声色："若真是有了中意的小娘子，怎会送个那般寒酸的藤镯，咱家又不是买不起金镯玉镯。"

"郎君他……兴许是与别人不同……"秋婵吞吞吐吐，"家中有檀木算筹，他偏将一副扎手的竹算筹当作宝，如今虽说不用了，我还见他将那竹算筹取出来，出神地看着，不知想些什么。"

方惜芸心念转动，眉宇间逐渐涌上一层忧虑之色，悄声在秋婵耳边吩咐："待他回来后，你留意着他的举动，发现什么立即告诉我。"

秋婵连连点头允诺。

"使劲，再使劲！快了，咬咬牙，憋住气，再使劲！"老娘一声声地安抚和鼓励着。殷清漪紧抓着支撑住她后背的锦娘的两只手，憋着一股气，不停地使劲。然而，肚子里的孩子就是不出来。她浑身的力气几乎要消耗殆尽了，甚至产生了一丝绝望。

夜已深，秦九韶焦急不已却毫无法子，他终是忍不住，踱步至殷清漪房间的窗外。窗户紧闭着，仿佛一道生死之门，将他们隔绝开来。

"清漪——"他几乎倾尽全力高喊，"今夜月圆，必为祥兆。你若生男子，定会早步蟾宫，高攀仙桂，女子则貌似嫦娥，圆如洁月。"

窗外的声音好似穿透了暗淡无光的岁月，带着万丈光芒，驱散了殷清漪周遭的阴霾，也为她即将枯竭的身体注入了新生的力量源泉。终于，她仰起满是汗水和泪水的脸庞，"啊——"她凝聚了所有的力量和情感，发出了来自灵魂深处的嘶喊。

"哇——"婴儿清亮的啼哭声划破漫漫长夜，好似来自天际的最美妙的乐音。

"是个漂亮的女娃，母女平安。"锦娘很快便来告知秦九韶这一消息，让他安心。殷清漪怀的是谁的孩子，锦娘并不知情，也未敢多问。秦九韶与殷清漪是何关系，她同样从未探究。她只是恪守本分，尽好一个下人的职责。

"那就好。"秦九韶长长吁了一口气，抬手想要擦拭额上的汗水，才惊觉手颤抖得厉害，"我该回去了，明日再来看她。"他似已无力再言语，脚步虚浮地向门外行去。

回到秦府已是下半夜，秦九韶累得倒头便睡，直至日上三竿才醒来。秋婵前来服侍他洗漱，他担心因昨夜晚归遭方惜芸责备，便问秋婵："昨夜母亲可有差人去催我回来？"

"有，差丁芮去了李郎君的府上，被告知郎君已离开……"秋婵如实回答。

秦九韶心中有些许忐忑，又问道："母亲可说了什么？"

"夫人只道郎君大概是又去别的友人那里了，并未再言其他。"秋婵依照方惜芸准备的说辞答道。

秦九韶稍稍放下心来，穿戴停当后，他去向母亲请安。方惜芸丝毫未提及昨夜之事，她的唇角扬起惯有的温和笑意，让人端来一盘月饼，道："这是昨夜特意为你留着的雪片月饼，快尝尝。"

秦九韶喜上眉梢："'小饼如嚼月，中有酥与饴'，苏轼所作的《留别廉守》一诗中描写的，便是雪片月饼。"他迫不及待地吃了一块，连声赞叹美味可口。

方惜芸不动声色地望着他，依旧面带微笑。

秦九韶心中记挂着殷清漪，吃了几块月饼后，便道有事要出门了。方惜芸并未多问，待他转身后，便敛了笑容，冲秋婵使眼色。

秋婵会意而去，悄然尾随。秦九韶行色匆匆，并未留意到有人跟踪，他先去药铺买了许多补品，再去殷清漪的住处。他将补品交给锦娘，殷清漪正在熟睡中，她的身体仍很虚弱。锦娘将刚出生的女婴抱来让他瞧看。

秦九韶小心翼翼地接过女婴，抱在怀里，她那样脆弱、纤小，皱皱的皮肤，红通通的，小嘴张着。秦九韶笑道："像只小猫，瞧不出模样儿像谁。"

锦娘扑哧一笑："哪有人说孩子长得像猫的。"

秦九韶也笑，但想到即将到来的母女分离，他的眼眶潮湿了。

秋婵站在门外，听了一会儿里头的动静，又环顾四周，用心记住了这里的位置和环境，而后先行离去。

秦九韶不久后也离开，去寻陈元靓，告知殷清漪已诞下一女婴。他回到秦府已是傍晚，正欲去见父母，却听秋婵道，他们正与来客交谈。

秦季樶即将离开临安，这些天不少友人前来送行，秦九韶并未在意。秋婵忽又迟疑着开口："像是……来给郎君说亲的。"

此前已经打发过好几个到府上说亲的媒人了，秦九韶哧地一笑："马上就要动身去蜀地了，还说什么亲。"

"就是蜀地那边的小娘子，我方才偷听到一些。"秋婵继续道，"是临安知府沈礼仁的外孙女，其父在涪州为官。"

秦九韶想起那天在米铺见到的那位清癯的长者，怔愣住了，心头翻涌起一种说不清道不明的感觉。后来他听李梅亭说起，沈礼仁乃杨太后的近亲，两家往来密切。杨太后便是先前与史弥远相互勾结篡改诏书，秘密召赵昀入宫的杨皇后，如今新帝即位，她自然荣升太后。若是拒了这门亲事，恐将触怒杨太后，秦家开罪不起。

"郎君、郎君——"秋婵连唤了两声，才将秦九韶唤回神来。

秦九韶面色发沉，不再作声。他根本没有成亲的心思，殷清漪是他心头的一根刺，深陷血肉，隐隐作痛，但若将其拔出，将会鲜血淋漓，痛彻心扉。他心知肚明，她那样的身世和遭遇，不可能成为他明媒正娶的妻，心底的渴望却日益浓烈，渴望与她结为连理，长相厮守。心念所及处，犹似有一根绳索绞扭着，自两端拉扯着他，直欲将他撕裂。而如今因着杨太后的这层关系，等同于给整个秦家套上了一层无形的枷锁，且稍微不慎便会将殷清漪推入险境，更是令他满腔愁苦，难以释怀。

他烦躁地来回踱步，几千几百种念头在脑海中交织碰撞，但有一种念头最终冲突重重障碍，犹如盘根破土而出，气势凌然，那迷惘黯淡的眼神也逐渐变得坚定而明亮。

客人一走，秦九韶便迫不及待地去找秦季槱与方惜芸，迎面正碰上他们朝他居住的厢房走来。"爹爹、娘，请进屋说话。"他语气急促。

秦九韶支开秋婵，三人先后进了屋，他将门阖上，随即上前，"扑通"在他们面前跪了下来。

"韶儿，你这是怎么啦？"方惜芸忙弯腰要将他拉起，他却跪着不起，"爹爹、娘，我有事相求。"

门外，秋婵见四下无人，悄悄凑近房门，将耳朵贴上去，偷听屋内的谈话。

"是为了你的亲事？"秦季槱猜到，是秦九韶听说了沈礼仁托人前来说媒之事，"我们不愿逼你，之前也回绝了好几门亲事，但是这次——"

"终身大事，任凭父母做主。"秦九韶打断了他，他的眸中闪耀着倔强的光芒，"娶了妻，便可以纳妾了，我所求，是纳妾之事。"

"纳妾？"尚未娶妻，便想要纳妾，这让方惜芸措手不及，她听秋婵汇报了秦九韶今日的行踪，尚未想好如何应对，他倒自己来坦白了，"你……想纳什么人为妾？"

秦九韶把心一横，将他当年坠崖被殷清漪所救，在她家中养伤，直至后来殷清漪的种种遭遇，以及他们的意外重逢，暗中往来等，原原本本道来。

秦九韶一口气说完，依旧跪在那里，背脊挺得笔直，一动也不动。

室内陷入了一片沉寂，秦季槱与方惜芸面面相觑，眼中尽是惊愕之色。

良久，秦季槱才缓缓开口："你是说，昨夜殷清漪为济王生下了一个女孩？"

秦九韶点头道："陈元靓先生早前已请寺庙内的长老帮忙，在香客中寻得一对好善乐施的夫妻，家中有二子，愿意再收养一个孩子。孩子出生后便会接走，从此再不与生母相见。孩子的身世，除了清漪，只有我与先生知晓，我们都会守口如瓶，也请你们保守这个秘密。”

"如此甚好，孩子的身世若是泄露出去，恐有杀身之祸。你放心，我与你娘也会严守秘密。"秦季槵忽然想起当日魏了翁痛骂歌伎瑶瑟魅惑家主时，秦九韶出言维护瑶瑟，如今总算明白了个中原委，他长叹了口气，"真没想到，济王还能留有后人，老天有眼啊。"

他语声微顿，又道："殷清漪既然救过你的命，便是我们家的恩人。你若真心喜欢她，我们也愿意接纳。只是她的身份不同一般，此事需从长计议。"

"正是如此。"方惜芸也道，"纳妾之事，切不可操之过急。你可知，方才的来客是为临安知府沈礼仁的外孙女说媒？"

"知道。我还知道，沈知府与杨太后乃近亲。"秦九韶神色淡淡，只要双亲愿意接纳殷清漪，娶谁为妻，他已不大在意了。

秦季槵面色沉肃："既然如此，你就应该清楚其中的利害关系。这门亲事，由不得我们不答应了。"

"我明白。娶妻之事，我自己做不了主，但我将来要纳情投意合之人为妾，此生仅此一人便足矣。"秦九韶望向双亲，目光坚定，"我的妾室之位，只留给清漪一人，也只容得下她一人。"

门外的秋婵听得脸色发白，妾室之位只容得下殷清漪一人？那她呢，她的美梦岂不是就此破灭？这时不远处有府中仆役的说话声传来，她赶忙定了定心神，蹑手蹑脚地离开房门。

"倘若杨太后知道殷清漪就是瑶瑟，后果不堪设想。让她跟着我们去潼川，倒是比留在临安要安全许多，只是……"秦季槵略作沉吟，才又道，"她刚生产，不适宜长途奔波。不如这样，我们先动身，我留个可靠之人，待她身体恢复了，将她带到潼川先安顿下来，再另作打算。"

秦九韶也觉得这是目前最可行的法子，遂点头同意，多日来压在心头的石块总算落了地。

"好了，快起来吧。"方惜芸心疼儿子在地上跪了许久。

秦九韶这才站起身来，他跪得双腿发麻，有些颠踬，方惜芸忙扶住他，让他在自己身旁坐下。"好了，现在该说说你的亲事了。"她的语气里满是慈母的温柔，"沈知府的外孙女名叫李婕好，芳龄二八，据说模样儿好，知书识礼，无论容貌还是家世，都不会委屈了你。"

秦九韶沉默着没有作声。

"听说沈知府很赏识你，你曾经帮了他的大忙。你帮了他什么忙？"秦季槱接过话头询问。

秦九韶仔细回想，他唯一一次与沈礼仁的接触，也谈得上帮忙的，就是米铺的盗米案了。想起当时兴趣盎然地去了米铺，计算盗米数太过专注，吃粽子时还咬了菰叶，他自嘲地苦笑，原来都是自作自受，招来这样一门亲事。

秦季槱听秦九韶说了米铺之事后，好生感慨："大概是天意吧，天意难违。我与沈礼仁相识，他是个为官清正、唯才是举之人，不曾因为与杨太后有亲属关系而仗势欺人。那李婕好自幼在他的身边长大，想必会是品行端正的贤妻。"

"正是如此。而且我觉得，沈家有杨太后这个靠山，咱也能沾点光，将来韶儿的仕途会顺坦一些。结这门亲事，利多于弊。"方惜芸显得颇为乐观。

"妇人之言，不可听信。"秦季槱似玩笑又似认真地回应，"莫让人笑话裙带官。"

"什么是裙带官？"秦九韶询问。

秦季槱告诉他，凡借妻人姊妹关系而得官的，都被讥讽为"裙带官"。

秦九韶听后又是默然不语，兀自出起神来。

翌日，殷清漪神情恍恍地躺在床上，她脸色苍白，嘴唇也没有一丝血色，双手无力地摊放下来。

锦娘来到床边轻声问："秦郎君来了，方便让他进来吗？"

殷清漪低低"嗯"了一声。

秦九韶进来的时候，殷清漪垂落床沿的那只手微动了一下。"孩子……被接走了。"她哑着嗓子，近乎失声，"我爹爹曾托你保管的祖传宝剑和剑谱，我也交由来人一并带走了，给她留个纪念……"

秦九韶快步上前，一把握住了她的手，她的手冷得像冰，且颤抖得厉害。

他用力紧握住她，仿佛想将自己的能量注入她的体内，温暖她的身躯。她的颤抖渐消，声音也有了些许温度："我给孩子取了名，叫夜月，她出生在月圆之夜，但愿能如你所说的，貌似嫦娥，圆如洁月。"

"一定会的。"秦九韶那真挚、诚恳的眼神和语气，一点一滴渗透了她，"不光貌似嫦娥，圆如洁月，还会无灾无难，一生顺遂平安。"

殷清漪的眼里泛出一丝亮光："谢谢你。"

"别这么见外。"他的另一只手也覆了上来，触及她腕上的鸡血藤镯子，他的胸怀骤然涨满了热切的激情，压抑了许久的话不受控制地冲口而出，"清漪，你可愿跟了我？我……马上要定亲了，我给不了你正室的名分，只能是妾室……但在我的心目中……"

"道古哥哥……"她截住了他的话头，"你的心意我明白，可是，我……"她未再往下说，只是摇了摇头，眼里闪烁着几许晶莹。

他伸手扶住了她的肩，俯首凝视她："你不愿意？是不愿跟了我，还是不愿为妾？"

"魅惑家主的罪名，我再也承受不起了。"她的喉咙干而涩，"只要你不嫌弃我这残花败柳之身，随时可以要了去，但我不愿意进你秦家的门。你说过，瑶瑟已经死了，我是脱胎换骨的殷清漪。我好不容易才脱去瑶瑟的皮囊，若是再被深宅大院困住，过着与其他女人争宠的日子，我会重新陷入噩梦，生不如死。名分于我只是浮云，我宁可一个人在外头自生自灭。"

他怔忡半晌，才苦笑道："对不起，是我唐突了。"他心中既懊恼又愧疚，实不该看轻了她，还为她求得妾室之位。既已注定无法成为她的一心人，白首不相离，就不应再强求，试图将她当作笼中之鸟豢养。她原本那样活泼明媚，是翱翔山野的鸟儿，被困在笼中只会日渐衰竭，了无生趣。他是助她脱离苦海之人，怎能再度将她推向苦难的深渊？

殷清漪的眼里逐渐蓄满了泪："道古哥哥，你这么好的人，一定能得贤妻相伴，恩爱美满，我会为你们祝福。"

秦九韶的眉峰蹙了起来，眼底一片心疼与无奈之色："我尊重你的意愿，但有一件事，希望你能答应。到潼川去生活，让我还能够照应你，经常见到你。"

"潼川？"她愕然抬眼，"你要到潼川去？"

"嗯，随我爹爹赴任。之前尚未做好妥善安排，不知该如何向你开口。"他将秦季槚即将上任，以及答应留个可靠之人，过段时间再带殷清漪上路，一一道来。

她默然少顷，缓缓点了点头，眼里漾着泪，唇边却浮现一抹动人的笑容："能得你这一知己，前路再难，我也不怕了。"

秦九韶再度紧握住了她的手，他们就这样痴痴互视，无须多余的言语，一份心灵的默契，足矣！

第四章　只愿君心似我心

秦九韶临行前，与陈元靓、李梅亭等师长、好友辞行，那天的临安飘着蒙蒙细雨，临湖的酒肆外，垂柳依依惹烟雨。告别宴上，众人对秦九韶赞不绝口，夸他博学多才，前途无量，也祝他来日金榜题名，平步青云。秦九韶则感谢师友们这些年来的悉心教导，指点迷津。

席间李梅亭吟诵了唐代诗人王维的《送元二使安西》：

> 渭城朝雨浥轻尘，客舍青青柳色新。
> 劝君更尽一杯酒，西出阳关无故人。

"朝雨，青青柳色，这诗中意境，与此时窗外的景致甚是契合。"李梅亭吟罢为秦九韶斟酒，"潼川在临安西侧，道古此番西行，不知何日能再相会了，来，满饮此杯！"

陈元靓也道："王维的送别诗，触景生情，情真意切，正如我们此时的心情。不过此生何处不相逢，为了我们的下一次相聚，干了这杯酒！"前几日，陈元靓将自己收藏的历朝历代算术著作悉数赠予秦九韶，作为临别之礼，可谓对他寄予了厚望。

众人举杯畅饮，秦九韶接连饮尽杯中酒，胸中翻滚着离愁别绪，却也升腾起万丈豪情。陈元靓期待他能够写出一部可媲美《九章算术》的算书，他一直铭记于心。他还要科举登第，为官一任，造福一方。正如魏了翁所言，忠臣可兴国。"为官、著书，这是我的两大夙愿。"秦九韶在微醺中满怀憧憬。

秦季槱带着一家人从临安出发，先走陆路前往长江边的码头，而后雇了一条船，溯流而上。此行赴任潼川，于秦季槱而言可谓衣锦还乡，为此他心情愉悦，携秦九韶等家人沿途饱览胜景，兴致盎然。他们登庐山，一睹李白诗中"飞流直下三千尺，疑是银河落九天"的壮丽景象；上赤壁，跟随苏轼感怀"大江东去，浪淘尽，千古风流人物"；赏范仲淹笔下的岳阳楼之大观，"衔远山，吞长江，浩浩汤汤，横无际涯"……壮美三峡，巫山云雨美如画，他们流连忘返，心旷神怡。

进入蜀地，途经涪州时，秦季槱和方惜芸专程前往拜访涪州郡守李瑀与夫人沈宁馨，也就是李婕妤的父母。他们已请人为秦九韶和李婕妤合八字，八字相合，可以议婚，此番顺道备礼与女方商讨婚事。

李瑀夫妇待人有礼有节，秦季槱与李瑀一见如故，方惜芸与沈宁馨亦是相谈甚欢。秦季槱与方惜芸得知，李婕妤乃李瑀的幼女，自幼很得其外翁的喜爱，沈礼仁到临安为官后，将她接到身边悉心教导，前些年她才回到涪州父母身边。沈礼仁思念外孙女心切，今年李瑀便派人送李婕妤到临安陪他过端午及中秋，至今未归。早在秦九韶帮忙破了米铺的盗米案前，沈礼仁已多次听得李梅亭等人夸赞秦九韶是个全才。那日亲眼见识他的才华，又见他相貌英俊、举止潇洒、谈吐不凡，心生好感。后来听闻秦季槱调任蜀地，便动了将外孙女许配予秦九韶的心思。

李瑀夫妇对这门亲事也很是认同，于是双方愉快地商定，待秦季槱到潼川正式上任，一切安置妥当后，择吉日过"纳征"之礼，将聘书与礼书送至女方家中。

一路舟车劳顿抵达潼川后，秦季槱正式上任，知潼川府军州事，也就是知府，管理州郡的军民政务。

"爹爹，参加贡举要再过两年，我在临安积累了不少知识，'纸上得来终觉浅，绝知此事要躬行'，能先在您这儿谋个官职吗？"这日秦季槱下衙归家后，秦九韶向他提出了这一请求。

秦季櫰微微一怔，随即一阵欣喜涌上心头。这一路西行以来，他们父子除了一同游山玩水，全然未谈及其他事情，就连与李家商议亲事，秦九韶也不曾过问，仿佛事不关己，毫不在意。知子莫若父，秦季櫰知他因着突如其来的亲事心里不痛快，却无可奈何，心中又牵挂着那个叫殷清漪的女子，这些日子一直情绪萧索。如今他开始为自己的前程考虑，自然是件大好事。

但秦季櫰还是表达了他的担忧："在我任职的地方给你安排个官职，不是难事，但这样难免落人口舌，还记得我说过的'裙带官'吗？虽不是靠妻人姊妹，依靠父亲的权势，也不光彩。"

"可是爹爹并非朝廷大员，谈不上多大的权势，我也并非无才无德之辈。"秦九韶持不同意见，"我自认学识渊博，且能以德服人。"

"你有这样的自信，甚好。"秦季櫰欣慰而笑，"不过我刚上任，的确不好以权谋私，弄不好会丢了乌纱帽。"

秦九韶沉默了，既然爹爹觉得为难，他自然不好继续提要求。

秦季櫰望着他，略作思忖后道："谋不成官职，还可以做别的。眼下郪县的义兵群龙无首，你有武艺傍身，不如去郪县为义兵首，如何？"

秦九韶眸光一亮，当即点头应允。他知道当义兵的都是血气方刚而又满怀抱负的年轻男子，与他们在一起必定有趣。郪县乃潼川下辖，到那里离父母也不远，可以常回来探望。

十八岁的秦九韶就这样成了郪县的义兵首。此时局势已发生了变化，成吉思汗建立的蒙古汗国日益强盛，成吉思汗率大军西征，消灭了数十个国家，征服了数百个民族，建立起庞大的帝国。在南方多次攻打西夏和金。两年前金宣宗病危，金太子完颜守绪奉诏即皇帝位后，集中兵力抗蒙，金朝人民也自发抵抗蒙古大军，北方的抗蒙战争如火如荼。朝廷担心蒙军入侵，招募义兵，在各地建立了民间武装，敌至则官军守原堡，民丁保山寨，义兵为游击。

义兵首不入朝廷官阶，秦九韶主要负责率领义兵参加训练，时刻准备抵御外侵，同时协助掌治安捕盗之事的县尉维护地方治安。秦九韶与手下的一众义兵称兄道弟，相处十分融洽。

这日天降大雨，秦九韶发现县衙的人使用各种不同形状的木盆、水桶等收集雨水，测降雨量，无论容器形状如何，均将容器内的雨水深当作平地雨水深。他当即面见县令说明，积以器移，同一次降雨，用不同的容器计算降雨量，简直令人啼笑皆非。这样得出的数据是错误的，不仅发挥不了应有的作用，还会对农田收成的歉丰与军事行动的成败产生影响。

知县名叫陈泰，是个唇蓄黑髭的中年人。他作为秦季槱的下属，自然对秦九韶另眼相待，语气温和地问道："这是朝廷推行的测量雨量的方法，为何你说是错误的？"

"容器的器形不同，则受雨多少亦异，未可以所测，便为平地得雨之数。"秦九韶解释道。

陈泰若有所思地点了点头："那依你之见，应该用什么方法？"

"应该有专门的雨量器和计算方法。"秦九韶答道，"我想自己设计出雨量器，不知可否？"

陈泰颇感好奇："你且试试吧。"

秦九韶白天依旧履行义兵首的职责，夜晚则挑灯画图纸，琢磨算法。他在临安太史局学习时除了研究天文历法，还关注气象与气候，积累了许多相关知识，如今正好派上了用场。他很快便设计出了天池盆和圆罂两种承雨器，天池盆实为圆台，圆罂则是小口大腹的积水器皿。经过不断研究尝试，他将算术应用于气象，得出了"天池测雨法"和"圆罂测雨法"。

他所设计的天池盆口径为二尺八寸，底径一尺二寸，深一尺八寸，根据接雨后的雨水深，利用"天池测雨法"求得平地雨水深。以盆口的面积除盆中所积雨水的体积，才是平地降水量，亦即降雨量。计算时需应用《九章算术》中求圆台体积和圆柱体积的算法。假设接雨后雨水深九寸，则得出平地雨水深为三寸。

圆罂口径一尺五分，腹径二尺四寸，底径八寸，深一尺六寸。"圆罂测雨法"与"天池测雨法"类似，同样应用了《九章算术》求圆台体积和圆柱体积的算法。

大雪来临后，秦九韶又指出了采取一次降雪，用不同的量雪器所测出的为错误数据，并研究出了"峻积验雪法"与"竹器验雪法"，验雪预测来年收成。其中"峻积验雪法"假设有一堵高一丈二尺的墙，另有一块木板斜靠于墙上，木板着地，下端与墙基相距五尺，上端与墙平齐。某次下雪，木板斜面上积雪厚四寸。又知平地积雪厚于斜面上的积雪，求平地积雪厚几何？

秦九韶以《九章算术》少广章的方法求之。少广章记载的开方术曰："置积为实，借一算，步之，超一等。议所得，以一乘所借一算为法，而以除。除已，倍法为定法。其复除，折法而下。复置借算步之如初，以复议一乘之，所得副，以加定法，以除。以所得副从定法。复除折下如前……"开平方的程序为：首先做四行的筹式布算，即从上到下的四行依次布以方根（议所得）、被开方数（实）、法和借算，然后反复实施"超""议""除""折"的四大步骤，直至适尽、结束。

开方运算中边为"廉"，角为"隅"。"峻积验雪法"以木板下端与墙基的距离自乘，为隅。以墙高自乘，并隅于上，以雪厚自之，乘上，为实。开连枝平方，得地上雪厚为一尺四分。

此外秦九韶还设计了圆竹箩，箩口径一尺六寸，深一尺七寸，底径一尺二寸，因箩体通风，箩内积雪多于平地。"竹器验雪法"便是以竹箩内的积雪厚度来推算平地雪的厚度。

临近岁末，秦九韶回家过年。市井皆印卖门神、钟馗、桃板、桃符等，除夜家家户户都要换门神、挂钟馗、钉桃符等。桃符悬挂门旁，有镇邪之效。秦九韶喜欢自己动手制作桃符，他打磨了一块薄木板，长三尺，宽五寸，在木板上方画神像狻猊、白泽之属，下方则挥毫写上祝祷之语。

他正忙着，秦季槱走了过来："若是被你娘瞧见，又要数落你总做这等贱活了。"

"我从来不认为这是贱活。"秦九韶回道，"自己动手才有乐趣。"

秦季槱投以赞赏的目光，他与夫人不同，对儿子的兴趣爱好从来都是支持的。"哦，我忘了夸赞你。"他忽道，"你研究出的'天池测雨''圆罂测雨''峻积验雪'和'竹器验雪'几种测雨量和雪量的方法，陈知县认为值得推广，上报到我这儿，我又上报朝廷，皇上已经批准先在潼川府县试推行，使用统一的器具和测量法。若证实可以为农田增收提供更加可靠的依据，将进一步推广至其他州县。"

秦九韶惊喜地望着秦季槱："爹爹不担心被人议论徇私？"

"这怎么能算徇私呢，没有规定官员的儿子有才华，必须遮着掩着。"秦季槱道，"再说了，我只是上报，是否值得推广，由皇上定夺。皇上必定是征询过太史局那些人的意见，可见太史令周赞他们都赞成这一做法。你成日往太史局跑，与他们相处了那么长时间，他们自然了解你的能力。"

秦九韶玩笑道："不枉我当初买下那对磨喝乐送给周公，巴结他，换来成日往太史局跑的机会。"

秦季槱也笑道："不只是太史局的人，在临安时，同僚们常在我面前夸你性极机巧，星象、音律、算术以至营造之事，无不精究。游戏、毬、马、弓、剑，莫不能知，乃全才、通才。只要好好发挥你的这些才能，来日必成大器。"

秦九韶那双明亮的眼睛闪闪发光："爹爹的同僚这般夸我，之前怎的从未听你转述过？"

"担心你骄傲自满。"秦季槱一本正经道，"现在你已经独当一面，该多鼓励才是了。"

"多谢爹爹鼓励。"秦九韶装模作样对着秦季槱作揖。

父子二人都笑了起来，好一会儿，秦季槱敛了笑，正色道："李珫邀请我们正月前往涪州观看长江石鱼。在涪州城北乌江与长江汇合上游大约四里的长江中心，有一块巨大的岩石称白鹤梁，石上雕刻着十八条用于测量长江水位的石鱼，此外还有历朝历代文人墨客留下的诗文与题记。这些石鱼只有在每年正月前后的枯水季才有可能露出水面，且已经八年不曾露出水面了，当下家家户户都忙着过年，待过完了年，必定蜂拥而至，争睹这一胜景。"

他语声微顿，看了秦九韶一眼，接道："正好要择吉日过'纳征'之礼，便一并定在正月了。"

秦九韶微微一怔，去郪县的这些日子，他日夜忙碌，全然将亲事给忽略了。他微唔了一声，点头道："听凭爹爹的安排。"

短暂的沉默过后，秦九韶又开了口："按日子推算，张平和清漪也该到了吧？"张平是秦季槱最信任的随从，有一身好武艺，他安排张平留在临安，负责护送殷清漪前来潼川。此前张平传信过来，他已经带着殷清漪与锦娘上路，秦季槱知秦九韶一直记挂着此事，特意转告了他。秦九韶听得欣喜，以为能赶上和她一同过年，可是至今仍未见人抵达，也没有任何消息。

"兴许是路上有什么事情耽搁了。"秦季樀心中也有隐忧，按理说也不该耽搁这般久，但还是宽慰他，"这几日应该就能到了。"

除了耐心等待也别无他法，秦九韶略一沉吟又道："人到了之后，我想带她去郪县，她懂医术，又有一双巧手，可以给她安排些事做。"

"先给她找个住处安顿下，等我们从涪州回来后再说。"秦季樀的言语中不觉多了几分警告的意味，"千万不能冲动行事，当心惹祸上身。"

"我会注意分寸的。"秦九韶郑重承诺。

到了除夜，家家户户俱洒扫门间，去尘秽，净庭户，钉桃符春牌……这是最盛大的节日，依照习俗，上午一通忙碌之后，家中洗涮烹煮之事交予女眷们，秦季樀带着秦九韶及随从，与友人相约着外出打"捶丸"，这项以球杖击球入穴的运动，在士大夫阶层尤为盛行。之后秦季樀在一家位于涪江畔，官酒库经营的、名气较大的南风楼宴客。

南风楼装饰华美，格调不俗，入了门，穿过主廊，浓妆妓女们聚于檐面上，以待酒客呼唤，秦九韶扫了一眼，只觉庸脂俗粉，俗不可耐。南北天井两廊皆小阁子，吊窗之外，花竹掩映，垂帘下幕，可随意命妓歌唱。南风楼内有名妓数十辈，皆时装袿服，巧笑争妍，以供小阁子里的酒客随时点唤，时人称之为"卖客"。宋时法度规定，官营酒肆内的妓女不许私侍寝席，在阁子里只卖笑不卖身。

众人进了一间阁子，各自就席后，先点一份开口汤，几碟按酒的果子。略吃些果子，喝碗汤，随后开始饮酒吃菜，有侍女上前斟酒，使用的酒器都是银制的，以示华侈。到这儿来的客人依惯例皆会点唤卖客，当地的风流才子、纨绔子弟瞧不上主廊上那些任人点唤的妓女，他们只喜欢那些深藏邃阁、未易招呼的官名角妓，欲买一笑，径往库内点花牌，恐酒家人隐庇推托，还须亲识妓面，并以微利啖之。秦季樀非好色之徒，但也不能失了身份，便要求店老板安排一名精通琴艺，可抚琴助兴的卖客，今日酒肆宾客盈门，官名角妓早已被点了花牌，老板正担心得罪了知府，听闻后大松了口气，立即安排了一名卖客。

一名怀抱古琴的女子进了阁子，与先前主廊上那些簪花盈头、笑容满面的卖客不同,她衣着素淡,螓首低埋,一言不发,莲步轻移至阁内的角落,侍从取来琴几与琴凳。落座后,她纤指走弦,扬起一缕柔细音韵,琴韵初始柔和婉转,逐渐,声韵越来越觉凄婉,千回百转。

秦九韶起初并未在意那抚琴的女子,他所处的位置被对面的客人挡着,也看不清抚琴女子的容貌。但渐渐地,他被出神入化的琴技所吸引,亦被那蕴含深沉哀怨情绪的琴音扣动了心弦,闻之酸鼻,不知不觉眼中泛起了泪光。他不知怎地想起了殷清漪,想起当年在吴家村时,她和琴而歌,唱的是岳飞的《满江红》,声如莺啼,婉转动人,忧国忧民的郁悒之情蕴蓄其间。他探头张望,见到女子的侧脸,蓦地了呆,那侧脸,竟与殷清漪十分相似,他怀疑自己出现了幻觉,使劲揉了揉眼睛,再凝目细瞧,依旧是那般相似。他忽然迫切地想要瞧瞧她的正脸,但她专注于抚琴,连脸都不曾偏过。他情急之下自衣袖内掏出了一个弹丸和一把小弹弓,前两日他逛集市,见有杂耍艺人打弹丸,觉得有趣,便在市集上买了来自己玩,还随身携带着。

他悄然环顾周遭,见无人留意他,便拉紧弹弓,对准琴几的一角。这时耳边传来一男客洪亮的声音:"大好日子,怎的弹奏如此哀伤的曲子?"席间觥筹交错,众人谈兴正浓,原本未留意那女子弹的什么曲子,被这高音打了岔后,室内忽然安静下来,众人先后将目光投向那抚琴的女子。偏就在此时,秦九韶松了手,好几名宾客惊见那弹丸自秦季槱身后飞过,不偏不倚地打中了琴几的边沿,发出"啪"的一声响。

抚琴的女子被吓了一跳,琴声戛然而止,余音袅袅弥散开来。而她本能地转过头来,眼里流露出惊慌之色。阁子内顿时鸦雀无声,秦九韶呆愣住了,他看清了那女子的面容,正是殷清漪,经过此前瑶瑟之事,他再不相信会有两个长相一模一样之人。方才亲眼看见秦九韶对着殷清漪打弹丸的宾客愕然瞪视着他。其余人则莫名其妙,不明白那打中琴几的弹丸从何而来。

片刻沉寂过后,开始响起窃窃私语声,秦九韶对着伎女打弹丸,如此招摇无忌之举引起了小声议论,秦季槱也听见了,皱起眉头,就要斥责秦九韶。秦九韶却坐不住了,霍然起身,几步冲向抚琴的女子,她重又低下了头,呆坐着,一动也不动,似乎陷入了一种迷茫的情绪中。秦九韶不由分说,一把扯过她的手臂,将她从琴凳上拽了起来。

她惊颤抬眸，对上秦九韶的目光，整个人都僵怔住了。"是你……"泪水冲进了她的眼眶，她翕动着嘴唇，吐不出一句完整的话。

她的反应已经证明了一切。"出去说！"秦九韶拉着她出了阁子。

秦季楒追了出来。"胡闹！"他呵斥，"韶儿，你怎能如此荒唐，不知轻重，快随我进去！"

"爹爹，她是清漪，她是殷清漪！"秦九韶冲口高喊。

秦季楒愕然："你说什么？殷清漪……"

"就是张平负责护送前来潼川的殷清漪。"秦九韶的声音里涌动着怒气，"你不是告诉我，兴许是路上有什么事情耽搁，这几日应该就能到。可她已经到了，还流落到这种地方，为什么会这样？"

秦季楒瞪视着殷清漪，她的眼里蓄满了泪水，脸色惨白如纸，他烦恼地叹了口气："我们换个地方说话。"他随即让人安排了一间没有客人的空阁子。

三人入内，将门关上后，殷清漪双膝一软，跪了下来。

秦九韶伸手欲搀扶她，她却执意跪地不起。"对不起——"她泣不成声，"如果不是为了我，张平大哥也不会……"

"张平他怎么了？"秦季楒惊问道。

殷清漪将事情原委道来：张平带着她和锦娘启程后，一路都较为顺利。那日终于进入潼川府境内的东乡，牛车在崎岖的乡间路上行走，天色渐暗，路旁的山林里突然蹿出几个山匪，大喝"留下买路钱"，张平与匪徒搏斗，奈何寡不敌众，锦娘被掳走，殷清漪为免受侮辱投了江，她只见到张平受了重伤，最后是生是死并不知晓。

殷清漪从昏迷中醒来后，才知道自己是被人救了，救他的是南风楼的甄老板，那晚甄老板从外地乘船归来，正好瞧见漂浮在江面的殷清漪，将她救下，还请郎中为她医治。

但甄老板并非出于善心，他见殷清漪年轻貌美，容貌不逊于官名角妓，心中早已有了盘算，待她康复后，便不准她离开，要求她留在此地招待客人，以偿还救命的银钱。殷清漪起初不愿意，甄老板威胁要将她卖入青楼，她身无分文，举目无亲，又被人寸步不离地看守着，唯有先屈服，还主动展露自己的歌喉与琴技，暗自计划待讨得甄老板欢心，对她放松了警惕后，再设法请人到知府衙门报信。没想到，第一次接客，便遇上了秦九韶，这大概是冥冥之中注定的缘分吧。

秦季樀满面怒容，命人立即将那甄老板带来。面对知府的责问，甄老板吓得腿都软了，跪地连连告饶。逼良为娼，本可问罪，但因着殷清漪身份特殊，秦季樀不好深究，便对甄老板网开一面，只要求他放人。甄老板哪敢说不，立即乖乖放了人。

秦九韶不敢贸然带殷清漪回家，他将殷清漪安顿在一家客栈内，在房间内陪着她，等待秦季樀宴客结束后前来与他们会合。

此前秦九韶当众对着伎女打弹丸，又拉着她出阁子的荒谬举动让秦季樀颇为气恼，回阁子后又不便对宾客们解释什么，只能在他们异样的眼光中顾左右而言他，其他人自然也识趣，纷纷附和着，气氛重新热络起来，化解了一场尴尬。

秦季樀进客栈房间时，板着一张脸。

秦九韶自知行为不当，心虚地道歉："对不起，爹爹，在南风楼时是我太冲动了，但是……"

"好啦。"秦季樀摆摆手，"以后遇到什么事，先和我商量，这样鲁莽行事，容易授人以柄，今后切记要谨言慎行。"

"我一定谨记于心。"秦九韶态度诚恳。

秦季樀也不再多言，转而对殷清漪道："你且将当时遇到匪徒的详情，细细道来。"

殷清漪仔细回想，山匪大概有四人，全部蒙着脸。他们直扑向牛车要劫财，张平立即拔刀相迎。殷清漪和锦娘躲在车厢中紧张不安，殷清漪透过棂格车窗张望，见张平被匪徒砍伤，渐渐体力不支，她带着锦娘悄悄下了牛车，想找个地方躲藏起来，但很快便有匪徒追了上来，锦娘被掳走，殷清漪明白自己难逃魔爪，绝望之下投了江。

"我们马上动身，去殷小娘子他们遭遇匪徒的地方，张平生死未卜，现场或许能找到些蛛丝马迹。"秦季樀听后道，"到了东乡后，殷小娘子可能认得确切地点？"

殷清漪点了点头："应该能。"

"可是爹爹，我们现在去，怕是赶不及除夜宴饮了。"秦九韶有些犹豫，毕竟这宴饮对于家家户户而言皆是最为重要的团圆宴，热闹非凡，就如苏轼诗中云："酒食相邀，呼为别岁。"

"此事颇为蹊跷，不尽快查明真相，哪里有心情过年。"秦季樆长叹了一口气，"东乡一带这些年从未发生过山匪拦路抢劫事件，况且张平武艺超群，对付区区几个山匪完全不成问题。他会身受重伤，说明那几个人并非普通的山匪，必定也是武功高强之人。"

"爹爹是怀疑……"秦九韶的心也往下沉了沉，他想起两次在吴家村见到的蒙脸大汉，莫非，是冲着殷清漪来的？吴大富已经发现了殷清漪的行踪？

"只是猜测而已。"秦季樆有些疑虑不安，"活要见人，死要见尸。"

于是一行人匆匆赶往东乡，秦季樆没有兴师动众，只带了都头郑广和他手下几名最得力的捕卒。

傍晚时分抵达，江边的小道杳无人踪，一面是山林，一面是奔流的江水。殷清漪记性好，很快指认了遭遇山匪的地点。路面崎岖不平，已经过去数日，加上昨日刚下过一场雪，许多痕迹都被破坏了。郑广犯难了："如果人已被杀害，尸体有可能被埋在山林里，也可能被抛入江中，这么大的范围，我们该如何搜寻？另外还有一种可能性，人并没有死，只是受伤被带走。"

"我们穿过山林，那边就是翠竹村，居住在村里的人或许会知道些什么。"秦季樆也明白，连人是生是死都无法确定，怎可能盲目搜寻。

众人穿过那片山林，暮色苍茫，不知何时又飘起了雪花，哪里还可见山色景物，幸而前方的村庄灯火闪烁，村民们必定都在准备除夜团圆宴，他们循着火光而去，进了翠竹村。这是一座不太大的村庄，除了村头的一座大瓦房，余下的数十户人家，大多是茅草、土墙建筑的矮屋。

大瓦房外建门屋，门虚掩着，秦季樆伸手叩门，无人应答。又等了好一阵子，依旧没有动静，他只好轻轻将门推开。里面为四合院，院子里空无一人，屋内有声响传出。他走了进去，其余人紧随其后。右侧的一扇房门突然打开了，一名身躯魁伟的青衣大汉走了出来，他看上去三十出头的年纪，有一对虎目，英气勃勃。见到一群人闯入自家，他大吃了一惊。

秦季樆带着歉意解释道，因无人应门，只能冒昧进入。

青衣大汉见秦季樨气度不凡，身后还有一群跟班，十分疑惑："大过年的，郎君有何事？"

"我们是潼川府衙的，前些日子山林那边的小道上发生了山匪抢劫杀人，你们村就在附近，是否听闻此事？"秦季樨客气询问。

"你们说是潼川府衙的人，可有凭证？"青衣大汉不答反问。

"大胆！"郑广怒斥。

秦季樨摆手制止，解下自己腰间的令牌，递了过去。

青衣大汉接过令牌仔细瞧了瞧，当即下跪道："不知是使君驾临，鄙人失礼了。"

秦季樨弯腰将他挽起："是我们叨扰了……"

话未说完，刚才青衣大汉出来的那间房内传来了脚步声，一名男子和一个孩童出现在房门口。男子二十七八岁，身躯高大，浓眉深目。他像是受了重伤，脸色苍白，足履不稳，旁边的孩童一路挽扶着他，孩童八九岁的模样，长得很是可爱。

"张平——"秦季樨看清了那受伤男子的容貌后，惊喜交加，失声喊。

"郎——君——"受伤的男子吃力吐字。

其他人也都愣住了，张平居然没有死，而且这么巧就在这里见到了他！

"这是……怎么回事？"秦九韶惊讶询问。

"进屋说吧。"青衣大汉道，"使君若不嫌弃，就带大家留下来，和我们一起吃顿简陋的年夜饭，在这儿过夜。"

秦季樨道谢："那就叨扰了。"雪渐渐大了，今晚不方便赶夜路。

"我们三个人过年怪冷清的，人多正好热闹一些。"青衣大汉领着他们去了大厅，一面自我介绍道，他名叫赵俊义，孩童是他的儿子赵子镝，"浑家有事外出，赶不及回来准备年夜饭，家中缺人手，只能将就着备几道简单的菜。"

厅内供奉着祖宗的牌位，前方案上摆放着春盘等祭品和香花，祭祀祖先，迎神供佛。春盘又叫"五辛盘"，是敬奉祖先必不可少的祭品。将油饼、馓子、麻花、馒头之类的主食摆入大盘，堆成塔形，中间插上金银丝扎成的花朵。

赵子镝扶张平躺回床上后也前来，已经祭祀完毕，赵俊义拔掉线香和纸花，让赵子镝将春盘和其他祭品端去厨房热一热上桌，再添几样菜，他自己去抱来了一坛子酒，准备好好招待客人。殷清漪主动提出去帮忙。

"那日浑家去涪江边捕鱼回来，正好撞见张平被多人围攻，身受重伤，浑家救下他，将他带回家。"赵俊义告诉秦季楣，张平这些日子一直在这家中养伤，请郎中医治后已有所好转，但由于身上多处伤势严重，还需要休养一段时日方能康复。张平一直急着想走，但实在走不动，只能安心养伤。

"能将张平救下，武功一定很高强吧？"一个妇人能有如此本事，秦九韶感到不可思议。

赵俊义笑了笑："浑家是个侠女，的确武功了得。"

说话间，赵子镝端来了春盘和蒸腊肉，又和殷清漪先后给每人端来一碗馎饦，馎饦就是面片汤，是除夜必用的。

厨房内的篓子里装着几条今日刚从江中捕来的活鲈鱼，赵子镝原打算清蒸，殷清漪询问是否有芥末酱，他道有的，这里的人喜辣，会将芥菜的种子晒干了再研磨成酱，就是芥末酱。于是殷清漪建议斫鲙，即将生鱼切成薄片，再用葱丝与芥末酱蘸着生吃。赵子镝从未听说过这种吃法，十分好奇。殷清漪操刀响捷，若合节奏，切出来的鱼片縠薄丝缕，轻可吹起。赵子镝在一旁看得呆了，好半晌才道："小娘子的刀功实在了得。"

殷清漪将一整盘鱼鲙和酱料端上桌后，众人也都惊呆了。

"你竟懂得斫鲙。"秦九韶讶然，他此前去殷清漪那儿，都是锦娘做菜，他从不知道殷清漪还有这等绝活。

"比不得临安的厨娘，你们将就着用吧。"殷清漪并不多言，只叮嘱要蘸了葱丝与芥末酱再吃。

斫鲙在各地名流俊士圈中甚为流行，许多王公贵族也好这口，视之为人间美味。过去赵竑喜好吃鱼鲙，殷清漪为了讨得他的欢心，除了为他弹唱，私下里还收买了府中的厨娘，跟随她苦练刀功，亲手为赵竑做鱼鲙，也因此愈发受到他的宠爱。离开赵竑后，她也远离了斫鲙，方才是见到几条活鱼，一时兴起，想为年夜饭增添些花样。

秦季楣和秦九韶自然对食鲙并不陌生，但其他人并未尝试过，都图新鲜，纷纷动了筷子，鱼鲙下肚，赞不绝口。秦季楣和秦九韶亦赞赏有加，秦季楣评价丝毫不逊色于临安富贵人家厨娘的手艺。在临安所蘸的芥末酱是市面上售卖的，加入了一些调味调色的香料，而这里的芥末酱是自己研磨的，辣味更加纯正，吃着愈加畅快淋漓，再喝点酒，便是陆游诗中咏叹的"斫鲙捣韲香满屋，雨窗唤起醉中眠"。

一顿并不丰盛的年夜饭，众人却十分尽兴，酒足饭饱后便围在一起守岁。除夜达旦不眠，为守岁。厅内燃着守岁烛，不能熄灭。赵子镝又端上消夜果，有十般糖、澄沙团、蜜酥，另有赌博戏玩之具，当地的风俗，以赌博的方式预测新的一年运气如何。秦季楣到张平房中与他交谈了一番，秦九韶一行人则入乡随俗，岁夕聚博，不亦乐乎。

天将亮鸡鸣时，赵俊义取了一根挂满铜钱的竹竿，要出外"打灰堆"，秦九韶和殷清漪觉得新鲜，跟着出了大厅。走廊上搁着一个铁盆，里面是昨夜祭祀祖先焚烧纸钱留下的灰堆，他用竹竿使劲敲打灰堆，同时祷告神灵，诉说心愿。据说"打灰堆"后，能逢凶化吉，实现心愿。

秦九韶和殷清漪站在旁边看着，各自也在心中祷告了一会儿，又不约而同地将目光投向前方飘雪的院子。雪小了，仿若天女散花，全是小花，却也夹杂着细细碎碎的鹅毛。这时外头遥遥传来孩子们的歌声："卖痴呆，千贯卖汝痴，万贯卖汝呆，见卖尽多送，要赊随我来。"这是"小儿卖痴呆"的风俗，包含着期盼自家孩子聪明伶俐的心愿。

"你向神灵诉说了什么心愿？"秦九韶忍不住问道。

"说出来就不灵了。"殷清漪俏皮地一笑，露出嘴角的微涡，秦九韶看得一呆，想起吴家村初见时，她也是这般梨涡清浅、明媚动人，这样的笑态，他已多少年不曾见过了？

殷清漪在他灼灼然的目光中羞赧地低垂下了头。

大门突然被推开了，一名妇人走了进来，天色渐明，可见她一身淡蓝色劲装，外罩黑色褙子，青帕罩头，背上斜插一柄长剑。

"翠娘——"赵俊义喊着，赶忙迎了过去。

秦九韶和殷清漪相携来到走廊上，近前可见那被称作"翠娘"的妇人的容貌，长眉凤目，风姿绰约。

赵俊义一面为妇人掸落褙子上的白雪，一面向秦九韶和殷清漪介绍："这是浑家，姓殷，单名一个翠字。"

这殷翠便是张平的救命恩人，她对着秦九韶和殷清漪微一领首，正欲询问他们的身份，殷清漪忽然紧盯着殷翠："你可是……可是我的三姑？家父是殷鲁，当年离开鲁地，一路逃难。"

殷翠上下打量着殷清漪，似乎在揣度她的话有几分可信度，殷鲁的女儿殷清漪，当年分别时还是个小女娃儿，如今按年龄，是该出落成这般亭亭玉立的小娘子了，但女大十八变，她无法确定眼前之人是否就是殷清漪。

"我是殷清漪！"殷清漪的语气急切起来，"三姑以前总唤我漪儿，我们家的祖传剑法，本是传男不传女，三姑偷来剑谱暗自苦练，学成后竟强过所有的男子。三姑还说只要我想学武，会毫无保留地教给我。只可惜，我还来不及学，抗金起义就爆发了。祖父被杀害后，三姑说要加入起义军，和男儿一样上战场抗金，不肯与我们一同逃难。"

这番话让殷翠确信眼前之人便是殷清漪了，她立即激动无比地失声叫道："漪儿，真的是你！你怎么会在这儿？"

"外头冷，什么话进屋说吧。"赵俊义提醒。

"走，去我屋里。"殷翠拉了殷清漪的手就要走。

"等等！"秦九韶喊住她们，"我怎的觉得殷娘子好生面熟。"

殷翠回过头，疑惑地望着他。

"十年前在巴州，你是否遇见一个不满十岁的孩童，并让他跟随你学习剑法？"秦九韶问道。

"难道，是你说的那个女侠？"殷清漪想起秦九韶曾对她说起过，当年在巴州有一回独自出去玩时，遇见一位不肯透露姓名的女侠，看他是练武的好材料，传授了他一年的武艺。

"正是。"秦九韶的记忆力极好，虽然已过去了九年，但他依然清楚记得那位女侠的容貌。

殷翠目注秦九韶，少顷，忽然笑了："都随我来吧。"

赵俊义听到刚才的对话，十分诧异，有些发愣地站在原地，目送他们三人的身影消失在不远处的房门内。

三人进屋后，进行了一番长谈。原来当年殷翠在鲁地参加了青州人杨安儿发动的起义，起义军为了区别于金军，一律身穿红色的短袄，故名"红袄军"。

杨安儿原是金国的一名下级军官，他带领起义军自益都经胶水县东进，攻劫州县，杀掠官吏。相继攻克莱州、登州等地，开仓济贫，聚众达数十万。还有潍州的李全等率众抗金，与杨安儿相互呼应，起义军声势浩大，四处反击金军。金廷派遣的宣抚使仆散安贞一度率军于益都府城东击败杨安儿，杨安儿撤至莱阳府，继续反金。后因莱州守将徐汝贤与登州刺史耿格先后开城迎杨安儿，红袄军势力复强，杨安儿在登州设立官府，建立了反金政权，年号"天顺"，活动于鲁东地区。红袄军起义持续了近三年，直至金宣宗贞祐二年（1214），仆散安贞统率的金军精锐与红袄军在胶河沿线重兵相交，义军虽奋力抵抗，浴血苦战，最终仍被金军攻破胶河防线，损失伤亡惨重。

赵俊义亦是鲁地人氏，猎户出身，自幼习武。他参加红袄军起义后与殷翠相识，二人逐渐产生了感情，起义失败后，他们负伤逃走，辗转到了蜀地。途中因殷翠临盆，暂时在巴州安顿下来。殷翠生下赵子镝后，一日外出时巧遇秦九韶，就是在那时与未满十岁的秦九韶结下缘分，每日约定时间教习剑法。兴元军士权兴等作乱，犯巴州时，赵俊义与殷翠本欲协助官府抵抗，但为了尚在襁褓中的幼子，思量再三后还是先带着他离开。后来他们到了潼川东乡，便在这儿定居下来，表面上狩猎、捕鱼、耕种，过着普通村民的生活，背地里则劫富济贫、行侠仗义。

听完殷翠的讲述，三人皆感慨万千，不曾想缘分竟如此奇妙，更奇妙的是，三人离散多年以后，在这样一个辞旧迎新的大喜日子，本以为只是萍水相逢，却不料乃亲人重聚首，他乡遇故知。

敲门声传来，是秦季槱要带着一行人动身返回潼川了，临走前有些疑问，需向殷翠问个明白。

"那几个围攻张平的，是金人。"殷翠语出惊人，"我参加起义军时多次和金兵交手，认得他们所使的大刀和刀法，听他们说话的口音，亦可确认。且那几个人武艺高强，绝非泛泛之辈，特别是领头之人凶猛异常。我无法与他们硬拼，幸而熟悉周围的地形，才得以带张平逃脱。"

"你的意思是，他们是金兵？"秦季槱惊问。

殷翠道："看着像，那领头的兴许还是个将领。我在这儿生活多年，从未发现有此等人物，不知为何突然出现。"

秦九韶和殷清漪互视了一眼，他们都想到了一个人——术虎烈！

"方才张平对我说，从临安出发之时，他曾发现殷小娘子的住处附近有可疑人物转悠，但因着急上路，并未细究。"秦季櫵面露忧色，显然也与他们想到了一处，"莫非吴大富的人打探到了殷小娘子的行踪，向术虎烈通风报信，术虎烈与他的手下选择在东乡这偏僻之处劫人？"

"术虎烈！"殷翠惊喊，"当年仆散安贞统率的金军精锐与红袄军在胶河沿线打败红袄军，术虎烈乃仆散安贞的一员大将，在此战中立了大功，此人骁勇善战，彪悍威猛。漪儿，你如何会招惹到那样的人？"

"此事说来话长。"殷清漪哀然叹息，她转而望向秦九韶道，"我与三姑分别多年，好不容易才见上一面，想在这儿多住些时日。"

不待秦九韶答话，秦季櫵先开了口："姑侄重逢，是件大喜事，你只管安心住下便是。"他正担心秦九韶会被殷清漪扰乱了心神，影响正月前往涪州过"纳征"之礼及观看石鱼之事，听她主动提出要留在这里，暗自松了口气。

秦九韶却是欲言又止，须臾才支吾着问道："打算在这儿……住多久？"

殷清漪瞧出他眼中的不舍，费力地挤出了一抹笑："张平大哥伤重行动不便，也需要继续留在这儿养伤，待他养好了身子，我与他一道回去。"

秦九韶这才放下心来："好吧，你多保重。"

殷清漪轻轻"嗯"了一声："雪天路滑，你们一路小心。"

数日后，秦季櫵与秦九韶启程去了涪州，完成"纳征"之礼后，正月十二，涪州郡守李瑀带着长子，也就是李婕好的兄长李泽民，与秦季櫵、秦九韶，还有其他几名友人，分别乘坐轿子前往白鹤梁，还有一众衙门差役与随从随行。已经八年不曾露出水面的石鱼再度露出真容，堪称一大盛事，一路上可见游人络绎不绝，黎民百姓、达官贵人、文人墨客皆朝圣般地从四面八方向白鹤梁汇集。

秦九韶不时掀开轿帘，向方窗外张望，春雪初融，大地苏醒，碧空如洗。风和日丽的好天气，冷风拂过脸颊也不再似刀刮，而是温暖和煦的，他的心情随之明媚飞扬起来。

一行人到了石鱼处，观赏历代书家名人的刻石手迹。李瑀精通书法，犹擅正楷，他耐心为众人讲解各种字体，例如东晋大书法家王羲之式的字体，平和自然、奇逸豪放且含蓄有韵味；唐代欧阳询的欧字体深得王羲之笔意，又博采众长、融会贯通，形成了刚健险劲、法度森严的独特风格；唐代颜真卿的颜字体不为魏晋朝代书法所拘束，大胆创新，彰显端庄厚重、朴质博大之美，以及雍容大方、开阔雄壮的气势……

李瑀讲解的间歇，李泽民不时为秦九韶讲述与那些书家名人相关的妙趣横生的民间传说故事。李泽民与秦九韶年岁相仿，丰神俊朗，颇有世家公子的气概。他与父亲李瑀一样，初见秦九韶便对他颇有好感，这几日接触后对他的才华、谈吐和气度更是欣赏，对于与秦家结下的这门亲事甚为满意。

"我宋朝的书家造诣如何？"李瑀讲解结束后，李泽民向父亲提问。

李瑀答道："我朝的楷书虽不及唐代，但行草出现了新的局面，晋尚韵，唐尚法，而宋尚意，所谓'尚意'，就是讲求意志，注重个人思想感情的表达，苏轼便是这样的一位书家。"

秦九韶听他提到苏轼，眼中有亮色闪现："我十分崇拜苏轼，他是诗词大家，又是书画家，了不起！"

李瑀点头微笑道："苏轼早年留心金石碑刻，晚年推崇颜体。他给予颜真卿的颜字体极高的评价，'诗至杜子美，文至韩退之，画至吴道子，书至颜鲁公，而古今之变，天下之能事毕矣'。但他并未专宗一家，而是博研众体，融会贯通，自成一家。他擅长楷书、行书，书法风格沉着、苍劲、豪放，达到了既不同于魏晋，也不同于唐代的美的境界。"

"据说苏轼的外甥柳闳和柳辟曾向舅翁求墨宝，苏轼写下'退笔如山未足珍，读书万卷始通神'勉励他们。他认为学习书法若不注重字外功夫的修炼，即便因苦练而使坏的笔堆成山也是徒劳。唯有多读书，方能领悟书法之妙道，下笔有神韵。"秦季槱接口。

李瑀将目光投向李泽民："苏轼此言，谈的是书法，实则适用于一切学习与做学问。"

李泽民知李瑀是借此机会对他说教，笑了笑，尚未做出回应，秦九韶却心领意会，脱口道："杜甫也留下传世名言'读书破万卷，下笔如有神'，说的是同样的道理，博览群书，参透其中奥妙，运用起来便可得心应手，吾辈当以此自勉。"

李玧赞许地连连点头："道古此话深得我心。"

李泽民打趣道："不光此话，此人也深得你心。"

李玧哈哈大笑起来，其他人也都听出这弦外之意，一时间笑声四起。秦九韶有些发窘，未来岳丈的抬爱令他感动，婚期已选定五月初八黄道吉日，他并不情愿，却不能流露出半分，逃避似的抬头望天，太阳不知何时躲进了云层里，暗沉沉的天仿佛紧压在头顶上，迫得他有喘不过气来的感觉。

"怎么啦，高兴傻了？"李泽民伸手拍了拍秦九韶的肩膀，他吃了一惊，又是惹来一阵笑声。

一行人参观石鱼和刻石手迹结束后，秦季槱和李玧的差役随从们皆提议二位官员在石鱼上留下题字。秦季槱挥笔写道："宝庆二年正月郡守李玧公玉，新潼川守秦季槱宏父，季槱之子九韶道古同来游。"

后李玧又补充题字内容："李公玉等再题名，瑞鳞古迹。郡守李玧公玉，新潼川守秦季槱宏父，郡纠曹掾何昌宗季文，季槱之子九韶道古，玧之子泽民志可同来游。石鱼阅八年不出，今方了然，大为丰年之祥，此不可不书。宝庆二年正月十二日。涪州知州。"李玧字公玉，秦季槱字宏父，李泽民字志可。何昌宗乃受邀同行的涪州曹掾，字季文。

返回李府的途中，李泽民约秦九韶单独用晚膳，道是有要事与他商谈。秦九韶见他脸上带着神秘之色，心中疑惑，不知是何要事，需要避开众人，但他还是答应了。李府花园内小桥流水、亭台水榭，用餐地点位于花园最高处的一座楼阁内，大屏风前陈设着一张黑漆花腿方桌，两侧各摆放着一个圆墩。二人落座后，便有厮儿端上了酒菜。

李泽民介绍道，这几道菜都是专门请名厨烹制的，其中有一道芽姜紫醋炙鲥鱼，鲥鱼体形侧扁，色泽如银，以肉肥腴、味鲜美而闻名天下。"鲥鱼乃长江中的名贵鱼，名厨听闻你是远道而来的客人，在白鹤梁赋祭丰年、观石鱼，又将与我家小妹喜结良缘，便制作了这道报喜菜。"

"为何说是报喜菜？"秦九韶不明白这鲥鱼与"报喜"有何关联。

李泽民却笑而不答："你先尝尝味道如何。"

秦九韶用筷子夹了一块鱼肉往嘴里送。"味道鲜美异常。"他称赞着，又伸出了手，再次下筷子，他感觉筷子像是被什么卡住了，手一使劲，竟从鱼腹中扯出了一小团白色的绢帛。他惊讶万分，放下筷子，用手取过那绢帛，展开来，约有一尺长，上面是一行娟秀雅致的楷书，写着"我住长江头，君住长江尾。日日思君不见君，共饮长江水"。

他知道这出自本朝词人李之仪的《卜算子·我住长江头》，疑惑地望着李泽民："这是怎么回事？"

"你可知'鱼传尺素'？"李泽民反问。

"自然是知道的。"秦九韶道。东汉诗人蔡邕有诗云："客从远方来，遗我双鲤鱼，呼儿烹鲤鱼，中有尺素书。"尺素为长一尺的绢帛，相传古时以绢帛写信，装入鱼腹中传于对方，这便是"鱼传尺素"。

李泽民点头道："金榜题名、喜结良缘、新添贵子等喜事都可通过尺素传递。品尝此菜，鱼腹之中深藏喜事，是谓报喜菜。"

秦九韶若有所悟："这是何人所写？"

"前些日子，我听小妹抚琴，绵绵相思无限意，后又见她在这绢帛上书写相思之情，追问之下，才知她是以词曲遥寄对你的浓浓思念与绵绵情意。好不容易你来了，却不能见面，连偷偷瞧上你一眼的机会都没有。"李泽民正色道，"你将来可要好好待她，莫辜负了她的一片真情。"

秦九韶愣怔住了，他与李婕好连面都没有见过，这浓浓思念与绵绵情意从何而来？少顷才讷讷低语："我与令妹素未谋面……这……"

"其实你们见过面。"李泽民提醒他，"你可还记得，去年中秋，你与李梅亭、陈元靓爬到树上观潮？"

秦九韶猛然想起，去年中秋，在树上观潮时，来了两名女子，像是大户人家的小娘子与小环，那小娘子手执罗扇轻遮粉面，微垂双眸，显露出无限矜持与娇柔。"难道说……我那日见到的小娘子就是……"

"正是婕好。"李泽民载笑载言，"外祖父有意将她许配于你，征询她的意见。婕好早就听闻你博学多才，十分倾慕，她想借着外出观潮之机见上你一面，外祖父便请李梅亭帮忙牵线。"

秦九韶恍然大悟，怪不得李梅亭坚持要去翠荫亭那样偏僻且视野不佳的所在观潮，原是为了方便避开人群，让他与李婕好相见。他当时根本未在意李婕好，对她的容貌也毫无印象，万万没想到，李婕好竟对他一见倾心，情根深种。他心中五味杂陈，有几分尴尬，几分无奈，却也有几分动容，脱口道："定不负相思意。"他同样引用了《卜算子·我住长江头》中的词句，虽做不到她所期许的"君心似我心"，然既是命中注定的夫妻缘分，又得她与家人如此厚爱，理应诚心相待。

"如此甚好。"李泽民满意微笑，"名厨尚未为这道报喜菜命名，请我赠名，不如就唤作'九韶鲋鱼'吧。你我两家缔结姻缘，今日会九韶，入托盏，品鲋鱼，叙友情，实乃人生大事、乐事。可借由这菜名，将此乐事流传开来。"

"九韶鲋鱼，九韶鲋鱼。"秦九韶默念着，缓慢地举起酒杯，送到嘴边啜了一口。醉意在他的体内扩散，朦胧如梦的情绪也随之激荡开来，夹杂着温情、迷惘和酸楚。

第五章 春风得意马蹄疾

绍定二年（1229）四月，潼川府大旱，江河水少，溪谷绝，五谷不收。尤其十年九旱的深丘与山区接合地带，更是赤野千里，寸草不生。此时秦九韶已与李婕好完婚近三年，儿子秦凌云也快满两周岁了。李婕好知书识礼、温婉端庄、通情达理，是个贤内助，秦九韶未能与所爱之人结为连理，虽意难平，但对结发妻子敬重有加，二人相敬如宾、举案齐眉，在旁人看来堪称美满姻缘。

秦季槱自任潼川知府以来，勤政爱民、造福当地，深得百姓爱戴。秦九韶任义兵首也兢兢业业，还经常尽己所能，协助爹爹做些工作，秦季槱也有意栽培他，此次大旱，便让善于计算的秦九韶参与赈灾事宜，并采纳了他的建议——动员富有之家卖米以赈灾民，卖米数量依据富家的物力田亩多少来确定。富家共分为九等，劝富家卖米的数量参照等次，所卖米数依等差递减。秦九韶负责计算各等富家卖米多少。他计算认真，办事公正，分配合理，无论富家抑或灾民皆十分信任他。旱期平稳度过，并未发生动乱。

数月后，秦季槱给秦九韶带来了喜讯，与秦季槱同年登进士的许奕推荐秦九韶为官，秦九韶因此被擢升为郪县县尉。

许奕与秦季槱在临安相识并成为挚友，二人曾同朝为官。许奕爱才惜才，在临安时便对博学多才的秦九韶赞赏有加，这些年听闻担任义兵首的秦九韶通武知兵，研究出的几种测雨量和雪量的方法被证实可为农田增收提供更加可靠的依据，已获准在各州县推广，显示出了非凡的才干。此次秦九韶又赈灾有功，遂借机推荐。

"太好了，"秦九韶雀跃，"我这算是正式进入仕途了？"

"是入了仕途，但只是底层的武官。"秦季槱败了他的兴头，"能获得一个历练的机会，是好事。但别忘了，登科举第才是正经出路。去年贡举，你道尚未准备好，不参加。再过两年务必要参加了，此事拖不得。"

"爹爹，我明白，保证不会让你失望。"秦九韶郑重承诺。来到潼川府后，他忙于义兵首的工作，又被娶妻生子等纷杂事扰乱了心神，难以潜心苦读，遂决定暂不应考。如今尘埃落定，他也该用心谋取功名了。

就任郪县县尉前，秦九韶去了一趟东乡。三年前，张平伤愈自东乡返回，殷清漪并未与他同行，她食言了，决定留在殷翠身边，与他们一同生活，只托张平带了八个字给秦九韶，"新婚志喜，百年偕老"。秦九韶默念着那八个字，勉强一笑，那笑容苦涩而苍凉。他明白她的心意，并不强求，或许各自安好，于他们而言便是最好的结局。可如今三年多过去，他愈发心有不甘，浓烈的思念像一杯苦酒，那醉酒的悸动总会在不经意间发作，烧灼般的痛苦自他的心头涌起，蔓延到四肢百骸。他忽然迫切渴望再见她一眼，想知道她过得好不好，想与她分享进入仕途的喜悦……

到了翠竹村，秦九韶来到赵俊义一家居住的那栋大瓦房外，叩响了大门，来开门的是个少年，秦九韶仔细打量了一阵才认出，是赵俊义与殷翠的儿子赵子镝，一别三年多，当年的孩童已成长为少年，个头高了许多，身体也变得壮实了。

"你是……"赵子镝稍稍迟疑，"哦，我想起来了，有一年除夜，你来过我们家，还和我们一道守岁。你好像是姓……秦。"

"真是好记性。"秦九韶笑着夸了一句，随即说明来意，是有事要见殷清漪。

"清漪姐姐外出行医了，需晚些才能回来，秦郎君进屋里等她吧。"赵子镝领着秦九韶进门，穿过院子，秦九韶目注前方的走廊，想起那日守岁至天将明时，他与殷清漪站在这走廊上，看着赵俊义"打灰堆"，同时祷告神灵，诉说心愿。他问她向神灵诉说了什么心愿，她俏皮地一笑，露出嘴角的微涡。眼前浮现了殷清漪的笑靥，他不觉有些呆了。

"秦郎君。"赵子镝一声轻唤，才将秦九韶催回神来，他甩甩头，却甩不掉她的影子，头脑混乱，脚步轻浮。

天色已晚，赵子镝招呼秦九韶一块儿喝粥，但他毫无胃口，勉强喝了几口，有一搭没一搭地打听起殷清漪的情况。从赵子镝口中得知，这些年殷清漪在此隐姓埋名，她精研医术，因治好了村长儿子的重症，名声大噪，许多村里村外的患疾之人或其家人慕名而来，她也成了这一带受人敬重的郎中。秦九韶又委婉询问，殷清漪是否已许了人家，赵子镝摇头道，前两年来说媒的人一直没有断过，但殷清漪都婉拒了。起初殷翠还耐心劝说，后见她态度坚决，似已抱定终身不嫁的念头，也只得放弃了。

后来赵子镝忙自己的事情去了。赵俊义与殷翠都外出了，今晚不归家。秦九韶进了殷清漪的房间，点上蜡烛，他环顾四周，一派素净淡雅。目光触及那碧纱床帐，瞬间被勾动了遐思绮念。他长吁了口气，转身出了房间，独自负手立在院子里，月光融融，清辉将他笼罩。他一动不动地站着，等待着，脑中思绪纷杂零乱，心头涌动着期待的浪潮，却又混合了酸楚、凄恻和无措的感觉。他闭上眼睛，深深呼吸。

不知过了多久，"吱呀"一声门响传来，惊动了他。他蓦然直视前方，很快殷清漪的身影出现在了眼前，她也一眼瞧见了他，踏着月色向他走来，每一步都仿佛踏在他的心头，他的一颗心急促跳跃着，双手紧攥，手心沁出汗来。

殷清漪在他面前站定了，两人的目光仿佛穿透岁月，交缠在一起。他们谁都没有开口说话，但都从对方的眼中读出那不曾因时光流逝而淡化，反倒愈加浓得化不开的深情。他闪亮的眼睛里蹿起了火苗，烧灼般盯着她，而她脸色苍白、呼吸急促。

夜风带着深秋的寒意扑面而来，殷清漪单衣寒冽，打了个寒战。秦九韶骤然将她揽入怀中，手臂牢牢地抱住了她的腰。她手中的药箱坠落，砰然作响。但他们谁也没有理会，她把头埋进他的胸膛，听着他那强有力的心跳。

许久，她太息般的声音飘传开来："你……过得好吗？"

"你呢？"他低叹着反问。

短暂的沉默过后，他松开她，目光探究地在她的脸上搜索："女华佗，可能治好我的病？"

她惊颤抬眸："你得了什么病？"

他拉过她的手，触碰到她手腕上的镯子，低头细瞧，是他赠予的鸡血藤镯子。她一直戴着，且精心保养，依然呈现鸡血一样鲜亮的棕红色，不仅未曾褪去光泽，色泽反较先前愈加亮丽。将她的手压在自己的心口处，他哑声道："相思之症。"

她睁大了眼睛望着他，半晌没有表示。他忽然不耐烦了，对她俯下头，狂热而猛烈地吻住了她。这是他第一次吻她，这突如其来的举动令她脑子混沌昏蒙，却不由自主地反应着，双手环住他的脖子。那窒息的热力使她瘫软无力，仿如置身云端，飘然若仙。

然后，他一把拦腰将她抱起，向房间行去。他将她置于床榻之上，她猛然清醒，惊呼："你……"

"你说过的话，难道忘了？"他打断她，那对迸射着热情烈焰的黑眼睛迫着她。

"什么……什么话？"她结舌地问。

"你说……你这身子，我随时可以要了去。"他不再给她开口的机会，那好似压抑了千万年的情火喷薄而出，以燎原之势迅猛燃烧，将他和她一同吞噬。烛光摇曳，映照着满室的旖旎。

桌上的蜡烛只剩了小小的一截，一切归于平静，殷清漪一动不动地躺着，呆愣愣地注视着床帐顶，有些眩晕的感觉，好似自己是那随波逐流的小舟，正在潮水中漂荡旋转。秦九韶轻咳了一声，她恍如未觉。他伸手转过她的脸，迫使她面对他，她才发出一声叹息："我以为，你该把我忘了。"

"忘不了。"他的脸隐显在烛光的阴影下，神情有几分奇异，"你当初决定留在这里，是因亲眼见到张平为了你而身受重伤，不愿再累及我和身边的人，对吗？"

她沉默着，他早已确信自己的答案，不再追问，只自顾着继续道："当时我也有顾虑，术虎烈未必相信你投江身亡，也许会找寻你的下落。他既能掌握张平带你来潼川的行程，想必也知道我们的关系，我若与你往来甚密，容易暴露了你。我本以为，带你到潼川来，可以护得你周全。你不愿再被深宅大院困住，过着与其他女人争宠的日子，我也不强求，只要能经常见到你就心满意足了。

哪曾料到，竟会横生事端。我没有能力保护你，而你又那么巧地遇见了失散多年的亲人，也许是天意，既然你选择留在三姑身边，我唯有放手了。"

"那为什么又……"她顿住，凝视着他，那对眼睛蒙眬得奇怪。

他的眼里闪出了光彩："现在我有能力保护你了，我已被擢升为鄞县县尉，掌治安捕盗之事。"

"恭喜你。"她由衷为他高兴。

"我很想念你。"他话锋一转，"越想念，越是心有不甘。我能依靠奋勉获认可，得到官职，却未能得到心爱的女人。此番来见你之前，我已打定主意，若你已嫁人，我唯有认命，祝你幸福。若你仍孤身一人，我便不再当君子，哪怕你不情愿随我离开，我也要强行将你带走。"

"你要囚禁我？"她语意幽幽。

"不！只要你能留在我身边，除了正室的地位我给不了，其余的，我怎样都依你。"他好言相劝，"已经三年多过去，一切平静无波，你也该彻底放下了。我看得出来，你对我同样难以忘情。既然如此，何不彻底卸下枷锁，与我长相厮守！"

她默然须臾，嗫嚅着："你的夫人……"

"婕好为我诞下一子后，隔年又有了身孕，却意外小产，病了一场，郎中诊断身体受损，今后难再有孕。她为此主动提出为我纳妾，绵延子嗣。"他懂她的心思，"婕好贤惠大度，并非拈酸吃醋之人。我敬她重她，不曾亏待了她，只是……不爱她。我不同意纳妾，除了你，我不会考虑纳别的女子为妾。但既然她不反对我纳妾，我便不必顾忌了。只需为你编造合理的身份说辞，不让她知晓你的过去即可。当然，你若仍不愿进我秦家的门，我不勉强，可在鄞县另为你购置一处宅院。你在这儿寄人篱下，也非长久之计。"秦九韶所言非虚，李婕好先是欲将其陪嫁小环香玉嫁与他为妾，香玉就是当日陪着李婕好前往钱塘江边观潮的俏皮小娘子，容貌算不上出色，但活泼伶俐，很是讨人喜欢。秦九韶坚决拒绝后，李婕好了解到方惜芸十分中意秋婵，又建议秦九韶将秋婵收房，仍是遭拒。

殷清漪垂下眼帘，再扬起睫毛时，眼眶已充满了泪，她点点头，轻声道："我可以随你走，但你需答应我三个条件。我不会为难你，都是你能做到的。"

111

"你说吧，我一定尽量满足。"秦九韶郑重承诺。

"第一，我不要名分，不受束缚；第二，我想自食其力；第三，若生下孩子，我独自抚养，待他成人后再认祖归宗。"她言简意赅。

他怔了怔，沉沉叹口气："好吧，我答应。"

隔日殷翠归家后，殷清漪向她辞行，殷翠见到秦九韶便明白了，也深知殷清漪甚有主见，必是已为将来做好了打算。只叮嘱她照顾好自己，又道郪县至东乡不过大半日车程，今后要常往来走动。

秦九韶上任后，居住在官宅，也就是为异地仕宦及其眷属提供的住宅。那是一处宅院，毗邻县衙。秦九韶并未带家眷，二老舍不得孙儿，潼川与郪县相隔也不远，秦九韶可常回去探亲，李婕好便与稚子留在潼川的秦府。

殷清漪要求靠自己谋生，却不宜抛头露面，毕竟郪县不似那东乡的翠竹村地处偏僻，邻里关系简单。官宅内还有随从、护卫、仆役等，需雇个掌勺之人，她自荐任厨娘，既可依靠自己的能力生活，又无须在外抛头露面，秦九韶便准许了。

官宅内知道殷清漪身份的，还有张平。秦季槱将张平派到秦九韶身旁，张平武功高强又忠心耿耿，可成为秦九韶的得力助手。秦九韶与张平商量出了个妥善之策，张平亦是蜀地人士，他有个表妹李玉娘，比殷清漪小三岁，李玉娘与父母亲人皆在不久前的那场旱灾中丧生。张平便对外称厨娘是老家的表妹李玉娘，因遭遇旱灾逃荒，来此投靠他，因玉娘有一手好厨艺，便安排她当了厨娘。

于是殷清漪化名玉娘，在官宅安顿下来，除了一日三餐，平常里她也做些药膳、药饮、养生糕点等，供秦九韶和县衙的其他人品尝。她烹炒煎煮，样样拿手，做出的菜品精致，色香味俱全，深获好评。

秦九韶有佳人与美食相伴，日子过得舒心惬意，前所未有地满足，新官上任愈发干劲十足。他心怀报国之志，首先做的是加紧操练人马，他认为，唯武图功，唯有武力能抵御外患，夺取战功。国家太平了，百姓才能安其居，乐其业。而若让未经训练的队伍上战场，无异于将战争视同儿戏，那是领导者的过失。为此他尚武强军，十分注重提高军士素质。

器重秦九韶的知县陈泰也让他参与县衙其他事务的处理。这日，陈泰招来秦九韶商量："朝廷颁布了'方田均税法'，规定'以东西南北各千步，当四十一顷六十六亩一百六十步，为一方。方量毕，以地及色参定肥瘠，分等以定税则'，为施行新法规，需丈量土地、征收赋税。你计算的本事，本县官吏无人能及。这项重要差事，交托与你最为稳妥。只是，到山野田间去，怕是要吃些苦头。"

"多谢明府信任，我不怕吃苦头。"秦九韶满口应承，"我先前便曾听闻，近些年来全国的耕地面积不断扩大，有沿海新涨的沙田、沿湖淤积的湖田，还有山陵地区开垦的山田、堤外蓄水形成的圩田。能否准确测算这些田地，关系重大，朝廷颁布这一法规，利国利民。"

"不愧是全才、通才。"陈泰赞许道，"我没有看错人，可以放心将此事托付于你了。"

鄞县地处山区，沟壑纵横、山丘连绵、沙田坡地，有长方形、梯形、尖形、菱形、环形、圆形等各种形状的田地以及各种不规则形状的田地，均需测量。秦九韶带着随行人员深入山间田垄，丈量、计算，凡事亲力亲为。掌握了大量实地测量数据后，他回到住处开始计算田地面积及赋税。

夜已深了，秦九韶秉烛伏案，他正在研究如何计算一块三角形沙田的面积。已知沙田的三条斜边长度分别为十三里、十四里、十五里，欲知为田几何。其他围田、梯田等田地的面积计算可以使用《九章算术》中少广、方田、勾股、商功诸章之算法。《九章算术》中也有三角形面积的计算方法，但他有了自己的发现，希望创出独有的算法。

殷清漪在厨房内熬口数粥。今日是腊月二十四，谓之交年，祀灶用花饧米饵，及作糖豆粥，谓之口数。她用沙瓶烂煮赤豆，候粥少沸，以豆投之同煮，熬了一锅口数粥。

秦九韶一投入算术便废寝忘食，晚膳顾不上吃。前几日秋婵因端着膳食进入房中，打断他的思路，被他痛骂着赶了出来。他趁机吩咐下去，以后若要送食，由玉娘亲自送。厨娘进主人房中，这不合规矩，但下人们见这厨娘貌美如花，心中都明白了几分，且主人之事，他们哪敢多嘴。除了秋婵对殷清漪心生芥蒂，言语上也不甚友善，其他人待她如常。

眼看着时辰已晚，已经连续两日如此，殷清漪担心秦九韶饿坏了身子，而这口数粥又不可不吃，她便重新熬了一碗粥，前去打扰。

里院静悄悄的，除了外院值夜的仆役，其他下人都已睡下了。殷清漪单手端着碗，另一手动作极轻地推开秦九韶的房门，入内后复又将门关上。她全然未察觉，斜对面有一扇窗户悄无声息地打开了一道缝隙，黑暗中，一双眼睛直勾勾地盯着她，眼中幽光闪动，透着一丝诡异。

寒冬腊月，秦九韶竟然直挺挺地躺在地上，双目圆睁着，动也不动。一旁的书案上铺满稿纸，上面画了各种三角形图形，还标注了密密麻麻的公式和数字。见此情景，殷清漪却丝毫未感到惊讶。她知他此时脑中定是思潮汹涌，即将冲破重重迷雾走向通途。她静立着，未敢发出半点响动，唯恐惊扰了他。

两人就这样一个躺着，一个站着，时间缓缓流逝，外头遥遥传来打更的声音，已经三更天了。蓦然间，秦九韶一个鲤鱼打挺，从地上蹦了起来。殷清漪被这突如其来的动作吓了一大跳，手中的碗差点掉落在地。

"你什么时候进来的？"秦九韶来到殷清漪面前，惊讶地望着她。

殷清漪轻吁了口气："来了好一会儿了。这粥冷了，我去热过再来。"

"不必了，我不饿。"他接过她手中的碗，搁在书案上，转身搂住她，"很晚了，陪我歇着吧，明早再吃。"

"不行，这口数粥今日必须吃。"她坚持，"腊月二十四，人人都要吃上一口糖豆粥，甚至猫犬也不例外，这'口数粥'的名目便是由此而来。如同冬至粥，并非仅为食味，还有防治瘟病的用途。"

"既是如此，我岂能辜负了你的一番好意。"秦九韶端起桌上的那碗粥，殷清漪尚未及出声制止，他已用调羹舀了一大勺粥，往嘴里送。

"粥冷了！"她急道。

"不冷，我吃着很美味。"他毫不在意，大口大口地吃着，不一会儿碗便见底了。

她无奈地望着他，一时无语。他却笑逐颜开："我终于理清了思路，又吃到你亲手熬煮的防治瘟病的口数粥，大吉大利，定能酣然入梦了。"

她见他如此愉悦，亦受到感染，凝眸浅笑，露出嘴角的微涡。他只觉得那娇靥上如春花绽放，痴望着她。四目相瞩，无数柔情，都在两人的目光中流转、交缠、激荡。

那双眼睛依旧透过窗户缝隙窥视着，是秋婵。黑甸甸的深夜，伸手不见五指。唯有秦九韶房中的一缕灯光，朦朦地在纱窗上投下淡淡的黄晕，那样暧昧地曳动着，蛛网般向四外伸展，直将她摄入其中，紧紧缠绕着她，那近乎窒息的感觉迫着她，她将手压在胸口，仿佛试图缓解那一阵又一阵袭来的心痛。

秦九韶独创出"三斜求积术"，他根据魏晋时期著名算学家刘徽创建的"出入相补"原理，再利用《九章算术》勾股章折竹问题刘徽注中的方法推导出来，并经过了严格证明。

直角三角形为勾股形，较短的直角边称为勾，另一直角边称为股，斜边称为弦。刘徽创建的"出入相补"原理为："勾、股各自乘，并，而开方之，即弦。勾自乘为朱方，股自乘为青方，令出入相补，各从其类，因就其余不动也，合成弦方之幂。开方除之，即弦也。"其大意为，一个任意直角三角形，以勾宽作红色正方形即朱方，以股长作青色正方形即青方。将朱方、青方两个正方形对齐底边排列，再进行割补——以盈补虚，分割线内不动，线外则"各从其类"，以合成弦的正方形即弦方，弦方开方即为弦长。由此推算可知，被分割成若干部分后，面积总和保持不变。

秦九韶从陈元靓那儿得来的《九章算术》中，有刘徽为其作的注释。书中的"折竹抵地"题为："今有竹高一丈，末折抵地，去本四尺，问折者高几何？"一丈高的竹子，折断后竹梢抵地，抵地处离竹子底部四尺远，问折断后的竹子有多高？刘徽注曰："令高自乘为股弦并幂，去本自乘为矩幂，减之，余为实。倍高为法，则得折之高数也。"由此可求得折断后的竹子高四尺二。

秦九韶需要计算的三角形沙田并非直角三角形，由大斜、中斜与小斜三条斜边组成。他作大斜边上的高，将三角形一分为二，成为两个直角三角形，也将大斜边分为两部分，即两个直角三角形的股和弦。由于《九章算术》已给出三角形面积的算法为高与大斜边长度相乘所得的一半，因此该问题归结为如何从股弦和求股。

秦九韶总结出了他独自发现的，已知一般的三角形三条斜边长度，求其任意三角形的面积的公式：以小斜幂并大斜幂，减中斜幂，余半之，自乘于上。再以小斜幂乘大斜幂，减之，余数以四除之，为实。一为从隅，开方得积。他将已知沙田的三条斜边长度分别为十三里、十四里、十五里分别带入，得出沙田面积为八十四平方里。一里为三百步，一步为六尺。由此可知，一平方里等于九万平方步。八十四乘九万得出七十五万六千平方步。一亩为二百四十平方步，二百四十除七十五万六千，得三万一千五百亩。而一顷为一百亩，以一百除三万一千五百，最终可得三百一十五顷，便是三角形沙田的面积。

在耕地中，三角形形状的土地虽不太多，但若在核实面积、整治赋税中遇见，只需测量出三条斜边的长度，代入秦九韶独创的三斜求积公式即可计算出田积，为测准田积奉献出一个简单实用的公式，可广泛应用。

初夏雨季，愁云笼千树，轻雾迷万山。丝丝细雨如怨如诉，撩人愁绪，秦九韶却是有朋自远方来，不亦乐乎。李梅亭调任西南一带的漕运使，统领成都等诸路军马，以御使大夫之职负责四川的军、政事务，掌八印于一身。这日他到潼川执行公务，顺道前来郪县探视老友。

秦九韶自然盛情招待，在屋后的庭院内摆下酒席，拿出上等好酒，又让殷清漪准备了一桌好菜。小园香径，两竿翠竹拂云长，几叶幽兰带露香，芭蕉树叶叶心心荫满庭。这翠竹和芭蕉是秦九韶专门让人栽种的，他与殷清漪都中意的诗意的绿植，当年在临安的那栋小平房内，他们也曾倚窗看竹梢风动，听雨打芭蕉声，只不过当时心境凄凉，前途云遮雾绕，遥不可知。而如今总算是拨云见日，可相伴朝朝暮暮。

"道古，这些年虽未见你面，但时常听闻你造福百姓，令人敬佩。"李梅亭称赞道。

"李公都听说了什么？"秦九韶为李梅亭斟酒，一面笑问。

"天池测雨、圆罂测雨、峻积验雪、竹器验雪，各州县都在使用你这几种测雨量和雪量的方法。"李梅亭记得一清二楚，"还有最近的三斜求积、尖田求积、斜荡求积、计地容民、蕉田求积、均分梯田、环田三积和围田先计，一些较难的不规则田积的测量与算法，你都为有关的测算者提供了计算方法，让他们计算出面积后，再根据田地的肥瘠算出赋税，按等纳税，于国于民皆不吃亏，了不起。哦，你还给那些计算方法起了富有诗意的题名，甚妙，甚妙啊。"

"李公不但关注不才，还如此用心，将这些名称一字不落地记下来。不才敬你一杯，以表感激之情。"秦九韶对李梅亭举起了手中的酒杯。

李梅亭与他畅快对饮。

秋婵端了一盘鱼鲙和葱丝、芥末酱过来。

李梅亭一见盘中那薄切鱼鲙，登时双眸发亮："这斫鲙是出自何人之手？"

"是我这儿的一位厨娘，的确厨艺了得。"秦九韶引以为豪。

"厨娘？"李梅亭愈发来了兴趣，"我朝富贵之家多喜聘请年轻貌美手艺又好的厨娘，以至于民间许多中下之户不重生男，每生女则爱护如捧璧擎珠。教女不以针缕绩纺为功，但躬庖厨，勤刀机而已。以图能被富贵之家相中，聘为厨娘。这厨娘个个色艺俱佳、气质不凡、身价不菲。"他略作停顿，转而调侃，"倒是不曾料到，你这县尉的俸禄，竟也聘得起手艺这般出众的美厨娘。"

秦九韶笑道："我自然聘不起。这厨娘名唤玉娘，是我手下都头的表妹，因遭遇旱灾来此投亲，便给她安排了个差事。"

"你真是走了大运，这鱼鲙縠薄丝缕、轻可吹起。这般刀工，我在临安时也不曾见过。"李梅亭啧啧称奇，"百闻不如一见，快带我去厨房，我要亲眼瞧瞧，这人间美味是如何做成的。"

"这……"秦九韶犹豫了，当年李梅亭曾不止一次见过以瑶瑟身份示人的殷清漪，他难免有些担心。

"怎么，一个厨娘而已，还舍不得让人瞧看？"李梅亭已站起身来，"我难得来一趟，莫扫了我的兴。"

秦九韶不好再推辞，只得带他去了厨房。

殷清漪正在料理锅中的食物，她梳着高高的发髻，头戴玉兰花苞花冠。身着小袖对襟旋袄和长裙，直领镶一道"领抹"，捻金线彩绣花样。手腕上的鸡血藤手镯熠熠闪光，腰间系一条曲裾围裙，体态婀娜、舒徐优雅。身旁的方桌上，摆满了盘、碗、温酒器等餐具。在这样有些杂乱的环境中，她却是如此高华耀眼。

她听到脚步声，转过头来，与李梅亭目光相抵的那一刹那，她的眼底闪现惊愕之色，很快又恢复镇定神色。李梅亭则有些困惑地望着她，似乎在自己的记忆中搜寻着什么。

秦九韶忙上前一步，挡住李梅亭的视线，用玩笑的口吻道："李公，非礼勿视。"

李梅亭回过神来，略微尴尬地轻咳了一声："你这厨娘，真乃人间绝色也，不知为什么，瞧着有些眼熟。"

秦九韶故意挑眉瞪眼："莫非你是看上了我的厨娘，借此与她套近乎，想将她抢走？"

"你多虑了，君子怎能夺人所爱，我徒有羡慕的份儿。"李梅亭说着笑睨殷清漪，"我不过是想亲眼见识斫鲙而已，小娘子可愿意露一手，让我开开眼界？"

殷清漪将询问的目光投向了秦九韶。

秦九韶点头笑道："李公对那盘鱼鲙赞不绝口，若是无法亲眼看见你的刀工，他定不得安生。"

"夸大其词！"李梅亭装作不满地拍了拍秦九韶的肩，眼里却满含笑意，"不得安生不至于，但有可能会寝不安席、食不甘味。"

秦九韶与他对视了一眼，二人皆朗朗大笑。

殷清漪微一领首，她轻挽罗袖，玉手细细擦拭食具，显得楚楚动人。竹篓内还有一条活鲈鱼，原本是要清蒸的，她随后将鱼置于案上，动作麻利，一副胸有成竹的模样，斫鲙之时，只见她操刀响捷，若合节奏，切出来的鱼片，无一例外，皆为完美的薄片。"运肘风生看斫鲙，随刀雪落惊飞缕。"李梅亭惊叹，"苏轼这诗句，我此前总觉得有夸大的成分，世间真会有他形容的如此高超的斫鲙技艺吗？但今日见到小娘子的刀工，终于相信东坡先生之言果然非虚。梅尧臣家的厨娘善斫鲙，欧阳修、刘原父诸人均以为珍味，'每思食鲙，必提鱼往过'，恐怕往后我每思食斫鲙，也要提鱼来道古府上了。"

"随时欢迎，那样我还能省点买鱼的钱。"秦九韶打趣。

李梅亭摇头叹气："原来你欢迎的不是我，而是鱼。"

殷清漪在一旁听着二人取笑斗嘴，不觉莞尔。

秦九韶与李梅亭回到小庭院内，继续对饮。

"你与夫人的感情可好？"李梅亭关心起秦九韶的婚姻生活。

"婕好端庄贤淑，无可挑剔。这还要感谢你，暗中牵线。"秦九韶一面说话，一面用眼瞟他，"只是，当年观潮时，你私下约她前来，却瞒着我，非厚道也。"

"我受沈知府之托，难以推辞。未出阁的小娘子脸皮薄，我也不好戳穿。不过瞒着你，确是我的不是。"李梅亭为自己面前的酒杯斟满了酒，"既然你已知晓，我便自罚三杯，向你赔罪。"

"我不过是想起此事，随口一说罢了。怎能让你自罚，该是我敬你这月老一杯才是。"秦九韶并不与他计较，即便他推辞了，沈知府也会想出别的法子，让李婕好偷偷见上他一面。这门亲事，他总归是逃不过的，他对李梅亭举杯："千岁！"

"千岁！"李梅亭回应，将杯中酒一饮而尽，遂心快意，"细酌千岁酒，实乃人生一大乐事。"

秋婵又端来下酒菜，殷清漪选择瓜、蔬等素食材，运用炸、脍、脯、腌、酱等烹饪手法，再依照食材、佐料的绿、黄、赤等颜色摆盘。秋婵将两个盘子分别放置于秦九韶与李梅亭面前后，李梅亭惊呆了，两个盘中各设一景，斗拱飞檐、亭台楼榭、花木扶疏，俨然缩小版的山水画。而拼接起来，便是一幅完整的画卷。

"你这厨娘……"李梅亭的溢美之词尚未出口，脑中忽有亮光闪过，"我想起来了，我们曾在西湖画舫上见过的济王府上的歌伎瑶瑟，与她的容貌极为相似，难怪我觉得眼熟。"

秦九韶脸色微一变，随即恢复如常，用玩笑掩饰："大抵长得好看的女子，都有几分相似。已经过去这么多年，李公竟还能记得那歌伎的容貌，我倒是印象模糊了。玉娘此前从未曾离开过家乡，与那瑶瑟毫无瓜葛。"

"人间绝色，过目难忘啊。真没想到，会在你这儿见到几乎与她长得一模一样之人，天下之事，奇妙难言。"李梅亭又饮下一满杯酒，已有了几分醉意，只一味感叹，倒不曾怀疑玉娘的身份。秦九韶的神情变化丝毫未引起他的注意，却落入了正端起空酒壶的秋婵的眼底，她不动声色地执壶翩然远去。

"玉娘这道菜，是依照我的画拼成景物。"秦九韶转移了话题，"我平日里也喜钻研营造技艺，将来想自己设计，请工匠建造一座雕梁画栋的宅院。前两日得知你来的消息时，我正好用画笔描绘出了想象中的那栋宅院与周边的景致。我忽然心生一念，询问玉娘是否能将这画中的景物装入盘中，她素来心灵手巧，果真琢磨出了门道。"

他说着竟有些神思恍惚了，依稀还是那晚，斜月半窗，烛影摇红，他将那幅画卷在殷清漪面前展开来："还记得我说过的话吗？仿造的宅院怎配得上你，我要为你建一座真正的宅院，雕梁画栋，宝剑赠英雄，香闺自然要赠美人。"

"记得。"她动容地抬眼望着他，两人的视线缠绕了片刻，她低语，"你有这番心意，我已知足了。"

银烛散发出柔和的光芒，他的脸庞在烛光的映照下，神情有说不出的温柔："这栋宅院，一直在我的心里，如今我先将它画了出来，终有一天定会兑现承诺。"

"我何德何能，让你如此待我。"她一时感慨万千，满怀激荡而泪光莹然，投身他的怀里。

"你是我此生挚爱。"他伸手紧揽住她，那样紧，仿佛这一生一世也不想再放开她了。

"将来宅院建造好了，我定要携一众友人登门，好好开开眼界。"李梅亭的声音将秦九韶催回了现实。

"蓬门荜户，能有李公这样的贵客光临，那必定是满室生辉了。"秦九韶忙自谦。

李梅亭嗤地一笑："如此华丽的建筑，被你称作蓬门荜户，让那些真正居于陋屋的穷苦人家情何以堪哪。"

二人又畅饮说笑了许久，醉中挥袖别故人，依依不忍别。

日升日落，春来暑往。三年一次的贡举临近，明年秋季参加乡试，中乡举者冬末会集到都城，次年由礼部主持国家级统一会试。

秦九韶白天忙于公务，只能夜晚苦读。考试内容有诗赋、经义策论，诗赋对秦九韶而言不在话下，经义以经书文句为题，应试者作文阐明其中义理，较为枯燥，非他的兴趣所在，攻读甚苦。虽说他记忆力和领悟力惊人，可事半功倍，但比不得他钻研算术时的如痴如狂，难免有烦闷、倦怠的时候。

殷清漪总是陪伴在秦九韶的身旁，每夜为他点茶，变着法儿做些可口的点心，又根据不同的时令熬制药膳为他补身子。寒冬为他添衣、加炭，酷暑为他挥扇、拭汗，再备上清凉的水果。当他昏昏欲睡时，她会为他抚琴吟唱，提神解乏。她还自己动手将新鲜竹节砍下，雕刻成一个花瓶，摆放在他的案桌上，每个季节都会精心采摘鲜花，冬有蜡梅，春有桃花，夏有蔷薇等，屋内总是花香、茶香萦绕。

有时他疲倦极了，起身抱住她，嗅到她身上沁心入脾的珠兰香气，顿时心旌荡漾、无心读书。她立时板起脸来，督促他专心用功，他只得无奈叹息着，重新在案桌前坐下，继续埋首经书。

厨娘夜夜出入主人的房中，秋婵这个贴身小环却被拒之门外，纵然她满心不忿，也只有干瞪眼的份儿。

乡试放榜，秦九韶高中举人，之后启程赴临安赶考。绍定五年（1232）八月乙丑，皇帝赵昀策试天下贡士，二十四岁的秦九韶进士及第。秦九韶早已听闻每逢揭榜之日，必出现"榜下捉婿"的奇观，只是没想到，自己早已完婚，竟也会被捉。

宋人择偶不似唐代那般重门阀世族，而重科举官僚。国家用人之法，非进士及第者不得美官，因而进士未来前程远大，成为最佳女婿人选。所谓"榜下捉婿"，即在揭榜之日，达官富室之家清晨便出动"择婿车"，争相选着绿色袍服的新科进士绿衣郎为女婿，那场面堪比抢亲，坊间因此称其"捉婿"。一些富人为攀新科进士为婿，每每不惜重金，堪称奇观。而"捉婿"者中还不乏当朝高官。

秦九韶相貌英俊、举止潇洒，在一众进士及第者中格外出众醒目，立即为一权势之家看中，被十多名壮丁簇拥至其家。他起初被那群一拥而上的、五大三粗的汉子吓了一跳，脑子发蒙，还以为自己得罪了什么人，被裹挟着走了一段路，才意识到是被"捉婿"了。他陡然生出戏弄之心，既不挣扎，亦不言语，只是做出一脸无奈状。这样的阵势自然引得许多人围观，众人图热闹，竟一路跟随，笑闹着到了目的地。那是一栋气派的宅院，一看便知主人身份不凡。

不多时，一位身着官袍、面相不善的中年人来到秦九韶面前，秦九韶看了一眼他佩戴的金饰革带，便知是朝中四品官员。

那中年人双眼精光四射，打量着秦九韶，扯起嘴角笑了笑，问道："我有一女，年方二八，长相尚可，愿意嫁与新科进士为妻，不知可否？"

秦九韶对此人没来由地有些反感，假作歉疚地对着他深深一鞠躬："如能与官人攀亲，荣幸之至，但此事小生做不了主，待我先回家与家内商量后再做决定，如何？"

此话一出，那中年人神情骤变，脸上布满阴郁之色，肌肉微微抽搐着。"简直荒谬！你既已有妻，怎能再与我攀亲！"他大手一挥，"你快走吧！"

秦九韶憋着笑，转身大步离去，围观人群见状哄笑着散去。他走出许久了，笑声仍在耳边回荡，还有与他一同离开的人拊掌称好："这狗官整日仗势欺人，这回能让他颜面扫地，实在大快人心。"他大概听明白了，人们口中的"狗官"是史弥远的鹰犬李知孝，他心头愤恨难当，史弥远这个奸贼，犯了众怒。当初他将殷清漪害得那般凄惨，这回自己又落入了他的鹰犬手中，幸亏已有妻室，否则等待他的将是一场大灾难。

李知孝"榜下捉婿"不成，反丢了脸面，此事很快便传扬开来，成为坊间笑谈。数日后秦九韶前去拜访陈元靓，陈元靓也已知晓了此事。

一晃眼已分别六年，师生二人久别重逢，分外高兴。

"恭喜你成为新科进士，家门光宠，还可休荫子弟。"陈元靓一见面便道贺。

"可惜殿试的时候未能脱颖而出，无缘前三。"秦九韶自嘲一笑，"还被人捉去要当女婿，差点成了裔婿。"

"此事已传为一大笑谈了。"陈元靓并未取笑，反倒神情有些黯淡，"史弥远两朝擅权二十多年，他以宣缯、薛极为肺腑，王愈为耳目，盛章、李知孝为鹰犬，冯榯为爪牙，专擅朝政，权倾内外。李知孝为之排除异己，不遗余力。你未与他攀亲，侥幸逃过一劫，幸甚至哉。"

秦九韶已是怒从中来："我虽远在蜀地，也听闻史弥远与他的同党对金始终屈服妥协，对老百姓却疯狂掠夺。他招权纳贿、货赂公行，还大量印造新会子，不再以金、银、铜钱兑换，而只以新会子兑换旧会子，且将旧会子折价一半。

如今流通量竟达到了二亿二千九百多万贯，会子的滥发与贬值已到了极端严重的境地，物价飞涨，民不聊生。"

"可即便如此，史弥远一直得到皇上的信用，加官晋爵不在话下。"陈元靓痛心不已，"皇上登基后，便成了傀儡皇帝，不理朝政，任由史弥远掌控大权，对他言听计从。"

秦九韶听罢，喟然长叹。

"进屋说吧。"陈元靓猛然意识到二人竟还立于门外，忙迎他入内。

仿佛又回到初相见时，陈元靓亲手煮汤点茶，与秦九韶在书斋内对坐品茗。

"你接下去有什么打算？"陈元靓问道。

"郪县县尉任上尚有许多事情需要处理，我需先回去，将一切安置妥当。梅亭已不再任西南一带的漕运使，被召回临安任职，不日便将抵达。此前他允诺，只要我高中进士，定将向朝廷举荐。相信不出数月，我便可再来临安，入朝为官，到时又可常来向老师求教了。"秦九韶已成竹在胸。

"求教不敢当，如今你在算术造诣上已胜于我，我们可互相切磋。"陈元靓起身走到书柜前，打开柜门，从里头取出两部书，递到秦九韶面前，"你托我搜寻的书，我已经找到了。"

两部书皆为北宋的算术著作，分别为贾宪所著的《黄帝九章算经细草》和刘益所著的《议古根源》。秦九韶见之欣喜若狂，连声道谢。

秦九韶此前在田积的测量与计算过程中，深入研究了开平方术与开立方术，受到启发，希望寻觅到求高次含有未知数等式的正根的一般方法。但发现《九章算术》中省略了许多推演步骤，又参看收藏的历朝历代的其余算术著作，也未能得到想要的解法步骤。后来他听人说起贾宪、刘益在这方面曾做了研究，便给陈元靓去了封信，请他帮忙搜寻，是否能得到这二人的著作。没想到，这么快就能如愿了。

"只要对你钻研算术有帮助，我自当尽力而为。"一谈及算术，陈元靓便与秦九韶一般兴奋，将史弥远那些令人愤恨的勾当抛诸脑后了，"快跟我说说，你研究开平方术与开立方术的收获。"

"我国古算中最早出现开方问题，是在老师赠予我的天算著作《周髀算经》中，其中记载'勾、股各自乘，并而开方除之，得斜至日，即弦'，可惜书中的问题与解法不多。《九章算术》中倒是有多位数开平方、开立方的程序，以及求二次三项含有未知数等式的正根的解法，书中还记载了筹算开平方与开立方的方法。但是，在求二次三项含有未知数等式的正根方面存在不足，如求解一般的二次含有未知数等式，仅称以某个数'为从法，开方除之'，而对此带'从法'的开方的步骤，没有具体说明，并且书中二次项和三次项的系数都为一或正数。"

秦九韶细细道来："后来我又参看其他算术著作，其中唐初王孝通所著的《缉古算经》引入了许多三次与四次含有未知数等式，系数全部为正。四次的都用两次开平方求其正根，而三次的，他只提到'开立方除之'，即先列出'实'（常数项）、'方'（一次项系数）、'廉'（二次项系数），再以筹算进行运算。王孝通编写的这类高次的算术题目来自天文历法、土木工程、地窖与仓库等内容，十分复杂，且未有一般的解法步骤，解法繁杂。于是我决定沿着他的足迹继续探索，找到求高次含有未知数等式的正根的完备程序与较简单的一般方法。"

"解决问题需要的只是时间，提出新的可能性，从新的角度看旧的问题，却需要非凡的创造力，而你恰恰拥有这样的能力，攻克难关，指日可待。"陈元靓明白了前因后果，也悟到了其中的奥妙，"贾宪和刘益的这两部著作我已粗略翻阅过，他们的确对你所需的解法做了研究，必定会对你大有助益。"

"多谢老师！"秦九韶感激道谢，"若没有老师的倾囊相授，我徒有对算术的一腔热忱，终是无本之木，无源之水。能遇老师，实乃今生之大幸。"

"道古言重了。"陈元靓笑容可掬，"我能得你称呼一声'老师'，你将来若得大成，我也感到荣幸哪。"

后来陈元靓问起殷清漪的近况，秦九韶将他们这些年的聚散离合大致对他说了，末了他无奈叹息："总归是我亏欠了她，让她这样无名无分地跟着我。"

"清漪身世堪怜、命运多舛，如今能得你庇护，有个安定的归宿，已是造化。"陈元靓宽慰他，"她无法将那段梦魇般的过往彻底抹去，名分于她而言，是沉重的枷锁，也是随时可能伤害你的利刃。若她成了你的妾室，一旦身份暴露，将祸及秦家满门。不怕一万，就怕万一。那样通透的女子，可叹可佩啊。"

秦九韶垂首默默，少顷才又开口道："虽然清漪从不说起，但我明白，她一直挂念着那个孩子。老师可知道收养她的人住在何处，我想……偷偷去瞧上一眼。"

陈元靓缓缓摇头："我只知道家主姓阮名葵，是个经营丝绸生意的商人。我从未直接与那户人家往来，也不宜与他们往来。"见秦九韶流露失望的神情，他略一沉吟，又道，"当初我是托净慈寺的印慧长老帮忙在香客中寻觅愿意收养的人家。印慧长老如今仍在寺中，你可去向他打听，兴许他会知晓那家人的情况。"

秦九韶登时又面露喜色。

陈元靓有些担忧地叮嘱："小心为上！"

秦九韶再三表示会谨慎行事，陈元靓才放下心来，忽又想起一事，道："听闻魏公被起复为潼川路安抚使、知泸州，负责筑城、营建、军旅诸事。待你回去后，即可见到他。"

陈元靓口中的魏公，自然是魏了翁，当年他因上书为济王鸣不平而遭弹劾，被黜至靖州。秦季樀与魏了翁一直保持书信往来，魏了翁这些年的经历，秦九韶自然也有耳闻。五年前魏了翁之父病逝，他辞去官职，自靖州回到家乡蒲江奔丧，并守孝三年。守孝期间，魏了翁筑室蒲江白鹤山下，开门讲学，秦九韶还与一众同样学识渊博的友人前往蒲江吊唁魏父，并聆听魏了翁讲学，借此机会共同探讨、交流心得。

魏了翁被起复的消息，秦九韶尚不知晓，此时骤然听闻，欣喜异常："魏公与家父本为挚友，如今同地为官，往后更可相互支持。我在临安时也曾学习研究营建工程，只是自从揭露了修筑防洪堤坝偷工减料之事，导致家父被调到科举考场后，便失去了继续躬身实践的机会。此番魏公任潼川路安抚使，实乃天赐良机，我可以利用此机会，跟随他学习设计、施工之类的建筑工程技术了。"

陈元靓含笑点头："你涉猎广博，如今金榜题名，又得良机，可谓喜上加喜啊。"

净慈寺位于西湖南岸，香火鼎盛，香客络绎不绝。秦九韶向寺内的小沙弥说明了来意，小沙弥领着他进入客堂等候，随后前去通传。

不一会儿，印慧长老便来了，他慈眉善目、和蔼可亲。秦九韶隐瞒了真实身份，只道他与友人来临安游玩，因家父与阮葵前些年有生意往来，后失去了联络，家父曾听阮葵说起与净慈寺的印慧长老相熟，为此让他代为向长老打听阮葵的住处，过些时日将亲自来临安登门拜访。

"经营丝绸生意，阮葵……"印慧长老稍作回想，"哦，是阮家罗锦匹帛铺的主人。真是不巧，他已经不在临安，大概五年前，因为生意需要，全家移居安吉州了。"

"安吉州？"秦九韶心头被什么撞击了一下，安吉州原名湖州，宝庆元年（1225）改为安吉州。当年赵竑被贬为济王，出居湖州，又在那里含冤而死。没想到，他唯一的后人，如今也居住在那里，或许是冥冥之中自有天意吧。

"阮葵临行前曾来与我辞别，说他要在安吉州乌程县继续开阮家罗锦匹帛铺。"印慧长老又道，"应该很容易打听到那家店铺。"

秦九韶道过谢后便离开净慈寺，很快动身去往安吉州。

安吉州为水乡泽国，人烟阜盛、富庶繁华，因邻近都城临安，不仅大批官宦、巨商、富户前来定居，赵氏皇室诸王也多被封赐此地，诸王钟鸣鼎食，邸第相望，舟车往来，烟火相接。城内墟市贸易繁盛，店铺林立，丝、绸、绫、绢、果品、蛋、鱼、肉等应有尽有。

秦九韶到了乌程县，一路打听，因阮家罗锦匹帛铺名气大，很顺利地找到了店铺所在地。店铺顾客盈门，生意兴隆，店家忙得不可开交。秦九韶抬腿正欲入内，忽见一个女童飞奔而来，她五六岁光景，精致的小脸蛋粉雕玉琢。女童甜甜地笑着，弯弯的长睫毛扑闪扑闪的，一双乌溜溜水汪汪的大眼睛显得特别有神，真是天生的美人坯子。一个十三四岁的少年在她身后追赶，口中高喊："夜月——别跑！"

秦九韶好似被施了法术一般，站在铺门外，一瞬不瞬地望着那个女童，那双灵动的眼睛，像极了殷清漪。还有那少年喊她"夜月"，眼前这个女童，就是殷清漪的女儿了？

女童跑到秦九韶面前，大概是要进铺子，却被他挡住了去路，她收住了脚步，仰起脸来望着他，瞧见他正以一种奇异的眼神盯着自己，于是眨巴着爱笑的眼睛问道："你是谁啊？"

秦九韶蹲下身来，露出温和的笑意问道："你叫什么名字？"

"夜月！"少年也赶到了，警惕地望着秦九韶，伸手拉了拉女童的衣袖，"莫要随便与陌生人搭话。"

秦九韶没有理会少年的不友善，又问女童："你姓阮，名叫夜月，是吗？"

"你怎么知道呀？"女童的语气十分天真，"是我爹爹告诉你的吗？"

秦九韶一时语塞，不知该如何回答，心中却已是浪潮翻涌。犹记得当日的小女婴，脆弱、纤小，像只小猫。一晃六年过去，"小猫"已蜕变得如此甜美可人了。

"我们要进去了，请让开。"少年不耐烦地出声了。

秦九韶往旁边挪了挪，少年拉住女童的胳膊就往店内行去。女童却用力扭动挣扎着："别拽我！讨厌！"

少年依旧不放手，女童立即大声嚷叫起来："娘——快来呀，大哥欺负我！"

一名身材微胖的妇人匆匆从店内出来，不由分说一掌拍向少年的手臂："臭小子，还不快放开妹妹，向她道歉！"

少年悻悻然地松了手，指着一旁的秦九韶辩解："这个人和小妹搭讪，我是担心她被坏人拐走了，要赶紧带她进去。"

妇人看了秦九韶一眼，秦九韶忙拱手道："我不是坏人，只是见这个女娃长得十分可爱，与她说笑一句。小郎君护妹心切，因而有些急躁。"

妇人见秦九韶面容俊朗、潇洒不凡，自然不会将他与"坏人"联系在一起，忙还礼道："小儿无状，还望郎君海涵。要进我家铺子看看，挑些喜欢的衣料吗？"

"只是误会，何须在意。"秦九韶回应，"今日还有要事，改日再来。"

秦九韶转身走出几步，回过头，见那妇人牵着夜月的手走进了阮家罗锦匹帛铺，少年跟在他们身后。他释然地笑笑，心中的一块石头落了地，收养夜月的是户好人家，看得出对她十分宠爱，他可以放心了。但不知怎的，心头又充塞着一股酸涩，他初见殷清漪时，她也是这般灵动爱笑，可不幸的遭遇如狂风卷走了她的欢愉，只余下无尽的伤痛。

潼川秦府内一派喜气洋洋，秦九韶高中进士的捷报已传来，登门道贺者络绎不绝。待秦九韶归家后，秦季槱将大宴宾客，为他好好庆贺一番。

沈礼仁的挚友、户部侍郎连诚数月前告老还乡，回到蜀地的家乡泸州，听闻秦九韶中举，也专程前来道贺。李婕妤自幼在沈礼仁身边长大，连诚对她也十分疼爱，待她似自己的亲孙女，而李婕妤也如同称呼自己的外翁般，喊他一声"翁翁"。见连诚来访，李婕妤喜不自胜，二人在一处欢声笑语不断。秋婵在旁伺候着，为他们奉上茶水点心。秦九韶赴临安赶考的这段时间，秋婵回到秦府，供方惜芸和李婕妤差遣。

"翁翁回乡数月，可还安好？"李婕妤对连诚表示关心。

连诚微喟道："其他都好，就是生出了一桩心事。"

"什么心事？"李婕妤询问。

连诚呵呵笑起来，花白胡子抖动着，本就细小的眼睛几乎合拢了，脸上的皱纹漾着孩童般的天真："就是家中饭菜太过粗糙，尤其是想吃鱼鲙，却寻不到擅长斫鲙之人，有时想得啊，口水都快淌出来了。"

李婕妤掩嘴而笑："我以为是什么要紧事，原来是嘴馋。"她身后的香玉和秋婵也忍不住窃笑。

"当然是要紧事，是我眼下急于办成的大事。"连诚一本正经地说道，"以前在临安，有不少厨娘擅长这个。也想过从临安请厨娘过来，既可以满足我的口腹之欲，也能让家乡的亲友们开开眼界。可是我去信请你的外翁帮忙物色，他回信说，厨娘虽有，但她们都不愿远行，唉——"

李婕妤见连诚并非玩笑，而是当真盼着觅得好厨娘，也陪着叹气："我这府中的厨娘也不善斫鲙，无法为翁翁做鱼鲙。要不，我让人去别的府上打听打听……"

"娘子！"秋婵插话道，"郎君的官宅内有一厨娘，斫鲙技艺了得。"

"当真？"连诚半信半疑。

李婕妤也疑惑地望着她："怎么从未听郎君提起过？"

秋婵在心中冷笑，郎君将那女人当珍宝似的藏着，轻易不让外人瞧见，斫鲙亦是供他一人独享，怎会向你提起。嘴上却道："我原本也不知她有这等技艺，前两年漕运使李郎君来探望郎君时，郎君曾以鱼鲙招待他，李郎君大加赞赏。"

连诚登时两眼放光："我的馋虫已经被勾起来了，我们立即动身去鄞县，我要尝尝那厨娘做的鱼鲙，若是合口味，便将厨娘让与我吧。道古中了进士，自然不会继续当个小县尉。去了临安为官，还愁找不到更好的厨娘？"

李婕妤见他馋成这样，好笑地摇摇头，还是决定陪着他走一趟。秦季樀夫妇出门去了，李婕妤只对宅老交代了一声，说自己明日便回来。

殷清漪正数着日子等待秦九韶归来，临别时，离愁百斛，诉之不尽，自别后便是一连串等待、期待和寂寞的日子。听说秦府的李娘子来了，要见她。她骤然心惊肉跳，以为是对方知道了什么，前来兴师问罪。她忐忑不安地迎了出去，只见李婕妤搀扶着一名老者徐徐而来，后面跟着秋婵。

殷清漪忙上前见礼。见这厨娘明媚如花，连诚一双眯缝眼直绕着她打转，连开口说话都忘了。李婕妤也未曾见过如此貌美的厨娘，微怔了一下，才对她温言道："这位连老丈与我的外翁乃挚友，他告老还乡后，思念在临安常吃的鱼鲙，听闻你的斫鲙技术一流，迫不及待想要来此品尝一番。"

原来是为了她的厨艺而来，殷清漪这才放下心来："未曾准备活鱼，我这就上街去买。"

殷清漪备下一桌酒菜，"芼羹笋似稽山美，斫鲙鱼如笠泽肥"，连诚吃得心满意足，乐颠颠直叹"老夫白首欲忘归"，带着醉意摇头晃脑拍案大喊："这厨娘容艺兼备，我要了！"话音刚落，人已趴在桌上。

李婕妤却有些迟疑了，悄悄询问秋婵："郎君待这厨娘如何？"

"我不明白娘子的意思。"秋婵故作不知。

"郎君可是喜欢她？"李婕妤有着身为女人的敏感。

秋婵知道李婕妤贤惠识大体，若直言秦九韶宠爱这厨娘，恐怕李婕妤非但不会将她送走，反倒张罗起纳妾事宜。自从秦九韶离开后，秋婵就盘算着如何让殷清漪赶紧消失，只是因着殷清漪身份特殊，李婕妤娘家又与当朝杨太后关系密切，若害得秦家因此遭罪，她自己也落不得好，为此思来想去，寝食难安。这回有了这么好的机会，岂能放过。于是她轻描淡写道："这个……我倒是不知。"

"你贴身伺候郎君，若连你都不知，应是我多心了。"李婕妤于是不再计较。

当晚李婕好和连诚都留宿官宅，隔天一早，连诚尚在睡梦中，李婕好已对殷清漪说了连诚要将她带走之事。

殷清漪下意识地看了一眼跟随李婕好身后的秋婵，她的嘴角噙了一丝隐约的、得意的笑。殷清漪心下了然，她表面一派温顺恭谨之色："承蒙连老丈看得起我，我很乐意为他效劳。但我在这儿还有些许未了之事，可否稍缓两日，我自行动身前往？"

秋婵嘴角微微抽搐，想说什么，李婕好已经同意了："不差那么几日，你安心将事情处理完，我让人送你过去。"

秋婵只得将未及出口的话咽了回去，紧抿着唇，神情十分不悦，但在李婕好转头望向她的瞬间，又展露了温婉的笑意。

"娘子可否告知连老丈的喜好。"殷清漪又道，"是节俭抑或奢华？"

李婕好微微一笑："他素来节俭，不喜铺张浪费。"

殷清漪略一颔首："我明白了。"

秦九韶自安吉州返回蜀地，他日夜兼程，先回到潼川，秦府大摆宴席，他接受着众多亲友的道贺，觥筹交错间，志得意满，酒不醉人人自醉。刚上任的魏了翁也前来赴宴，欣慰感叹："如我所期，你终是金榜题名，可喜可贺啊！"

"老师当日以儒学家张载之言鼓励我，'为天地立心，为生民立命，为往圣继绝学，为万世开太平'，我始终铭记。"秦九韶踌躇之情满怀，"待将来入了朝堂，我定为兴国安邦鞠躬尽力。"

"无须待入朝堂，眼下就有需要你尽力之事。"魏了翁肃然道，"我朝边境如今烽烟四起，前有金兵入侵，后有蒙古军进攻，蜀地已成抵御外患的重要门户，我此番上任的首要任务，便是加强管辖地周边的防御。"

"这两年蒙古两派使臣前来我朝借道攻金，均遭拒绝，虽屡屡碰壁，但他们并未放弃此计划，眼看借道无望，索性发起强攻。"秦九韶道，"去年蒙古举兵南下，长驱直入金国边境，金、蒙两国在三峰山激烈交战，金兵伤亡惨重，距离金亡国已不远了。听说朝廷已将'联蒙灭金'的计划提上了日程？金是狼，蒙古是虎，金国灭亡后，我朝恐怕难逃被蒙古宰割的命运。"

"这也是不得已之举，主动联蒙灭金，可提早分割一些地盘，为日后宋、蒙交战赢得几分胜算。"魏了翁深深叹息，"前有狼后有虎，唯有加强防御，抵挡虎狼的进攻。我所管辖地长期防备松懈、城墙破败，我欲组织民众修墙筑楼，加固防御设施，增置器械，积极备战。你精于算学与营建，必能成为我的得力助手。"

"需要我做什么，老师尽管吩咐。"秦九韶语气郑重，"我定尽己所能，为国效力。"

连日来周旋于宾客当中，常喝得酩酊大醉，秦九韶与李婕好连话都未说上几句，回郪县的前一夜，二人才在一处一面逗弄儿子，一面说着话。临睡前，李婕好想起厨娘之事，对秦九韶说了，还告诉他已聘了新的厨子，除了不善斫鲙，厨艺很不错。她本以为他不会太在意，孰料他勃然色变："我官宅之事，你怎能擅作主张！可曾将我放在眼里！"

李婕好被吓了一跳，成亲至今，秦九韶从未用如此严厉的语气与她说话。她慌不迭地解释："连老丈如同我的亲祖父，他告老还乡后最大的憾事就是饭菜不合口味，好不容易才遇到个合心意的厨娘，我自当尽点孝心。他急不可待要将人带走，官人又远在临安，我也无法与你商量……若是官人实在舍不得那厨娘……"

"这事你不必操心了。"秦九韶打断她，他意识到自己为了一个厨娘动怒，会惹得李婕好生疑，语气也缓和了下来，"我是气你不尊重人，好歹等我回来，商量后再做决定。倒不曾想到连老丈那般心急，是我错怪了你。既然人已经去了，就先让她在那儿待着吧。玉娘是张平的表妹，这事，我需和他说说。"

"玉娘是张平的表妹？"李婕好甚感意外，她若是知道，定会先征询张平的意见了。张平追随秦季槱多年，忠心护主，对秦九韶亦是尽心尽职，在秦府中的地位不同常人。可是秋婵并未提及此事，玉娘本人也不曾说起，因此她也毫不知情。

"我将操练人马的重任交给张平，他一直在外忙碌，鲜少过问表妹之事，但我们不能亏待了他的家人。"秦九韶沉吟着，"若玉娘在连府还习惯，愿意继续留下，想来张平也无话可说。若她想回来，只能让连老丈割爱了。"

李婕好忙道："那是自然，都怪我办事不周，让官人费心了。"

"你放心吧，连老丈那边，我自会安抚好。"秦九韶反过来安慰李婕好，他面上尽量不露痕迹，心中却懊恼万分，陷入深深自责的情绪，责怪自己考虑不周，在走之前未能给清漪做好妥善的安排。

翌日，秦九韶赶回郪县，他忧心忡忡，一路思忖着如何以最为周全妥善之法，向连诚要回殷清漪。到了官宅外，正见一辆牛车缓缓驶来，在他面前停下，车帘掀开，一名女子提着包袱下了车。秦九韶定睛一瞧，一阵乍惊乍喜的狂潮席卷而来，他差点失声惊叫，竭尽全力，才慢慢平定了情绪，又怀疑起自己的眼睛，不转瞬地望着她，神情有些恍惚。

那女子也见到了秦九韶，来到他面前，盈盈一礼，唇边噙着笑意，轻唤了声"郎君"。

秦九韶使劲揉了揉眼睛，终于相信了，面前站着的，果真是殷清漪。"清……玉娘……你……不是去了泸州……怎么……"他激动得话都说不利索了，"我……我正在想法子……"

殷清漪抿嘴笑道："连老丈嫌弃我，将我打发回来了。"

"嫌弃你？为什么？"秦九韶难以置信，连老丈好不容易才挑中了合心意的厨娘，怎会嫌弃？

殷清漪微挑着眉梢："你打算让我一直站在这里？"

秦九韶"啊"地一声轻呼："快进去吧。"他当先入内，殷清漪放慢脚步，与他拉开了距离。

听说秦九韶回来了，许多人围了过来，有道贺的，有汇报事情的，一时间热闹非凡。没有人留意殷清漪，更无人关心她怎么离开后又回来了。她默默走进里院，独自一人站在角落里，出了会儿神，秦九韶也来了，显然是匆忙应付了外面那些人后赶来的。

"进屋说。"秦九韶见四下无人，拥住殷清漪便往房间而去。关上门，上前一揽，将她抱在怀中，沉浸在满腔失而复得的热烈情绪中。而她多日的想念、委屈与压抑骤然释放，不再强颜欢笑，伏在他胸前痛哭起来。许久，他捧起她梨花带雨的脸庞，心疼而自责："是我考虑不周，让你受苦了。"

她连连摇头："不关你的事，我为了回来，让连老丈难堪，你别怪我才是。"

他的眼里却浮现好奇的笑意："快告诉我，你怎么让他难堪了。"

她含泪弯起嘴角，向他细细道来。从她答应去连府的那一刻起，心中就开始盘算如何脱身，得知连诚不喜铺张浪费后，她在动身前专门到市集上置办了全套金银厨具，随身携带。到了连府不过数日，机会就来了。连诚得此才貌双全的厨娘，乐开了花，迫不及待想要对亲友炫耀，于是安排了一场家宴，请了一桌人。他特意交代殷清漪不用太铺张，做几道家常小菜即可。殷清漪嘴上应承，内心却已有了自己的盘算，她取来笔墨，写下了一份菜谱和所需的食材。连诚细瞧了一番，羊头签五份，各用羊头十个。葱虀五碟，合用青葱五十斤……

所谓羊头签，是用猪网油将羊头肉卷起来，热油炸得焦黄，再用大笊篱捞出。葱虀则是配菜。连诚心里犯嘀咕，不明白为何需要这么多的羊头和葱虀，但这是新来的厨娘第一次在亲朋面前大显身手，还是让她自行安排。

第二日，殷清漪从带来的行奁中取出锅、铫、盆、杓、汤盘等一整套金银器，惹来在场的人啧啧惊叹，竟使用如此奢华的厨具。而更令人吃惊的还在后头，十个羊头，每个羊头她只剔下脸上的两片肉，其余全部丢弃，帮厨的人忍不住问为何如此浪费，她表现得理直气壮："其余部位的肉非贵人所食矣。"

那些个帮厨到底还是舍不得，将被殷清漪丢弃的肉捡回来，打算带回去炖着吃，结果遭到她的嘲笑："汝辈真狗子也！"

几人虽心里有气，却为她的气势所震慑，无语以答。

之后殷清漪依照碟子的大小，开始将那五十斤青葱悉去须叶，只取心条之细似韭之黄者，用酒与醋浸渍后端上席。

品尝着美味佳肴，满桌宾客俱各相顾称好，纷纷询问是从何处聘得如此厨艺高超之人。连诚面上有光，笑得合不拢嘴。但宾客散后，他就笑不出来了。殷清漪来到他面前，整襟拜谢："此日试厨，幸中各意，后须照例支稿。"她说着自囊中取出几幅纸片递上，"这是我先前在秦县尉处主厨所得的赏赐清单，请过目，若是不信，可亲口问问秦县尉。"

连诚接过一瞧，脸色大变，只见清单上所列赏赐数目，皆为二三百贯。殷清漪暗自好笑，她笃定连诚不会真去询问秦九韶，一个小小县尉都出得起这个钱，他身为曾经的朝廷四品大员，自然要面子，丢不起这个人。更何况连诚若拉得下这个脸面，秦九韶便会知道她被送到连府，必定会想方设法让她回去。

如殷清漪所料，连诚并未显露出任何怀疑，咬咬牙，忍痛打赏了她一大笔钱。但不过两周后，连诚就编了个理由，说有好友送来了同样擅长斫鲙的厨娘，碍于情面必须留下，只能让她回去。实际上府中嘴碎的小环告诉她，听得连诚对友人道："吾辈力薄，此等厨娘不宜常用！"殷清漪求之不得，赶紧收拾东西走了，没想到一回来便在外头撞见了秦九韶。

秦九韶听后笑不可遏："竟敢抢我的人，活该让他吃哑巴亏。"

殷清漪却显出几分心虚："你……会怪我吗？"

"我怎会怪你。"他抬手轻拭她腮边尚存的泪渍，语气温柔，"若是你没能自己设法回来，我会直接冲进连府去要人。"

她不禁甜甜一笑，而他见到如此美丽的笑容，一颗心好似生出翅膀，飘然腾飞，低头便吻住她，两人只觉得万物皆醉，一时间已不知身在何处。许久，他们才分开来，依然痴痴执手相望，像两个不肯从好梦中醒来的孩子。

"我该去做饭了。"殷清漪终是清醒过来，喃喃道。回来了，她的身份依然是厨娘。

他不舍地凝视着她，可外头还有一堆事情等着他去处理，于是道："你先回房间休息，已经聘了新的厨子，我会为你另作安排。"

她缓缓转身，手刚落在门上，他的声音又在她身后响起："我……去看了那个孩子，在安吉州。"

她身形一顿，手猛然颤抖起来，声音也在顷刻间震颤出泪浪："她……还好吗？"

他走过去，将手覆在她的手背上："很好，家人都很宠爱她。"

她无力地点了点头，不再言语。

第六章　醉卧沙场君莫笑

　　一切似乎又回归了平静，秦九韶并未解雇新来的厨子，他早已嫌秋婵碍事，她在身边，对他与殷清漪亲密相处造成诸多不便，正好趁此机会，要求秋婵留在秦府，而让殷清漪成为他的贴身小环，有需要时也可下厨。秋婵一场算计，反倒弄巧成拙，气得咬牙切齿，却又无可奈何，只得暂时按捺住，再另作图谋。

　　魏了翁那边暂时未有事务安排，秦九韶依旧白天履行县尉的职责，夜间埋头钻研算术。而殷清漪照料他的饮食起居，事无巨细。

　　秦九韶如饥似渴地阅读了从陈元靓那儿得来的《黄帝九章算经细草》和《议古根源》。《黄帝九章算经细草》中，贾宪发明的"增乘开方法"让秦九韶从中受到很大的启发，"增乘开方法"来自贾宪在书中所述"以商乘下法，递增乘之"，以此方法进行开方时，每议得一位商数，即需乘一次加一次。此前秦九韶阅读过的《九章算术》《孙子算经》等书中皆有开平方、开立方之法，却不易推广至更高次的开方。"增乘开方法"要简便得多，且可以用于开三次以上的任意次方。

　　而在刘益所著的《议古根源》中，秦九韶又发现了新的东西。《周髀算经》《九章算术》《缉古算经》等书中出现过的含有未知数等式，首项系数只为一。刘益打破了这一限制，不单首项系数不为一，且各项系数符号正负皆可。在解法上，刘益未采用贾宪的"增乘开方法"，而是用了另外两种方法——"益积术”与“减从术”。

书中有道题：“直田积八百六十四步，只云阔不及长一十二步，问阔几何？”已知长方形田地的面积八百六十四平方步，宽比长少十二步，求宽。刘益术曰：“置积为实，以不及十二步为负从，开平方除之即长。”

首先此题可设成含未知数的等式，如设“长”为未知数，则“宽”是此未知数减十二，求得面积为未知数与未知数减十二所得相乘，得到八百六十四，整理后便是个带二乘方的等式。刘益将二乘方系数记为“隅”，一乘方系数记为“方”，此时系数十二为正数，故称为“从方”（若为负数，则称为“负从”）。再将积数八百六十四称为“实”。

观察该二乘方等式，其“长”的值应在三十至四十之间，刘益便想到了让未知数由三十加另一个缩小的未知数来代换的新方法。经过再次化解后，得到一个全新的二乘方等式，此时系数“隅”虽没有变化，但“从方”改变了，而最重要的“实”也由八百六十四缩小成三百二十四。

这种未知数代换法让秦九韶豁然开朗。代换法不但突破了过去算书上只研究高次乘方系数为“一”的局限，还让其他乘方的系数变得可正可负，换句话说，通过一系列有序的代换，可以降低积数，最终将“实”变成零，从而求出未知数。

秦九韶还分析了刘益未知数等式中积数的两种不同缩小途径。以之前的那道题分析，第一种解题途径是十二“从方”与三十相乘得三百六十，积数八百六十四先加上三百六十，再减去三十值的二乘方九百，最终得三百二十四。这是个先增积，后再减的路径，故刘益称之为“益积术”。

另一种途径是将三十减十二“从方”得十八，然后以三十乘之得五百四十，再从积数八百六十四内减去，得三百二十四。因这种方式需要先减去从方，因此刘益又称之为“减从术”。

秦九韶在《九章算术》开方术以及贾宪和刘益等前人的方法基础上，以贾宪的增乘开方法为主体，以刘益的方程系数不受限制为主导，继承和发展了求高次乘方含有未知数等式数值解的方法，创造出的含有未知数任意乘方等式解法称为“正负开方术”，其特点是系数再无任何限制，可正可负，亦可为分数或小数，此方法将高次乘方含有未知数等式的解法发展到十分完备的程度。

136

秦九韶用"正负开方术"解决了许多问题，包括此前不规则田积的测量中的"尖田求积"，为了说明用"正负开方术"可以求任意高次含有未知数等式的正根，是通法，他也重新计算，不再采用数书上已有的算式，而是煞费苦心地"舍简取繁"。

"尖田求积"题为：问有两尖田一段，其尖长不等，两大斜三十九步，两小斜二十五步，中广三十步。欲知其积几何？也就是两个共底的等腰三角形围成一段田，大的三角形两条斜边皆为三十九步，小的三角形两条斜边皆为二十五步，共有的底长为三十步，求整块田的面积。

秦九韶在稿纸上画出"尖田步"的图形，他将解题过程分为两个步骤。第一个步骤，列出由题意推导出田积的含有未知数等式："术曰：以少广求之，翻法入之。置半广自乘，为半幂。与小斜幂相减，相乘，为小率。以半幂与大斜幂相减，相乘，为大率。以二率相减，余自乘，为实。并二率，倍之，为从上廉，以一为益隅，开翻法三乘方，得积。一位开不尽，不用翻法。"（"广"指三角形的底，"半广"即底长的一半，"从"指三角形的高，"少广"是由已知长方形面积或长方体体积，求其一边之长的方法。二次项系数称为"从上廉"，三次项系数为"下廉"。"益隅"指最高次项系数为负，"幂"指乘方运算的结果。）

第二个步骤便是解题，最终答案，尖田面积为八百四十平方步。他列出了二十一个筹算图式，将几何问题代数化，将其变为四次含有未知数等式后，用代数方法解几何题，借此说明他创造出的"正负开方术"，是解含有未知数任意乘方等式的通法。

六月，郯江沿岸暴雨成灾。暴雨过后，秦九韶赴郯县核桃坝查看受灾情况，正遇见两名农夫因被洪水冲毁的边界而发生争执。他发现两名农夫的田地原本皆为三角形，合在一起为三斜田，被洪水冲去一隅后，成了四不等直田之状，于是画出图形，量出三斜田原三角形三条边余下的元中斜、残大斜、残小斜以及横量径的尺寸，计算出原三角形的面积，被水冲去的三角形面积，余下的四不等直田形状的面积，以及原三角形的两边分别被水冲走的水大斜和水小斜的

137

尺寸，划出使两位农夫都非常满意的边界。他又据此总结了"漂田推积"的方法，教给当地人，可以根据这一方法解决边界划分中的问题。众人对他的才华十分佩服，后来知晓了他的县尉身份，郪县县尉巧断农夫边界案之事遂在郪县传为佳话。

不久，魏了翁经过考察，熟悉了地理环境。潼川府路所辖诸州、县域，崇山峻岭、沟壑纵横，地势险峻的山区与深丘，可谓边陲要塞。而泸州长江以南滇黔两千里边面，乃外侵内乱的殃及之地。他重用秦九韶，让其参与了制订和实施两千里军事防御计划的工作，包括修筑城楼、扩建城池、增加军械、演习防务等。其间李梅亭曾向朝廷举荐秦九韶出任国史院校正，李梅亭征询过秦九韶的意见，因他校勘学的功底深厚，希望他能继承其父秦季槱曾做过的工作，秦九韶也认为自己可以胜任这项工作。任命书下达时，正值军事防御工程进入最重要的阶段，赴临安为官乃秦九韶一直以来的心愿，但军事防御关乎国家的生死存亡，他思量再三，决定上书请求缓一段时间赴任，仍留在县尉任上，协助魏了翁。

绍定六年（1233），传来了好消息，史弥远病重不治身亡，充当其傀儡的赵昀开始亲政。对史弥远不满的官吏，纷纷抨击那些为非作歹的史弥远同党，一帮同党先后被逐出朝廷。魏了翁则被提升为华文阁待制，赏赐了金带，仍留居原任。秦九韶为此振奋不已，他很乐观地想，过去因为否定史弥远等同于否定自己的继位的合法性，赵昀不得不受制于史弥远，如今终于得以施展拳脚，一展胸中抱负，或许收拾旧河山，指日可待了。

同年，宋、蒙双方联手围困蔡州城，最终一战灭金，金哀宗自缢身亡，金末帝死于乱兵之中。在这场联蒙灭金之战中，宋军主将孟珙一战成名。孟珙率军到达蔡州城前，蒙军已围攻城池许久，由于金军的顽强抵抗，蒙军一时间也无计可施。前往蔡州的路上，孟珙击退了前来拦截的金军，斩杀一千二百余人。到了蔡州城下，金兵又派出一万人出东门进攻宋军，再次被孟珙击败。孟珙带来了三十万石粮食，解了蒙军的燃眉之急。他判断蔡州城内已断粮，命令将士"已窘矣，当尽死而守，以防突围"。而的确如他所料，蔡州城内已断粮三月，金军只能以动物骨头与泥土充饥，另杀掉大量俘虏充作军粮，已到了山穷水尽的地步。正月初二，孟珙命军士悄无声息地在东门搭设云梯，待宋军攻入城内，再为蒙军打开西门，激烈的巷战后，金军覆没。

战后，孟珙找到了金哀宗的尸体，将尸体一分为二，一半归大宋，一半归蒙古。大宋如愿收复了部分失地，"靖康之耻"得以雪洗。然而，灭金后，势必要面对蒙军南下，朝廷已下令整兵备战。

为防御蒙古进攻，泸州的军防尤为重要。只要守住泸州，可保成都无恙。失泸州而蜀不可为，宋亡有日矣。魏了翁欲在泸州修筑防御城池，由秦九韶计定城筑。城的周长为一千五百一十丈，城墙外构筑三道防线：第一道为壕沟及吊桥；第二道为较矮的羊马墙；第三道为高耸的大城墙，城上女墙开箭眼以窥望城外，或向入侵者射箭。墙上还有高台，用于观察并兼作房屋。使用的材料有木、竹、橛、掌、砖、石板、芦席等。

秦九韶采用了《九章算术》商功章第一题的术文比率"穿地四，为壤五，为坚三"，也就是"坚三穿四壤五"的比率，在普通地面上，挖土四个单位体积，便可出五个单位体积的壤土，而能筑坚，即夯实墙三个单位体积。用挖壕沟的土来填城墙中间的土，还可做到省工又省时。这个比率同样可应用于开渠、修堰、铺路等。

日月迁逝，春秋轮换。赵昀亲政后改元"端平"，端平元年（1234），防御工程顺利竣工，魏了翁被任命为礼部尚书兼直学士院，离开蜀地再度前往临安赴任。

秦九韶已有两个多月未回鄞县官宅了，他思念殷清漪，一进门便兴冲冲地去找她。殷清漪正端坐在房中拈针做线，门被大力推开，她阒然惊跳，见是秦九韶，脸上顿时浮现欣喜的神色，站起身柔声道："你回来了。"

秦九韶上前一把搂住她，她却用手抵住他的胸膛，撑拒着。

"怎么……"他疑惑不解。

她的脸上迅速泛起红靥，偏过头，目光落在床上。

他顺着她的视线，见到床上摆放着她自己缝制的褓褓、小儿兜肚、小儿诞衣，先是一怔，继而明白过来："你……有喜了？"

她有些忸怩地低低"嗯"了一声："有三个多月的身孕了。"

他难掩心中的狂喜："太好了，我们马上回去，我要将这一喜讯告知爹娘。"

她面色一凝:"不,你答应过我的。"

他答应过她,若生下孩子,由她独自抚养,待成人后再认祖归宗。

"我是答应过,但今时不同往日了。"秦九韶的语气那样迫切,"史弥远死了,金国灭亡,术虎烈必定也没有好下场。我们之间已无障碍,你无须再担心会连累了我和家人。你还是坚持不要名分?你忍心让我们的孩子一出生便遭人非议?"

她默然垂下头,压抑着内心潮水般的激越情绪。

"清漪妹妹。"他的一声呼唤让她猛然心颤,仿佛又回到了多年前的吴家村,他们朝夕相处、情愫暗生时,他便是这般唤她,而她脆生生地喊他"道古哥哥"。

"我们少时初遇,虽历经波折,但兜兜转转,终究还是在一起了。可见上苍还是眷顾我们的,为我们扫清了障碍,如今又给了我们孩子。不要再逃避了,答应我,与我名正言顺地相伴余生。"他俯头望着她,心里眼里都是恳挚和怜惜,"这里的事情已了结,我不日将动身前往临安,就任国史院校正,我要带你一同赴任,常伴身侧。"

她迷失在他的目光中,心中柔软的情绪似一束小小的火焰在跃动,一点一滴融化了她的愁苦、忧虑和顾忌,终是化作释然的泪水,沿着她的面颊潸然淌下。

七夕节将至,秦九韶携殷清漪回到秦府,让她正式拜见双亲和李婕妤。张平乃秦季槱的心腹,殷清漪顶替了玉娘身份之事,秦季槱自是知晓,他相信秦九韶做事自有分寸,并未多加过问,也不曾将此事告诉方惜芸,担心她多虑。如今二人既然已无障碍,他乐得成人之美。方惜芸盼着秦家人丁兴旺,多次试图说服秦九韶纳秋婵为妾,但他都搪塞了事。此番他总算松口同意纳妾,虽说并非她中意的秋婵,而是个厨娘,但听闻是张平的表妹,又已有了身孕,自然愿意接受。至于李婕妤,她早就主动提出为秦九韶张罗纳妾,且当初秦九韶对殷清漪被送往连府那般介意,她便已知他对那厨娘另眼相待。纳妾之事她丝毫不觉意外,亦欣然应允。于是皆大欢喜,只待择定吉日,举行纳妾礼仪。

殷清漪暂时仍以贴身小环的身份跟随秦九韶身侧，她恪守礼节，对待主人毕恭毕敬，颇得方惜芸与李婕好的好感。只是方惜芸见秋婵郁郁寡欢，到底于心不忍，找来秦九韶商量："你既要纳妾，不如将秋婵也一并收房吧。她是家生女儿，自幼我看着长大，不同于一般的小环，本可以为她挑一门好亲事，许个小官宦人家。可她对你痴心一片，始终不肯嫁与他人。秋婵年纪也大了，再这么拖下去总归不是办法，给她留个孩子，将来她老了也好有个依靠。"

秦九韶却仍坚决婉拒："赶紧为她寻个好人家嫁了吧，我绝不可能纳她为妾，我对她根本毫无感情，不愿勉强。"

这话如此无情决绝，方惜芸不由得深抽了口气，却也无可奈何，只得作罢。

秦九韶无心理会秋婵，他沉浸于自己的喜悦中，带殷清漪出门逛七夕乞巧市集，二人购得不少物品，回府的路上，一名沿街乞讨的妇人迎面走来，她衣衫褴褛、蓬头垢面，脚像是受了伤，走得一瘸一拐。殷清漪心生怜悯，掏出几个铜钱，投入她手中的碗里。妇人连声道谢，抬起头来，目光触及殷清漪的脸庞，她骤然失声惊喊："你……你是……殷小娘子？"

殷清漪大惊失色，一个乞讨的妇人，怎会知晓她的身份？秦九韶也甚为震惊，但他很快镇定了心神，沉声道："你认错人了。"

"不，我没有认错人，你就是殷小娘子！还有秦郎君，我也认得。"妇人忽然双膝一软，跪倒在地，泪水夺眶而出，"我是锦娘，我是锦娘啊……"

在巨大的震愕中，秦九韶与殷清漪互视了一眼，又同时将目光凝住于锦娘的脸上。锦娘撩开披垂的乱发，露出满面风霜。他们看清楚了，那的确是锦娘，虽然眼窝凹陷，颧骨突出，憔悴得几无人形，但毕竟她曾与殷清漪共同生活了一段时间，两人还是能够辨认出来。

"我前几日去秦府，被轰了出去……"锦娘抽泣着，语无伦次，"我有话要对秦郎君说……我没想到……殷小娘子还活着……"

这是在闹市，三人的异常举动已经引来了不少人的关注，围观的人群逐渐聚集。秦九韶担心好事者捕风捉影，忙将锦娘从地上拉起道："我们换个地方说话。"

他们去了附近的一家客栈，秦九韶要了一间客房，三人入内。锦娘将她这些年的遭遇一一道来：她当日在东乡被术虎烈一伙人掳走，术虎烈将她当作物品赏给手下，他们行军打仗，她又被迫成为随军营妓，白天充当杂役，夜间陪酒侍寝，受尽非人的折磨。直至蔡州一战，宋、蒙联手灭金，锦娘侥幸得以趁乱逃脱，她颠沛流离，一路乞讨为生，终于辗转来到了潼川。

殷清漪越听越愤怒心痛，泪水不觉簌簌滚下。秦九韶亦是满腔愤然，夹杂着同情与怜悯。

"我举目无亲，无依无靠，想着秦郎君是个大善人，也许会念在我曾经照顾殷小娘子的分上，收留我。可我不知道能否活着来到潼川……"锦娘抽搐着脸颊，悲切呜咽起来，半晌才又道，"我以为殷小娘子已经不在了，总算是老天有眼，让我还得以见到你们。"

她又哭了起来，泪涟涟地仰望着他们："你们……可愿意收留我？"

"当然愿意。"秦九韶抢先道，"真是巧，如今清漪又有了身孕，由你来照顾她，再合适不过了。"

"太好了，恭喜小娘子。"锦娘的眼里终于浮现一抹亮色，却又转瞬即逝，"秦郎君身旁，有告密之人。"

"告密之人？"秦九韶十分诧异，一时不明白她所谓的告密，是指什么。殷清漪眼中也流露出惊愕的神色。

"当年就是秦郎君身旁的人去向吴大富告密，术虎烈才会知道我们的行踪。"锦娘的脸色悲哀而惨切，"术虎烈的手下告诉我，我们离开临安后，吴大富就派人一路跟随，还与在蜀地的术虎烈取得了联系。他们在东乡会合，随后术虎烈带人来抓我们。但他们也不清楚，那人是谁。"

秦九韶既震惊又疑惑，他脑中飞速转着念头，猛然想起，那年中秋夜，母亲曾差厮儿丁芮去李梅亭府上寻他，被告知他已离开。莫非就是那个时候走漏风声，被有心之人利用了？他的眼里射出愤恨的火焰："回去后我定要查个水落石出！"

"莫要冲动！"殷清漪忙道，"无凭无据，未必能查出什么来，若将事情闹大了反而更糟。"

秦九韶猛然醒悟，的确不可贸然行事，会暴露了殷清漪的身份。他咬咬牙，长叹了口气："也罢，先将锦娘带回府中安置，再从长计议。"

锦娘在客栈从头到脚洗漱了一番，秦九韶与殷清漪外出为她买来衣物，待她穿戴收拾妥当后，再将她带回府中，对人称是玉娘的远房亲戚，专门请来照顾她。

　　七夕夜，秦府内一派热闹的景象。未出阁的女子乞巧，读书儿郎乞聪明。秋婵、香玉等几名年轻的小环，将摘来的楝叶在一张高脚木桌上铺匀，将一个小小的阁楼置于楝叶上，那小阁楼是七岁的秦凌云在秦九韶的指导下，自己动手用竹子、树枝、芝麻秆儿和鲜花捆扎而成，那些材料都是锦娘搜罗来的。阁楼上层放入织女的画像，代表着织女在天宫居住的绣楼。几个小环在"绣楼"下摆放瓜果、美酒、针线笸箩等，她们各自将姓名写在纸上，后加"乞巧"二字，再将纸塞入针线笸箩内，待向织女叩头行礼后，焚化那张纸。李婕好已为香玉寻了一门好亲事，香玉即将出嫁，她对这次乞巧尤为看重，整个过程都无比虔诚。

　　秦凌云也在另一旁乞聪明，同样在桌上铺一层楝叶，置笔砚纸墨于牵牛位前，书曰"秦凌云乞聪明"。秦凌云生得秀朗如玉、神采夺人，又聪明伶俐，是全家人的宝贝，秦季樨、方惜芸、秦九韶和李婕好都在旁边注视着他的一举一动，每个人都满脸笑意。殷清漪也在不远处望着，用手轻抚着自己的小腹，眼中有几许欣羡，几许温柔。

　　院子内还摆满了水盆，水上漂着黄蜡熔铸而成的鱼、龟、鸡、鸭等，还有牛郎和织女，都是些有趣的小玩意儿，专供秦凌云玩耍的。秦凌云玩得兴高采烈，溅了一身一脸的水，玩累了，秋婵带他去沐浴就寝。

　　殷清漪有身孕，锦娘也陪她早早回房休息。其余人仍在院子里玩乐。

　　夜渐渐深了，秦季樨忽然咳嗽起来，且持续不断。

　　"是不是着凉了？"方惜芸忙道，"时间也不早了，回房歇着吧。"

　　"这么热的天，怎会着凉。"秦季樨自嘲地笑了笑，"这几日也不知怎的，总觉得胸闷、不舒服。"

　　"怎么不早说，马上请个郎中来瞧瞧才是。"方惜芸责备，秦季樨自任潼川知府以来，为管理一方土地的百姓而操劳，常废寝忘食，不知疲倦，之前都是小病不在意，拖至严重了才不得不请郎中，也不肯好好休息，仍坚持上衙，实在太不爱惜自己的身体。

"年纪大了，谁没个小病小痛。"秦季楒摆摆手，"也许睡一觉，明早就好了。"

方惜芸知道拗不过他，只得作罢，叹了口气。

"快来人啊——"蓦然间，女人尖锐的喊声破空传来，院子里的众人都惊跳起来，先后循声而去。喊声是从秦凌云居住的房内传出的，秦九韶率先冲了进去，只见秋婵坐在床沿，浑身瑟瑟发抖。秦凌云躺在床上，似乎仍在熟睡中。秋婵这么大的声音竟没有惊醒他。

秦九韶觉得不对劲，疾步上前察看，秦凌云鼻息均匀，并未有什么异样。但他闻到了一种若有似无的奇怪香气，不知是从何处飘来的，那香气有一种莫名的熟悉感，他一定在哪里闻到过。

"墙上……"秋婵带着哭腔，声音颤抖得厉害。

秦九韶陡然转身，墙上一个大大的红字"死"，触目惊心！显然是刚写上去的，红色的液体仍在不断往下淌。

其他人也都赶来了，先后爆发出恐怖的惊叫声。

秦九韶凑上前，像是用血写的字，但并未有血腥味，他嗅了嗅，又细细瞧看，明白了，是鸡血藤的汁液！虽然红色的汁液看起来与鲜血一般无二，但熟悉鸡血藤的人自然能够辨认出来。强烈的不安感自他的心底升腾而起，许多年前，他和殷清漪曾经用鸡血藤汁液冒充鲜血，意图骗过吴大富他们。而如今，竟有人使用了同样的手段，目的是什么？

他转而又望向秋婵，她的情绪已渐渐平复，声调依旧有不平稳的起伏："云儿睡着后，我去沐浴，回来时一进房间，一把刀就从后面架到了我的脖子上。我……我不敢出声，怕他杀了我。那个人说，这次只是让孩子昏迷，下次就会要他的命。如果不想这孩子死，就让郎君准备好潼川两千里的军事防御地图，两日后，他自会再来……说罢他就走了……我才敢大声喊叫。"

"你有看清那人的长相吗？"秦九韶急问。

秋婵直摇头："头和脸都用布巾蒙住，看不清。个子挺高，声音又低又粗，应该是男人。"

"那人往哪里去了？"秦九韶追问。

"我不知道……"秋婵气结地说，"我太害怕，没注意……"

殷清漪和锦娘也出现在了房门外，那么大的动静，她也被吵醒了。她听到了秋婵的话，径自走向了秦凌云，她也闻到隐隐约约的香气，先四下张望了一番，又趴在地上，终于在床底下发现了些许香灰。她用手指沾了点香灰，置于鼻下轻嗅，又起身为秦凌云把脉。"云儿是中了迷魂香，昏迷不醒。"她道。

"迷魂香？"李婕好大惊失色，"严重吗？有没有办法让他醒过来？"

"不用担心，使用的迷魂香只是少量，我为他施以针灸，很快便可醒来。"殷清漪有十足的把握。她侧过头对锦娘道："去将我的药箱取来。"

锦娘应声匆匆去了。

"你……?"李婕好有些疑惑。

秦九韶代为应道："玉娘学过医术，可以放心交给她。"

李婕好于是不再多言。锦娘很快取来药箱，递到殷清漪面前。

殷清漪打开药箱，取出所需的物品，开始为秦凌云施针。

除了秋婵和香玉，方惜芸将府里的其他下人都打发走了。香玉一直陪在李婕好身旁，宽慰她。秋婵仍惊魂未定，面色惨白。

所有人都没有再开口，只将目光集中在殷清漪与秦凌云身上。四周变得一片死寂，只有秦季橱的咳嗽声不时打破寂静。过了好一阵子，秦凌云终于渐渐醒转过来，所有人这才都松了一口气。

趁着众人都围在秦凌云身旁，秦季橱将秦九韶唤到了外面。

"军事防御地图绝不能交出去！"秦季橱直截了当，"不管是什么人，出于什么目的，潼川军事防御关系到整个蜀地的生死存亡，机密不可泄漏分毫。"他说罢剧烈咳嗽起来。

秦九韶忙为他抚背顺气，这次回来，他发现秦季橱苍老了许多，须发花白，原本笔直的背也微微佝偻了，这咳嗽声更是声声震荡在他的心头。"爹爹，我明白该怎么做，您放心吧。"他起誓般地应道。

秦季橱点点头，将手搭在秦九韶的肩头，似乎有千言万语，却被又一阵剧烈的咳嗽所取代，他气息惙然，似乎无力再说话了，只是发出了一声沉重悲凉的叹息。

那叹息声也沉重地压在秦九韶的心头，他只觉得胸口窒闷，呼吸也急促起来，他深吸了口气，伸手扶住秦季橱："爹爹，我送你回房休息吧。"

殷清漪向自己的房间走去，夜已深沉，夜风簌簌然，她机冷冷地打了个冷战，双手抱住胳膊，仰头望向穹苍，星月无光，映入眼帘的只有无边无际的黑暗，周遭花树的影子随风摇动，弥漫着阴森森的、瑟瑟逼人的气息。她闭了闭眼睛，加快脚步走到房外，轻轻推门进去，刚将门关上，就被人一把从身后抱住，她吓得张嘴就要惊呼，那人开了口："是我！"

　　"你在这儿做什么，想吓死我呀！"她听出是秦九韶的声音，抱怨着，惊魂未定。

　　"我在等你。"他太息般地低语，"今晚的事情，你怎么想的？"

　　她静了片刻，咬咬嘴唇："太突然了，我还理不出个头绪来。"

　　"迷魂香、鸡血藤汁液，像是我们的老对手。吴大富？还是术虎烈？但是，我想不通，史弥远死了，金国也灭亡了……"他顿了顿，"必须先揪出府中的内鬼，我明日就将秋婵捆绑起来，问个清楚！"

　　"你怀疑秋婵？"她惊问。

　　"你不觉得她很可疑？"他反问，"锦娘说当初是我身旁有人告密，吴大富才知道你还活着，派人一路跟踪。我仔细回想，那年中秋夜，我去了你那儿，母亲曾差厮儿丁芮去李府寻我未果，此事秋婵也知晓，她与丁芮最为可疑。这次偏巧又是秋婵撞见了那个蒙面人，我甚至怀疑，根本不存在蒙面人，就是她自己搞的鬼，与他人内外勾结，串通一气。除了她，再无任何人见到过那个蒙面人。我刚到潼川，就在秦府的花圃中栽种了鸡血藤，府中的人都知道，也都可以采摘。"

　　她缓缓挣开他的手，转过身来，黑暗中，她无法看清他的表情，却仍仰脸望着他："那么你认为，秋婵的目的是什么？"

　　"她视你为绊脚石。"他不假思索道，"秋婵一心想成为我的姜室，却未能如愿。我问过婕好，就是秋婵说起你擅长斫鲙，她才会想要将你送去连府。想必她早已知晓我们的关系，以为只要除去你这个障碍，我便会纳她为妾。"

　　"你先别冲动。秋婵是秦家的家生女儿，她的行为会给整个秦家带来什么样的后果，她不可能不清楚。只为了一个妾室之位，便如此忘恩负义吗？"她轻握住他的手，"我觉得个中另有隐情，不可鲁莽行事。眼下最紧要的，是对方想要军事防御地图，你打算怎么办？"

"我先画一幅假的地图，看对方两天后又出什么招，再见招拆招。"他的语气里升腾起愤懑，"无论如何，他们都威胁不了我，不要指望从我这儿得到真地图！"

她叹息，低低道："这是个好法子，你全程参与了整个军事防御工程，又精于算术，画出一张可以假乱真的地图，并非难事。"

"也绝非易事。"他苦叹，"对方必定知道我参与了整个工程，且绘制了一幅完整的地图。既然敢如此明目张胆让我交出地图，不会料不到我可能会用假图这一招，很可能对方有人也参与了防御工程的修筑，并见过真地图，有能力辨认真伪。若非魏公信任之人，很难做到这点。"

她猛抽了口气："你的意思是，内部出了叛徒，且那叛徒能够接触到军事防御核心机密？"

他反倒安慰般地用手在她肩上轻按了一下："多想也无用，走一步看一步吧。假地图之事，只有你知我知，切记！"

"我明白！"她的语气严肃而郑重。

秦九韶将自己关在书斋内，夜以继日，绘制了一幅极为逼真的潼川两千里军事防御地图，包含地形地势、兵力部署、防御工事等。真图采用平立面结合的形象画法，图中的文字注记较多，他巧妙地做了许多改动，将一些最重要的信息隐藏起来。终于大功告成后，他移开书橱，撬开下方的一块木板，从下方取出一个长方形的黑檀木盒子，打开来，取出里面的长卷，那便是他绘制的真地图。他将假地图细心收卷，放入盒中，看起来与原先一般无二。真地图则用另外一个盒子装好，还是放回原处。

天色破晓，敲门声响起，伴随着殷清漪的问话："我可以进来吗？"

秦九韶上前开门，见她端着一碗莲子羹。他接过，一口气吃完。又单手取来盒子，另一手挽住她的腰："陪我去房间，我想歇一歇。"

张平被急传唤回来，寸步不离地守护着秦凌云。连日来天气燠热，人本就容易心烦气躁，加上发生了这样令人心惊的事情，更是人心惶惶，整个秦府都被沉闷的氛围笼罩着。秦季榈的咳嗽愈发厉害了，方惜芸坚持请了郎中，诊断为肺疾。她差人按郎中开的方子抓了药，亲自熬药，盯着秦季橱喝下，一颗心乱纷纷的，天空烈日高悬，她却只感到乌云压顶。

李婕妤为儿子的安危担忧，亦是惴惴不安、长吁短叹的。

房内，秦九韶与殷清漪躺在床上，两人各自沉默了一会儿，殷清漪开口问道："地图画好了？"

"嗯，应当不会被瞧出破绽来。"秦九韶转脸看着殷清漪，她的眼底有一抹柔弱的忧郁，毫无血色的嘴唇翕动着，欲语还休，那模样楚楚可怜，他伸手环抱住她，"不用担心，我会处理好。"

她定了定神，像在思索什么，又将脸埋入他的怀中，蹭了蹭，仿佛要蹭掉某种困扰着她的思绪。

他发出一声低低的叹息："有什么话，待会过周公再说。"

"睡吧。"她也叹息着，软弱地阖上了眼睛。

他疲惫已极，很快酣然入梦。她听着他的呼吸声，与窗外似呜咽的风声混杂在一起，天光渐亮，她撑起身来，对着他那俊朗的容颜默默凝视半晌，不觉痴了。外头隐隐有说话的声音传来，她蓦地一震，视线仍胶着于他的脸上，她情难自禁地俯下头，轻吻了他的唇。骤然间，她逃避地转过头，双手捂住脸，泪水自指缝渗流而下。她终是下了床，带着诀别的眼神，环顾了室内，再取过桌上的那个黑檀木盒子，揣入怀中，轻悄悄地推门离开了。

位于城外山麓有一片桃林，桃林深处矗立着一座高大的宅院。殷清漪背着一个包袱，手中还拎着一篓子活鱼，来到朱红色的大门前。她举步跨上台阶，抬手向金光闪闪的门环上叩去。

门环发出一阵清脆的响声，打破了四周的宁静。

大门很快被打开，出来的是一个面貌丑陋的大汉，他盯着殷清漪，语气不善："你是什么人？"

殷清漪道："请告诉术虎烈将军，殷清漪带着潼川的军事防御地图前来求见。"

大汉皱皱眉头，殷清漪将背上的包袱取下："地图就在这里面，是我从秦府中偷出来的。"

"你等着。"大汉粗声应道，又关上了大门。

不一会儿，大门再度打开，一个相貌奇伟、魁梧雄壮的男人出现在殷清漪面前，殷清漪一眼便认出，他就是术虎烈。而术虎烈一见到殷清漪，眼底立即流露出毫不掩饰的贪婪和猥亵，这样的目光让她惊悸。他将她从头到脚打量了一番，嘴角挂着邪笑："本将军思慕殷小娘子多年，今日总算能得偿所愿了。"

"希望将军说话算话，放过我的孩子和秦家人。"殷清漪强装镇定。

"大丈夫言而有信。"术虎烈大步上前，伸出大掌扣住了殷清漪的后脑，"不过，你要先把我伺候舒服了。"他说罢凑过来，伸出舌头，在她的唇上舔了舔，纵声大笑起来。

殷清漪嫌恶欲呕，却不得不强装笑颜："我先为将军做道好菜，将军这儿定有好酒吧，佳肴配美酒，还有我陪着将军一同享用，准保舒服。"

术虎烈露出几分玩味的表情："你要做什么菜？"

"冰镇鱼鲙。"殷清漪晃了晃手中的鱼篓，"我带了几条活鲈鱼，你听说过斫鲙吗？我做的不比临安的厨娘差。夏日炎热，冰镇更美味。"

术虎烈顿时眼睛发亮，当年在临安时，史弥远设宴招待他，宴席上有一道滴酥水晶鲙，就是将鲈鱼切成薄片蘸调料吃，那美味他至今难忘。他主动从殷清漪手中接过鱼篓，带她入内。

穿过一条回廊，假山旁便是客厅。客厅内坐着两个男人，目光齐齐投向他们。其中一个身躯凛凛，目光如寒芒，殷清漪认得，是吴大富。另一个像雅人墨客，不知是何身份。

术虎烈示意殷清漪将地图交予吴大富身旁那男人，殷清漪双手奉上檀木盒子。他打开盒子，取出地图，展开来仔细瞧看。

"刘帅副，如何？"好半晌，吴大富出言询问。

殷清漪瞬时明白了，刘帅副，必是潼川路安抚副使刘琦，安抚使被称作"帅臣"，安抚副史则称"帅副"。秦九韶所料不差，内部出了叛徒。建筑两千里军事防御工程时，刘琦是魏了翁的副手，自然能够接触到核心机密，他居然和吴大富一样勾结外敌，委实令人不齿。

"应为真图。"刘琦断言。

殷清漪暗中松了一口长气。

术虎烈满意地对殷清漪点头道:"我带你去厨房。"

殷清漪先制作冰块,她带了一包硝石粉,是自己将硝石磨碎而成的。她说需要一个大盆和一个小盆,还有一床棉被,术虎烈都让人去准备。殷清漪在小盆里装了水,再将小盆放入大盆中,她又在水中撒入了硝石粉,而后用棉被包裹住。

硝石粉溶于水后会吸收大量的热量,水结成冰。不到半个时辰,冰块便制作成了。在等待结冰的时间,殷清漪施展斫鲙手艺。术虎烈竟全程站在一旁,注视着她的一举一动。不知是出于对她的兴趣,还是为了监视她,担心她在食物中动手脚。

殷清漪将冰块敲碎,匀铺在净盘内,后将完美的薄鱼片分别置于其上,一整盘冰镇鱼鲙,令术虎烈垂涎欲滴,他迫不及待地端着盘子去了客厅,招呼吴大富和刘琦一同品尝。吴大富和刘琦都知道鱼鲙的妙处,早已备好美酒。不过吴大富是个城府极深之人,他随意挑选了一片鱼鲙,蘸上佐料,要求殷清漪先吃下,殷清漪照做。他仍不放心,又抱来一只这宅院中养的猫,也喂猫儿吃下一片蘸了佐料的鱼鲙。

三人都静静等待着,冰块开始融化了,他们见殷清漪和猫儿皆安然无恙,这才开始放心地食用。美酒佳肴,畅快无比。酒酣耳热之际,术虎烈一把将殷清漪抱到他的腿上坐下,他夹起最后一块鱼鲙送入口中,又含了一口酒,再掰开殷清漪的嘴,将鱼鲙连同酒一起吐入她的口中,强迫她吞下。殷清漪一阵恶心反胃,但她愣是憋着气,不敢咳嗽,也没有发出半点声音。术虎烈愈发放肆,扯开她的衣领,急不可耐地揉捏起来。吴大富和刘琦都哈哈大笑起来,刘琦笑道:"将军怎的这般心急,酒还没喝完呢。"

"能不心急吗?"术虎烈瓮声瓮气道,"这美人是我最先看上的,史弥远那个老家伙偏要把她送予别人,后来又便宜了那个姓秦的。忍了这么多年,现在总算到手了,定要好好玩个痛快。"他动作粗暴地撕扯着殷清漪的衣裙,又将自己也扒个精光。他笑得邪恶、狰狞,捧起酒坛,将酒倾倒在殷清漪的身上,低头开始用力吮着她身上的酒。

吴大富和刘琦丝毫没有回避的意思,都悠然自得地对饮,一面欣赏着这场春宫戏。

殷清漪任术虎烈摆布，她绝望而悲愤，胸前似压着千斤重的巨石，深刻的屈辱感直入她的灵魂深处，但她竭力隐忍着，全身绷紧似一把拉满了的弓。他猛然起身，拎起她丢到冷硬的地上，如同野兽般扑了上去，粗暴蹂躏。她的眼睛大张着，剜心蚀骨的疼痛从四肢百骸向心口汇集，心绞扭着痛成了一团。

骤然间，术虎烈僵住了身子，他气咻咻的，目射凌芒，口鼻中鲜血汩汩而出。

吴大富和刘琦见术虎烈忽然不动了，起初还嘲笑了几句，继续喝着酒，渐渐才察觉到不对劲。吴大富先行起身，欲上前查看究竟，刚走出两步，一阵剧痛袭来，他双手捧腹，凝立不动，半晌之后，才张嘴喷出一口血来，倒在地上。

刘琦大惊失色，跌落椅子，他也口喷鲜血，尚未及从地上爬起，人已气绝而死。

殷清漪拼尽全力，将身上已经没了气息的术虎烈推下去，她自己也口鼻淌血，还有鲜血自身下不断涌出。她清楚地知道，腹中的孩子，再也没有机会来到这世上了，而她的生命，也正随着鲜血不断流失。泪水终于从枯涸的眼眶涌出，疯狂地沿着眼角滚落。她昏昏沉沉的，无尽止的痛如漫天潮水对她席卷而来，她艰难地爬向不远处散落的衣物，颤巍巍地伸出手，抓住罗裙的一角，一点一点往回拉。她已无法穿上，只能耗尽最后的气力，覆住自己的身体。神志逐渐涣散，她全身软绵绵的，痛感似乎也丧失了。"道古……哥哥……"她低低地念叨着，眼睛慢慢阖拢，终于永远闭上了。

时间回到一天前的深夜，刚过四更，位于秦府后花园的小门被悄无声息地推开，有个人悄悄从门缝往里张望，见四下悄寂无人，才闪身入内，小心翼翼地关好门，插上门闩。来人蹑手蹑脚地往里走，蓦然间，一个人影从她身边的假山后冒了出来，一下子拦在她前面。

"锦娘，这大半夜的，上哪儿去了？"殷清漪的声音轻幽幽地响起。

来人正是锦娘，她被吓得脚步踉跄，手抚胸口，强作镇定道："小娘子，你怎么会在这儿？"

"进屋说吧，别让人瞧见。"殷清漪放轻脚步，径直往花园外走去，锦娘微一怔，随即轻手轻脚地紧随她身后。到了锦娘居住的屋外，两人先后进入，关了门。锦娘点燃了桌上的小半截蜡烛，转过头，见殷清漪冰冷的目光直射向她。她从未见过殷清漪这样的目光，不自禁有些战栗。

"今晚我要回房间时，正好见你鬼鬼祟祟地不知要去哪里，便跟着你，看到你偷偷打开花园的后门出去。后来见你迟迟未归，又到花园来瞧瞧，真巧，我才来一会儿，你便回来了。"殷清漪开门见山，"今晚那个在墙上写血字的蒙面人，就是你吧？"

锦娘惶惑地摇头："不不，不是我，怎么可能是我。"

"你将药箱递给我时，我闻到了你手上迷魂香的香味，那种香，只要碰触过，即便洗了手也很难消除香气。你的个子高，骨架大，秋婵会以为是男人也不足为奇，至于声音，是可以伪装的。"殷清漪低语，声音清晰，"鸡血藤的用处，你也是知晓的，我们在临安的住处，栽种了鸡血藤。你去秦府的花圃采摘过鲜花，很容易便能发现那里的鸡血藤。还有，我和秦郎君刚从郿县回来过七夕节，就在街上遇见你，这似乎太过于巧合了。刚才，你是去向幕后主使汇报情况吧，这两日你一直和我在一起，不敢轻举妄动。今晚终于有机会对云儿动手，得知云儿醒来后，你便趁着府中一片混乱，溜出去了。"

她直视着锦娘，对方脸色如死般灰白，眼里流露出极端的恐惧与焦灼。她语声稍顿，又道："这些话，`我没有对其他人说过。我们共同生活过一段时间，凭我对你的了解，你不会做这种伤天害理的事情，我相信你是被逼迫的。有什么苦衷，只要你肯据实相告，我们可以商量，想办法对付。你若是不肯说，我只有将你交由秦郎君处置了。"

室内骤然变得那样寂静，静得可闻窗外的风声，还有她们彼此沉重的呼吸声。这死样的寂静震慑住了锦娘，她觉得背脊发冷而手心冒汗。时间不知道过去了多久，终于，她"扑通"一声，跪倒在了殷清漪面前，她垂下眼睛，瑟缩地说出口来："对不起，小娘子，我实在是没法子……如果我不照着他们说的去做，他们就要杀了我的儿子……"

"儿子？"殷清漪一时惊愕。

"我对你们说的，被那帮畜生糟蹋，都是真的，孩子……我也不知道究竟是谁的……"锦娘哀哀哭泣起来，"可是，那毕竟是我十月怀胎生下的，是我身

152

上掉下的肉啊……"

从锦娘断断续续的讲述中，殷清漪得知，史弥远病重时，吴大富料到史弥远死后自己会遭到清算，及早投奔了术虎烈，而在宋、蒙联手围困蔡州前，术虎烈已叛变，带着吴大富等人投靠了蒙古，锦娘和四岁的孩子也被一同带走。金国灭亡后，术虎烈受到重用，这次来到蜀地是为了刺探军情和熟悉地形。七夕是个非常盛大、隆重的节日，吴大富料定秦九韶会回秦府过节，提出让锦娘利用苦肉计，寻找机会进入秦府。桃林深处的那幢宅院，是术虎烈和吴大富抢来的临时据点，周围布下埋伏，外人闯入，只有死路一条。锦娘的儿子也被关在那宅院中。

锦娘经过这些年的磨难摧残，已学会为了孩子，在绝境中寻找生存的希望，她扮作乞丐婆在秦府附近转悠，寻找时机，正好见到秦九韶与殷清漪出了秦府，她一路尾随至七夕乞巧市集，制造了偶遇。一切都在计划之中，唯有见到殷清漪是意料之外，术虎烈以为殷清漪早在多年前已投江死了。

原本术虎烈和吴大富下一步的计划，是让锦娘暗中监视秦九韶的举动，再伺机而动。但听锦娘说起殷清漪就在秦府后，术虎烈立即改变主意，于是吴大富写了一封信，要求锦娘暗中放入殷清漪的房中，威胁她，如果不从秦九韶那儿得到地图，独自一人带着地图到那幢宅院交给术虎烈，就杀了她和赵竑的女儿，连同整个秦家的人都要遭殃。

"我生过女儿的事，是你告诉他们的？"殷清漪平静询问。

"不是，我绝对没有对任何人说起过，应该也是那告密之人说的。"锦娘喃喃道，"当年真的是有人告密，若非秦郎君身旁之人，怎会对一切了解得如此清楚。"

"把那封信给我吧，一切照计划行事。"殷清漪迅速做出了决定，"我们的谈话，对谁都不要透露，就当作从来没有发生过。我会照着信中要求的去做，不会祸及你。"

"小娘子，你……"锦娘欲言又止，眼中含泪，溢满了愧疚和伤痛。

"我们都是母亲，是愿意为了孩子牺牲自己的母亲。"殷清漪的语气和缓而安详，仇恨的烈焰却在她的心口熊熊燃烧。她还有未说出口的话，她不只是一个母亲，国恨家仇，她有切肤之痛。吴大富和术虎烈，这两个联手将她推入地狱的魔鬼，她要亲手结果了他们的性命，方能解心头之恨，为此不惜一切代价！

殷清漪推门出去了，锦娘依然跪在地上，垂下头去，用手蒙住脸，无声啜泣。

秦九韶忙于绘制地图时，殷清漪正秘密配置毒药，她精通医理，配置各种药物不在话下。她还是济国公府的瑶瑟小娘时，就曾配置出可致人乱性的小香丸，秘密缝于裙带顶端，导致赵竑在嫡长子满月诗会上，当着满园宾客的面，搂抱瑶瑟求欢，激怒了国夫人，还摔碎了杨皇后赐予的水晶双莲花，引发一场轩然大波。

此番殷清漪将毒药粉混入磨碎的硝石粉中，制作成冰块，冰块未融化时，鱼鲙是无毒的，随着冰块融化，鱼鲙浸泡在毒液中，术虎烈、吴大富和刘琦先后中毒而死，殷清漪也与他们同归于尽。

秦九韶是在当天傍晚得知殷清漪的死讯，殷清漪在端给他的莲子羹内掺了少许可致昏睡的药物，他睡得很沉，醒来时，已是天地色变。李婕好发现秦九韶昏睡不醒，殷清漪不见踪影，起了疑心，她进入殷清漪房中，在枕下找到了锦娘给殷清漪的那封信，她惊慌失措，立即告知秦季槱。秦季槱亲自带了大队人马前往那幢宅院，除了地上躺着术虎烈、殷清漪、吴大富和刘琦的尸体，未见其他人。搜遍了整幢宅院，只在地窖内发现了一个被绳索捆绑住的男童，将他解救出来。

殷清漪的遗体被装殓，存放于义庄。闻讯赶来的秦九韶，对着殷清漪苍白的面容和毫无知觉的冰冷躯体注视良久，又伸手轻抚她手腕上色泽依然亮丽的鸡血藤镯子。然后，他慢慢跪了下去，他直挺挺地跪着，一动也不动，如同一尊没有生命的石像。

普州城天庆观街的秦苑斋内，秦九韶卧听风吹雨，这里是他出生长大的地方，离乡多年，此行回来，是率全家护送秦季槱的灵柩回乡安葬、守孝。

窗外夜雨凄迷，风撼树枝，飒飒作响，随着风势时弱时强，聚聚散散，没个止息。他躺在床上，含泪的眸子里充满了烧灼般的痛苦。这一年来，他连遭厄运，心爱的女人一尸两命，他满怀期待，有情人终能成眷属，相伴余生，转瞬间却阴阳两隔。锦娘坦白了一切，他没有责难，让她带着被从地窖中救出的儿子走了，她只是个无法主宰自己命运的可怜人。他懂清漪，她是不惜玉石俱焚，只为除掉那几个恶贯满盈之人。一个弱女子，竟有如此魄力，她死得何其悲壮！而他曾允诺有能力护她周全，却食言了。

秦季槱的肺疾未能治愈，反倒越来越严重。殷清漪亡故数月后，蒙军分两路大举南侵，一路由蒙古大汗孛儿只斤·窝阔台次子孛儿只斤·阔端率领攻蜀，另一路由窝阔台第三子孛儿只斤·阔出率领，入侵襄汉，直指军事要地。阔端的军队经过艰难的战斗，打败了原本缔结为友军的关外宋军，长驱直入蜀地。就在此时，魏了翁在临安因病去世，享年五十九，获赠太师、秦国公，谥号"文靖"。接连遭逢打击，秦季槱的病情进一步恶化，咯血，卧床不起。蒙军攻入蜀地的消息传来当晚，他与世长辞，临终时握着秦九韶的手，气若游丝，却仍一字一顿："家……祭……无……忘……告……乃……翁……"陆游曾作诗"死去元知万事空，但悲不见九州同。王师北定中原日，家祭无忘告乃翁"。金国灭亡，仍不见九州同，如今又面临比金国更强大的蒙古南下的威胁，秦季槱同样遗憾自己见不到沦丧的国土全部收复，只能寄希望于后代子孙。

淅沥的雨声敲碎了长夜，秦九韶静静地倾听，那样单调而落寞的雨声，伴着难言的怆恻敲打在他的心头。悲欢离合总无情，一任阶前、点滴到天明。

依照大宋法律，文官遇父母亡故，一般都要解除官职，持服三年，秦九韶自然不可能到临安赴任了。但武臣丁忧者，皆不解除官职，一律给假百日。县尉是武臣，加之蒙军攻蜀，国难当头，因此他守孝满百日后，便回到郪县继续担任县尉之职。

在沿川陕、秦岭各处要塞的激战中，蒙古铁骑占尽优势，宋军却凭借有利地形和高昂士气，予以对手重创。阔端军初次攻蜀受挫，未能深入蜀地，于端平二年（1235）冬退出蜀边，但尚留哨骑，出没并边，或伏草间以待麦熟。端平三年（1236）秋，阔端率蒙军再度大举攻蜀，先后攻克了利州、遂宁、普州等，同年十月攻至潼川，秦九韶率郪县军民全力迎战。他利用算术布置军营、步列阵法、侦察敌情。

以一军人数为一万二千五百人来布置圆形军营，欲布圆营九重。在圆周上每隔六尺布列一卒。在原来的一军人数内，选派四分之一作为出人意料的出兵。但又不能因为缩营而显示出兵力薄弱，必须仍用剩余兵力布满圆营。秦九韶将其设置为圆形营地布列的算术题，画出了示意图，给出解法，计算出原来圆营的内外圆周长及其圆周上站立的兵卒人数，以及出奇兵后，原来内、外两重圆周上各站立多少人，外周每卒站立多少尺。

在阵法布列上，秦九韶设置了"计布圆阵"题：步卒二千六百人，为圆阵。兵卒站立在圆周上，每隔九尺一人，形如车轮中连接车毂与轮圈的铁条，鱼丽布阵。阵重间的距离是人立圆边尺数的两倍。已知圆阵内径七十二丈，圆法用周三径一之率，欲知圆阵布列了几重？圆阵的内、外周长以及外圆直径是多少？还有内、外圆周上各站了多少人？鱼丽阵法，是先秦步兵与战车紧密合作的全新战术。布阵时步卒以伍为单位环绕战车侧翼及背后列队，环绕战车的步卒队列看着似渔网，战车则是网中之鱼。进攻时车驰卒奔，战车当先冲击，撕裂对方薄弱的步卒阵列后，己方步卒紧随战车围攻敌方战车。如此便能在战车先行发起冲击时，既不会破坏己方军队现有阵形的严整性，又能更好地发挥战车的冲击力。他根据鱼丽阵法的圆阵，给出有二千六百名步卒，如何布列为九重圆阵的具体方法和数据，这在当时是一种上佳战术的阵法。

蒙军驻扎在涪水北面的平地上，布列为圆形的营地，不知敌军人数。秦九韶率领的军队在水南山原，他派出的斥候观测后回来禀道，敌营所布兵卒占地圆边八尺。秦九韶于是命人在山原下竖立一根测量的标杆，高八丈，与山腰等高。他通过计算，获得了敌营共有多少人的近似数。

面对蒙古铁骑，秦九韶率军奋勇抵抗，赵俊义与殷翠夫妇也从东乡赶来助战。郪县百姓亦是全力支持，协助守城、运输粮草、救治伤兵。军民同仇敌忾，一次次击退了敌军的猖狂进攻。奈何朝廷腐败，未能形成统一、强大的抗蒙阵线，郪县孤城难守。这一年，蜀中五十四州，仅泸州、合州得以保全，其余全部惨遭蒙军毒手。嘉熙元年（1237）来临时，终因寡不敌众，又无外援，郪县失守。赵俊义战死沙场，秦九韶也身负重伤，幸亏危急之时，张平和殷翠拼死将他从蒙军的屠刀下救出，带着昏迷的他逃离战场。

秦九韶的意识在半昏迷中，千军万马包围、冲击着他，手下的兵士死伤惨重，他身中数刀，已无路可逃，在那尖锐的痛楚中，在那五脏六腑的翻搅下，还有模糊不清的思想，跟着那汹涌的人潮一起扑向他，那蠢动着的思想，挣扎着提醒他：要保住郪县，要血战到底！他努力想要集中自己的思想和意志，可那窒息般的痛苦将他吞噬，他连呼吸都那么艰难。他似乎看到了秦季槱的脸，听到他的声音隐约传来："家……祭……无……忘……告……乃……翁……"那张脸那么模糊，那么遥远，正在后退，逐渐涣散、消失……他恐惧地伸出手，猝然发出崩溃欲绝的狂喊："爹爹——别走！"

有只冰凉的手温柔地握住了他的胳膊，模糊中，他似乎听到娘在哭泣着问："他还有救吗？如果他死了，我也不活了……"

另一个男声响起："这伤不致命，夫人莫要太担心……"

他的意识越来越模糊，思想涣散，听觉也消失了……不知过去了多久，他似乎有些清醒了，依稀发现自己躺在床上。他挣扎着睁开眼睛，眼前是一片朦胧的景象。"我……还活着？"他摆了摆头，迷迷糊糊地问道。

"官人！"李婕好一下子扑到她身旁，惊喜交集地喊，"你终于醒了！"

"韶儿！"一旁的方惜芸也啜泣着、激动地喊，伸手抚摸他的额头和面颊，声音哽塞而战栗，"我的儿，你若是有个三长两短，叫我可怎么活下去啊。"

秦九韶眨动眼帘，努力集中视线，模糊的视线逐渐变得清晰。他置身于一个全然陌生的房间，眼前的方惜芸满脸泪水，她的面容那样消瘦憔悴，眼睛红肿无神，仿佛一夜之间老了十多岁。他的手动了动，想为母亲拭泪，手却沉重得抬不起来。

外头的张平和殷翠听到声音，也都进来了。

"这是在哪里？"秦九韶回想起失去知觉前，一群蒙古士兵对他包围过来，手中明晃晃的大刀对着他砍下，他茫然而困惑，"战事……如何了？"

方惜芸和李婕好都望向张平，显然他已成了她们的主心骨。

"这是涪州李府，李娘子的娘家。"张平竭力维持着平静的语调，"郪县失守，整个潼川都遭受蒙古蛮子的践踏，已回天无力。我们商量之后，决定化装成普通百姓，举家投奔涪洲，涪洲有重庆府作为屏障，远离战乱，我们也有个平静的栖身之所。"

"弟兄们和郪县百姓……"秦九韶心头蓦然一痛，眼眶发热了。

张平的声音低沉而喑哑："一小部分溃军跟着我们来到涪洲，其余的……都战死了。郪县百姓……少数逃走了……其他的……"他哽住，说不下去了。蒙军分路入城，往来以战阵突击平民，肆意虐杀。他只顾着掩护秦九韶逃走，没来得及带走还在郪县的妻儿。

殷翠一直沉默不语，想着惨死在蒙军刀下的丈夫，眼眶里充满了泪水。

室内忽然鸦雀无声，每个人都被恻恻之情紧紧压迫着。秦九韶双目迷离，他的头开始晕眩起来，浑身每一寸肌肤都被张平的话震痛，心也绞扭般疼痛着。

在李府养了一段时间伤后，秦九韶的身体康复了，他与李婕好商议，要离开蜀地："蜀地战乱不休，生灵涂炭，涪洲无法久留。我想去临安，那里有我爹爹的故交，或许能请他们为我举荐，谋得一官半职。"

李婕好并无异议，她知道秦九韶一直盼着能到临安为官，也知他不愿留在涪州谋职，还有一个重要原因，是担心遭人讥讽为"裙带官"。虽然前途渺茫，但她必定会全力支持。

于是，秦九韶一家与投奔他而来的溃军，相继登上长江边的几艘船只。船愈行愈快，江面越来越开阔，秦九韶立于船头，看滚滚长江东逝水，看浪花无休止地翻涌。十年前，他乘舟自临安出发，溯流而上，去往潼川，当时一腔豪情，如今却是满腹惨痛。这江上的舟楫，载不动许多愁。二十九岁的他已饱尝忧患，心力交瘁。

此行并非一帆风顺，进入楚地后，两次在江上遭遇蒙古兵骚扰，都被秦九韶、张平、殷翠以及随同的兵士打败。两年前阔出率领蒙军入侵襄汉后，襄阳失陷，损失惨重。襄阳失，则江陵危，江陵危，则长江之险不足恃。襄阳失守后不到一年，宋京西南路的一府八州军，有七个州军悉数沦陷。幸而去年秋蒙军主帅阔出突然患重病不治身亡，又有抗金名将孟珙在江陵之战中使用疑兵之计，连破敌二十四座营寨，抢回被俘百姓两万多人，并将蒙军的渡江器具一并焚毁，遏制住了蒙古的进攻态势，但楚地依旧深陷战乱。

第七章　吾辈岂是蓬蒿人

这日，船行至蕲州边界，正遇上蒙古兵操船阻截一艘大宋官船，船上兵士纷纷落水，形势危急。秦九韶顿觉怒气在胸中翻滚，他急命船家将船只停靠过去，取来长剑，跃上那艘官船。张平和殷翠见状，亦都纵身而上。

官船上一名身着官袍的中年人，被一群蒙古兵围困其中。秦九韶愤而拔剑，张平和殷翠也齐齐亮出佩剑。

一个领头的大汉大喝一声，那些蒙古兵纷纷持刀向秦九韶他们三人扑来。交错攻来的刀势，凶恶凌厉使人眼花缭乱，三人挥剑迎战，手中剑势快速凶猛。但闻一阵兵刃相触的金铁交鸣之声，呼喝叱咤，衣袂飞扬，刀光剑影。一番剧烈的搏斗后，蒙古兵纷纷落水。

领头的大汉挥舞手中的大刀便向秦九韶劈了过来，秦九韶长剑偏出，斜里一挥，逼开他手中的刀，长剑侧转，刺向他的右腕，对方吃了一惊，急向旁侧闪去。秦九韶疾快上步，长剑刺出。对方尚未站稳，剑势已到，划破了他的执刀右臂，迫得他撒手丢刀，退至船舷。秦九韶手中长剑忽然一转，刺入大汉的左肩，他吃痛之下仰身向后栽去，跌入了水中。

船上只剩两三名倒地呻吟的蒙古兵，张平和秦九韶将他们都丢入了江中。

那身着官服的中年男人上前，他肌肤白净，双目炯炯有神。他对秦九韶三人连声道谢，并自我介绍，乃工部侍郎吴潜。

"原来是吴公。"秦九韶顿感惊喜，吴潜的才能深得魏了翁赏识，秦九韶曾多次听他提及此人，知道吴潜于嘉定十年（1217）参加科举考试，高中状元，从此平步青云。

秦九韶自报家门后，吴潜亦是如见老友般亲切："原来是道古，魏公生前常说起你。"

二人未识一面，却神交已久。今日意外相遇，更是一见如故。吴潜告诉秦九韶，前年魏了翁任签书枢密院事，掌管兵马战事，他至采石谒见魏了翁，魏了翁上奏请求让吴潜暂时留在幕府，协助自己。奏请通过后，吴潜转赴九江，留在魏了翁的幕府参谋军事，直至去年，他任代理兵部侍郎并兼检正。蒙古军攻打襄阳，吴潜认为襄事危则和有兆，和成则国事去矣，上奏力求抵抗，反对议和，建议会兵黄州，开府于鄂，进师江陵，示以形势，压以声威。但是朝廷并未采纳他的合理建议，致使蒙军突破京湖防线，攻克襄阳，直逼江陵，饮马长江。吴潜随即组织义军，夜渡长江，协同攻击蒙古军，蒙古军只得引兵北还。此番江上相遇，吴潜是要去往庆元府，他被改任为工部侍郎知庆元府，兼沿海制置使。

听闻秦九韶的遭遇后，吴潜略微思量道："蕲州目前还是太平的，你不妨暂时在蕲州落脚，我可写一封荐书，你先在张可大手下做事，他那里正缺一个通判，我当伺机为你向朝廷举荐升迁。"

秦九韶几乎未加考虑便同意了，感激拜谢："多谢吴公栽培！"赴临安，未必有合适的官职，难以预期。而自己带着一家老小，还有一帮投奔自己的兵士，眼下亟须一个好的去处安置他们，既有达官的推荐，将来还可能升迁，自然再好不过了。

吴潜摆手道："小事一桩，不足言谢。你今日救了我一命，我定当铭感于心。"

吴潜的随行兵士死伤不少，秦九韶将自己带来的部分兵士派与他差遣，随同他前往庆元府。殷翠听闻吴潜要去庆元府，也提出要随行。赵子镝已长大成人，独自出外谋生，他自幼习得一身好武艺，如今正巧就在庆元府下辖的鄞县县衙当差，她思念儿子，想去探望他，顺便也将赵俊义战死的噩耗告诉他。

"可怜俊义和漪儿，皆客死他乡，不知何日能再回蜀地，到他们的坟前祭奠。"临别之际，殷翠与秦九韶一同立在船头，她满腹凄楚。

秦九韶无语话凄凉，殷清漪的死，那份惨切的伤痛又沉重地压迫着他，他望着殷翠，眼神黯淡而凄楚。

殷翠也沉默了。两人不约而同地望向江面的浪花，此起彼伏，无休无止，前尘往事，挚爱之人，都如同这翻飞的浪花，瞬间消逝无踪，再难追寻。

秦九韶走马上任，在蕲州安顿好家眷与随行的兵士。通判相当于知州副职，与知州共同处理政务，地位略次于知州，但握有连署公事和监察官吏之权。秦九韶十分珍惜这一难得的机缘，尽心竭力办事，秉公执法，处置一切事务皆遵照朝廷律例，绝不枉法断案。

因楚地战乱，蕲州接连发生数起士兵骚扰地方百姓事件，张可大派人前去处理未果，将这一烫手山芋丢给了秦九韶。秦九韶找来几位同僚商议解决之法，他认为战乱频繁，正是用兵之际，也需要百姓的支援，因此既不能激起兵变，也不可令百姓生怨，此事必须小心谨慎处理，得到一致赞同。

为了摸清情况，秦九韶带着张平一同微服私访，到了常出现骚乱之地，沿途只见农田荒芜，人烟稀少，店铺也大门紧闭，满目凄凉。

一名牵着一头耕牛的老汉远远走来，身后跟着个孩童，待二人走近了，秦九韶见两人同样衣衫褴褛，那孩童抹着眼泪，口中直喊饿，秦九韶忙将随身携带的干粮分了一些给他们，孩童接过，狼吞虎咽地吃起来，老汉感激地向他鞠躬致谢。

秦九韶礼貌询问："老人家，这里为何如此荒凉，田地里不种庄稼，连店家都不营生？"

老汉摇头苦叹："蒙古兵常来抢掠也就罢了，连宋兵也欺负我们百姓，三番五次骚扰，店铺屡遭抢劫，让我们怎么安心种田，做买卖？"

说话间，几名宋兵从旁边的小道蹿了出来，直逼到他们跟前，个个目露凶光。"老儿，把你的耕牛给我们，弟兄们饿着肚子，要吃牛肉。"其中一人气焰嚣张，上来就要抢老汉手中的牛鼻绳。

老汉双手死死拽住牛鼻绳，哀求道："行行好，家里已经快揭不开锅，只剩下这头耕牛，是我们一家老小活命的希望啊。"

"老不死的，少废话！"那宋兵毫不留情，对老汉挥出拳头。刚出手，就被张平伸手钳制住了。

张平只暗中运劲，不发一言，那宋兵挣脱不开，骂了声"找死"，另一手成拳击向张平前胸。张平突然松了手，轻轻一拨对方手臂，身子微向旁侧一闪，右脚绊在他的双腿之上。对方拳头落空，身体不由自主地向前冲去，又吃张平伸腿一绊，一跤向前跌去，摔得满嘴是泥。

其他几个宋兵都围过来，其中一人拔出了腰间的佩刀，张平单手一扬动，五个手指抓住刀柄，那宋兵用力一抽刀，只觉手中的刀似被大铁钳钳住，竟是未能抽动，大惊之下不由自主地手一松，张平顺势向前一带，将他手中的刀夺了过来。

几个宋兵都被震慑住了，呆立着不动。此前摔倒的那个宋兵骂骂咧咧地爬起来，却也未敢再上前。

秦九韶瞅准时机，亮出通判的腰牌，不疾不徐道："根据大宋刑罚，故杀官私马牛徒三年，你们抢百姓的耕牛回去宰杀吃牛肉，是打算坐三年牢？"

几个宋兵默不吭声，个个瞪视着秦九韶，眼中并无畏惧之意。

秦九韶转向那名对老汉挥拳的宋兵，问道："方才听你说，弟兄们饿着肚子，你们不是有朝廷发放的军饷，怎会饿着肚子，要抢百姓的耕牛吃？"

那宋兵冷哼了一声，并不答话。

秦九韶又道："有何缘由，只管说出来，若是情有可原，或许我可以对你们网开一面。"

几个宋兵静默半晌，其中一个看着年纪较小的，有些怯怯地开了口："军饷被层层克扣，到了我们手里所剩无几，我们都吃不饱，穿不暖。"

"层层克扣？"秦九韶愕然，"是何人所为？"

那拔刀被夺的宋兵粗声粗气："有本事去惩罚那些贪官，抓我们几个不顶用，再这样下去，弟兄们造反是早晚的事。"

秦九韶暗自叹了口气："我明白了，这次暂且放过你们，若有下次，决不轻饶！我会禀明知州，惩治贪官，给你们一个交代。"

那些宋兵皆是半信半疑的神情，倒也未再说什么，老老实实地走了。

秦九韶回去后即刻向张可大说明了一切，他愤然道："如不严惩贪官，将被克扣的军饷发还给兵士，群怨沸腾，兵无斗志，一旦蒙军攻城，如何抵挡得住!"

张可大一对鼠眼溜溜转了转,允诺了。他清楚秦九韶与吴潜的关系,此事若被吴潜知晓,上报朝廷,他这个知州难逃罪责,于是勒令州府的相关官员发还军饷。至于严惩,贪腐非一朝一夕形成,背后有千丝万缕的利益关系,牵涉广泛,张可大心知肚明,推说需要些时日来处理。

为了鼓舞士兵斗志,提高战斗力,秦九韶又提出均敷徭役,分配士兵个人或集体的勤务时,必须合理、公平、公正,否则将会引发诸多矛盾,降低士气,影响战斗力。他还以算术方法介绍了具体如何按比例合理分担勤务,例如调遣军队时,已知前军、右军、中军、左军、后军各自的人数,计算出诸军各应派遣的人数,此举深得军心。

张可大仍在设法拖延时间,试图令严惩贪官之事不了了之,蒙军主将塔察儿已率军围攻蕲州。张可大竟弃城逃走,蕲州告急。幸有孟珙紧急救援蕲州,秦九韶带领戍城将士,配合孟珙调整布防,整肃军机,并抓获了四十九名通敌叛逃者,立即斩首,以儆后者。塔察儿很清楚孟珙的能力,也不愿与他过多纠缠,很快便撤围而去。

秦九韶因守城有功,经吴潜的举荐,被擢升为和州知州。

和州乃江防重镇,历来为兵家必争之地,能够担任这里的最高长官,他觉得自己官运亨通,春风得意,全家上下也都欢喜不已。方惜芸执着他的手,眼中泪光闪烁:"我儿出息了,你爹爹若在天有灵,当可含笑九泉了。"

转眼间,秦九韶主政和州已一年有余,他勤政爱民,清积案、理冤狱,居官有善政、持法公允、裁抑豪强。为官的同时,他不忘继续研究算术,并将算术运用于社会生活实际。他经常微服私访,得知由于赋税繁重,老百姓叫苦不迭,立即深入调查,了解到朝廷官员获得许多封地,豪强地主与官僚隐田逃税者多,百姓赋税负担极不合理。

"邦国之赋,以待百事,畎田经入,取之有度。"秦九韶望着面前几名垂手而立的属官,面容严肃,"唯有施行仁政,赋税公平、合理负担,并取之有度,方能使百姓安居乐业,境泰民安。"

"我们该如何做,请使君示下。"有手下官员询问。

秦九韶道："如何按田地等级，依其比例负担赋税，我会提供具体计算方法，你们照着计算就是了。"

"下官还有一事相禀。"另一官员道，"历阳县的土地曾被洪水冲坍，今又恢复为可耕地。该县有六乡，不知六个乡的田地赋税该如何分配？"

"该县土地未坍前，应上缴的赋税是多少？"秦九韶问道。

那官员答道："苗米十万余石，和买绢一万余匹，夏税绢九千余匹。"

秦九韶略一沉吟："待我前去考察后，再做定夺。"

秦九韶当日便去了历阳县。历阳县恢复县制后，拟建甲、乙、丙、丁、戊、己六个乡，他实地观察调查，每个乡按田亩的好坏可分为上、中、下三等田，每等田又分为上田、中田和下田三个等级，因此，六乡九等田的亩数共有五十四个等级。

田地被冲坍前征收的"苗米""和买"与"夏税"三种赋税，精准数据为"苗米"十万三千五百六十七石八斗四升四合二勺，"和买"一万三千四百九十八匹一丈七尺三寸七分五厘，"夏税"九千八百七十六匹三丈二尺六寸五分六厘。若县制建成，土地被耕种，可以按"上比中，中比下，十分外差一"的比率纳税，例如上比中比下为一百二十一比一百一十比一百。而各乡九等田可按"十分内差一"的比率计算税额，即按九比八比七……比三比二的比率来分配每亩纳税的税额。

这实际上是一道"按等纳税"的算术题，要精确丈量土地，依等级计算赋税是十分复杂的，但秦九韶清清楚楚给出了测算方法，写满了三十多张纸，六乡九等各等田的田亩数据有五十四个，问题的答案竟有一百八十个之多。他为此付出了巨大的劳动，设置的问题，计算量之大，测量方法之明确，是过去的算书中所没有的。

县官们听闻新任知州能够解如此复杂的算术题后，接二连三带着难题前来求助。

南和县一处已兴修成的围田如何收租，让当地官员大伤脑筋。围田是指低洼土地筑堤防水入侵围成的耕田，此处围田共计三千〇二十一顷五十一亩十五平方步，分三等，上等每亩收租米六斗，中等四斗五升，下等四斗。其中中等田比上等田的亩数多四分之一，但不及下等田的三分之二，需求出上、中、下各等田有多少亩，各收租米多少。

乌江县收绵税也遇上了难题，大宋赋税缴纳实物有多类，绵为"帛之品"中的一种，用绵纳税。有五等户，共一万一千三十三户，总绵税数八万八千三百三十七两六钱。上等一十二户，副等八十七户，中等四百六十四户，次等二千〇三十五户，下等八千四百三十五户。欲令上三等折半差，下二等比中等六四折差，需求出五种等级户的不同税率征收绵税各多少。

还有诸如某甲户持田人的田地卖予乙、丙两户，转户后其所纳赋税也随之改变，需计算出接收新户分别缴税纳粮的数量等等。针对这些不同的问题，秦九韶都提供了一般官吏易于掌握的，依据田亩好坏计算赋税的方法。这些具有可操作性的、按田地等级纳税的具体措施，真正将"按等纳税"落到了实处。

除了"按等纳税"，秦九韶还提出发展生产、开源节流、减轻农民赋税等其他措施。

按原先规定，官牛耕种，一石种子，需纳租五石；私牛耕种，一石种子，需纳租三石。用官府饲养的牛和私人饲养的牛耕种，交租分别是种子的五倍和三倍。但贫瘠的土地产量很低，屯田者不能完成预定的租税。秦九韶查阅了去年和州屯田的纳租数额：官牛、私牛种子的总石数为九千七百八十二石，共合收租谷三万九千五百八十六石。他经过精确计算后，制定了对原定田租进行宽减的办法：官牛种者，减去原租的二分；私牛种者，减去原租的四分。每年交纳的租谷，允许对租额的三分之一，以夏麦按规定的比率折算成谷来交纳。夏麦折谷时，两种大小麦所占的比重，大麦占四份，小麦占六份，他清楚给出了大麦、小麦和谷之间的折换比率。

秦九韶主张合理赋税，对于拖欠或不拖欠的税款户，公平公正对待。他宽大体恤欠税的困难户，下三等纳税户所欠秋税钱米，给予部分减免，并给出了减免数据。而今年已经主动交税又无拖欠的三等纳税户，没有享受这一减免政策，于理未均，因此在明年应征税额中应依照今年规定减免的额度进行减免。此外他调均钱谷，用以防洪抗旱。强调按物品等级敛赋，按时节存入库府。粒粟寸丝，皆褐夫红女劳动所得。

"现在和州的百姓都夸咱们郎君勤政爱民，体恤百姓的疾苦，是个不可多得的好官。前两日还有个农夫跪在郎君面前，涕泪交加，口中直呼秦使君，多亏你减免了赋税，我们全家才能有口饭吃。你的大恩大德无以为报，小女年方十四，有几分姿色，若使君不嫌弃，愿跟在你身旁，供你使唤。"和州衙署的内宅，张平向方惜芸和李婕好绘声绘色地描述此事，"我瞧那农夫的意思，其实是希望郎君纳他的女儿为妾，那小娘子也在场，的确颇有姿色，满脸娇羞地瞅着郎君，瞧那样子，巴不得郎君立即将她带走。"

李婕好好奇问道："郎君作何反应？"

张平模仿秦九韶，做出一本正经的模样，摆手道："体察民情、造福百姓乃为官之德、应有之义，这都是我分内之事。家中不缺小环，你的好意，我心领了。"

方惜芸和李婕好都笑了起来。

秦九韶正好从外头进来，听到了他们的对话，佯怒："张平，你怎的变得这般嘴碎了。"

"夫人和李娘子问起郎君的近况，我不过如实告之罢了。"张平笑嘻嘻的。

"听说那农夫家的小娘子颇有姿色，不如官人要来做了妾室吧。"李婕好玩笑道。

"不可。"秦九韶尚未开口，方惜芸先否定了，"造福百姓原本有个好名声，若是纳了人家的女儿为妾，不知情的，还以为是强抢民女，这名声全毁了。"

秦九韶绷不住了，扑哧一笑："娘，我根本没那想法，你还当真了不成。就算那农夫的女儿是天仙下凡，我也不要。"

方惜芸也笑了："好啦，该开饭了。你有多久没有和我们一道吃顿饭了？"

秦九韶仔细想了想，似乎已有一个多月了，这些日子，他总是早出晚归，甚至连和娘好好说上几句话都没有，顿时心生愧疚。

"官人为民操劳，甚是辛苦，消瘦了不少。"李婕好来到他身旁，轻言软语，她总是这般善解人意。

秦九韶对她展露温和的笑意："娘子操持家务，也辛苦了。"

一家人围坐在一起用晚膳，李婕好亲手为秦九韶端来一碗大补汤，道："这是专门为官人留着的。昨晚秋婵上街，见许多人争相进入一家盐铺，一打听，得知夜间卖的盐比白天要便宜，质量也较好，她一口气买了不少。盐价太高，平日里都要省着用，只能喝寡味的汤，今日便让厨子用新买来的盐炖了一锅大补汤，来和州后，我还是第一次喝上这般美味的汤，官人快尝尝。"

方惜芸在一旁道："之前我们买盐尚需精打细算，许多百姓恐怕是连吃上盐都困难了。那盐铺的老板还真是对百姓行善，低价售盐。"

秦九韶却蹙起眉头："我去瞧瞧那些新买来的盐。"他连一口汤都没有喝，起身便出了膳厅，只留下方惜芸和李婕好面面相觑。

秋婵正站在门外发怔，秦九韶忽然走出来，差点撞上她，她吓了一跳，见是秦九韶，很识趣地往后退了几步。自从殷清漪出事后，秦九韶就没给过她好脸色，她想回到他身边伺候，他也坚决不肯。她曾以为，秦九韶对殷清漪只是一时的迷恋，只要殷清漪不在了，自己就有机会成为他的妾室，然而如今，她已不敢再抱有任何幻想了。

秦九韶却走到秋婵面前道："我正好有事要找你。"

秋婵瞠目结舌："郎君……有……有何事？"

"我想看看你昨晚买来的盐，还有之前用的盐。"秦九韶一心只惦记着盐的事情，并未注意到她的反应。

秋婵忙定了定神道："郎君随我来。"她带着秦九韶去了存放盐的所在，秦九韶先查看了此前使用的盐，里面明显混入了一些细小的砂土。而昨晚秋婵买来的盐，是纯白的，并未掺入砂土，果真是价钱便宜，质量又较好。

"那家盐铺的铺号是什么？在何处？"秦九韶问道。

秋婵告诉他，是"裕泰"盐铺，在北门大街上。秦九韶得到自己想要的答案后，转身就要离开。

"郎君！"秋婵忽然鼓足勇气唤他。

秦九韶以为秋婵还有什么关于盐铺的事想说，立即回过头来望着她。

"我……"秋婵支吾着，"今日夫人对我说，想将我许配给张平当续弦。"

秦九韶微微一怔，随即神色淡淡道："这是好事，张平虽说年纪大一些，但品貌端正，必不会亏待了你。"

"我知道张大哥人很好。"秋婵的眼里泛起了泪光，"可是，我从十岁就开始服侍郎君，一直倾心爱慕郎君，我只是想当个妾室，一辈子服侍郎君，原本夫人与李娘子也都有此意，为何郎君就是不愿垂怜？"她想不通，自己貌美乖巧，又在秦九韶身边这么多年，方惜芸素来喜爱她，连李婕好也乐意接纳他，怎么唯独讨不到他的欢心。

秋婵那泪眼盈盈、我见犹怜的模样最容易让男人怜惜，秦九韶此时却怒从中来，心底对她积蓄已久的猜疑和怨气瞬间全被激发了出来："在临安时，你是否已知道清漪的身份了？如实回答我。"他语气严厉。

秋婵不由自主地一哆嗦，慌乱与不安落进了他的眼里，他已经确定了自己的猜测，却未说话，只是以锐利的眼神，定定地盯着她。

她觉得巨大的压迫感当头袭来，只能被动地回望着他，两人就这么静静对峙着，好半天她才极轻地迸出一个字："是……"

"这么说，的确是你去告的密？你为什么要这样做？"秦九韶继续逼问。

"告密？"秋婵露出疑惑的表情，"告什么密？"

"别装傻了！"秦九韶冷笑，"据我所知，当年是有人告密，泄露了清漪的身份，才导致张平护送她到潼川后，在东乡遭到金人袭击，张平重伤，锦娘被掳，清漪投江险些身亡，幸亏被人救起。后来锦娘说起此事，我就怀疑告密的人是你，只是担心闹大了反而累及清漪和整个秦家，才隐忍着没有对你进行讯问。清漪身故后，我又接连遭受打击，也无心再过问此事。你竟然还有脸，怪我不肯垂怜！"

"我没有！"秋婵骤然委屈地喊了起来，"当初是夫人听闻你中秋夜离开李府后没有回家，让我留意你的行踪，我跟踪你到了殷清漪的住处，但我只知道你去了那个地方，连里面的人长什么样都没有见过。后来是因偷听到你与家主、夫人谈论纳妾之事，才知道殷清漪的身份。但也仅此而已，我是秦家的人，这种事情会害得秦家被治罪，我自己也脱不了干系，我怎可能去告密！"

"此话当真？"秦九韶半信半疑，"那么将清漪送往连府之事，可与你有关？"

秋婵忽然笑了，笑得凄苦而苍凉："原来我在郎君心目中，是这般无情无义之人。我承认，我嫉妒殷清漪，巴不得她永远消失，送她去连府，的确是我要了点计谋。但对不起秦家的事，我绝对不会做！郎君可以不喜欢我，甚至讨厌我，但请不要怀疑我对秦家的忠心。"她说完连稍许停留也没有，转身就朝门外奔了出去。

秦九韶望着秋婵的身影迅速消失，有些愣神，但他很快回过神来，无心再理会秋婵，自顾着做自己的事情去了。他找来张平，交给他一个重要的任务，带几个信得过的人，暗中调查那家裕泰盐铺，找到背后的私盐贩子。

"那家盐铺白天卖官盐，夜间卖私盐。"秦九韶眉头紧蹙，"难怪我最近计算盐税，发现与市场现状不相符合，还以为是经管官吏贪污，现在看来，是私盐贩子猖獗所致。"

"郎君怎能如此肯定，那家店铺卖私盐？"张平问道。

"我比对了白天和夜晚购买的两种盐，一种掺杂了砂土，另一种纯白无杂，且价格低了许多。据我所知，淮南盐初甚善，后来自通、泰、楚运至真州，自真州运至江、浙、荆湖的过程中，纲吏舟卒私自扣留优质食盐，待日后作为私盐卖出，为了保持重量，在运载的官盐中掺杂砂土。还有些得到盐引的盐商，仗着自己可以合法售卖，故意在官盐中掺入砂土，增加官盐的重量，以求卖出更多。"秦九韶细细道来，"这也导致官盐在民间的口碑不大好。许多百姓在夜间拥入一家盐铺购盐，必有蹊跷。"

张平了然道："其实私盐质量好，价钱又便宜，反倒是造福百姓。"

"此言差矣。"秦九韶正色道，"官盐口碑不佳，的确需要设法改进，但无论如何，贩卖私盐都是违法行为，必须受到严惩。私盐贩子并非为百姓着想，他们的目的是逃脱税课、中饱私囊。私盐利厚，则诱民犯法而刑不可禁，也使得官吏的腐败现象滋生，官员见私盐有利可图，便纵容或直接参与，利用手中的权力徇私舞弊、贪赃枉法。每年盐课纳官时，少入官家多入私，官家利薄私家厚，严重影响了朝廷的收入。天下之赋，十分之八耕于养兵。盐利其半，宫闱服御、军饷、百官禄俸皆仰给焉。眼下战事频繁，朝廷若没有足够的收入，如何应对庞大的军费支出？若因军费不足导致战败，生灵涂炭，最终遭殃的还是老百姓。"

张平忙点头称是："我今晚就带人去盯着那家盐铺。"

张平办事素来稳妥，很快便抓到了给裕泰盐铺供盐的私盐贩子，那小贩名叫王二，因生活穷困才入了贩私盐的行列，所售私盐乃从他人处转手得来，因与裕泰盐铺的铺主有些私交，委托他售卖，利润分成。贩卖私盐，好比同国库抢银子，重者依律处斩刑，秦九韶许诺只要王二供出这私盐是从何处得来，可从轻发落。王二立即一五一十地招了，盐是从住在城南的富商许昌士那儿买来的，还有其他几个卖私盐的小贩，也都是从许昌士那里进货，许家有个大仓库，王二每次去取货时，都见到仓库里存放着非常多的盐。

"你卖私盐多久了？"秦九韶问道。

"五……五年了。"王二怯怯地答道。

"五年？"秦九韶有些惊讶，"这么多年，难道就没有被官府的人发现？"

"怎么可能没有。"王二老老实实交代，"许昌士背后有朝廷的人，连前任知州都睁一只眼闭一只眼。"

秦九韶明白了，命人先将王二收押，又让张平速查许昌士的来历。

许昌士的背景很快被查明了，他的姐夫是监察御史、江南东路转运使吕璋。

"江南东路转运使掌数路财赋，兼理边防、治安、钱粮、巡察等，居府州之上，难怪前任知州放任不管。"秦九韶冷然道，"监察御史身为朝廷命官，负责监察百官的作风，自己却利用职权，纵容亲属贩私。知法犯法，罪不可恕！"

"郎君，现在该怎么办？"张平有些为秦九韶担忧，他刚上任，若是得罪了吕璋，不知是否会有什么后果。

"先查处许昌士，必须严惩。"秦九韶毫不畏惧，"但不能仅凭王二的说辞，就贸然入宅查抄，万一没有发现私盐，反倒落了个私闯民宅之罪。"

他略一沉吟，又道："给王二一个将功赎罪的机会，让他继续与许昌士保持联络，待他要去取货的时候，你带几个人暗中跟随查探，查明仓库的所在和里面存放的私盐数量后，立即来告诉我。"

数日后的一个深夜，王二依照约定，挑着担子前往许昌士的住宅，张平带着几名手下躲在暗处，见王二上前叩门，有人打开大门让他进去，又将门关上。人多容易暴露，张平留下其他人在外等候，他独自翻墙跃入，悄然尾随。这是一幢非常大的宅院，王二在一个身形彪悍的大汉的带领下，一路穿过正房和厢房之间的走廊，到了南北、东西房形成的角落，大汉将一扇隐蔽的小门打开，原来这里有间耳房，里头便是用来储存私盐的仓库，王二挑担入内，大汉也随后进入。

张平探头向内张望，只见里头满满当当堆放着大量的盐。他立即翻墙出去，让外头的其中一名手下迅速去向秦九韶禀报，自己回到仓库外面继续盯着。

秦九韶早已安排好人手，在州衙内等候消息。一得到确切的消息，立即亲率一帮衙役前往。衙役将许昌士住宅的大门拍得震天响，里头的下人刚将门打开一道缝，门就被衙役大力撞开，一群人冲了进去，手中的火把将四周映得亮如白昼。

方才前来应门之人跌倒在地，吓得瑟瑟发抖。几个护院围上来，见是官府的人，都不敢轻举妄动。秦九韶带人直奔仓库而去，另有一帮人命那下人带路，前去抓捕许昌士。

仓库内的王二将担子装满盐，正要挑起担子出仓库，一旁的大汉听到外头传来不寻常的动静，一把拽住王二往外带，正好被外头的张平逮了个正着，那大汉目露凶光，与张平厮打起来，但张平三两下便将他制服了。

秦九韶带人来到仓库，从中搜出私盐三千担，同时将尚在睡梦中的许昌士捉拿归案。他连夜审问，在罪证面前，许昌士无力辩驳，承认了罪行，但他傲慢无礼，拒不招供私盐的来路，以及与之勾结的官员是何人，一口咬定全是他一人所为，秦九韶无奈只得作罢。贩卖私盐的罪行轻重，是依照查获私盐的数量定刑，秦九韶判处许昌士斩刑，没收全部家财。王二罪行较轻，且协助抓获许昌士有功，杖责七十。

许昌士脸上的横肉扭作一团，骂骂咧咧："就凭你一个知州，也敢定我死罪！"

"人证物证俱在，我乃依律例判决，有何不敢?"秦九韶冷冷一哼，"我朝有禁令，食厚禄者不得与民争利，居崇官者不得在处回图。你的姐夫吕璋食厚禄、居崇官，却暗中协助你侵夺国家盐利，也应依法论处！你不肯供出他也无妨，我自会查找到证据，检举揭发！"

隔日，便有几名同僚旁敲侧击，暗示秦九韶判处许昌士斩刑实属不妥，官商勾结贩卖私盐早已成泛滥之势，朝廷的禁令也等同于一纸空文，何必为此得罪了吕璋。

"正因为官商勾结贩卖私盐已成泛滥之势，国之财赋严重减少，才更应严厉打击此等不法行为，若放任不管，国将不国。"秦九韶义正词严。他坚持秉公办事，将死刑判决送往所属的淮南西路提点刑狱司复核后执行。

之后他又进一步追究相关人等的责任，货物进州城，均由守门兵卒与税务公人共同为出据税引，并让货主至城内户曹司缴纳。监门官虽不直接收税，但有检查货物、定出税额等权力。许昌士能够运载大量私盐进城，监门官必定脱不了干系。一追查，果然是监门官得了许昌士的好处，与之狼狈为奸，还有守门兵卒也都参与其中，对这些人一并依法处置。

至于吕璋，秦九韶终是未能得到他参与私盐贩卖的证据，官官相护，其中关系错综复杂，吕璋的官职又高于他，实非他力所能及。

秦九韶又命人在州衙门前贴出告示："和州州民，盐虽相同，官私不同，买公盐，为国增赋，买私盐，助奸得利！利弊权衡，不可妄为哉！"同时规定凡能捉获卖一斤以上私盐之人，一定加以重赏，赏罚分明。

这些举措震慑了奸商和与之勾结的官员，和州的盐赋逐渐恢复了正常。这日，一名守城门的兵卒押着一少年来到州衙，称该少年贩运私盐，人赃俱获。

秦九韶打量眼前的少年，他十三四岁的模样，面如朗月，相貌极为俊美，一身粗布麻衣穿在他的身上显得过于宽大。他心中疑惑，这么小的年纪，怎么就干起了贩卖私盐的勾当？

不待他开口询问，少年已瞪着一双怒目道："我没有贩卖私盐，是这个人栽赃陷害我。"

"栽赃陷害？"那守城门的兵卒名叫江古山，他冷笑着，"你借口进城卖菜，将私盐藏入装菜的笺筐中企图混入城内，被我抓了个现行，还死不承认。"

秦九韶看了那少年一眼："他说的，可是事实？"

少年那双黑白分明的大眼睛紧盯着他，再开口，声音带着点蛮横的态度："是否事实，对你来说其实无关紧要吧，你们这些狗官都是一样的，欲加之罪，何患无辞！"

"放肆，竟敢辱骂使君，以下犯上，罪加一等！"江古山怒叱。

秦九韶做了个制止的手势，对少年温言道："你且将自己姓甚名谁，哪里人氏，今日为何进城，以及事情的经过详细道来，若是真有冤屈，我会替你做主。"

少年明显对秦九韶不信任，但他还是勉强回应："我叫黑土，家住城外鸡笼山下的陈家庄，今日太婆让我将自家薄田种的菜带进城卖点钱，没想到我挑着担子刚到城门口，这人就喊住我，要检查担子里的东西。我的笺筐里只装了菜，没有盐，我根本不知道盐是从哪儿来的。"

"还敢狡辩！"江古山又忍不住发作。

秦九韶瞥了他一眼，他只得噤了声。

秦九韶示意张平将江古山从菜筐内搜出的盐拿过来，张平将两包盐递到他面前。秦九韶接过来细瞧，两包盐各自用白纱布包裹着，两方白纱布上除了沾上少许菜根上的泥土，还都有淡淡的黄褐色痕迹，他置于鼻端嗅了嗅，有木樨香的香味。他略作思忖，走近黑土，并未闻到他的身上有木樨香的香味，又执起他的一只手瞧看。

"你干什么！"黑土骤然缩回了手，眼中再度蹿起了怒火。

秦九韶有些莫名其妙地解释："我想闻闻你的手上是否有香气，这关系到你的清白。"

黑土冷嗤着，直接将双手伸向秦九韶的鼻子。

秦九韶被这突如其来的举动吓了一跳，但他仍维持着良好的仪态，深吸了口气，黑土的手上只有泥土的气息，并无任何香气。再看他的双手，黑乎乎、脏兮兮的。

"闻出什么来了吗？"黑土放下手，语带嘲讽，"怎么使君断案跟狗似的，需要动用嗅觉。"

秦九韶看着他，平静地微笑着，好像兄长对待蛮不讲理的小弟弟："我这样做，自然是有道理的。你离家后，可有在途中遇到什么人？"

"只有一个女尼，再无他人。"黑土答道，"我出村后，正好碰到她从鸡笼山下来。"

"她可有与你说了什么？是否接触了你的菜筐？"秦九韶追问。

旁边的江古山脸色一变，那异样的神色没有逃过秦九韶的眼睛，他的目光掠过江古山，停留在黑土的脸上，等着对方的答案。

黑土偏着头仔细想了想："那个女尼说她从山上的凤台寺而来，要进城办点事情。她原本想买我的菜，我还放下担子让她挑了些菜，但挑好后她发现身上的钱袋子丢了，我还安慰了她几句。她跟在我身旁一路走着，快到城门时，她忽然说，还是觉得我家的菜比别人的好，不买可惜了，想进城后借点钱再来买。我们约了个地点，我挑着担子走得慢，她便先我一步进城去了。如今我被你们带到这儿来，她怕是找不着我了。"

"你还记得那尼姑有何形貌特征吗?"秦九韶继续问道。

黑土那对灵动的眼珠子转了转:"我可以画下来,比说的更清楚。"

秦九韶望着黑土,他那对眼睛似汪着两泓清泉,那样清澈透亮,他不知不觉就被吸引、蛊惑了,甚至没有怀疑,一个农家卖菜的少年,怎能准确描绘出一个人的形貌,他当即让人取来了纸和笔。

黑土提笔作画,很快便完成了一幅画像,秦九韶凝目细瞧,画中的女人柳眉杏眼,笔触十分细腻传神,他暗自惊叹,不由得多看了黑土几眼。黑土感觉到秦九韶的注视,不悦地蹙眉:"我画好了,使君是想知道,那女尼美不美?"

秦九韶哑然失笑,自己怎会关心一个出家人美不美,但他并不计较,只将画像交给张平,让他速去凤台寺将人带来。

江古山的脸色发青了,他浑身僵硬地站在那里,有细细的汗珠从他的额上冒了出来。

未过多久,张平便将那名女尼带来了,那张俏丽的脸庞与画像几乎一模一样,张平都忍不住对秦九韶小声道:"这黑土真是神了,能把人画得这么像,我一眼就确定是她了。"

"不知贫尼犯了何罪,使君为何要派人将贫尼带到州衙来?"女尼瞅着秦九韶,那目光中似有万般委屈。

秦九韶走到女尼面前,一脸严肃之容:"你将双手伸出来。"

女尼不明所以,还是畏畏缩缩地伸出了双手。

秦九韶清楚看到,她的左手手掌上有黄褐色的痕迹,与那白纱布上的一般无二。还可隐约闻到木樨香的香味。"你犯了大罪。"他直截了当,"你将两包盐藏入黑土的菜筐中,栽赃陷害他。"

"我没有!"女尼急切否认,"无凭无据,使君怎能信口开河。"

"我当然有证据,包裹盐的白纱布,就是最好的证据。"秦九韶眼光锐利地盯着她,"你的手上和白纱布上一样,都有木樨香的痕迹。木樨香乃山中寺庙僧尼常熏焚的香品,我在书上见过关于僧人制作木樨香的方法记载:以花半开香正浓时,就枝头采撷取之,以女贞树子俗呼冬青者,捣裂其汁,微用拌其花,入有釉瓷瓶中,以厚纸幂之。至无花时于密室中取至盘中,其香袅袅袭人如秋开时。制作如此讲究的木樨香,焚烧也格外讲究,要用隔火熏香法才能彰显木榉甜润清新的香气。寺中常年熏香，你接触过香品，手上留下了痕迹，连同你使用的白纱布，也沾染了木榉香。"

女尼的脸色发白了，却仍强自辩解："那白纱布不是我的，只是凑巧而已，不能证明是我栽赃陷害。"

"若要人不知，除非己莫为，我们只要去凤台寺查探，必定会有收获。"秦九韶的嘴边掠过一抹冷冷的笑，"你应该还有同伙，或许主要责任在他，你只是配合行事。如果现在从实招供，我可以考虑对你从轻发落。你若坚持不承认，待我查明原委，就要从重惩处了。"

女尼下意识地转头望向江古山，江古山的大鼻孔里发出沉重的呼吸声，突然间怒骂："原来是你搞的鬼，是你先进城告诉我，发现卖菜的少年笋筐中藏有一斤以上的私盐，还说若是我果真搜到了盐，要将赏钱分给你，我这才仔细搜查，找出了藏在最底下的盐。没想到，你竟然是为了赏钱，故意栽赃陷害。"

女尼瞪大了眼睛，那眼中满是惊痛之色。"你……你……"她因愤怒而浑身抖颤，"我是为了你才这么做，你竟然反咬一口，你既如此无情，也休怪我无义！"

她说罢对着秦九韶重重磕头，抽抽搭搭："使君，你要为贫尼做主啊，是江古山，是他指使我这么做的。他说州衙出了告令，凡能捉获卖一斤以上私盐之人，一定加以重赏，让我在他值守城门的时候，负责在城外物色人选，将盐包偷偷放入对方随身携带的物品中，再先一步至城门处告诉他，这样他就能得到赏钱。"

江古山脸上的肌肉扭曲了："一派胡言！"

秦九韶没有理会他，继续发问："你是如何认识江古山的，为何要替他做这等事情？"

"我……"女尼把心一横，咬牙道："江古山与我……有私情，我进城时与他相识，已经有一年多了。他答应攒够了钱，就带我离开，去别处过活。"

江古山气急败坏地大骂："好你个小娼妇，竟然往我身上泼脏水……"

"住口！"秦九韶喝止，转而又问女尼，"你说与江古山有私情，口说无凭，可有证据？"

女尼的脸涨红了，支吾着说道："有……他的……左臀……有块掌心大小的

175

青黑色胎记。"

如此私密的部位，若非有亲密的床笫关系，如何能够知晓？一个黑心无情，一个连脸面都不要了，这二人还真是绝配！秦九韶想笑又觉得不妥，只能憋着，嘴角微微抽搐。他当即让张平带江古山去检查，确认是否有女尼所说的胎记。

江古山的脸上一片可怖的煞白，双手紧握成拳，似乎随时要冲过去，对着那女尼狠狠挥出，最终却如脱了力般，颓然垂下了手，任由张平将其带走。

检查的结果，江古山的左臀处的确有块掌心大小的青黑色胎记，他已无力再狡辩，只能如实招供。正如女尼所言，是江古山要求她利用出家人的身份，在城外假装搭讪往来商旅、进城的百姓，趁其不备，将事先准备好的私盐藏入对方携带的物品中，随后向守门的江古山通报，江古山则利用职务之便，将私盐搜出，以此换取赏钱。那用于栽赃陷害的私盐，是江古山此前通过不法手段得来的。他与女尼勾搭成奸，不过是图一时新鲜，骗取赏钱之事，也纯属利用她，根本没打算带她私奔，只盘算着赚足了钱便独自离开和州，到别处去做点小本买卖。只是他失算了，这才第一次，知州便从白纱布上发现了端倪，顺藤摸瓜找到了女尼，原本想索性将责任推到她的身上，却不料她会不知廉耻地抖露他们的奸情，连臀部的胎记都说了出来。

事件至此真相大白，秦九韶当场做出判决："审得江古山身为捕卒，职应缉奸。盐法峻严，唯防巧贩之匿税，乡民实笃，岂令局骗以生非。乃假公事，务充私囊，而伤国脉，摆站定拟三年。凤台寺尼姑，坏我王纲，但其罪稍轻，惩以杖刑，遣之归俗。"

江古山与女尼均被带了下去，一个将被发往驿站当驿卒，一个接受杖刑。

人被带走后，秦九韶才发现，黑土不知什么时候坐在了地上，双膝屈起，双手托腮置于膝上，一副悠闲自得的模样，仿佛刚观赏了一出好戏。见秦九韶终于注意到他，他撇了撇嘴："狗咬狗，真无趣，我可以走了吗？"

秦九韶微微一笑："当然可以，我对下属管教不力，让你受委屈了。"

黑土从地上爬起来，对秦九韶的话并不做回应，兀自收拾好菜筐，挑起担子便走了。秦九韶见他长衫的下摆拖到了地上，加上挑着担子，走路步履不稳，摇摇晃晃的，颇为滑稽，不由得心生怜惜，唤住了他："等等！"

黑土回过头来，面无表情："使君还有何事？"

"我见你这衣衫极不合身，吾儿与你年龄身形相仿，可将他的衣衫赠予你一套……"秦凌云快满十二岁了，个头较同龄人高，身形瞧着与黑土差不多，秦九韶估摸着他的衣衫黑土能穿。

但话未说完，便被黑土冷声打断了："我不愿受他人恩惠，衣衫不合身不打紧，能穿就行。"他说罢头也不回地走了。

"郎君好心好意，他竟如此无礼。"张平替秦九韶不忿。

"人穷志不短，有骨气。"秦九韶却表示赞许。

秦九韶没想到还能再次见到黑土。那是大半年后，许昌士被秋后问斩的第二日，秦九韶外出办事，回来时见到蹲在路边卖菜的黑土。秦九韶走到担子跟前，他穿着便服，黑土抬头望着他，似乎觉得眼熟，一对灵动的大眼睛滴溜溜转了转，忽然站起身来问道："你是……秦使君？"

秦九韶点头笑道："有段日子不见，长个了。"他认出黑土穿的还是上回见到时那身长衫，依旧显得过于宽大，但下摆已经过脚踝，不再拖到地上了。

"我昨日去刑场看热闹了，私盐贩子许昌士被砍了头，大快人心，使君英明。"黑土不在意自己的"长个"，却主动说起了"砍头"之事。

此前秦九韶将许昌士的死刑判决送往所属的淮南西路提点刑狱司复核，罪证确凿，提点刑狱司并无异议，只待秋后问斩。律法规定，从立春至秋分，除犯恶逆以上及部曲、奴婢杀主之外，其他罪均不得春决死刑。

秦九韶怔了怔，这黑土对为官之人似颇有敌意，之前即便为他洗清了冤屈，他也冷淡以对，如今再见，竟能得到他的夸赞。"这'英明'二字，实不敢当，我只是做了分内之事。"他发出真切诚恳之语。

"的确是分内之事，可只有使君你做了，我听周围有人议论，此前和州私盐泛滥，许昌士靠贩卖私盐发家致富早已不是什么秘密，可前几任知州都放任不管，有的得了他的好处，与他同乎流俗，合乎污世，有的担心头上的乌纱帽不保，不敢吭声。"黑土的眼中闪动着单纯信赖的光芒，"我原以为，你和其他狗官是一样的，是我眼拙，分不清好人坏人。秦使君的仪表与品质都是出众的，我还是第一次见到长得这么好看，为人又正直的官。"

秦九韶的嘴角扬起一弯弧度："你见过几个官？"

黑土歪着脑袋想了想："算上你，也就三个吧。"

秦九韶哑然失笑，这少年，甚是率真可爱。他忽想起什么，问道："我听闻鸡笼山上有一尊石刻卧佛，你住在山下的陈家庄，可曾上山，见过那石刻卧佛？"

"见过，我知道卧佛的具体位置，若是使君想去，我可以带路。"黑土主动提出，"从陈家庄出发，还要走挺长的一段山路，再沿着石阶攀爬而上。"

"那就有劳你了。"秦九韶也不客气，立即领情了。去观赏摩崖石刻纯属他个人的爱好，他不愿惊动州衙的人，张平这几日忙着筹办婚事，也不好让他陪同。秋婵已对秦九韶彻底死了心，不再执着于为妾，愿意嫁给张平了。

翌日下午，秦九韶依照约定的时间，独自雇了辆牛车前往，他着一身窄袖窄身的月白色锦袍，腰佩长剑，潇洒倜傥。经过陈家庄，黑土已在村口的路边等候了，他斜背着一个黑色长形包袱。待他上了牛车，在身旁坐下后，秦九韶好奇询问："你的包袱里装着什么？"

"一把剑。"黑土道，"若是遇上山贼，可以防身。我担心吓着村民们，故藏入包袱。"

"你会使剑？"秦九韶很是惊奇。

"从小跟着师父学的。"黑土淡然回答。

秦九韶顿时来了兴致："我也带了剑，不如我们上山后切磋切磋。"

黑土却不愿意："我学艺不精，使君莫要为难我。"

秦九韶有些扫兴，但也不好勉强，一笑了之。

牛车缓缓驶上一条崎岖的山道，四周奇峰林立，高耸云霄。车辆颠簸着，二人的手臂不时摩擦碰触，黑土缩着手臂往旁侧挪，但车厢内空间狭小，根本挪不动。这时牛车进入坑洼路段，骤然剧烈晃动起来，黑土没有坐稳，整个人向前扑去，险些摔出车厢，幸而秦九韶眼疾手快地伸出手，拦腰抱住了他，他便仰身跌入了秦九韶的怀里。

黑土慌急地想要挣脱开来，二人本就随着牛车晃动，这一挣扎扭动，齐齐跌倒在了地上。秦九韶先爬起来，伸手欲将黑土拉起，他却往旁边躲，忸怩着："我自己能起来，不用你拉。"

秦九韶的眼光无法不凝注在黑土的脸上，他的脸红彤彤的，红得那样可爱，红得那样……娇媚? 那神态怎的活像个害羞的小娘子,不知为何,还令他产生了一种似曾相识的感觉。

黑土感觉到他的注视,偏过脸去,一面以手撑地起身,一面掩饰似的说道:"我一个粗人,怕脏了使君的手。"

秦九韶有些神思恍惚,沉默不语。尴尬的气氛在车厢内弥漫开来,少顷,黑土开口打破尴尬,向秦九韶介绍起了鸡笼山:相传麻湖初陷,一老母提鸡笼登是山,因化为石,今山有石状如鸡笼,因名。唐代诗人许浑《题勤尊师历阳山居》诗曰:"二十知兵在羽林,中年潜识子房心。苍鹰出塞胡尘灭,白鹤还乡楚水深。春坼酒瓶浮药气,晚携棋局带松荫。鸡笼山上云多处,自劚黄精不可寻。"

秦九韶又将目光投注于黑土的脸上,带着几分探究的意味:"你今年多大了?"

"刚满十四。"黑土答道。

"十四"这个数字瞬间撞开了秦九韶的记忆之门,在他十四岁那年,陈元靓带他登上吴山,他琢磨《九章算术》中的解题方法太过投入,失足跌落山崖,被殷清漪和她的父亲救下,到吴家村疗伤。那竟已是十八年前的往事了,日月迁逝,他已送走了多少个朝朝暮暮? 又经历了多少忧患与离散?

"使君。"黑土的呼唤将他催回了现实,"你怎么发起呆来了?"

"想起了一些事情。"秦九韶定了定神,继续方才的提问,"你是在陈家庄出生长大?"

黑土摇了摇头:"我在安吉州长大。去年家中发生变故,才到陈家庄投靠师父。"

秦九韶了然点头:"难怪你擅绘画,会使剑,还能背诗,不像是乡野人家的孩子。"

这回轮到黑土沉默了,似乎是想起了往事,微蹙起眉头,眼眶也逐渐泛红。

这时牛车停了下来,前方山势陡峭,只能靠自己沿着石阶向上攀登了。二人跳下牛车,先后登上石阶。途中岩石上有诸多字刻可观,利用天然的石壁刻文记事,不同年代,字体包括篆、隶、楷、草、行等,书法造诣高超,气势雄伟、意趣天成。秦九韶不时驻足观赏,赞叹不已。黑土亦自幼临帖学书,与之探讨书法之妙头头是道，秦九韶对这少年的身世愈发好奇。

摩崖石刻造像位于山上，两人爬到半山腰，仰头望去，只见葱茏的绿树间有一大片砂岩，砂岩上凿有巨大的石窟，一尊释迦牟尼涅槃像横卧于正中，释迦牟尼涅槃像上方和下方全是大小形态不一的石刻佛像，蔚为壮观。"这尊石刻卧佛，身长有近百尺。石窟里的佛像，共有一百○五尊。"那些石刻佛像有些排列整齐、清晰醒目，有些则分散在各处，特别是角落里的很不起眼，需仔细瞧看才能分辨出来。但秦九韶只扫了一眼便能准确辨认出，并得出了确切的数量。他惊叹着上前，用心欣赏着这些精美的石刻造像，用手感受它们的温度。

"乌程东北十八里有座戴山，山上也有石刻卧佛，身长与这个差不多。"黑土清脆的声音在他身后响起，"小的时候，哥哥常带我去山上看石刻卧佛。现在每当我想家的时候，就会到这里来。"

秦九韶转过头来，眼中满含关切："你的家人……他们现在何处？"

"他们……都不在了……"黑土咽下了喉咙口堵塞着的硬块，又咬咬牙，止住即将涌出的泪水。

秦九韶想出言安慰几句，黑土却昂起头，用压抑而平静的语气道："天色不早了，我们必须赶在天黑前下山，摸黑下山太危险。"

秦九韶看到他眼中与年龄不相符的坚韧和悲凉，震动之下沉沉叹了口气："走吧。"

黑土走出两步，突然又转回身，对着那尊石刻卧佛双手合十，满脸虔诚，喃喃着、祈祷似的说了什么，才重新回到秦九韶身旁，与他原路返回，一同下了山。

赶牛车的车夫在秦九韶和黑土下车处等候，二人先后上了车。在颠簸震动中，两人都显得沉肃而又疲倦。天色黑了下来，天上星光闪烁。到了前面的一个分岔路口，蓦然间，一条黑影直向牛车扑来，手中寒光闪过，车夫瞬间毙命坠落。牛受到惊骇，突然失控地向左侧的小道狂奔而去。那黑衣大汉一手拉住缰绳，另一手挥刀凶狠地向牛砍去，连砍数刀后，牛发出痛苦的呻吟，软软瘫倒在地，车厢也随之翻倒。

秦九韶和黑土都被甩出了车厢，二人刚从地上爬起，黑衣大汉手中单刀一挥，对着秦九韶劈下。秦九韶右手一抬，抓住了那大汉右腕，五指加力一扭，夺过他的单刀，一挥而出，击在他前胸之上。大汉闷哼一声，口喷鲜血倒了下去。

又有两条黑影飞扑而来，刀势左右挥动。秦九韶迅疾将黑土挡在身后，其中一人单刀挥出，刺向秦九韶。秦九韶长剑出鞘，击中那大汉执刀右臂。大汉闷哼一声，右手单刀脱手落地。秦九韶手中的剑又刺中了那大汉小腹，大汉惨叫一声倒地。

另一名黑衣人直冲向黑土，大刀来势又狠又急，黑土已从包袱中取出剑，挥剑相迎，对方也刀光霍霍。但见寒芒一闪，一柄长刀对着黑土刺了过来，黑土手中长剑及时而出，对方的力道十分强猛，金铁交鸣声中，长剑吃对方一刀后被震开。长刀再度直刺而来，中途却易势，忽变横削，刺向他握剑的右腕。他缩回右手，那长刀又刺了过来，闪避不及，左肩被划了一刀，鲜血登时涌出。

秦九韶赶过来，长剑连连刺出，攻向对方要害，黑土也忍着伤痛再度长剑疾抬，兵刃撞击的声音，交织一片。黑衣人以一敌二，逐渐落了下风，秦九韶终于觑准机会，刺出的一剑由一侧绕过，横向对方胸前划去。这剑势太为突然，黑衣人虽应变快速，全身向后仰去，仍是晚了一步，秦九韶的剑芒掠胸而过，划破了他前胸的衣服。黑衣人前胸受伤不轻，眼见已无法得手，转身几个快如飘风的急跃，很快便消失了影踪。

另外两个大汉还躺在地上，不知死活。秦九韶想将他们带回州衙，却力不从心，只能先和黑土寻个落脚的地方。"你没事吧？"他关心黑土是否受了伤。

黑土的左肩血流不止，却忍痛说了声"没事"。四周黑漆漆的，秦九韶看不清他身上流血的伤处，于是问道："从这里走回陈家庄，大概需要多久？"

"还是就近找地方借宿吧，我担心路上还会遇险。"黑土向四周张望，夜幕低垂，荒凉的山野中一片冷寂，几声狼嗥、鸟鸣遥遥传来，增添了恐怖之感。南边不远处隐约可见亮光，似是有人居住。"我记得附近有座寺庙，应该就在那个方向。"

"还是你考虑得周到。"秦九韶表示赞同。

二人朝着亮光的方向行去，不多时便到了寺庙前，鸡笼山的山上山下有多座寺庙，这是其中一座天华寺。一段长长的石阶通向庙门，秦九韶拾级而上，回过头，见黑土脚步缓慢，似是体力不支，伸手欲搀扶他，他却不肯，坚持自己一步一步往上爬。

终于到了门外，秦九韶伸手叩门，有个小沙弥前来应门。秦九韶亮出知州的腰牌，说明在寺庙附近遭遇歹人袭击，需要借宿一晚，同时希望得到协助，将两名受伤的歹人抬入寺庙，待天亮后再押往州衙。

小沙弥赶忙入内向住持慧仪法师通报，借着寺内的烛火光亮，秦九韶这才发现黑土左肩的衣衫已被鲜血染红。"伤成这样怎么不告诉我！"他急得动手就要扯开黑土的衣衫察看伤势，黑土想要躲避，身子一侧，整个人却突然栽倒在地，失去了知觉。

秦九韶大惊失色，忙蹲下身来，伸手一探，气息尚存，再看黑土的脸，苍白得毫无血色，嘴唇发青，像是中毒的症状。他素来好学，与殷清漪在一起的那些年，向她习得不少医理药理，看来是方才那几人使用的刀上涂了毒，不要人性命不罢休，实在歹毒至极！一阵紧张的、怜惜的情绪紧抓住了他，不能让这孩子死去，他还这么年轻，只有十四岁！

这时面容慈和的慧仪法师带着一群僧人来了，慧仪法师见黑土倒在地上，血染衣衫，忙让刚才那个小沙弥带他们去客堂，又让其他人去取止血的药粉和纱布。

"这寺中可有解毒的药物？"秦九韶急问，他知道寺庙经常救济百姓，给百姓发药材。

慧仪法师道，寺中有绿豆、金银花和甘草，急煎后服用可解毒。

寺庙内的正房分上下两层，上面是"三圣殿"，下面是"大雄殿"。东厢房是"客堂"，西厢房是"禅堂"。

秦九韶抱起黑土，他的身子很轻，不费什么力气。他随那小沙弥去了东厢房。几名僧人依照秦九韶提供的方位，外出寻找那两名受伤的黑衣大汉。

小沙弥推开其中一间厢房的门，内有两张床榻和桌椅，秦九韶将黑土放于床榻上。止血药粉和纱布送来后，秦九韶解开黑土的衣衫，顿时呆住了，里面穿着件罗绢制成的抹胸，胸部圆润且玲珑曲线毕现，显然是个女子，裸露在外的肌肤白皙细腻，左肩处一道血口子触目惊心。他深吸了口气，心脏跳得有些急促，血液也加速了运行。非礼勿视，可这寺庙内都是出家人，他也只能自己动手了。他将止血粉洒在伤口，用纱布包扎好。无意间头一偏，目光又落在抹胸上，面料上印着菱形纹，菱纹内填以柿蒂小花色，黑色纹样，图案清新雅致。抹胸的四边以朵花纹印花绢贴边，十分精致。

敲门声响了起来，秦九韶猛一激灵，忙为黑土整理好衣衫，起身去开门。

小沙弥端着药碗进来："解毒的药汤煎好了。"

秦九韶将昏迷不醒的黑土抱起，让她靠在自己身上，又捏住她的下颌，迫使她微张开嘴，小沙弥将碗中的药一小勺一小勺往她的嘴里灌。一碗药终于见底，秦九韶重新将黑土的身体放平。

又有敲门声响起。"使君——"有人隔着门喊，"那两个人已经带来了。"

秦九韶留下小沙弥照看黑土，自己跟着外头来通报的僧人走了。

那两个黑衣大汉的双手都被绳索捆绑住，他们还活着，只是伤势较重，意识模糊，寺庙的僧人已为他们处理了伤口，目前应无性命之虞。"烦扰法师先将他们关入柴房，派人看着，待天亮后指个人前往州衙报信。"秦九韶恭敬有礼。

慧仪法师双手合十道："使君不必客气，且安心在此歇息一晚，老衲定会办妥一切。"

秦九韶还礼道过谢，回到厢房，黑土呼吸平稳，症状未加重便是好事，他暗松了口气，让小沙弥回去休息。小沙弥走后，他又守在黑土身旁一阵子，确定并无异状后，才躺到另一张床榻上。

半夜，秦九韶被邻床的响动惊醒，他似乎听到黑土发出了声音，一骨碌起身，点亮烛火。

"水……"黑土微弱的声音传来。她已开始恢复意识，感觉到了口渴。

秦九韶心头一喜，倒了杯水端到床榻前。烛光映照下，黑土闭着双眼，眉端轻蹙，那张小脸如此苍白，如此憔悴。他将黑土扶起，将杯子递到她的嘴边："喝水吧。"

黑土依旧阖着眼，就着他的手，张嘴喝了几口。她两排羽扇般的长睫毛忽然向上扬了扬，露出一对雾蒙蒙、水汪汪的眸子。

秦九韶的心头莫名有些悸动，那眼波如月如水如清潭，如梦似幻。她的睫毛轻轻一闪，又虚弱地垂下了眼帘。

秦九韶让黑土重新躺下，她一动也不动，已昏睡了过去。他吹熄烛火，躺下后在黑暗中翻来覆去，纷杂凌乱的思绪在脑海中交织，逐渐陷入半睡半醒昏昏沉沉的境界。他在窗外的鸟鸣声中睁开眼睛时,天色已明。眼睛酸涩沉重,脑子混沌昏蒙,好一会儿才想起自己身处何方,翻身下床,急急去看黑土如何了。她沉睡着,轻蹙的眉峰惹人怜爱。他沉沉叹了口气,刚推门出去,便见昨晚那个小沙弥端着一碗熬好的药朝这儿走来,小沙弥告诉他,慧仪法师天刚亮便派人去往州衙报信了,那两个人仍被关在柴房内。秦九韶道过谢,自己叫醒黑土喂药,她还是昏昏沉沉的,喝完药又睡下。

黑土清醒过来时,发现自己躺在一张陌生的床上,她拉开被子,翻身欲起,立刻有只温柔的手将她的身子压回到床上。她抬起头,见到一个美丽的妇人对她展露温暖的笑容:"小娘子,你的身子还很虚弱,躺着休息,别乱动。"

"小娘子?"黑土怔怔地重复这个称呼,蓦然受惊似的低头,她穿着白色的中衣,一头秀发披垂下来,显然有人替她换过衣服,还散开了她的发髻。

那美丽妇人便是李婕妤,她对黑土的反应有些诧异,见到黑土时,秦九韶已让服侍他的小环眉儿为她擦洗过身子,换上干净的衣服,发髻也松开了,因此不知她此前是以男装示人。转念一想,她定是在意昏迷后是否遭人轻薄,于是安慰般地解释:"是府上的小环为你擦洗更衣。谢谢你救了我家官人,伤口换过药,已无大碍。郎中来瞧过,你中的毒也已经解了。"

"你家官人?"黑土又是一怔才明白过来,"哦,你是使君夫人?"

李婕妤微笑着点了点头:"砍伤你的人,在刀上涂了毒,幸亏天华寺内有解毒的药物。这里是使君府,你从天华寺到这儿来后,已经昏睡了一天一夜,这下好了,总算是清醒过来了。"

黑土环室四顾,单人藤床,床角安竹书柜,床前置香鼎。床上有大方目顶,用细白楮做帐罩之,好雅致的卧室。香鼎内燎沉香,香气萦绕,她盯着升腾起的袅袅白烟,恍惚想着晕倒前后发生的一切。她记起是在天华寺内晕倒的,迷糊间似乎看到了秦九韶的脸,他端着碗给她喂水。她甩甩头,恳求道:"夫人能借我一套下人穿的男装吗?我此前一直隐瞒女子的身份,希望府上的人能替我保密。"

李婕妤恍然悟道:"怪不得我喊'小娘子',你会如此吃惊。你放心,我们都会保守秘密。"她很快吩咐小环取来一套府上厮儿的衣服。

黑土见衣服送到，猛然坐身起来，但一阵头晕使她身子直晃，她咬牙撑住，坚持想要下床。

"快躺下吧。"李婕好急得将她按回到床上，"官人嘱咐我好好照顾你，他上衙去了，回来后还有话要对你说。如果你就这么走了，我如何向他交代。"

黑土只好乖乖躺着，到了晚上，她的精神已经好了许多，穿上那身厮儿的衣服，李婕好带她去书斋见秦九韶，将她领到后便走了。

经过天华寺那一晚后，二人再见面，都有些尴尬，短暂的沉默过后，秦九韶轻咳一声，用了调侃的语气："你为何喜欢扮成男人？"

黑土的脸色转红了，却大胆地、定定地凝视着秦九韶，这长久的注视反倒使他心慌而意乱了，忍不住问道："你在看什么？"

她调开目光，低问："我昏倒后，是使君替我包扎伤口？"

"是。"秦九韶早已料到她会有此一问，老老实实回答，"我总不能见死不救，我当时并不知道你是……况且，那寺庙里除了我，都是僧人。"

黑土抬起睫毛，两人的眼光又接触了，她没有再追究，转而道："扮作男人，可以活得轻松一些。使君有什么话要对我说？"

秦九韶站起身子，取来一把剑递给黑土："这是你那晚落在寺庙内的剑，物归原主。"

黑土接过剑，等着秦九韶开口。

秦九韶正视着她："你可是姓阮，名夜月？"

黑土惊悸震动了："你……你……"

秦九韶觑着她的神色，已然明白了："我从前见过这把剑，认得。"这是殷家的祖传宝剑，上面刻着一个"殷"字，他曾保管多年，从天华寺回来后，他出于好奇仔细瞧看了这把剑，立即辨认出来了。再联想到黑土说她是在安吉州长大，还有……她那件罗绢制成的抹胸，面料色彩丰富，装饰华丽，普通人家穿不起这样的衣物，而收养夜月的阮家正是开罗锦匹帛铺的，自然穿得起。如此种种，他便有了这般推测。此时他不得不感叹缘分的神奇，时隔多年，他竟然再次见到了已成长为亭亭玉立少女的阮夜月，难怪她脸红的神态，会令他产生一种似曾相识的感觉，她与母亲殷清漪的长相除了那对眼睛，并不十分相似，但异常神似。

"你怎会见过这把剑？"黑土愈发震惊。

"我与你的父亲阮葵，算是故交。你六岁那年，我曾在阮家罗锦匹帛铺外见过你，当时你一路跑着，你的哥哥在后头追赶。我问你叫什么名字，还被你的哥哥当作坏人，不准你和陌生人说话。后来你的母亲走出店铺，向我赔礼。"秦九韶强压下激越的情绪，阮夜月的身世，自是不能对她说出，他用尽量平静的语调，"你可愿意告诉我，家中发生了何种变故？"

阮夜月稍做犹豫，到底还是幽幽开了口："你当年见到的，是我的大哥阮子长。我原本有个很幸福的家，爹娘和两个哥哥都很疼爱我。前些年爹爹因病去世，两个哥哥子承父业，共同经营阮家罗锦匹帛铺，开了多家店铺，生意越做越大，也因此遭到同行嫉妒。有个叫马千的富商，与我的两个哥哥是死对头，一天晚上，马千在他于家外购置的一处宅院中被杀害，身边一件宝物不见了，马千的长子马思成到县衙控告我的两个哥哥杀了马千，抢走宝物。县尉立即逮捕了我的两个哥哥。我的两个哥哥那晚不在家中，他们是去酒肆与友人喝酒，几个友人皆可做证。但大哥的小妾崔氏做了伪证，指证我大哥为主谋，二哥是帮凶，还拿出了马千家被盗的宝物，说是在家中卧床底下发现的。两个哥哥坚决不承认杀人罪行，但县令没有细查，就动用酷刑审讯，我大哥受不了酷刑，没熬过去，死在了狱中，二哥迫于无奈，画押认罪，被判流放，我家财产也被没收。崔氏本是瓦舍歌舞伎，大哥替她赎身，纳她为妾。大哥出事后，崔氏回瓦舍重操旧业，大嫂也带着小侄儿走了。二哥尚未娶妻，无后。我娘受不了这样的打击，上吊自杀。好端端的一个家，转眼间家破人亡。"

阮夜月的眼眶已盈满泪珠，而且夺眶欲出了。"马思成害得我家破人亡还不够，还欲霸占我为妾。有县令替他撑腰，我无法再留在乌程。师父可怜我无处可去，带着我来到陈家庄，我便与他的母亲一起生活，学着种田卖菜。师父是我爹爹的好友，他是一名武师。我对家中的那把剑很感兴趣，还有一本剑谱，听说都是我爹爹的友人所赠，我也经常翻阅剑谱。九岁那年开始，爹爹让我跟着师父学习剑术。"

阮夜月习惯性地仰头，逼泪水倒流。透过泪雾，秦九韶的脸像浸在一池秋水中，那么模糊而遥远。

秦九韶在她的泪眼凝视下震撼、心痛，这是怎样的含愁含悲，却又坚毅的眼光!"你打算一直住在陈家庄,过着种田卖菜的日子?"

"我自己也不知道接下去的路该怎么走。"她心中茫茫然地涌上一层愁苦。

"你能做什么?想做什么?"秦九韶很认真地望着她,"我愿意尽我所能,为你提供帮助。"

阮夜月略作思忖,慢慢挺直了背脊:"我会些功夫,你也知道了。我能否当个捕卒之类的?不要戳穿我的身份,就把我当作男人看待。"

秦九韶惊讶万分,这么个如花似玉的小娘子,竟然想混在男人堆里当捕卒。"你为何想当捕卒?"

"当女人总是被人欺负,我想像男人一样活着。"阮夜月正色道,"捕卒可以抓坏人,当了捕卒,我就是个有用的人了。"

"难道不当捕卒,你就是没用的人?"秦九韶笑着叹了口气,"好吧,我满足你的心愿,待你的身体完全康复了,便可到州衙来当差。不过捕卒用的是刀,不是剑,你要学会用刀。还有,你自己当心点,不要被人瞧出是个女子。"

"使君请放心,我一定尽忠职守。"阮夜月自信地保证,"绝对不会像那个守城门的江古山,干那等栽赃陷害的勾当。"

秦九韶的唇角浮起一抹笑意,不再言语。

那两名行刺秦九韶和阮夜月的黑衣大汉恢复了意识,二人感念秦九韶请郎中为他们治伤,一五一十全招了。原来是许昌士被处斩,威慑力极大,阻碍了其他官商勾结之人的发财之道,和州一个叫庞安的大盐商,和许昌士一样做的是大宗买卖,靠贩卖私盐发家,他对秦九韶恨得咬牙切齿,欲除之而后快,于是雇了几个杀手刺杀秦九韶,那晚若非有阮夜月相助,秦九韶已是他们刀下的亡魂了。

秦九韶顺藤摸瓜,又找到了庞安贩卖私盐的罪证。庞安没能要了秦九韶的性命,自己反倒数罪并罚获重刑。

秦九韶接连禁暴正乱,他的刚正不阿、文武双全一时在坊间传为美谈。从此和州的官吏、奸商惧怕,百姓佩服,不敢再有所欺蒙。和州盐赋恢复正常,州府增加了大量的税银。其他赋税也稳定,真正做到合理赋税,减轻了百姓的负担。

张平迎娶了秋婵，整个秦家都沾了喜气，出现久违的欢声笑语。阮夜月成了州衙的捕卒，秦九韶只是交代张平暗中关照，并未对她表现出过多的注意，以免引起他人猜疑。她倒是很快适应了捕卒的身份，学会了耍刀，像个男人一样缉捕罪犯、传唤被告和证人、调查罪证，与其他捕卒称兄道弟。秦九韶既欣慰又心酸，欣慰的是她能随遇而安，心酸的是她本是衣食无忧、受尽宠爱的富家女，却遭逢巨大变故，一夕之间一无所有，只能如此粗糙地活着。

又是一年寒暑交替，这日，升任工部尚书的吴潜赴临安上任前，专程来探访秦九韶。二人把酒畅谈，故人相见，甚是欢喜，谈起当下的宋、蒙战况，又心生忧虑。这几年，孟珙率军收复了襄阳府，随后各路宋军在荆襄战场展开反攻，继而收复了整个荆襄地区。京湖战局有所缓解，但四川战场岌岌可危。蒙军年年入寇，在多地进行惨无人道的大屠杀，原本富庶繁荣、赋税半壁的四川生灵涂炭，昔日都邑成废墟，过去良田皆荒芜。去年秋，蒙古大将塔海、秃雪率兵再度攻入四川，并迅速推进至川东，攻破开州，抵达万州长江北岸。之后大败宋军水师，渡过长江，沿南岸急速向夔门挺进。如今虽有孟珙率领万余湖北精兵前往夔州路布防，但孟珙的兄长、任湖北安抚副使和峡州知州的孟璟也向他求援。面对十倍于己的敌人，孟珙能否扭转战局，犹未可知。

"我不知何日再能回到蜀地了。"秦九韶思念故土，满怀感想。

吴潜心有戚戚焉："我亦有多年未回家乡安吉州了，甚是思念。"

"吴公此去临安赴任，安吉州毗邻临安，今后便可常回去看看了。"秦九韶对吴潜举杯，"祝吴公一路顺风。"

吴潜端起酒杯一饮而尽，秦九韶也饮尽杯中酒。

"听闻你体恤民众下属，整治奸商污吏，很受和州百姓的爱戴，吾心甚慰。"吴潜话锋一转，"你一直盼着到临安为官，眼下尚未有合适的机会，倒是安吉州州衙缺一个参议官，但权力不如知州，不知你是否愿意前往任职?"

"当然愿意。"秦九韶不假思索，"能在临安附近为官，也算是了却我多年的心愿了。还可常与吴公见面，甚好。"

吴潜点头道："既然如此，我便为你举荐。我在老家有块地，多年闲置着可惜，如今便赠予你，你可在那里建一座宅院，安家落户，免除家人随你四处漂泊之苦。"

秦九韶大喜过望，对吴潜感恩戴德。

阮夜月像往常一样用白布束胸，然后穿好捕卒的公服，走出她居住的兵舍房间。

"黑土——"刚出门，有个衙役喊他，"秦使君找你，让你去议事厅见他。"

阮夜月很是意外，秦九韶从来不曾单独传唤她，不知所为何事。

议事厅位于大堂之后，是知州与其他官吏商议大事件之处。黑土远远便见到几个穿着官服的人从议事厅走出来，显然是刚刚商议完什么大事。

到了议事厅，厅内只有秦九韶一人，负着手，背对着她。

"使君——"阮夜月唤了一声。

秦九韶转过身，对她微微一笑。"我找你来，是有件事要告诉你。"他开门见山，"我要离开和州了，调往别处任职，你是愿意继续留在这里当捕卒，还是随我一道走？"

"我要随你一道走。"阮夜月脱口而出，她与秦九韶的接触并不多，但经过一连串的事情，她对他的崇拜、敬畏和信任，不知不觉已经根深蒂固，假如他走后，和州又来了一个狗官，该怎么办？这个念头让她惊惧，本能地渴望继续在他的手下做事。但话出口后，又觉得不妥，于是面色发窘，有些惶然无措。

秦九韶瞧着她那窘态有趣，故意想逗逗她："你连我要去哪里都不知道，就愿意跟着我？"

"我……"阮夜月绞扭着双手，眉眼低垂，睫毛扑闪了几下，忽高高扬起，眼光清亮如水，"只要使君能够给我一份差事，让我自食其力，去哪里都一样。"

"自食其力"这四个字重重撞击了秦九韶的内心深处，当年到东乡劝说殷清漪随他回郯县时，殷清漪也对他说过同样的话，要"自食其力"。这母女二人，刚毅的性格竟如此相似。他看着阮夜月的目光变得非常温柔，语气也十分温和："我要到安吉州任参议官，原本就希望你能随我一起走。或许，会有机会为你的家人翻案。"

阮夜月怔忡须臾，忽然对着秦九韶跪了下来："使君若真能为我的家人翻案，我定结草衔环，重报此恩！"

189

秦九韶忙伸手将她扶起："你言重了，我与尊大人是故交，凭着这份交情，我自当竭尽全力，何需报恩。"

阮夜月的眼中蒙上一层薄雾，视线模糊了。

第八章　长风破浪会有时

吴潜赠予秦九韶的那块地位于安吉州城西门外，地名曾上，这是一块风水宝地，四周风景秀丽。前方正当苕水经过，秋时两岸多苕花，其白如雪。春来桃花流水鳜鱼肥，水清可鉴须眉。青山翠峰在岸相映，水逶迤而清深，山连属而秀拔，山水清远。

秦九韶环顾四周，恍然如梦。早在多年前，他便有一夙愿，自己设计，请工匠建造一座雕梁画栋的宅院，他还用画笔描绘出了想象中的那栋宅院与周边的景致，那幅画他一直精心保存着，画中的景致竟与此地惊人地相似。如今终可得偿夙愿，可是，他许诺要为其建造宅院的女子，已不在人世。“仿造的宅院怎配得上你，我要为你建一座真正的宅院，雕梁画栋，宝剑赠英雄，香闺自然要赠美人”，犹记得在吴家村，情窦初开。还有多年后鄞县的那个夜晚，斜月半窗，烛影摇红，他将那幅画卷在她面前展开来，“这栋宅院，一直在我的心里，如今我先将它画了出来，终有一天定会兑现承诺”。上天何其残忍，一杯愁绪，几年离索，总算苦尽甘来，却仍逃不过心碎的结局。

苕水泱泱，生死两茫茫，他临水嗟叹：“清漪，你若泉下有知，待宅院建成，就常来梦中与我相会吧！”

阮夜月依旧进了州衙当捕卒，当捕卒门槛低，参议官推荐个捕卒轻而易举。秦九韶刚一上任，便为知州胡希谭解决了一大难题，安吉州城南有一座多宝塔，建于元丰年间，也就是一百多年前，由于年代久远，塔身发生了倾斜。多宝塔是佛教宝塔，雄伟壮观，朝拜者甚众，塔身倾斜被视为不祥之兆，城中百姓议论纷纷。佛塔的修复扶正迫在眉睫，但欲换塔心木，不知其高。去塔六丈有刹竿，亦不知其高。如何计算，众人束手无策，得不到确切数据，便无法动工。胡希谭听闻秦九韶精通测量、算术，又对营造技艺有钻研，喜出望外，亲自带着他前往多宝塔查勘。

多宝塔位于安吉州城南门外道场山顶，与吴潜赠予秦九韶的那块风水宝地相距不过几里路。道场山上还有伏虎岩、笑月亭、爱山亭、瑶池，峰峦秀郁、水石森爽，为吴兴佳绝，游览者萃。年近半百的胡希谭身材肥硕，腆着个大肚子爬上山顶，累得气喘吁吁。秦九韶却似闲庭信步，悠然自得。

塔身为木檐楼阁式，八面七层。塔心木为自塔台基至顶的通天塔心木。刹竿去地九尺二寸始钉锔，锔一十四枚，枚长五寸，每锔下股相去二尺五寸。秦九韶以勾股求之，重差入之。他测塔时，就刹竿为表。刹竿距塔六丈，再退三丈，共距塔九丈。此时遥望塔尖，适与刹竿竿端斜合。又望相轮之本，其景入锔第七枚上股，人目去地四尺八十，塔心木放三尺为楔卯剪截。

相轮乃贯串于刹竿上的圆环，多与塔的层数相应，为塔的表相。秦九韶置相轮本之锔数减一，余乘锔相去，又乘竿去塔，为实。最终求得塔高为一十一丈七尺，相轮高四丈五尺，塔身高八丈七尺，刹竿高四丈二尺二十，塔心木高九丈。

测出多宝塔的倾斜程度后，秦九韶又参与制定施工方案，经过工匠们一年多的修复扶正，多宝塔重新笔直耸立，在安吉州城传为佳话。

这一期间安吉州还有另一件大事，亦是依靠秦九韶才得以圆满解决。安吉州下辖的四个县需要合作筑一段堤坝，该如何分摊这一工程，因各县财力有差异，争执不下，让胡希谭头痛不已。他征询秦九韶的意见，秦九韶提出"劳逸乃同"的主张，并制定了规则：各县摊派的徭役人数以物力差定，即每个县派出的工匠数量由该县的财力决定。已知甲县物力十三万八千六百贯，乙县物力十四万六千三百贯，丙县物力十九万二千五百贯，丁县物力十八万四千八百贯。规定依照各县财力，每七百七十贯派出工匠一名，每一名工匠每日筑堤的底面积应达六十平方尺，工匠先到的县先行动工。

胡希谭采纳了秦九韶制定的规则，这一规则公平合理，且易于施行，各县官员未有异议，百姓也心服口服。工程进展相当顺利，甲、乙两县俱完工时，丙县余五十一丈，丁县余一十八丈，皆不及一日便完工。秦九韶又根据其独创的"大衍求一术"，计算出堤坝总长度以及四县工匠所筑堤长各为多少。

秦九韶接连立下大功，胡希谭大悦，对他青眼有加，欲给予重赏。秦九韶趁机提出，不要重赏，只求能够重审乌程县阮家的案子。当初案子由县衙判决，若是阮家人上诉至州衙，州衙有权重审。胡希谭当即应允了，并让秦九韶参与查案。

阮夜月向州衙呈递状纸，州衙受理了此案。阮夜月详细讲述了整个事件的经过：那天正好是阮夜月的生辰日，大哥阮子长和二哥阮子风素来对她宠爱有加，上午先陪她去逛市集，后又带着她去酒肆吃酒听唱曲儿，当时在酒肆内遇见与两兄弟熟识的一名西域珠宝商人，对方提及得了块上好的紫翠玉，乃难得一见的上等珍品，正好随身带着，询问他们是否有意购买。阮夜月见那块紫翠玉晶莹剔透，折射出美丽的绿色光彩，爱不释手。两个哥哥虽做的是丝绸生意，但友人中多有珠宝商人，时常请教，也算是懂行之人。他们鉴别出那紫翠玉的确为上等珍品，又见小妹喜欢，决定买下来当作送给她的生辰礼物。正在议价，马千却带着一帮打手前来闹事，大骂兄弟二人昨日抢走他的一宗大买卖，两个哥哥毫不示弱，双方大打出手，连阮夜月也加入混战，奈何寡不敌众，兄妹三人负伤逃走。

兄妹三人离开后，马千非要买走他们看上的那块紫翠玉。那西域珠宝商人不敢得罪马千，只能出售。第二天晚上，马千就被人杀害了，紫翠玉被盗。因为前一天的那场风波，马千的长子马思成认定是阮子长和阮子风兄弟二人怀恨在心，杀害了他的父亲，盗走紫翠玉，又有崔氏指证赃物，坐实了他们的罪名。若没有充分的证据证明兄弟二人的清白，翻案不是件容易的事情。

"我们先去乌程会会那个崔氏。"秦九韶当即做出了决定。

瓦舍原是临时集合、以演艺的勾栏为中心的集市，后来逐渐演变为一种固定的大型演艺场所，多有货药、卖卦、喝故衣、探博、饮食、剃剪、纸书、令曲之类。秦九韶和阮夜月都打扮作贵胄公子的模样，去了崔氏所在的瓦舍，瓦舍位于乌程县城的城北，内有勾栏十三座及乐棚、露台。瓦舍中百戏杂陈，名目繁多。有唱赚、诸宫调、转踏、大曲、清乐、小唱、弹唱、舞旋、舞缩、鲍老、筑球、下棋、小说、烟火、说药、捕蛇、消息、参军、杂剧、院本、鼓子词、说诨话术等六七十种伎艺。

崔氏名唤冰琴，因家道中落才迫不得已投身瓦舍谋生。她姿容出色，能歌善舞，吹拉弹唱无所不能，以前就是闻名的歌舞伎，从良嫁人后重操旧业，更是被人津津乐道。一番打听下来，秦九韶和阮夜月不仅知道了崔冰琴献艺的勾栏，还听到了关于她的种种传闻。好几人说起，崔冰琴嫁人前，马千和马思成父子，还有阮子长都常来为她捧场，三人同样出手阔绰。还有人说，马思成曾欲纳崔冰琴为妾，只因马千也有意纳崔冰琴为妾，他不敢和老子抢女人，才不得不作罢。二人早有私情，崔冰琴才会指证赃物，害了自家男人。如今马思成仍在三年守孝期间，不能歌舞作乐，也不能纳妾，也许待守孝期满后，崔冰琴便会再度从良，嫁入马家。

所谓勾栏，即以栏杆、幕幛等围成一个圈子，成为一个演出场所。秦九韶与阮夜月到达时，勾栏内正在表演"扑旗子"，旗子的飘拂卷扬与筋斗、腾跃、滚翻等动作紧密配合，武术与舞蹈巧妙融合，人在旗中飞舞，旗在人中飘扬，看得人眼花缭乱，四周喝彩声不断。

"扑旗子"表演结束后，一男一女上场，表演男女长袖对舞《比翼双飞》，女子正是崔冰琴。《尔雅·释地》有云："南方有比翼鸟焉，不比不飞，其名谓之鹣鹣。"比翼双飞，寓意夫妻恩爱、相伴不离，令人心向往之。二人皆身着长袖舞衣，女子抗修袖以翳面，男子奋长袖之飘，体迅飞凫，飘忽若神。他们时而伴着清弦脆管、仙音袅袅，身心交融的舞姿婉约细腻、缠绵悱恻。时而在弦鼓声中腾挪跳跃、热烈奔放。斜曳裾时云欲生，风袖低昂如有情。特别是崔冰琴纤腰弄明月，那飘绕萦回的舞姿如浮云，似流波，瑰姿艳逸，柔情绰态，果然是名不虚传。

崔冰琴有独立的梳妆室，她正在卸妆，秦九韶和阮夜月直接闯了进来。

崔冰琴一见到阮夜月便愣住了，虽然她一身男装，但毕竟同在一个屋檐下生活过，还是能够轻易辨认出来。"你……"她欲言又止。

"我是夜月。"阮夜月毫不掩饰她的真实身份和意图，"我这次回来，是为了给两个哥哥翻案，我已经上诉州衙了。"

"翻案？"崔冰琴的眼中泛起惊讶之色，似乎还夹杂着一丝恐惧的意味，"证据确凿，早已定案，如何还能翻案？"

阮夜月并不答话，只冷眼望着她。

秦九韶不疾不徐地开口："我是州衙派来查案之人，你且将发现赃物的过程，再详细道来。"

崔冰琴只得说道："马千被杀害的那晚，郎君答应到我房中过夜，为此我一直等待郎君回来。三更时分，外头传来动静，我瞧见兄弟二人一起回来了，可郎君并未到我的房中。我恼他不守信用，前去找他，却见二弟与他一道进了房间，二人鬼鬼祟祟的。我禁不住好奇，偷偷跟上去，窗户没有关严实，我从缝隙窥见，他们在看一个像是宝石的物件，还听到郎君说，杀了马千，总算出了一口恶气，这宝物也重新属于我们了。二弟说，多亏大哥计划周到，事情进展才能如此顺利。后来郎君将那物件收入一个小盒子，藏进了卧床底下。"

"你如何能确定，他们说的宝物就是马家被盗的紫翠玉？"秦九韶神情肃然。

"我当时不知道是紫翠玉，但当时他们就在窗下，点着烛火，我能看清楚，像绿宝石，绿得发亮。"崔冰琴道，"第二日县衙的人上门，我听他们描述被盗的紫翠玉，与我见到的一般无二，便悄悄进了郎君的房间，见到盒子还在床下，那紫翠玉也还在。"

"你那晚看清楚了，紫翠玉的颜色，是绿色的？"秦九韶重复确认。

"看清楚了。"崔冰琴很肯定地答道。

秦九韶又问道："你为何要指证自己的丈夫？"

"杀人偿命，天经地义。"崔冰琴的眼神有些许闪烁，"我既已知道他杀人，如何能再与一个杀人犯共同生活。"

秦九韶的嘴角浮现嘲讽的笑意："听起来义正词严，实则经不起推敲。请你随我们到州衙走一趟吧。"

崔冰琴的脸色倏然发白，却仍辩解："我所言句句属实，何来漏洞百出？"

秦九韶的嘲讽之意更深了："我若是冤枉了你，你可到知州面前做分辩。"他还带了些人手，在外头等候。崔冰琴知道无力反抗，只能跟着他们走了。

到了州衙说明情况后，胡希谭立即派人传唤马思成，命他带着那块紫翠玉前来，之后连夜升堂。

马思成也是个商人，生得俊秀，瞧着倒像是白面书生。他听闻阮夜月上诉至州衙，只是冷笑，并不认为州衙能够为她的两个哥哥翻案。

胡希谭要求呈上那块紫翠玉，交给秦九韶，秦九韶接过盒子，并不急于打开，而是先询问马思成："这紫翠玉是何颜色？"

马思成不明其意，还是回答："绿色。"

秦九韶又问阮夜月，当日在酒肆内见到的紫翠玉为何种颜色，阮夜月也答是绿色。

秦九韶接着问崔冰琴："你那晚见到烛光下的紫翠玉，也是绿色？"

崔冰琴点头称是。

"那晚阮子长回家之前，你可曾在别处见过那块紫翠玉，或者听他人说起过？"秦九韶追问。

"不曾，我是那晚才第一次见到。"崔冰琴回答。

秦九韶又让衙役取来一支点亮的蜡烛，他打开盒子，取出那块紫翠玉，置于烛光下，高声道："你们瞧瞧，这紫翠玉是否为绿色？"

马思成和崔冰琴看过之后都是一愣。蜡烛和紫翠玉又被衙役送到胡希谭面前，他细瞧之后面露疑惑之色："不对呀，明明是红色。莫非，这不是那块被盗的紫翠玉？"

"这怎么可能，我来之前还打开看过，是绿色的，不会有错。这一路上我一直自己保管，绝对没有被人动过。"马思成也一脸茫然。

"这的确是那块被盗的紫翠玉，只不过，它会变色。"秦九韶一语道破玄机，"我从前在临安时，曾见过紫翠玉，因其稀罕，颇感兴趣，专门向懂行之人请教过，遂知道紫翠玉会出现色泽变幻。上等珍品变色尤为强烈显著，日间观赏紫翠玉时，其呈现的颜色为绿色。夜晚在烛光下观赏，则呈现出红色。"

"既然紫翠玉在烛光下呈现红色，为何你说自己看到的是绿色？"秦九韶将目光投向崔冰琴，"那说明了一个事实，你看到紫翠玉，是在日间，而非如你所言，是在深夜。你不知道夜晚烛光下的紫翠玉会变颜色，以至于露出了马脚。早在马千被杀之前，你就见过紫翠玉，而且是在白天，见到绿色的紫翠玉。可我方才问你，你却说，此前不曾在别处见过那紫翠玉，也未听他人说起过。你所谓的证词和赃物，根本就是谎言！那晚你不曾透过窗户缝隙看到过什么，更不曾听到两兄弟说杀了马千之类的话，都是你编造出来的。也是你事先将装有紫翠玉的盒子藏入阮子长的卧床下，栽赃嫁祸！乌程县令判定阮家二兄弟有罪，是根据你的指证，既然证词和赃物都是假的，他们的罪名自然也就不成立了。"

跪在地上的崔冰琴已是面如死灰。马思成怔住了，他盯着秦九韶，眼光阴鸷而疑惑，张嘴想说什么，却一个字也吐不出来。

胡希谭将惊堂木重重一拍，喝道："崔氏，还不快快从实招来！"

崔冰琴的身体一阵颤抖，摇晃了一下，却不肯吭声。

"看来是要动用大刑了，当初阮家兄弟受的酷刑，也让他们体验一番。"秦九韶故意用了"他们"，显然连马思成也包含在内。

"言之有理，来人啊……"胡希谭装模作样地一声令下，话音未落，马思成已吓得嚷嚷起来："不关我的事，是她，是她告诉我，看到阮家两兄弟在床下藏了紫翠玉，还听到他们说杀了人，我才去报官的。"

"崔氏，可有此事？"胡希谭厉声问道。

崔冰琴依旧沉默着，毫无惧色。

"崔氏，你可知道，阮家出事后，马思成企图霸占阮夜月为妾？"秦九韶插进话来。

崔冰琴愕然望着马思成，马思成躲避的眼神飘向阮夜月，只觉得阮夜月逼注他的目光中似挟带着利箭，不自觉地低下了头。

崔冰琴忽然笑了，笑得那样凄凉而绝望："是，都是我做的，是我杀了马千，又栽赃嫁祸给阮子长。"

"你为什么要这样做？"胡希谭又发问。

崔冰琴却转过头，一瞬不瞬地紧盯着马思成，表情是古怪莫测的。马思成被她看得很不自在，觉得简直像是被人当场逮住的犯人，无处遁逃，恼怒地低吼："你看着我做什么，使君问你话，还不快回答。"

崔冰琴咬了咬嘴唇，眼底闪过一丝恨意。她对着马思成啐了一口，这才回过头，一股脑儿全对胡希谭说了：

的确如秦九韶与阮夜月在勾栏听到的传闻，当年马千、马思成父子和阮子长都对色艺双绝的崔冰琴着迷，不惜重金为她捧场。崔冰琴对马思成情有独钟，一心想要从良当他的妾室，马思成却因知晓马千一直打着崔冰琴的主意，不敢和其父抢女人，无法迎她进门。这时阮子长也提出纳崔冰琴为妾，心灰意冷的崔冰琴答应了。

崔冰琴嫁入阮家后，起初阮子长颇为宠她，但时间一长也就腻了，加之他的正妻林娘子是个凶悍好妒的女人，他渐渐冷落了崔冰琴，任由她被林娘子打骂，日子很不好过。一日她外出时偶遇马思成，二人旧情复燃，暗通款曲，某日马思成出外幽会时却被马千发现尾随，马思成先离开后，马千进屋强行占有了崔冰琴，还强迫她继续与之私通。马千是个好色之徒，在家外购买了一处宅院，专用于寻欢作乐，每次都派人传信，让崔冰琴到那儿去。

一边是马千的蹂躏，另一边是林娘子的打骂，还整日担惊受怕，崔冰琴只觉得生不如死，满腔怨恨无处发泄，偏那日从马千的宅院所在的小巷出来后，撞见了路过的阮子风，阮子风并未说什么，崔冰琴一颗心却七上八下的，担心他起了疑心，告诉阮子长。两日后就发生了阮家兄弟和马千在酒肆大打出手之事。事后马千得意地带着那块紫翠玉回到宅院，又招来崔冰琴作乐，还取出紫翠玉向她炫耀。崔冰琴当时就动了杀害马千、嫁祸阮家兄弟的念头。

翌日，她得知阮家兄弟晚上要外出，主动约马千相会，当晚先用酒将他灌醉，然后用刀杀了他，她找不到那块紫翠玉，猜想是马千已带回家中收藏，只能先逃回家中。第二日天刚亮，崔冰琴就溜出家门找到马思成，告诉他深夜偷听到阮家兄弟二人的对话，说杀了马千，她愿意做证，但口说无凭，假如能将那紫翠玉交给她，便可充当赃物，坐实两兄弟的罪名。

马思成起初半信半疑，到了宅院一瞧，果见马千死在了床上。这宅院不大，只有一个仆妇负责打扫，不在这儿过夜，因而马千的尸体尚未被发现。阮家与马家是生意上的死对头，无论崔冰琴所言真假，能够置阮家两兄弟于死地，对马家而言都是件大好事。马思成于是从家中找出那块紫翠玉，连同盒子一起交给了崔冰琴。马千喜好结交为官之人，乌程县令周晋曾得过马千不少好处，自然偏袒马家，于是造成一桩冤案。

真相大白，胡希谭命人先将崔冰琴收押，再审马思成。她被带走前，最后看了马思成一眼。她原以为，他与父亲马千不同，并非贪慕美色之人，对她是有真情的，阮子长和马千都死了，她总算可以待马思成三年守孝期满，如愿进马家了。却不料他竟然在阮家出事后，欲霸占阮夜月为妾。跟了这样的男人，她的日子照样不会好过。

马思成耷拉着脑袋，直至崔冰琴的身影消失了，他也不曾再抬起头来。

胡希谭为阮家两兄弟平冤昭雪，流放的阮子风被召回，没收的财产归还。崔冰琴被判处死刑，马思成参与做伪证，徒二年。此外对案件相关人员追责，乌程县令周晋被追官勒停，县尉被除名。

秦九韶陪阮夜月去了阮家原先居住的宅院，人去楼空，一片荒凉。那是十六的夜晚，一轮圆月高悬于天际。

阮夜月独立院内，举首望月，想着那些被父母爱如掌上明珠，被哥哥们极尽宠爱的、无忧无虑的岁月，心中的痛，排山倒海般涌了上来，泪水顺着面颊不断滚落。

"秋夜寒凉，到屋里去吧。"秦九韶的声音在身后响起，惊得她浑身一颤，连忙抬手拭泪。转过头，接触到他柔和的眼神，又是悲从中来。"我出生在月圆之夜，因此父母为我取名夜月……父母和哥哥……都唤我月儿……"她哽咽着，"但愿二哥……能平安归来……"

秦九韶的思绪飘回夜月出生的第二日，他用力握紧殷清漪冷得像冰的手，仿佛想将自己的能量注入她的体内，温暖她的身躯。她的颤抖渐消，声音也有了些许温度："我给孩子取了名，叫夜月，她出生在月圆之夜，但愿能如你所说的，貌似嫦娥，圆如洁月。"

"貌似嫦娥，圆如洁月。"他低喃，凝视着阮夜月，眉宇间浮动着忧郁之气，眼神中蕴蓄着她从未见过的深挚的关切，"想哭就哭出来吧，不要憋着。"

阮夜月顿时一阵内心的激荡，感到那样不能自持，想要倚靠在他的胸膛，寻求一点可怜的慰藉。

似是有感应般，他的胳膊圈住了她。一刹那间，她再无法控制自己的情绪，心中充塞的悲愤、委屈、痛苦，全爆发了出来，抽泣着，泪珠儿滚滚而下。他本能地箍紧了她，她的脸贴入他前胸，泪水浸湿他胸前的衣服。

夜风呼啸，旁侧的树上有夜鸟扑棱着翅膀飞起，发出一声凄厉的鸣叫，她机灵灵地打了个冷战，陡然清醒过来，离开了他的怀抱。

她清澈的双目中满含着晶莹的泪水，粉脸上泪痕纵横。他伸出手想替她擦拭泪水，手却顿在半空，千言万语，只化作一声低沉的叹息。

意识到方才的失态，二人皆陷入了尴尬的沉默。过了好一会儿，秦九韶重又开口："你今后，有何打算？"

"今后？"阮夜月怔了怔，她的声音充满悲苦凄凉，脸上却泛起一片凛然的庄严，"我说过，郎君若真能为我的家人翻案，我定结草衔环，重报此恩！今后郎君要我做什么，我就做什么。"

"未来的路还长，只要你能坚强地走下去，就是对我最好的回报。"月光映照下，秦九韶的面部轮廓线条异常柔和，朗目生辉，"我希望你从此无灾无难，一生顺遂平安。你有何需求，我都会尽力满足。"

"我……我还是继续当捕卒……"她缥缈的神思悬浮在半空，游移不定，"待二哥回来后，再做打算。"

秦九韶位于州城西门外的宅院历时两年多，终于建成了。全部由他亲自设计施工图纸，再指导工匠根据图纸建堂筑院。因地制宜，合理安排，以江南建筑为基调，结合家乡普州的造房特色。宅院极其宏敞，堂中一间，横亘七丈，求海筏之奇材为前楣，位置皆自出匠心。凡屋脊雨罩搏风，皆以砖为之。堂成七间，后为列屋，后院居室、书斋、管弦乐室、制乐度曲室均配合得协调得体，皆极精妙。

秦家搬入新居之时，正值被流放的阮子风回到州城，由于此前受过酷刑，又饱受颠沛流离之苦，他不过二十出头已浑身伤病，身体几乎垮了。秦九韶提出将阮子风接入家中养病，阮家除了阮夜月，再无他人。而秦家人手多，照料起来周到。阮夜月并未反对，她也不再当捕卒，恢复了女儿身，一起到秦家照顾哥哥。

阮夜月换上女装进秦家的那日，秦九韶、李婕好和秦凌云皆在场，夏季炎热，阮夜月内穿色彩亮丽的鹅黄色抹胸，外着素纱直襟窄袖衫，下着长纱裙，纱衣薄如蝉翼、轻若烟雾，外系丝带，配上精美的坠子。腰间裙褶细密，下摆宽大，长裙飘逸，极尽雅致的婉约之美。这是用当年阮家罗锦匹帛铺内最受富家女喜爱的衣料裁制。她那长裙曳地、长带飘拂的窈窕身姿，一举一动皆流露出"坐时裙带牵纤草，行即罗裙扫落花"的诗意。

秦九韶还是第一次见到阮夜月着女装的模样，不觉看呆了。而秦凌云满眼的惊艳之色，阮夜月即将年满十七岁，秦凌云已是十五岁的翩翩美少年，二人相差不足两岁，一个碧玉年华，一个已到束发之年。秦凌云正值情窦初开的年华，自第一眼见到阮夜月开始，便对她有了不同寻常的感觉。之后同在一个屋檐下，总有见面的时候，即便见不着，他也开始佯装"偶遇"，或者找借口接近她。两人很快便熟识了，秦凌云的热情爽朗感染了阮夜月，她原本也是开朗乐观之人，且自幼常与二哥还有其他男孩儿在一处玩耍，后来又习武练剑，与一般的女孩儿不同，坚毅勇敢，颇有几分侠义之气，只因家中遭到巨变才变得沉默忧郁。刚入秦宅时，她寄人篱下，又为二哥的病而忧虑，眉间眼底总带着淡淡的哀愁。有了秦凌云的陪伴和开导，且二哥的身体也在慢慢康复中，久违的笑容又回到了她的脸上。秦凌云的年纪比她小，她只将对方当作弟弟一般看待，从未有过别的心思，秦凌云却对她意乱情迷起来。

参议官不似知州那般繁忙，秦九韶闲暇时间较多，他素来交友广泛，于是呼朋唤友，达官贵人、富商豪贾出入秦宅，堂内常常高朋满座，热闹非凡。他好音律，每每请来乐伎助兴，击筑吹笙、丝管迭奏，兴致所至，还亲自谱曲，下场演奏，仿佛又回到了年少轻狂时。

这日，陈元靓与李梅亭相携来访，还带来了一位新友，在临安任国子监司业的陈振孙。陈振孙乃安吉州人，少壮时期受到书香熏染，勤于学习。历官台州知州、嘉兴知府等。他性喜藏书，以藏书知名，每到一地任职，皆会访购和传录当地的藏书，还借抄官方禁止刻印的图书。他有一座藏书楼，取名"直斋"，现已积书数万卷。

陈振孙已年近花甲，却是个可爱的老顽童，天性纯真，洒脱随性，不拘礼数，自然与众人十分投缘，谈到兴头上眉飞色舞、妙语连珠，将其他人逗得乐不可支。

陈振孙对于营建也颇有兴趣，参观秦九韶的宅院，见斗拱飞檐流畅美观，雕刻精细技艺精湛，房屋布局灵巧大气，赞不绝口。陈元靓与李梅亭亦是交口称赞。

"席上的一道菜，竟真能变出一栋房子来，让我好生佩服。"李梅亭感慨，

"其实当日我说宅院建造好了，要携一众友人登门开眼界，不过是随口说说而已，没想到真能成为现实。"

陈元靓和陈振孙都好奇那道菜是怎么回事，于是李梅亭将多年前在蜀地为官时拜访秦九韶，他让美貌厨娘将自己描绘的宅院装入盘中之事说了。

"道古乃天纵奇才，那厨娘想必也是仙女下凡吧。"陈振孙对着秦九韶挤眼，"天仙厨娘可还在你这家中？不如你再作一幅画，让她依照画斗成景物，让我等凡夫俗子也见识见识。"

秦九韶的眼神忽然暗了下来："她……已经不在人世了。"

"不在人世了？"李梅亭异常惊讶，正欲追问是怎么回事，陈元靓扯了扯他的衣袖，示意他莫要再提。陈元靓一直与秦九韶保持书信往来，殷清漪之事，他一清二楚。

李梅亭及时住了口，陈振孙见情状有异，也适时转移了话题，四人聊起了当下宋蒙之战的战势，气氛短暂地凝滞过后，重新活络起来。两年前，孟珙率领万余湖北精兵前往四川夔州路布防，又遇上任湖北安抚副使和峡州知州的兄长孟璟也向他求援。面对十倍于己的蒙军，孟珙准确判断出蒙军主力汪世显部必取道施、黔两州渡江，当即派兵两千人驻屯峡州，以兵千人屯归州，另拨部分兵力增援归州重要的隘口万户谷。与此同时，孟珙令弟弟孟瑛以精兵五千人驻松滋，作为预备队。另一弟弟孟璋率精兵两千人驻守澧州，防堵从施、黔两州过来的蒙军。由于整个军事防御体系部署得当，之后捷报频传：南向施州方面的蒙军被孟珙兄长孟璟的部将刘义在清平击败，斩获甚众。孟璟本人则调动军队，于归州西大垭寨经历了一场激战后大获全胜，蒙军丢盔弃甲撤至夔州，之前缴获的物资重新归属宋军。

之后皇上授孟珙宁武军节度使、四川宣抚使兼知夔州，他承担了建立四川防御体系的重任，整军饬武。今年又有另一名将余玠慷慨赴川，出任四川安抚制置使，主持四川防务。临行前，余玠立誓"手挈全蜀还本朝"，他入蜀后张榜招贤，惩杀溃将，积攒粮草，厉兵秣马。因着孟珙与余玠的奋发振强，励精不已，四川战局焕然一新，宋军恢复了战斗力。

秦九韶他们四人皆胸怀报国之志，论及军事壮怀激烈，豪气冲天。"走，咱们去击鞠，未能上战场，至少稍稍体验一把驰骋沙场的感觉。"李梅亭一时间兴致大发。

击鞠是一种骑在马上持杖击球的运动，在唐朝，上自皇帝，下至诸王大臣、文人武将，皆热衷于此。到了大宋，击鞠风气更甚以往，不仅是帝王将相的贵族礼仪运动，还成为民间的娱乐运动之一。临安城更是出现了民间的"打毬社"，可见其盛况。

陈元靓一听连连摆手："我就不上场了，在一旁观战，为诸位助威。"

秦九韶与李梅亭皆知陈元靓连爬个树都心惊胆战，默契一笑，自然不为难。但人数太少未免无趣，秦九韶于是唤秦凌云，秦凌云立即提出带上阮夜月，她也懂击鞠。秦九韶微微一怔，他从来不知晓，阮夜月懂击鞠，虽然这项运动女子也可参与，但毕竟小众。他忽然惊觉，自阮夜月入住秦宅后，自己对她疏于关心，甚至连见面都很少。其实并非未将她放在心上，而是……他自嘲地笑了笑，同意了。

秦九韶又邀请了其他数名友人，组成两支球队，举行一场小型的比赛。

球场短垣三面缭逶迤，秦九韶等人个个头戴垂脚幞头，脚穿长靴，身穿各色窄袖袍，并配有镶珠嵌玉的腰带。阮夜月珠翠装饰，玉带红靴，在一群男人中格外耀眼夺目。众人各自上马，手执偃月形球杖。木制的球与成年人的拳头大小相当，中空，外表涂成红色。

在中场开球后，双方驰马争击，球似星，杖如月，场外击鼓奏乐。秦九韶的球技最为精湛，东西驱突，风回电激，所向无前。李梅亭亦是身手不凡。陈振孙老当益壮，秦凌云初生牛犊不怕虎，而阮夜月与他们相比也并不逊色，一手执马鞚，一手高擎鞠杖，雅态轻盈。只是已多年未进球场，乘骑不似从前那般精熟。球似奔星乱下，她瞅准时机，手持球杖迅疾反转欲击球，却因用力过猛，身子失去了平衡，摇摇晃晃，眼看就要跌下马来。

秦凌云和秦九韶正好都在附近，秦凌云策马就要冲过去救人，秦九韶却已抢先一步，驰骤如神，俯身捞住阮夜月的身子，一把将她抱到了自己的马上，让她坐在身前。

阮夜月惊魂未定，回过神来才意识到在秦九韶的怀中，又羞臊又慌乱地想要挣脱开下马，可比赛仍在进行中，秦九韶竟左手环过她的腰执鞚，右手持球杖，与对方球队的人月杖争击，交臂叠迹，他带着个人照样巧捷万端，一个仰击球，空中球势杖前飞，随风直冲穴。随着这一进球，伴随着一片欢呼喝彩声，秦九韶所在的队伍取得了比赛的胜利。

方才众人的注意力都在比赛上，除了秦凌云，其他人都没有注意到阮夜月险些坠马之事，这会儿见到二人共乘一骑，都笑得意味深长。

秦九韶收住缰绳，马儿仍在缓行，阮夜月已迫不及待地跳下马来，秦九韶也紧跟着翻身下马。其他人已都围了过来，将二人包围在中间。秦九韶的目光悄然掠过阮夜月，她局促地站在那儿，面颊上漾着红晕，他觉得内心一阵激荡，但很快被漫过的愧疚情绪压制了。他这是在做什么？初衷本是救人，身体却似乎不受自己控制了，在本能的驱使之下，做出了后来的荒唐之事。

"哎呀，我活了这么大岁数，还是第一次见到击鞠时可以男女共骑一匹马，还不耽误进球。"陈振孙眯缝着眼睛，笑得胡子一抖一抖的，"你这独创的玩法真是妙，若传开去，必定许多人争相效仿。"

李梅亭笑着附和："效仿并非易事，先得有道古这般好身手才行，陈老丈你恐怕做不到。"

"我认服，我认服，不敢效仿。"陈振孙佯装失落地长叹，"我只恨不能回到少壮之年，美人在怀，挥杖击球。"

其他人都哈哈大笑起来。

"诸位见笑了，方才是阮小娘子险些摔下马，我及时将她救到自己的马上，担心误了比赛，情急之下这才……"秦九韶有些慌乱地解释，又对着阮夜月作揖，"是我唐突了，还望小娘子海涵。"

阮夜月却愈发地局促不安，脸也更红了，整个人恍如仍在马背上摇晃颠簸，头脑昏沉，思绪凌乱，只低垂着头，不言不语。

一个诚恳致歉，一个却不作回应，落到旁人眼中，又成了笑料。幸得陈元靓及时赶到解了围，他一直在场外观赛，秦九韶救人的情形他看得一清二楚，于是细细向众人道来，刻意夸赞他的勇武，救人、比赛两不误，而忽略了二人在马背上的、轻易便可成为风流韵事的亲密场景。同时不忘提醒众人，事关人家清白小娘子的名节，不宜声张。在场的都是秦九韶的知交，自然无恶意，不会为难他和阮夜月，很快便说笑着散去了。

当晚在卧房内，李婕好摆出一副长谈的架势，让秦九韶既诧异又有几分心虚，不知是否今日球场之事传入了她的耳中。

"官人可有发现，今日自球场回来后，云儿一直闷闷不乐？"李婕妤的嘴角带着神秘的笑意。

"为何闷闷不乐？"秦九韶听得糊涂，在球场那般混乱的场面，又发生了那样的状况，他根本顾不上秦凌云，也不曾留意到他。

"云儿是恼你呢，恼你抢了他救美的机会。"李婕妤颇有深意地说，"我早发现他不对劲了，三天两头往阮夜月跟前跑，方才仔细问了问，他全对我说了。如今想来，那阮夜月与咱们家似是注定的缘分。"

秦九韶愣住了，好半晌才勉强问道："你的意思是……要成全他们？"

"阮夜月品貌双全，又是富商之女，虽然家中出过事，但如今已平反昭雪，讨回清白。既然云儿动了真情，成全他们又有何妨。"李婕并未留意到秦九韶神色有异，自顾自地说道，"云儿这年纪，倒不急着娶妻，但阮夜月的年岁稍长，不如先定下这门亲事，过两年再让他们成亲，不知官人意下如何？"

秦九韶不自觉地皱了皱眉头，愣愣地注视着荧荧烛火，模糊地想，他二人年龄相仿，才子佳人，倒真是一对璧人。他定了定神，目光依然闪烁："此事切莫操之过急，需先探探夜月的意思，若她无此意，我们也不好强人所难。"当初要接夜月和她的二哥入秦宅，他对母亲和李婕妤都说过，夜月是他的故交之女，机缘巧合在和州遇见，还受了她的救命之恩，自然应该将她当作自家人一般看待。

"官人放心，这事包在我身上了，我明日就去与她好好谈谈。"李婕妤显得颇为自信，"我瞧着他们在一起有说有笑的，感情甚好，这也算是近水楼台先得月了。"

第二日秦九韶心绪不宁，做什么都提不起干劲，州衙并无大事，他却拖延着，直至入夜才回到家中。

刚入家门，便有小环上前道："阮小娘子有交代，若是郎君回来，请郎君到管弦乐室去一趟。

秦九韶猛地一震，只觉得心口处被什么东西重重地撞击了，脚步飞快地向内行去。

到了后院，隐隐约约有琴声传来，他循声而去，管弦乐室的门虚掩着，他推门而入。阮夜月正在抚琴，烛光映照下，她的神色之间隐透出无限哀愁，带着抹与年龄不相符的孤独清冷的气质。

秦九韶还是第一次见到她弹琴，他苦笑了一下，从和州一路到了这里，相识数年，却始终不敢靠近，对她知之甚少。

她静坐抚琴，声韵凄婉，一波三折，九曲百转，竟能销魂醉魄。秦九韶被扣动心弦，闻之酸鼻，不知不觉眼中泛起了泪光，眼前的景象仿佛也错乱了，依稀见到殷清漪端坐在古琴前的小凳子上，和琴而歌，唱的是岳飞的《满江红》……正当他的心神全被琴音控制之时，琴声戛然而止，余音袅袅弥散开来。阮夜月转过身，回眸凝眉间，自有万种风情。

"郎君请评评琴艺如何。"阮夜月淡淡道。

秦九韶微蹙着眉头，仍在回味方才的琴韵："如闻秋雨夜泣，你的琴技高超，只是太凄凉了。"此言一出，他又愣住了，当年他评价殷清漪弹唱的琴歌，也说过类似的话。

阮夜月沉默以对，秦九韶也不再言语，细看她面前的古琴，只见翠玉为胎，金线作弦，盘龙飞凤，精致无比，暗暗赞叹，真是一把名贵的玉琴。

"这琴是我从家中取来的，我从小像个男孩儿，顽皮爱闹，只有听我娘弹琴时才能安静下来。后来爹爹专门花高价，请人为我制作了这把琴，希望我学琴后能变得乖巧一些，有闺秀的样子。琴我倒是认真学了，但相比抚琴，我还是更喜欢舞剑。"阮夜月再度开了口，她语声微顿，又问了一句，声音中带着些微震颤，"今日李娘子对我说，愿意成全我与凌云，可是郎君授意的？"

秦九韶未料到她会如此直白发问，一时语塞。阮夜月只是用那对盈盈然的眸子静静瞅着他，眼中似盛载了千言万语。秦九韶被这样的眼神给震慑住了，除了同样安静地回视，连开口说话的能力都丧失了。

阮夜月蓦然回过头，纤指一划，琴弦尽断。秦九韶为她这突如其来的举动吃了一惊，有些发怔地望着她。

"弦断琴未碎，就将这琴赠予郎君，作为谢礼吧。"她幽幽说道，"弦断之时能遇知音，也算是一桩幸事。"

"难得你还能视我为知音。"他的语气里有自嘲的意味。

她发出一声微不可闻的叹息，站起身来，对他行礼，礼数周全却疏离："承蒙郎君出手相助，照顾周到，夜月和哥哥感激不尽。我们已在府上叨扰多时，如今哥哥大病得愈，我们明日便将离开这里，回自己的家去了。"

挽留的话几乎到了嘴边，清醒的意识却及时制止了他。他的胸口堵得慌，咽了口气，像逃避什么似的，急急地说道："若有什么需要，可随时来找我。"

她轻轻"嗯"了一声，朝他微微一笑，那笑容十分飘忽，十分暗淡。然后她掉转身子，径自走了。

秦九韶对着阮夜月留下的那把断了弦的古琴呆立许久，才步履迟滞地离开。见到李婕好时，她正唉声叹气，因没能促成一桩好姻缘而遗憾。原来阮夜月告诉她，自己自幼定了娃娃亲，二人青梅竹马，感情甚好，即便在阮家落难后，对方也未提出退婚。如今双亲虽已不在人世，仍会由二哥做主履行婚约。待阮家罗锦匹帛铺重新开张后，便会着手筹备婚事。

秦九韶心口一抽，掠过了一阵尖锐的刺痛。阮家的情况他早调查得一清二楚，根本没有什么青梅竹马，也没有婚约。她不惜编造出这样的谎言来拒婚，还有那断弦的决绝举动，怕是已抱定了终身不嫁的念头。"云儿知晓了吗?"他无力地问。

"我对他说了，他的脸色很难看，像是受了很大的打击，我话还没说完，他就跑出去了。"李婕好长叹一口气，"可是人家早有婚约，我们总不能硬抢吧，若是传扬出去，会坏了自家的名声。唉，原以为是注定的缘分，想不到却是孽缘……"

李婕好仍在絮絮叨叨的，秦九韶已经心烦气躁，再也忍耐不住，转身就出了房间，去外头透气，只留下一脸茫然无措的李婕好。

数日后，秦九韶接到了临安沈家的书信，沈礼仁病入膏肓，想要见见李婕好和秦九韶。李婕好心急如焚，两人简单收拾了行装便匆忙上路。沈礼仁居住在临安郊外的西溪河畔，秦九韶出生的前一年，临安发生了一场大火，连烧了三天三夜，太庙、三省、六部、御史台等都在火中毁于一旦，有三万五千多户人家受灾。大火过后，部分朝廷命官及家眷迁居西溪河畔，沈家也在其中。

这几日临安连降暴雨，河水上涨迅猛。二人顶风冒雨抵达河岸边时，天色已完全黑了，没有桥，过河只能搭船。水流湍急，夜晚冒雨过河不方便，也不安全。秦九韶打算找客栈住一晚，明日一早再过河。但李婕好记挂着外翁，一刻都不愿耽搁，坚持要立即过河。她素来温顺，难得有如此执拗的时候，秦九韶见雨势已渐渐小了，也就遂了她的心意，唤来船家撑夜舟。

二人进入船舱，渡船刚驶出不远，雨点又逐渐密集，敲打着船篷，噼啪作响。到了河中央，骤然狂风大作，瓢泼大雨倾盆而下。整个船身都剧烈摇晃起来，李婕好吓得紧拽住秦九韶的手臂，秦九韶心中也涌起强烈的不安，但仍强装镇定，竭力安抚她。

悬挂在船篷内的灯笼被大风扑灭了，四周漆黑如墨。风雨狂扫进来，二人的衣裳都湿透了。船身愈发剧烈波动，二人随着波动摇晃起来，根本坐不住，李婕好不断发出惊骇的尖叫声，秦九韶伸手环抱住她，两人一起滚倒在船底铺的木板上，撞向船篷。"呼啦"一声震响，竹编的船篷本就破旧，连日来又饱经暴风雨的摧残，被他们这么一撞，立即碎裂开来，他们也随着船身的猛然倾斜被甩了出去，齐齐跌落河中，一阵冰冷的浪潮攫住了他们。

秦九韶懂水性，他伸手去抓李婕好，却只抓到一个衣角，她的身影迅速从他的身边掠过，水流卷住她，往黑暗的不知名的方向冲去。他拼命向她游去，可是水势汹涌，她早已被洪流冲远，消失在一片黑暗中。他绝望地想喊，才张嘴，水就冲进了他的口中，人被激流裹挟，扑腾挣扎着，四面八方好像汇聚了各种恐怖而古怪的声音，水声、碎裂声、物体落水的"扑通"声……蓦然间，有两只手抓住他，将他的身子托起，帮助他挣脱了漩涡。是船家，他也落了水。他拽着秦九韶的手臂，带他一同奋力游向已倾覆的渡船，二人攀着船板，秦九韶感觉到他们正被洪流冲远，风在耳畔凄厉呼啸，各种树叶枯枝从他的身上拉扯过去。大雨当头浇下，他勉强睁大眼睛，只看到黑茫茫一片大水，想着被激流卷走吞噬的李婕好，泪水不知不觉间爬满了一脸，热的泪和着冷的雨，与那漫天漫地的大水涌成一块儿。

风雨不知是何时渐歇的，秦九韶的记忆中只余下残存的片段，他终于看到了河对岸，然后倾尽全力游了过去，用尽最后一丝气力爬上岸后，他倒在地上，失去了知觉。再睁开眼睛，亮光闪花了他的视线。他恍惚间觉得还在河里，身子仍在浮沉漂荡。四面看去，才发现自己躺在一张床上，外面天色已明。是河边的住户一大早出门发现他躺在地上，将他抬回家中，还为他换上了一身干净的衣裳。

秦九韶头脑昏沉、四肢乏力，但他道过谢后，还是立即拖着沉重的脚步离开，此时他满脑子只有一个念头，要找到李婕好，明知她几乎已无生还的可能，但活要见人，死要见尸。

外面的雨已经停了，他沿着河边走了许久，终于到达临安府衙署，请求以吏部尚书兼知临安府的吴潜帮忙寻找李婕好。吴潜立即派出人手沿河寻找，秦九韶又强忍住悲痛赶往沈礼仁的府邸，李婕好是因急于见沈礼仁最后一面才遭遇不幸，无论如何，他都应当替她达成这个心愿。

沈礼仁躺在床上，他目光呆滞，一条白色的口涎从嘴角淌下，沾在他花白的胡子上。秦九韶轻唤了两声，他的眼珠子动了动，慢慢转过头来。老人已到了弥留之际，秦九韶不敢告知真相，谎称李婕好因受了风寒无法上路，他只得先行前来。

"你来了便好。"沈礼仁费力地开口，对他伸出颤抖的手。

秦九韶握住他的手，那只手枯瘦如柴，又冷得像冰。

"我……有件事……一直憋在心里。"沈礼仁胸口急剧起伏着，声音嘶哑，断断续续，"那年中秋夜……香玉在临安街头见到你，悄悄跟随你到了瑶瑟的住处外头，回来告诉了我……"

他重重咳嗽起来，咳得上气不接下气，秦九韶忙为他抚胸口顺气。好半晌他才缓过劲来，继续蠕动着嘴唇："我向太后告密时，史弥远也在。太后要求放过那个女娃，同意将瑶瑟交由史弥远处置……"

沈礼仁一口气说完这句话，喉咙里再也发不出声音。他仍竭力想说什么，但是蠕动嘴唇的能力丧失了，舌头也无法转动，只能缓慢转动着眼珠。

秦九韶犹如当头一棒，呆住了。锦娘口中的告密之人，竟然是沈礼仁！他一直怀疑秋婵，原来真是冤枉了她。短短几句话，他已明白了一切。当时沈礼仁已准备托媒人向秦家提亲，李婕好的贴身小环香玉护主心切，而沈礼仁素来对外孙女宠爱有加，更是无法容忍她受到半点伤害，于是详加打探。得知那宅子内居住的是瑶瑟，且她刚生下一个女儿，便欲借太后之手除掉瑶瑟。太后大概是念及与赵竑曾经的母子情意，又觉得瑶瑟所生是个女娃，起不了风浪，要求给赵竑留个后，交换条件是，将瑶瑟交由史弥远处置。于是便有了后来的吴大富派人一路跟踪张平一行，又向术虎烈传信，让他在东乡劫人。原来悲剧的始作俑者，竟是眼前这个垂死的老人，可是，看着生命正一点一滴从他体内消失，他纵有万千恨意也不忍发泄了。史弥远早已死去，前两年杨太后也病逝，如今沈礼仁又即将辞世，或许一切恩怨，都将随之烟消云散了。

秦九韶走出沈礼仁的卧房，一阵冷风对他扑面卷来，他瑟缩了一下，颠颤地踏着碎步远去。

当晚，沈礼仁就故去了。两日后，李婕妤的尸体在西溪河下游被找到，因泡水发胀，惨不忍睹。

秦宅内设了灵堂，许多人前来吊唁，阮夜月和阮子风也闻讯前来。阮子风的身体已康复，毕竟年轻、底子好，除了脸色仍稍显苍白，已恢复了原本风流潇洒的模样。

跪在地上的秦凌云一身孝服，悲痛欲绝，秦凌云仰起脸来，那张俊美的脸庞上满是泪痕，悲切的目光缠绕着阮夜月，似乎在渴望着她表示一点什么。

"节哀！"除了这两个简短的字，阮夜月再无言以对，她逃避似的转过身，出了灵堂，阮子风跟在她的身后。

走出不远，见到迎面而来的秦九韶，他清瘦了许多，苍白的脸上写满了疲倦。阮夜月不由自主感到一阵痉挛般的痛楚，想说点什么，唇齿微启，却失了声。秦九韶的眼光停驻在她的脸上，也是欲言又止。

阮子风瞧出二人有话要说，主动回避。

四周安静极了，空气似乎也凝滞了。良久，秦九韶寻求慰藉般地开了口，竟像个孤独而无助的孩子："云儿怪我，怪我没有保护好他的母亲，他哭得很伤心，我不知道该怎么办才好。"

他脸上浮现的萧索、落寞和失意深深震动了她。"这不能怪你，不是你的错……"她急切地安慰他，后面的话，却因喉咙哽住而说不出来了。她很难过，住在秦宅的那段时日，李婕妤对她关怀有加，甚至愿意接纳她为儿媳，那样蕙心兰质、善解人意的女人，竟惨遭这样的不幸，而失去这样一位贤妻，对秦九韶的打击之大，可想而知。

"我要再去一趟临安。"秦九韶忽又下定决心似的说道，"我想在那西溪河上建一座桥，方便两岸人往来，避免再有那样的惨剧发生。"

敬佩与感动之情油然而生，阮夜月带着一种自己也不明白的热切之情道："我陪郎君同去，可以吗？我也希望尽一份绵薄之力。"

秦九韶略微犹豫，还是点了点头。

丧事料理妥当后，秦九韶便带着阮夜月前往临安，向吴潜陈情，吴潜当即应允了造桥之事。秦九韶亲自设计，请工匠建造。在设计图纸期间，他还顺带替吴潜任户部侍郎的好友解决了一个难题。户部掌天下土地、人民、钱谷之政、贡赋之差。此前派了差人分五路，分别前往五个地方采购米，各地粮价不同，量器也不同，欲比较各地区州、府米官斛石价的贵贱，却无从下手，让户部侍郎很是头痛。吴潜得知后，替他来请秦九韶帮忙。

朝廷为了保证官吏的俸禄与军队的军需，需要消耗大量粮食，若遇上灾荒，还要将存粮以平价卖出，或无偿发放给百姓。因此为了备战、备荒等需要，必须充实国库。此次户部差人分五路采购米，就是为了开展收购粮食的工作。

按照当时的规定，钱，用的是官府发行的纸币十七界会子。米，皆以文思院颁发的标准器量官斛（每斗八十三合）来计算每石的价钱。可以得知，各州、府的斛量器的大小分别为：官斛一斗，相当于浙西平江府斛一百三十五合，安吉州斛一百一十合，江西隆兴府斛一百一十五合，吉州斛一百二十合，湖广潭州斛一百一十八合。这也反映了官府、地主与奸商故意加大量器的容量，各地的量器容量皆大于官斛，在收购农民粮食时对农民进行剥削。

另可知平江府石价三十五贯文，至镇江水脚钱，每石九百文；安吉州石价二十九贯五百文，至镇江水脚钱，每石一贯二百文；隆兴府石价二十八贯一百文，至建康水脚钱，每石一贯七百文；吉州石价二十五贯八百五十文，至建康水脚钱，每石二贯九百文；潭州石价二十七贯三百文，至鄂州水脚钱，每石二贯一百文。

一石相当于十斗。秦九韶给出了公式，将每个地区的原石价与水脚钱相加，得到的总和与官斛每斗合数相乘，再以原每斗合数除之，便得出官斛石钱。由公式可计算出，官斛一石的钱，平江府二十二贯，七十一又二十七分之二十三文；安吉州二十三贯，一百六十四又十一分之六文；隆兴府二十一贯，五百〇七又二十三分之十九文；潭州二十贯，六百七十九又五十九分之三十九文；吉州十九贯，八百八十五又十二分之五文。

由此可知，离临安越近，米价越高。

秦九韶设计建造的是一座石拱桥，跨越于西溪河之上，构思新颖，用料讲究。选材为武康石，桥为单孔，造型从侧面看由多个圆弧构成，桥栏圆弧与桥面一致，呈微微拱起状，弧线平缓优美。除了形式美、材质美，图案的设计也富有意境美，如望柱顶端的莲瓣，抱鼓石上的云纹，横帽梁石两端的浮雕花卉，虚中见实，既赏心悦目又容易引起观者的诸多联想。

石桥开工后，秦九韶连续数日到现场督工，阮夜月则依照他的要求，认真记录桥梁工程量和施工进度。安吉州州衙还有事务，秦九韶不能在临安耽搁太多时日，这里的各项事宜安排就绪后便要离开。他与阮夜月居住在临河的一家客栈内，踏上回程的前一晚，他独自一人喝着闷酒，几杯酒下肚后，体内燥热起来。他打开房间的窗户透气，迎面而来的风使他打了个寒战。他对着黑蒙蒙的水面目注良久，取来一满杯酒，倾倒入河中，口中喃喃道："婕妤，安息吧。这十多年的夫妻情分，我铭感于心。"

敲门声响起，秦九韶转身去开门，门外站着阮夜月，她是来询问明早几时动身，得到答案后便要回自己的房间，秦九韶喊住她："陪我喝两杯吧，一个人喝酒，太寂寞。"

阮夜月应了声好，便进屋关上了门。

两人对饮，皆默默无言。秦九韶本已微醺，很快便醉意蒙眬了，夜月那姣好的面容却异常清晰，那对直视着他的黑色眸子闪闪发亮。他的眼光竟无法和她的视线分开，可他忽然有些害怕起来，害怕这对闪亮的黑眸。"夜月……"他嗓音低哑，"我知道你并无婚约，你不愿嫁云儿，我绝不勉强。我收你为义女，为你寻一门好亲事，可好？"

"不好！我不当你的女儿！"阮夜月咬紧了嘴唇，她不敢再开口，任何一声言语都会泄露她心中的感情。

秦九韶苦笑了一下，又猛灌了两杯酒，而后摇摇晃晃地站起身来。阮夜月疾步过去扶住他，他却轻轻推开她，自己跟跄着向床边走去，倒在床上不动了。

阮夜月出神地望着他，好一会儿，才上前脱去他的鞋子，再打开棉被来盖好了他。她正欲转身离去，一只滚烫的手拽住了她的手臂，她惊回头。"别走！"秦九韶目光迷离地望着她，低喊，"水……"

阮夜月叹了口气，轻轻抽出手，给他倒了杯水端过来，在床沿坐下，扶起他的头，将杯子凑近他的嘴边，他很快喝干了整杯水。她扶他重新躺好，他转侧着头，将手按在自己的胸口，呻吟着道："这里烧着火，几万盆的火……好难受……夜月……"

阮夜月俯下身去，听到他断续地发出声音，好似醉人的吃语："我……不敢对你……有非分之想……"

泪水沿着她的面颊滚下，滴落在他的脸上。可他毫无知觉，他已经阖上了眼睛，意识飘忽。他仍在说着什么，但那语音已经模糊不清了。他发出一声长长的叹息，翻了一个身，拥着棉被，似乎睡着了。

她在床边呆站了许久，用带泪的眸子长长久久地凝视着他，而后轻轻拭去在他面颊上留下的泪痕，为他整理好被褥，转过身子走出了房间。

回到自己的房间后，阮夜月躺在床上，瞪视着床帐顶发怔，眼睛瞪得又干又涩，也不知过了多久，才迷糊睡去。清晨，隔壁房间的秦九韶醒来，他坐起身来，对着旁边桌上的两只酒杯发愣。隔夜的宿醉仍旧使他昏昏沉沉的，依稀记起昨夜阮夜月与他一起喝酒，他蓦然心惊，自己是否酒后失态？他努力地回忆、思索，却什么都想不起来了，如同隐在一层浓雾里，混沌不堪。

他推门出去时，阮夜月恰好也从隔壁房间出来。"郎君。"她像往常一样打招呼，神态瞧不出有何异常。他暗松了口气，却又敏感地察觉到，似乎有什么变得不一样了。

回到安吉州，秦九韶将阮夜月送回家。阮子风前来应门，见到秦九韶，他显得很惊喜："我有一事，正欲求助于秦参议。"

阮子风正在筹备阮家罗锦匹帛铺重新开张，他差人用度牒进行交易，已知度牒三道可换盐十三袋；盐二袋，可换布八十四匹；布十五匹，可换绢三匹半；

绢六匹，可换银七两二钱。现已换得银九千一百七十二两八钱，欲知那人原来拿出多少道度牒。度牒原是发给依法得到剃度的僧尼的证明文件，僧尼持有度牒，不仅可明确出家人身份，受到官府的保障，还能得到免除赋税徭役的优待。后来朝廷因内忧外患，经济衰弱，以滥发度牒弥补国库的巨额支出，度牒已成为一种广泛流通的货币。

秦九韶满口答应，这事包在他的身上。回到秦宅后，他将自己关入房中，很快算出所求度牒之数等于"九千一百七十二两八"乘"六"，再乘"十五"，继续乘"二"和"三"，所得之积，除以"七十二"与"三又五分""八十四"和"十三"之积，最终得数一百八十。

其实聪明的秦九韶是利用了反向思考，先考虑已换得的银九千一百七十二两八钱能分成几袋的七两二钱，而因为每袋的钱皆可换六匹绢，如此便直接得到了总数的钱和绢的新关系。得到了绢的新数量后再继续向布匹转换，考虑新数量的绢能裁成几段三匹半的绢，也因为每段三匹半的绢可换十五匹的布，这样再次得到了布的新数量，以此类推，最终得到银九千一百七十二两八钱与度牒之间的转换关系，即银九千一百七十二两八钱可换得一百八十道度牒。

后来秦九韶将自己的解法总结成"列各数，以本色相对，如雁翅，以多一事者相乘为实，以少一事者相乘为法，除之"，换言之，就是将两两对应的比例关系以同单位的排在一行，不同单位却相等的数放在上下列，数字的摆列就好像是大雁飞翔时展开的两排翅膀，各有联系。而翅膀上层羽毛对应的数，如"九千一百七十二两八""六""十五""二"和"三"，将其相乘，再除以翅膀下层羽毛对应的数之积，即"七十二""三又五分""八十四"和"十三"之积，这样就大大简化了普通的比例算法，这种解法也被他很形象地称为"雁翅法"。

秦九韶派人去请阮子风过来，阮夜月也随同前来，秦九韶见阮夜月还带着那把祖传宝剑，开玩笑道："莫非是来与我切磋剑法的？"

阮夜月却正色回答："正是。"

秦九韶有些诧异，但也未多问，先将计算结果与详细计算方法给了阮子风。阮子风连连道谢后先行告辞，阮夜月独自留了下来。

屋内反常地安静，四周一点声音都没有，只有两人似乎越来越急促的呼吸声，他们彼此凝望，仿佛时间静止了。

"当真要与我切磋剑法？"秦九韶实在受不住了，先开口打破了沉寂。

阮夜月重重点了点头。

"如何切磋？"秦九韶产生了几分好奇。

"郎君可还记得，我们在瓦舍观赏到那段长袖对舞'比翼双飞'？"阮夜月问道。

比翼双飞，这四个字让秦九韶心中怦地一跳，整颗心都热腾腾的。"记得，为什么问起这个？"他当然记得，崔冰琴与她的舞伴那身心交融的舞姿时而缠绵悱恻，时而热烈奔放。

"那舞蹈轻快的碎步有一种飘拂之感，如果融入剑术，必定有以柔克刚的妙处。"她嘴角笑意微绽，轻柔的声音缓缓流出，"我这几日钻研了剑法，略有成效。郎君聪慧过人，应当能够与我合作，创出一套刚柔并济的剑法。"

他的眸中有亮光闪烁："听你这么一说，我已经迫不及待，想要欣赏你的剑法了。"

秦九韶取来自己的剑，与阮夜月一道去了宅院外的苔水边。"苔花如雪忽秋残"，月光笼罩，清辉似水，映照着水边成片亮似银露的苔花。

阮夜月手腕蓦地一抖，长剑挥洒出漫天的剑影。继而长剑舞动，剑光如行云流水般华丽，但那优美的剑之舞暗藏杀机，长剑"嗤"地刺出，眨眼即到。对手很可能还来不及欣赏那漫天剑雨便瞬间殒命。

"妙，这剑招实在精妙。"秦九韶情不自禁拍手叫好。他很快也领悟了那"比翼双飞"之舞的精髓，他挥舞长剑，身法轻灵矫捷，动作潇洒飘逸，收发自如。

微风轻拂，阵阵花香入鼻。秦九韶与阮夜月穿梭其间，一个将旋摆的长剑与婀娜的身段、优美的舞姿完美结合。一个出剑干净利落，长剑闪烁着幽幽剑光，让人窒息的剑气仿佛欲将四周空气撕裂，升腾起一种肃杀感。风卷处，芦苇摇曳，苔花也随着他们起舞。一柔一刚，刚柔并济，剑光霍霍，姿态优美，行如流云。舞到急处，只见剑光不见人，如两条光龙四下游走。

夜的清风吹拂，风也被剑光劈碎搅乱。月的光辉洒下，似也被刺作了无数的光点。剑撕裂着风，撕裂着光，不时激起锐啸异响，更增添着剑与人的威势。

这"比翼双飞"剑法，不光带给人绝美的视觉享受，还有着强大的杀伤力。一片落叶从枝头飘落剑势中，眨眼便在合璧双剑的光影中化作飞舞的碎屑。

那一整套"比翼双飞"剑法完美演练后，阮夜月抛却手中长剑，跪伏在地上，泪珠纷纷坠落。秦九韶也搁下手中的剑，在她身旁蹲下。

"为何落泪？"他的语气已尽量平和，依然泄露了压抑不住的情愫。

她抬起头来，立刻接触到他灼热的目光，如此闪亮而专注。她的心怦然狂跳，苦苦藏于心底许久的话语再也收束不住，宣泄而出："那晚郎君醉酒时说，不敢对我有非分之想，可是我……我早已对郎君存了非分之想。"

他伸手轻触她的发梢，手指沿着她的面颊滑落到唇上，她的眼光缠着他，嘴唇依恋着他的手指。他忽然笑了，开怀地、愉悦地笑了："有多早？"

"我也说不清，或许……在我还是黑土的时候。"她那对美丽的大眼睛里逐渐充满了泪，有一滴泪珠落在了他的手指上。

他整个人一抽，似是被那泪水烫着了，一刹那思想停顿，血液沸腾，他用双手捧住她的头，他的唇覆上了她的。

"砰"的一声响，一块石子破空飞来，落在他们的身侧，差一点便击中了秦九韶，将二人从美梦中惊醒，倏然分开来。抬起头，只见秦凌云满脸怒容地立在他们面前，那石子是他盛怒之下投掷的。

"爹爹，我娘尸骨未寒，你就迫不及待做出这等龌龊之事！"秦凌云脸色铁青，声音中透着愠怒，"她不是有婚约吗？你竟这样对她，真没想到，我一直敬爱、崇拜的爹爹，竟是如此卑鄙下流之人！"

"我没有婚约！"阮夜月瞪视着秦凌云，情急之下冲口而出，"我是为了让你死心，才对李娘子说了谎。"

秦凌云的脸色难看到了极点，对着秦九韶大吼："一定是你逼她这么做的，你明知道我喜欢她，想娶她，你却这样对她。天下女人这么多，为何偏偏要与我争抢！"

"你爹爹没有逼迫我，他当时根本不知道。"阮夜月把心一横，一口气说了出来，"他不知道我一直爱着他，我从未表明过自己的心意，因为我不甘为妾，但我也不愿嫁给不爱之人为妻，为此抱定了终身不嫁的念头。直到刚才，我才借着练'比翼双飞'剑法，袒露心迹。"

秦凌云瞪大了眼睛，几乎怀疑自己的耳朵，阮夜月宁可终身不嫁也不愿嫁给他，却如此主动地对一个年龄足以当她的父亲的男人投怀送抱，这是对他莫大的羞辱。"好一个袒露心迹，我娘死了，正好让你称心如意是吧。"他步步向阮夜月进逼，神色吓人，"这样骗人的鬼话我不信！你们一定早就勾搭成奸了，还图谋害死我娘，好让你取代她的地位！"

"我所言句句属实！"阮夜月急了，泪水夺眶而出，"我从来不敢奢望要取代你娘，你娘的死，只是一场意外……"

"你眼里还有没有我这个爹爹！"秦九韶打断了阮夜月未说完的话，他心中的怒火也迅速燃烧起来，"你娘的死，我的确负有不可推卸的责任，是我考虑不周，没能打消她连夜冒雨渡河的念头。但我绝无害她之心，这事和夜月更是没有任何关系，你怎能以小人之心，度君子之腹！"

"君子？"秦凌云像是听到了什么笑话，哈哈大笑起来，他双目赤红，"单凭你夺我所爱，就是个卑鄙无耻的小人。你想娶这个女人，我不会让你称心如意！"他说罢掉转身子，似一头负伤的野兽，跌跌冲冲向远处奔去。

阮夜月蓦然间崩溃了，她跪倒在地上，泪水成串成串地滚落。"对不起，对不起……"她一沓连声地说了好多个对不起，"我没有想到，会因为我的不当言行，导致你们父子反目……"她哭得上气不接下气，呜咽不能成声了。

秦九韶将她从地上拉起，紧紧抱住了她。"这不是你的错。"他脸色凝重，"是我们做父母的从小太惯着他了，才会让他变得如此无法无天。"

她挣脱了他的怀抱，向他郑重行礼。"父子没有隔夜仇，只要我这个外人不介入其中，相信你们很快就能言归于好。今晚的事……"她抬起头，痴痴地看着他，神情惨淡，"那些话，就当我没有说过。郎君，你多保重。"

她的身子一直往后退，眼光死死地缠着他，他也直勾勾地望着她，一言不发，眉目间有一股略带忧郁的深沉。许久许久，她苦涩至极地最后看了他一眼，转身离去。刚走出几步，就被他追了上来，拦腰抱住，她身子猛打了个转，被迫面对着他。

"已出口的话，岂能收回。"他盯紧她，目光灼灼，"你既已主动挑明，就休想再离开我。"

"可是……"她的脸上显出了一份惊愕和仓皇。

"没有可是。"他对她俯下头来，灼热的气息萦绕着她，压迫着她，"他已认定我是卑鄙无耻的小人，我又何须再顾及他的感受。你今年已经十七岁，该出嫁了。"

她乌黑的眼珠闪耀出光彩，一瞬也不瞬地瞅着他，唇齿微启，还想说什么，却被他的唇堵住了。她所有的哀苦，骤然化为一股烈焰，她踮起脚尖回应他，融化在那如火般的热情里。

第九章　奈何明月照沟渠

秦九韶言出必行，他开始着手准备迎娶阮夜月。阮子风虽觉得妹妹给人当续弦委屈，但阮夜月心意已决，秦九韶又是阮家的恩人，他也就真心成全了。

秦九韶同时还忙着为胡希谭分忧。安吉州有不少缺地或无地农民及流民，他到各地察看，择定一块浅水湖荡，建议将其开垦为耕田。该浅水湖荡形状为四边形，正北长十七里，自南尖穿径中长二十四里，东南中斜二十里，东北小斜十五里，西大斜二十六里。秦九韶计算出了这块围湖而成的良田约有十九万一千一百六十亩，若每户分十五亩，可容纳一万二千七百四十四户无地农民，既扩大了耕地面积，又解决了一些缺地或无地农民及流民的耕地，可谓一举两得，造福百姓。

另有一块形状如船桨的沙洲，也是四边形，宽为一千九百二十步，长为三千六百步，大斜为二千五百步，小斜为一千八百二十步。他计算出沙洲的面积为二百〇三顷又五十亩，同样计划每户分十五亩，可安置容纳流民一千三百五十六户，余十亩。

此外秦九韶还发现一大片长草的浅水荡，宽三里，长一百一十八里。溪阔十三丈，流长一百三十五里入湖。夏日水深二尺五寸，与溪面等平。而如今秋季是枯水期，水深只有一尺，易于施工，可以趁此时围裹成田。他设计于荡中顺其长的方向开出大港一条，依照打击乐器磬的形状通入溪内。顺草荡宽的方向开小港二十四条，深度皆相同。小港阔，比大港六分之一。大港深，比大港面三分之一。大小港底，各不及面一尺。取土为埂，高一丈，上宽六尺，下宽一丈二尺。还提出了筑堤的要求：荡长与溪平行，岸高分别为埂高的二倍。上、下开闸门以保持积水量。他经过计算得出，如圩田成功，可得一千八百余顷耕地，分给每户十五亩，可解决一千二百四十四户农民或流民的耕地问题。围田的布局、开大小港、溪水流动等还可保证防洪、排涝，可使农田作物旱涝保收。圩田既是一种土地利用方式，亦是水利工程的形式。他经过了严密考证，对于设想的可能性、施工的可操作性、效益的可靠性等都是经过精确的计算才得出的。

胡希谭悉数采纳了秦九韶的意见和建议，分别在三个地方安排人手，同时动工。胡希谭对秦九韶赞赏有加，他的智慧和能力也为当地百姓所称颂。

但是，随着秦九韶与阮夜月的婚期临近，坊间也开始出现一些流言蜚语，关于秦九韶为了娶年轻漂亮的小娘子，设计害死了正室。连因染病而久未出门的方惜芸都从下人口中听说了，担忧地将秦九韶唤到病床前。

方惜芸已年迈体衰，秦九韶续弦，对她而言是求之不得的好事。她一直盼着秦家人丁兴旺，秦九韶这么多年来只有一个儿子，成了她的心病。如今娶个年轻的妻子，就可以绵延子嗣了。她自然相信自己儿子的为人，只是人之多言，亦可畏也，难免为那样的流言而忧虑。

秦九韶近日诸事繁杂，忙得不可开交，并不知晓，听方惜芸一说，心中既惊讶又气恼，但在母亲面前，他表现得毫不在意，竭力劝慰母亲无稽之言勿听，不必理会。安抚完母亲后，他立即让人去查明，那些流言蜚语是如何产生的，结果竟是，秦凌云与人在外饮酒时的酒后醉话，被有心人利用来四处散播。

近来秦九韶在下辖县为耕地之事奔走，很少回家，并不知道秦凌云荒唐度日，呼朋唤友，晚上经常将自己灌得烂醉如泥，被人抬回来。他气不打一处来，为母守孝三年期间必须断绝一切交际、娱乐，在家守丧，秦凌云竟然如此大逆不道。他想要对其怒斥痛骂，但转念一想，秦凌云少年不幸丧母，又是在看到他与阮夜月亲热后才有那样荒唐的举动，秦凌云还沉浸在丧母的悲痛中，却见到了难以接受的一幕，自己也是有责任的，于是又生生将怒火压了下来。

大婚那日，秦九韶率引花轿至阮家迎亲。新娘下轿后，临进秦宅大门时，有人以谷物、豆子、草书，以及金钱、果子等望门而撒，据说是为了赶走守在门口的青羊、乌鸡、青牛三神，以求得吉祥太平。

秦宅内宾客云集，陈元靓、李梅亭和陈振孙都从临安赶来道贺。方惜芸的病情似乎突然好转了，打扮得华丽贵气，由秋婵搀扶着前来。秋婵已为张平诞下一子，她与张平婚后仍住在秦家，她依旧尽心尽力侍奉方惜芸，秦九韶也为从前对她的怀疑诚心道了歉，过去种种皆已是过往，二人都释怀了。

烦琐而喜庆的礼仪过后，洞房内，阮夜月紧张不安而又满怀期待地端坐在喜床上，时间不断流逝，她能听到自己越来越急促的心跳声。房门突然被用力推开了，有个人一阵风似的卷了进来，又关上了房门。阮夜月吓了一跳，她从红盖头底下见到，来人穿的并非喜服，走路的姿势也不像秦九韶，她惊愕地掀开红盖头，眼前竟是面罩寒霜的秦凌云。

"你……你怎么能随便闯进来！"阮夜月大惊失色，她将红盖头丢到床上，倏然起身，她的手心沁出冷汗，整个人顿时陷入一种前所未有的慌乱里。

秦凌云步步向她逼近，他喝了不少酒，一身的酒气，借着酒劲咆哮："你这个蛇蝎心肠的贱女人，你为了嫁给我爹爹，害死了我娘，你到我们家来，我娘会阴魂不散地缠着你，让你永远不得安生！"

"你喝多了，我让人送你回去。"无端被污蔑辱骂，阮夜月因愤怒而脸色发白，但大喜的日子，她不愿与他多计较，就要喊人来。

秦凌云骤然向她扑了过来，一把将她的新娘头饰扯落，带下一大缕头发。"你不配戴这样的头饰！你不配！"他又扯住她散落的头发，将她直扯到自己面前。

她奋力想要挣开，他的力气却奇大无比，她被拉扯得头直往后仰，疼得头昏眼花。他忽然将手移到她的胸前，双手猛一使力，只听得"刺啦"裂帛声响，她喜服的衣襟被他扯开，露出里面的抹胸。她终于忍无可忍地爆发了，扬手给了他一耳光，高喊："快来人，快来人啊！"

这使他愈发暴怒如狂了，劈手就打掉了她抓紧自己胸前衣襟的手。"你们想要双宿双飞，我偏不让你们称心如意！"他也狠狠地甩了她一耳光，正巧打中她的左耳，打得她耳中一阵嗡嗡狂鸣，眼前金星直冒。他的眼珠血红，额头、脸和脖子都涨红了。"让你先成了我的女人，看他还要不要你！"

他已一把抓住她向床边拖去，她使出浑身的力量挣扎，她是练过功夫的，没那么容易被制服。他的面目扭曲狰狞，眼里喷着火，整个人就像一头凶猛狂躁的野兽。

这时房门又被撞开了，秦九韶冲了进来，身后跟着此前听到屋内不寻常响动后去通风报信的家仆。见到眼前的一幕，秦九韶简直不敢相信自己的眼睛，厉声大吼："你反了吗？快放开夜月！"他一个箭步冲上前去，揪住秦凌云身上的衣服。

秦凌云被吼得惊跳了一下，抓住阮夜月的手不由自主地松了松。阮夜月趁机逃脱，秦九韶见阮夜月云鬓散乱，衣衫不整，气得七窍生烟，他也被灌了许多酒，酒意在体内翻腾，似烈火蹿上心头，他对着秦凌云的下巴就是一拳。秦凌云连退了好几步，尚未站稳，秦九韶就将他踹翻在地，一顿拳打脚踢，嘴里怒骂着："你这个逆子，夜月是你的继母，继母如母，你竟敢如此无法无天，大逆不道，你这个畜生！"

秦凌云被打得鼻青脸肿，他从地上爬起来，猛然间使出浑身的力量，对着秦九韶撞去。

秦九韶毫无防备之下，被撞得踉跄而退，差点摔倒。他站稳身子，惊怒交加："你居然还手，还有没有把我这个父亲放在眼里！"

"我没有你这样的父亲！"秦凌云狂喊，"你和这个贱人合伙害死了我娘，我已经忍耐你很久了，今天我们就做个了断！"

他也对着秦九韶重重一拳挥去，秦九韶本能地还击，父子二人竟就在这洞房内大打出手，房内的桌椅被掀翻，桌上的喜果盘，用于饮合卺酒的酒壶、酒杯等滚落，碎裂满地。一旁的下人们惊呼尖叫，乱作一团。

阮夜月急得泪如雨下，大喊"别打了"，可两个暴怒的男人都置若罔闻。幸好张平带人来了，和几名手下一拥而上，奋力将二人分开。张平和另一人拉住秦九韶，其他三人硬是将秦凌云架出了房间。秦九韶不动了，张平松了一口气，以为"战火"已经平息，便放开了他。却不料秦九韶已经被怒火烧得理智尽失，他用手背一抹溢血的鼻子，上面的血渍愈发刺激了他，他瞥见张平腰间佩挂的剑，竟动作奇快抽出剑来，张平尚未反应过来，他已冲出房间，直指仍在吼叫挣扎的秦凌云。

秦凌云停止了挣扎，不可思议地瞪着他："你要杀了我？"

"杀了你又如何！"秦九韶头脑里的思想全乱了，大粒大粒的汗珠从额上滚落，嘴上却不饶人，"你这个逆子，我才是忍耐你很久了，你娘的死因，我早就明明白白告诉你了。你不相信我，还造谣生事。我念及你丧母悲痛，不同你计较，你竟变本加厉，公然侮辱我的新婚妻子、你的继母，还敢同我动手，目无尊长！是可忍，孰不可忍！我今天就要好好教训你这个狼心狗肺的畜生，清理门户！"

"住手！快住手！"方惜芸就在此时赶到，方才还人逢喜事精神爽的她，一下子又变得老态龙钟，她声嘶力竭地喊了两声，便剧烈咳嗽起来，边咳还边想说话，于是咳得喘不过气来。陪在她身旁的秋婵，一来便被秦九韶拿着剑要杀秦凌云的景象吓得目瞪口呆，好一会儿才缓过神来，忙为方惜芸抚背顺气。

秦九韶原本没真想杀自己的儿子，只是酒意的作用加上气急攻心，导致彻底失控。现在他听到方惜芸的喊声，清醒了几分，缓缓垂下持剑的手，却依旧满脸怒容："先将他关进柴房，明日再家法处置！"

秦九韶乃一家之主，他的命令自然无人敢反抗，张平示意一直压制着秦凌云的几个手下将人带走。秦凌云一路骂骂咧咧的，很远了，骂声仍随风飘来。在场的每个人都沉默着，许久，方惜芸颤颤巍巍走到秦九韶跟前，悲凉地叹了口长气："宾客们还等着，别让人看了笑话。"

秦九韶似是猛然惊醒，他是丢下喜宴上的满堂宾客来的，此事若是传扬出去，怕是要成为众人茶余饭后的笑谈了，于是立即勒令在场的人不得对外声张。小环眉儿端来水盆为他擦脸，整理好那一身凌乱的喜服，确认并无明显的异状，他才强装笑颜重返喜宴。

方惜芸强撑着一口气，秦九韶的身影刚消失，她就晕厥过去了，众人顿时又是一通手忙脚乱。

阮夜月守在方惜芸床前照顾，直到她醒转后才离开。而秦九韶好不容易熬到宾客散尽，心里不痛快，又猛灌了一大壶酒，醉倒在院子里，被人抬进了洞房。好好的洞房花烛夜，就这样被破坏了。

隔天，秦九韶从宿醉中醒来，脑子里有无数混乱的影子在重叠、堆积，他的思想在逐渐复苏，微微张开眼睛，只觉得亮光刺眼，头痛欲裂。

"官人，你醒了。"阮夜月轻柔的声音传来。

他勉强睁开眼睛望着她，她的脸像水中倒影，晃晃悠悠的。"这是什么地方？"他模糊地问。

"是我们的新婚洞房。"她答道，语气里有隐藏不住的疲倦。

他眼前的景物渐渐清晰了，窗外的亮光透射进来，目之所及，尽是一片大红喜色。意识终于聚拢了，昨夜新婚的洞房，却成了父子二人的"战场"，房间已经被重新收拾过，一切恢复原样，可是错过的美好夜晚，再也无法弥补了。

"对不起。"他苦笑着握住她的手，"春宵一刻值千金，我自己散尽千金，还连累你受了这般委屈。"

她摇摇头："是我害得你们父子反目。昨夜凌云被关进了柴房，他……"她顿住，欲言又止。

"怎么啦？"他有些迫切地询问，他记起了昨晚发生的一切，虽后悔自己拔剑的冲动失态，却无法原谅他的所作所为。

"他……逃走了。"她如实相告，"清晨有人发现，柴房门开着，里头原本捆绑凌云的绳索被割断。还有府中的内知丁芮，也不见了。"

他反倒松了口气，丁芮就是从前在临安秦府的厮儿，一路跟着秦家人四处辗转，因他老实可靠，秦九韶一直将他留在身边，如今让他主管秦宅的杂事。丁芮对秦凌云很是爱护，必定是丁芮偷偷拿钥匙进入柴房放走秦凌云，带他一同离开。

"这样也好。"他望着墙上的大红"囍"字沉思，"经过昨晚，我们已经形同仇人，他幼稚却又刚愎自用，根本听不进我的解释。过去是我对他疏于管教，随他去吧，让他在外面吃些苦头，也许能够变得成熟。"

"可是，你不担心他流离失所吗？"她担忧地问道。

"我想，他会让丁芮陪着去临安找舅父。"他说着猛然从床上坐起来，顿时晕头转向，勉强坐正了身子，依旧摇晃着，脸色苍白。李婕妤的父母李瑀与沈宁馨前些年已先后去世，双亲去世后，因蜀地长年战乱，李泽民全家迁到了临安，两家多有往来。

她急忙扶住他，劝道："躺着好好休息吧。"

"我还有很多事情要做。"他叹了口气，"我要立即给泽民去信说明一切情况，请他代为照顾云儿，督促云儿用功读书，待三年守孝期满后参加科举。一切吃穿用度开销，我会派人定期送去。"

他语声稍顿，伸手一把抱住了她，她顺势倒进了他怀里。"归安县的圩田工程到了最关键的时候，我得去瞧瞧，今日动身，两日后才能回来。"他热热的呼吸吹在她的耳畔，语气三分歉疚，七分暧昧，"洞房花烛夜，只能待我回来再补上了。"

她蓦然飞红了脸，把脸藏进他的怀里，低语："两情若是久长时，又岂在朝朝暮暮。"

他轻笑着扳过她的脸，让她面对自己，她的面颊染上了红晕，那半羞半怯的眼光蒙蒙眬眬的，流转着令他悸动的情愫，他俯头吻住了她。

秦凌云果真去了临安舅父家，李泽民听了他的哭诉后，原本也对秦九韶有不满和猜疑，但收到书信后，他明白了事情的原委。李泽民是个明事理之人，他素来对秦九韶欣赏有加，也知道他在婚后不曾亏待过李婕好，愿意相信他的为人，于是特地带着秦凌云去往西溪河畔，找到当日摆渡秦九韶与李婕好的船家，听他亲口述说了当晚遭遇的一切，打消了秦凌云对于父亲故意害死母亲的怀疑。但秦凌云仍接受不了秦九韶娶阮夜月做续弦的事实，执意不肯回家，李泽民也就收留了秦凌云，给秦九韶回信，让他放心。至于丁芮，秦九韶念在他对秦凌云一片爱护之心，还是让他回到秦宅，继续任内知。

自归安县返回当晚，阮夜月让人将秦九韶请到琴室内。阮夜月端坐于那把此前被她划断琴弦，作为谢礼赠予秦九韶的古琴前，听到脚步声回过头，对着秦九韶莞尔一笑，从怀里取出一包蚕丝做成的琴弦，打好蝇头结之后，把琴弦从绒扣穿过，一手用布帕裹住琴弦的另一头用力拉过龙银，拉紧后再拴在雁足上。她巧手翻飞，不一会儿已和好琴位。她纤指走弦，琴声不再如秋雨夜泣，而是以悠扬的调子开篇，曲子时而舒缓，如白云悠悠，清泉淙淙，时而欢快跳跃，融入了无穷的喜悦。

秦九韶的眼前好似出现了高山流水，潺潺小溪，绿柳红花。他沉浸于这美好的意境中，仿佛看到凌波仙子在粼粼波光中翩翩起舞，袅娜的身影倒映在清澈的溪水中，美景、美人，一切都美得像一幅绚丽多彩的画……

"弦断之时能遇知音，也算是一桩幸事。"他清楚记得她当日所言，亲昵唤她，"月儿，你我是上天注定的缘分，如今断弦终得重续，往后余生，我都会是你的知音。"

她缓缓起身，将目光凝注在他的脸上，明媚的眼波荡漾着醉人的柔情。他一把将她拦腰抱起，大步向他们的新房走去。

新房内喜烛高烧，映照着喜床上一对两情缱绻的新人，他对她极尽温柔相待，似带了万般的情意，渐渐燃成火热的燎原之势，炽烈的火焰熊熊燃烧，将他们吞噬、卷没，天地万物全化为了虚无。

接下来，是一段神仙般的日子，新婚宴尔，浓情蜜意、如胶似漆。与阮夜月在一起，秦九韶觉得自己仿佛恢复了十八岁少年之态，有无穷的热情与精力。白天二人在一处抚琴、舞剑、吟诗作画，夜里芙蓉帐暖度春宵，鸳鸯交颈，锦被翻红浪。秦九韶为他与阮夜月在秦宅内的住所题名"清月苑"，这里千百竿翠竹遮映房舍，窗外芭蕉三两棵。翠竹和芭蕉，都是从前秦九韶与殷清漪所钟情的，巧的是，阮夜月对这两样诗意绿植也情有独钟。秦九韶想，或许是殷清漪在天有灵，为他和阮夜月牵了红线，他曾许诺为殷清漪建造一座宅院，宅院未建成，她已香消玉殒，可如今她的女儿成为这座宅院的女主人，给了他莫大的慰藉。

宅院落成至今，殷清漪从未曾到梦中与他相会，莫非是她早已预料了将来之事，刻意从他的生命中彻底消失，成全他对阮夜月的一心一意？无论如何，他与阮夜月婚后的感情是日益深厚了，他对娇妻极尽宠爱，为之神魂颠倒，乐颠颠直叹"愿作鸳鸯不羡仙"。

第二年，秦九韶被任以新的官职，以通直郎任建康府通判，这让他喜忧参半。喜的是能获升迁，建康乃行都、东南重镇，宋高宗赵构南渡时期在此建有行宫，地位仅次于都城临安。时人称曰："国家之根本在东南，东南之根本在建康。雄山为城，长江为池，舟车漕运，数路辐辏，正今日之关中、河内也。""非据建康无以镇东南。"到此地为官，仕途更有可为。忧的是阮夜月已有数月身孕，不宜随他上路，长途奔波。还有方惜芸的病情加重，缠绵病榻，他却无法在母亲身旁侍奉。

但阮夜月与方惜芸都为他高兴，鼓励他早日离家赴任。阮夜月向他承诺，会照顾好自己和方惜芸，待孩子出生后，再前往建康府与他团聚。两人依依惜别，难舍难分。

秦九韶带着张平等随从直奔建康府，通判在知府下掌管粮运、家田、水利和诉讼等事项，秦九韶一上任，便认真阅读卷宗，了解民情，他发现在建康府，士大夫发迹垄亩，贵为公卿，谓父祖旧庐为不可居，而更新其宅者多。自村疃而迁于邑，自邑而迁于郡者亦多。因此，住房成为当地百姓的一大难题。官府、房屋建造者或房屋富有者，为了私利，提高房价或僦舍的僦金，有房廊之家，少者日掠钱二三十贯。一般百姓修不起房，只能僦舍而居，秦九韶深感普通百姓住房难，提出官府或房屋建造者应当精心设计，降低成本，建造廉价僦舍，并减少现有僦舍的僦金，使人人皆有安身之所。

"孟子有云：天下之本在国，国之本在家，家之本在身。斯城斯池，乃栋乃宇。宅生寄命，以保以聚。"在他的大声疾呼下，府城颁布了减僦金的规定，对于过高的僦金，从未减过的减三分，即原僦金的十分之三；已减过三分仍过高的，再减二分，即原僦金的十分之二；若减过两次依旧过高，再减二分。他还设置了一道算术题，某僦舍住户现每日交纳僦金一百五十六文八分，属于按规定累次都减过僦金的，欲知最初每日应交僦金几何？他详细给出了具体计算方法。

这一规定自然深受百姓拥护，人人拍手称好。正当秦九韶准备在建康大展拳脚之时，却接到方惜芸病逝的丧讯。仅仅上任三个月，他便丁母忧，辞去官职，回安吉州奔丧并为母亲守孝。

方惜芸去世当天，恰逢阮夜月生产，是个漂亮的男婴。秋婵将初生的婴儿抱到方惜芸跟前，她欣慰地看了一眼，含笑而终。

秦九韶星夜兼程赶回家中，一面是儿子的新生，一面是母亲的死亡，面对同时到来的"生"与"死"，他仰天长叹，心中五味杂陈。

秦凌云也回来奔丧，父子二人近一年未见，不再似先前那般剑拔弩张，却生疏了许多，各自沉默无言。丧礼一结束，秦凌云便回临安舅父家了。

料理完母亲的后事，秦九韶才第一次抱起刚出生的儿子，为他取名秦缘。缘，便是他与阮夜月的缘分。十八年前，他曾亲手抱过刚出生的阮夜月，十八年后，那个女婴成了他的妻子，还为他生下了儿子，人生际遇竟如此奇妙。他抱紧了儿子，泪水无声地落下，滴在婴儿的襁褓上。他大气都不敢喘，很轻缓地在阮夜月身边坐下。

"三年守孝期，官人有何安排？"阮夜月躺在床上，她才生产几日，身子仍虚弱。

"我要利用这三年的时间埋头著书，但愿能撰写出一部类似于《九章算术》的数术著作。"秦九韶已打定了主意。少年初到临安时，陈元靓的勉励之语犹在耳畔，"我希望你能够写出一部可堪媲美《九章算术》的算书，踵事增华"。二十年多年过去，他研究了无数资料，又在多地为官的过程中积累了大量方方面面的算术问题，终于有能力将各方所学融会贯通，并记录成书加以推广，让天下人获益。

他欲著书还有另一方面的原因，这些年来，他一直盼望能为收复中原尽一份力，然而朝廷内部腐败，许多人为了一己之私，主张求和。而昏庸的皇帝在主战派和主和派的斗争中举棋不定，且倾向于求和，因此未能出现领导全国抗蒙救亡的中心力量，单靠孟珙等人只能暂时渡过危机，依旧随时面临亡国风险。他悲观地想着，若改朝换代终究难免，至少著述还能流传下去，为后人留下一点有用的资料。趁着眼下赋闲在家，他要付诸行动。

"一定可以的。"阮夜月撑着身子想起来，他将她扶起，让她斜靠在自己身上。"我能为官人做些什么吗？"

他爱怜地轻理她凌乱的秀发："你先把身子养好了，别为我操心。"

她还想说什么，他制止了她："听话。"

她微嘟起嘴，似不满，也似撒娇，他低头对着她那娇如花瓣的唇印上一吻。二人又一齐将目光投向他们的宝贝儿子，那专注的神情仿佛在端详一件稀世珍宝，温情弥漫了整个屋子，他们的心，都温柔得几乎要融化了。

秦九韶开始了谋篇构思，尽量做到细致入微，才开始动笔。他参照《九章算术》，认为《九章算术》系统总结了战国、秦、汉时期的数学成就，对后世产生了巨大影响，整体结构应当取其优点，弃其不足。《九章算术》采取问题集的形式，全书有二百四十六道应用问题，约二百一十二条术，"术"即介绍原理、定义和解题步骤。依照问题的性质及其解法分为九类，每类立为一章，

"九章"因此而来。他决定采用相似的结构,但在体例上,每章问题的多寡可与之不同。《九章算术》中一章最多的有四十六个问题,最少的十八个。而他在精心选择资料后,每章只设置九道题目,全书九章共八十一道应用问题。

术文也有所不同,《九章算术》中有一问一术,多问一术,或一问多术,少数术文列在问题前面,大多是将术文列在问题后。秦九韶觉得那样看着有些混乱,他采取每问之后有答案,答案后有术,并在术后增加《九章算术》中所没有的"草",即进一步详细解释解题步骤的算草,以及筹算图式,有的题还有必要配上示意的图形。这样既规范又直观,更具可读性。

在数学问题的表达方式上,秦九韶也未模袭《九章算术》。例如《九章算术》每题开始,定是"今有"一类的词句,之后才叙述题目的已知条件。在问题的末尾,则为"问某某几何"。而秦九韶设计在每道问题前都有简练醒目的题名,全由四个字组成,如"推计土功""天池测雨""计造军衣""推求物价"等,简单明了,可起到画龙点睛的作用。每问的开始采用"问"或"问有"等词句,而后叙述已知条件。问题的末尾写上"欲知某某几何"或"欲某某几何"。

淳祐五年(1245)冬至淳祐七年(1247)九月,秦九韶殚精竭虑,呕心沥血,两耳不闻窗外事,全心全意著书。书稿堆积如山,毛笔也磨秃了一支又一支。阮夜月身子恢复后,便成了他的得力助手,每日为他裁纸、研磨备笔、整理书稿,并在每一章定稿后誊写备份。同时精心照料他的生活起居,准备各种点心和饮品,将一日三餐端到书斋内,在他因思路受阻而茶饭不思之时,连劝带哄的,亲手一口一口喂他。她还要哺育幼小的孩子,一刻也不得闲。

秦九韶过去在战乱与繁忙的公务中,不忘钻研算术,从未间断收集、研究平常工作中遇到的城建、赋税、农田、水利、天文历法、土木工程、测量、钱谷、军事、市物等方面的资料,并思考怎样利用算术来解决这些方面的实际问题。如今这些资料与问题全在著书过程中派上了用场,积累的众多题目与解法可直接纳入其中。他不只在书中谈论数学,还对自己所处时代的社会经济进行了全面研究,全书九章也是九个类别,包括大衍类、天时类、田域类、测望类、赋役类、钱谷类、营建类、军旅类、市易类。所设问题一般综合性很强,题目比以往古算更加复杂,如营建类"计定城筑"题的已知条件多达八十八条,赋役类"复邑修赋"题的答案含数据一百八十个。他独创的大衍求一术、正负开方术、三斜求积公式等都在其中重点体现，其他方法也多有创见。

书稿主体内容完成后，秦九韶又为该书作了一千余字的序言，分为两部分。第一部分是关于全书的，约六百七十字；第二部分是关于各章内容的总纲，他称为"且系之曰"。

他在序言第一部分写道："周教六艺，数实成之。学士大夫，所从来尚矣。其用本太虚生一，而周流无穷。大则可以通神明，顺性命；小则可以经世务，类万物。讵容以浅近窥哉？……九韶愚陋，不闲于艺。然早岁侍亲中都，因得访习于太史，又尝从隐君子受数学。际时狄患，历岁遥塞，不自意全于矢石间。尝险罹忧，荏苒十祀，心槁气落，信知夫物莫不有数也。乃肆意其间，旁诹方能，探索杳渺，粗若有得焉……恐或可备博学多识君子之余观，曲艺可遂也……"

他指出，早在周朝，数学便属于六艺，礼、乐、射、御、书、数之一。因万物由一而生，数学用途无穷，不能被轻视。从大处说，可认识自然，理解人生。从小处说，可筹划有关国计民生的日常事务，分类万物。他还说明了自己早年在临安的学习经历，以及后来蒙军入侵四川，他在战乱中度过了十年光阴，品尝艰险，历经忧患，心槁气落，终于悟出世间万物皆与数学有关的道理。于是全情投入，进一步探索博大精深的数学，自己觉得有一些收获。倘若书作可供博学多识之士阅读思考，他研究数学的目的便间接达到了。

第二部分"且系之曰"大约五百九十字，秦九韶为每一章都做了序诗，他曾随李梅亭学习骈俪诗词，学有所成，因而用词造句精辟，每一章的序诗都如同一首朗朗上口的四言长诗。例如第一章大衍类的序文：

> 昆仑磅礴，道本虚一。圣有大衍，微寓于易。
>
> 奇余取策，群数皆捐。衍而究之，探隐知原。
>
> 数术之传，以实为体。其书九章，惟兹弗纪。
>
> 历家虽用，用而不知。小试经世，姑推所为。

大意为圣人发现推算历法的大衍术，《周易》中有所体现，但只取奇数和余数的算筹进行运演。《九章算术》那样的杰作，却没有大衍术的记载。历家虽使用此方法，却只会使用而不懂原理。他通过推演和探究，方知缘由。现尝试在这书中做出解释，让人明白其中的奥妙。

他还在序诗中表达了自己对国家、社会、家庭等的看法。例如唯有以武力抵御外患方能夺取战功，唯有勤俭节约才能昭示美德。统治者应施行仁政，为民着想，使耕者有其田，居者有其屋，赋役公平。反对横征暴敛，罔顾人民死活，聚敛财富……

守孝期满，秦九韶也终于大功告成，他为该书命名"数术大略"。这年，他三十九岁。他先为秦凌云操办了婚事，秦凌云娶李泽民的幼女为妻，两家亲上加亲。秦凌云参加科举考试只中了举人，未能像父亲和祖父那样高中进士。举人入仕困难，秦凌云选择投充效用，从军以求得一官半职。父子二人的关系依旧不咸不淡，秦九韶也不干涉儿子的选择，任其发展。

送走了一对新人，秦九韶便迫不及待地带着厚厚一沓书稿，前往临安向陈元靓报喜。陈元靓几乎废寝忘食，一口气读完后拍案叫绝："这是对《九章算术》的继承和发展，青出于蓝而胜于蓝。具有完整体系与创造性成就，内容丰富，出类拔萃，解题方法的学术水平远在所有的古算书之上，定可成为传世佳作。你我多年的夙愿，终于达成了。道古，我以你为荣！"

"多谢老师赞誉，若非老师当年的栽培，岂有今日《数术大略》的成稿。"秦九韶喜不自胜，又感慨万千。

"前些日子朝廷采纳崇政殿说书韩祥'请召山林布衣造新历'的建议，召四方通历算者至临安，讨论历法。你如今并无官职，可算布衣，来得正是时候。"陈元靓又道，"你在天文历算方面也颇有建树，且就是早年跟随太史令周赞他们学习天文历算时，发现推算上元积年的方法与'物不知数'题的解题方法之间，存在着一条隐蔽的暗道，最终通过努力打通那条隐蔽通道，创立了一套辗转相除的'大衍求一术'。你可借参加讨论制定新历之机，说明算术对于历法的重要性，进而呈上书稿，让皇上和其他官员明白，任何事物都有数的道理，非但不该轻视，还需认识到其重要性，并广泛应用。"

"太好了！"秦九韶雀跃不已，"若能得到皇上的认可，《数术大略》便可随帙刻印，广颁天下。可惜周赟他们都已故去，否则一定也会为我高兴。"

秦九韶到太史局自荐，很快便被推荐至朝廷，皇帝赵昀听闻是发明了天池测雨、峻积验雪等如今各地都在使用的测雨量和雪量方法，还设计建造了西溪河上石拱桥的秦九韶，于淳祐八年（1248）初单独在御书房召见了他。

秦九韶受宠若惊，这是他第一次进宫，第一次见到皇上。赵昀比秦九韶大三岁，他外表清冷严肃、不苟言笑。

"历久则疏，性智能革。不寻天道，模袭何益。"面对赵昀，秦九韶虽有几分紧张，还是坦率地指出现行历法的弊病和许多官吏不懂数学常识的状况，并陈述了自己对改革历法和加强数学教习的意见，同时呈上《数术大略》书稿。

赵昀随意翻了翻书稿，抬眼看他，语气平和："业精于勤，行成于思，你善于思考，勤于钻研，才能完成如此巨著，着实难能可贵。你可去太史局讲学，那些历官，是该提升造诣了。"

秦九韶喜形于色，连连谢恩，赵昀这番话，是对他莫大的褒奖了。

秦九韶奉旨至太史局讲学，从此名声大噪，除了他在讲堂上传授的知识，还有不少学者私下向他请教天文历法或数学方面的问题，《数术大略》也开始流传开来。原稿在赵昀那儿，他还带了两份誊写稿，自己留一份，另一份可借给他人抄写，后来出现了不少手抄本。

现任宝章阁待制的陈振孙也前来听讲，还常到秦九韶在临安的住处与他探讨天文历法问题。陈振孙正在撰写私家藏书目录《直斋书录解题》，"解题"即于书名之下记载篇帙、作者、版本等情况，并评论书籍得失。二三十字至百余字便可简明扼要地披露一部藏书的大致内容，详略得当，繁简适中，形式灵活多样。秦九韶的《数术大略》和他的许多精辟见解也被陈振孙收录其中。

听闻秦九韶在安吉州的秦宅藏有不少历法书籍，陈振孙又在第二年秦九韶结束讲学后提出与他同行，到秦宅借书抄录。临行前，秦九韶想去看看西溪河上那座早已建造好的石拱桥，二人清晨出了城，一路到了西溪河畔，风和日丽，碧水无波，曾经的狂风骤雨夜，仿佛只是一场噩梦。石拱桥似长虹飞跨两岸，桥下通舟船，桥上车马行人穿梭往来，二人登上石桥，凭栏观禽鱼飞跃，水天互映波光起伏，小舟在云水间悠然而行。

"道古，你为西溪河两岸的百姓做了一件大好事啊。"陈振孙由衷说道。

"这桥可有名称？"秦九韶想起，他不曾为这座桥取名。

有个挑着担子的年轻男子路过，听到秦九韶的问话，立即放下担子道："这桥名为西溪桥，桥的那头有刻字。但我们当地人都称之'道古桥'。"

"为什么称'道古桥'？"秦九韶明知故问。

那男子道："听说是当时安吉州的参议官秦道古设计建造的，我们都非常感激他。有了这座桥，往来比过去方便太多了。"

陈振孙哈哈大笑起来："你可知，问你话的这个人，就是你口中的秦道古。"

"什么？"男子愣愣地望着陈振孙，一时反应不过来。

陈振孙敛了笑，恢复了认真的神情："他就是秦道古，为你们设计建桥之人，他今日是专程来看这座桥的。"

男子嘴巴张得老大，少顷，忽然重新挑起担子，脚步飞快地沿着原路返回，身影很快消失在桥的那一头。

陈振孙扑哧一笑："这怎么……跟见了鬼似的。"

秦九韶一脸的莫名其妙，不明白那人的举动为何如此反常。

他们不再理会那个匆匆出现又消失的人，继续欣赏了好一会儿风景，才慢悠悠地踱步过桥，到了桥的那一头，果见刻了"西溪桥"三个字。秦九韶正细细端详，骤然间一阵喧哗声传来，他抬起头，只见不远处哗啦啦来了一大群人，领头的就是刚才那个挑担的年轻男子。正疑惑，那群人已奔拥而来，很快来到他的面前，纷纷跪倒在地，口中直呼："多谢恩公！"

秦九韶这才明白过来，他们都是河对岸的百姓，刚才那男子是急匆匆赶回去报信，带大家前来拜谢为他们造桥的恩人。秦九韶急忙高声道："乡亲们快快请起，如此大礼，道古受不起！"

"受得起，受得起！"一位老妇人流着泪道，"从前渡河一遇上风浪，很容易翻船，当年我的儿媳和小孙儿就是这么没了的。现在有了这座桥，我们终于不用再担惊受怕了。"

"我家郎君为了谋生，每日都要到河对岸做买卖，以前最怕的就是刮风下雨天，要是遇上发洪水，许多天过不了河，糊口都难，现在可好了，每天都能从桥上走，来回也省去许多时间。"另一个年轻妇人也感激涕零，"秦郎君的大恩大德，没齿难忘。"

其他人也你一言我一语，争相感谢秦九韶给予的恩惠。

此情此景强烈震撼了秦九韶，他的眼眶湿润了，亲自上前，弯腰将跪着的老妇人搀起，又对其他人喊话："为百姓解除疾苦，乃我毕生心愿之一。你们的心意，我都领了，快起来吧。"

陈振孙也半玩笑道："你们不起来，难道要道古挨个儿将你们扶起来？"

众人这才先后起身，又围住秦九韶，有要送礼的，有请他去家中做客的，一团闹哄哄。秦九韶一一诚心道谢婉拒，又解释急着赶路，好不容易才得以脱身，与众人作别，踏上归途。

回到安吉州秦宅，秦九韶大方赠送了陈振孙好几本珍贵的历法书籍，包括罕见的《崇天历》和《纪元历》。陈振孙感慨道："道古博学多能，尤邃历法。凡近世诸历，皆传于道古。"

秦九韶踌躇满志，认定《数术大略》很快便可刻印传世，自己也可名扬千古，不免飘飘然，行为也放肆起来。那晚他与阮夜月在清月苑的小竹林内饮酒，那里有石桌，夏夜凉风习习，他们举杯邀明月，身旁有溪水激石，金鱼戏水，竹影摇曳，沙沙作响，不胜惬意。

几杯酒下肚，秦九韶有些醺醺然了，他搂过阮夜月，让她坐到自己的腿上，不住地亲吻她，手也在她身上摸索，探入了她单薄的衣裳。

"官人不可，这是在外头。"阮夜月羞怩躲闪。

"怕什么，这么晚了，不会有人来。"秦九韶更紧地搂住阮夜月，此前三年守孝不宜同房，守孝期满他又独自去了临安，整整一年，如花美眷却难得一亲芳泽，实乃一大憾事，终得日日耳鬓厮磨，自是怎么亲热都觉不够。他抱起她，让她躺在石桌上。这还是他第一次如此肆无忌惮地在屋外求欢，月笼竹林，清辉洒落在她曼妙的身体上，那样圣洁而迷人。她闭上眼睛，羞于视他，而他为那超凡脱俗的美而窒息，眩惑地痴望了好一会儿，才俯身抱住她，她柔软的身子似轻烟软雾，将他带入一个近乎虚无的狂欢境界。

清月苑外有一口水井，一个叫牛卜的杂役提着木桶前来汲水，正听到有细碎的低吟声从里头传出，宅内的人都知道清月苑除了家主夫妇与他们身边的小环，其他人不可随便进入，但这牛卜是新来的，不熟悉规矩，加上不过十四五岁年纪，做事有些毛躁，他将水桶放在一旁，好奇地循声而去。月光明亮，到了竹林外，他透过翠竹之间的空隙，清楚看到在石桌上交欢的男女，他竟一个没忍住，发出了惊叫声。

这一叫，把秦九韶和阮夜月都惊动了。秦九韶正在兴头上，被这样突然打断，暴怒地大吼："还不快滚！"

那牛卜非但未赶紧逃离，反倒跪在地上叩头求饶："郎君恕罪，小人是来汲水时听到声音，觉得好奇才进来的。"他竟还一面偷眼瞧看羞得无地自容、慌乱躲避的阮夜月。

秦九韶怒火中烧，上前扯起牛卜就往外拖，直至将他推出庭院的石拱门外，力道之大，牛卜重重摔倒在地，疼得龇牙咧嘴。秦九韶随即唤来内知丁芮，将牛卜逐出秦宅，丁芮没有管教好杂役，也受到了处罚。

他沉着一张脸回到房内，阮夜月双眼通红，脸上泪痕未干，一见他又抽抽搭搭地哭了起来："都怨官人，这让我以后还怎么做人。"

"那个不懂规矩的下人，已经被我逐出去了，不必再理会他。"秦九韶好言安抚了一阵，阮夜月才渐渐平静下来，二人相拥入梦。

第二日天未亮，秦九韶便醒了，想起昨夜被牛卜偷窥之事，怒气又上了心头，索性起床，穿戴齐整出了清月苑，随处走动。经过内厅时却发现，博古架上陈设的兔毫盏不见了，那是他的钟爱之物，昨晚与阮夜月饮酒前他还见过。兔毫盏乃建窑烧制的名贵珍品，苏轼曾以"老龙团，真凤髓，点将来。兔毫盏里，霎时滋味舌头回"来表达对兔毫盏的情有独钟。因饮茶、斗茶之风盛行，黑如漆器般的兔毫盏釉面上呈现的丝丝黄褐色的自然纹理，给爱茶之人带来一种神奇、美妙的全新感觉，加上兔毫盏的成品率不高，物以稀为贵，因而被许多名人雅士所珍藏。

这兔毫盏一直摆放于内厅的博古架上，昨晚牛卜被连夜逐出秦宅，秦九韶怀疑是他离开时偷走的，寻思着现在城门还未开，只要人没逃出去，还来得及，于是去了知州杨缵的住处，将他从睡梦中唤醒。胡希谭调任他处后，杨缵继任知州，杨缵好古博雅，善琴倚调制曲，秦九韶回到安吉州后，二人志趣相投，杨缵成了秦宅的常客。

秦九韶有事相求，杨缵自然不会推辞，立即派人带上秦九韶亲手画的牛卜画像，在开城门后对出城者严加留意，果然将匆匆要出城的牛卜逮了个正着，并从他的随身包袱中搜出了兔毫盏。牛卜承认是自己对秦九韶的驱逐怀恨在心，他听人说起过秦九韶钟爱的兔毫盏很是值钱，于是昨夜经过内厅时见四下无人，便将其装入包袱一并带走。杨缵私下询问秦九韶希望如何处置牛卜，是否要将其流放，秦九韶略作思忖，到底还是心软，说只需打板子，将他赶出州城即可。

转眼又一年过去，《数术大略》的刻印迟迟未有消息，秦九韶开始着急了，他又去了趟临安。各类书籍须经国子监审查合格后方能刻印，陈振孙原是国子监司业，经他多方打听后得知，《数术大略》并未通过审查。赵昀一开始的确对秦九韶颇为赏识，《数术大略》的内容他不懂，也没心思细看，直接将书稿交给国子监的官员，但听闻"且系之曰"中有"惟武图功"这样的内容后，赵昀的脸色就不大好看了，他在主战派和主和派之间摇摆不定，对此特别敏感。他冷冷一哼："数术专著，怎还有这些不相干的内容？"

只因这短短一句话，国子监的官员便将《数术大略》书稿束之高阁了。

秦九韶知晓内情后，顿感心灰意冷，自己二十多年心血凝结而成的著作，拳拳报国之志皆在序言中体现，他一片为国为民的苦心非但未得到认可，竟还被皇上以"不相干"三个字轻易否定了。他笑了，笑得凄惨，笑得悲凉，笑着笑着竟吟起诗来："壮志未酬三尺剑，故乡空隔万重山！"他重复吟着这句诗，如同喝醉了酒一般，摇摇晃晃地向门外走去。

陈振孙担心秦九韶，一路将他送出了城门，看着他的身影渐渐消逝在漫天尘土中，伤感地长叹了口气。

《数术大略》刻印无望，复任官职目前也没有机会，秦九韶带着沮丧失落的情绪回到家中，却有了意外的惊喜，阮夜月再度有了身孕。他在家陪伴阮夜月，低落的情绪逐渐得以平复。年底，阮夜月又为他诞下一子。不久，他得到了吴潜拜同知枢密院事兼参知政事，开始参与朝中最高机务的消息，重新燃起对仕途的希望。

秦九韶丧母的前一年，吴潜也因丁母忧辞官回乡守孝，三年后服除，转中大夫，任兵部尚书兼侍读。后转翰林学士、知制诰兼侍读。改端明殿学士，签书枢密院事，进封金陵侯。其间秦九韶与他一直保持联络，也见过几次面，直至现今他高升，得到了重用。

第十章 一蓑烟雨任平生

再次在临安见到吴潜，秦九韶向他道喜，吴潜却没有丝毫的喜悦之情。"这些年我无时无刻不在为国家的命运担忧，思考如何抗击蒙军的入侵。"他面色凝重，"接下去，我要直接和朝廷内部的投降派做斗争了。他们的力量不可低估，不能掉以轻心哪。"

在吴潜和秦九韶看来，所谓的主和派，其实就是投降派。秦九韶这些年虽一门心思著书，但他同样心系国家命运。"吴公的担忧是对的，投降派一直都在寻找机会与蒙军议和。早在十年前蒙军分两路大举南侵，入侵蜀地和襄汉时，他们就迫使皇上议和，后因阔出病死于军中，和议才被搁置。如今看来，皇上还是更倾向和议，否则也不会因为我的《数术大略》书稿中有'惟武图功'这样的内容，便不允许刻印。"

吴潜点了点头，又深深叹气："依我看，蒙古不似金朝只满足于纳贡。蒙古统治者野心勃勃，他是要征服我大宋。投降派的那帮人却意识不到这点，他们只一味屈辱求和、苟且偷安。醉心于排斥异己、鱼肉百姓，过着花天酒地、醉生梦死的日子。皇上若是再听从他们的意见，离亡国便不远了。"

秦九韶也喟叹不已："孟珙将军的病逝乃重大损失，不知今后是否还能出现像孟将军那般能够对抗蒙军的大将。"

孟珙之死，是主战派人士的心头之痛。秦九韶丁母忧解官的那一年，孟珙利用蒙古大汗窝阔台病死、蒙古陷入内乱的时机，多次派兵主动出击，攻打蒙军在中州的要塞，焚毁敌人囤积的粮草，并屡获胜捷，声名更加显赫，不少原先投降蒙军的大宋将士纷纷来归，京湖战场形势空前好转。淳祐六年（1246），原大宋镇北军将领范用吉秘密向孟珙请求投降。范用吉身为蒙古中州行省长官，一旦归顺，势必会于大宋对抗蒙古大有助益，统一大业指日可待。岂料赵昀以范用吉"叛服不常"为由，拒绝了孟珙的请求。这不过是敷衍之词，孟珙心里很明白，是皇上对他起了猜忌之心，担心范用吉的归顺会增长他的势力，为此心灰意冷，叹息道："三十年收拾中原人，今志不克伸矣。"随后主动上表请求致仕。赵昀立马批准，让孟珙以检校少师、宁武军节度使致仕。

孟珙常年征战，本就伤病缠身，受此打击后心情抑郁，不久便一病不起，于当年九月薨于江陵，终年五十一岁。噩耗震动朝野，赵昀下诏辍朝哀悼，追封孟珙太师、吉国公，谥号忠襄。并应荆襄一带父老的要求，为孟珙立庙，题名"威爱"。文豪刘克庄为孟珙撰写了碑文。

"世事难料，我们只能尽力而为。"吴潜目光深沉地望向秦九韶，"还是说说你吧，你可愿先当我的幕僚？待将来有适当的机会，再为你向上荐举，任以官职。"

"当然愿意。"秦九韶毫不犹豫地答应了，"能够追随吴公，荣幸之至。"

吴潜又拍拍他的肩膀，安慰道："你所著的《数术大略》若是刻印，定可利国利民，只可惜如今内忧外患，皇上昏庸，腐朽的官僚阶级也不关心国计民生，只知中饱私囊，无心学习，但伤知音稀啊。不过我深信，终有一日，《数术大略》将成为传世之作，功德千秋，不负你这一片苦心孤诣。"

秦九韶无奈苦笑："但愿如此吧。"

秦九韶从此成了吴潜的幕僚。淳祐十二年（1252）丞相郑清之去世后，为防范独相权力过度膨胀导致专政，朝廷任命谢方叔为左丞相，吴潜为右丞相，但两个丞相之间权责不明，一开始便埋下了隐患。

此时楮币的贬值更加厉害。赵昀亲政之初，对楮币，也就是会子等纸币的发行曾做过一些整顿和限制，可没过多久，在府库已竭而调度方殷，根本已空而蠹耗不止的情况下，朝廷不闻他策，唯添一撩纸局以为生财之地；穷日之力，增印楮币以为理财之术而已。遂使会子的发行犹如脱缰野马失去了控制，到淳祐六年（1246），猛增至四亿二千万缗。滥发楮币的结果，便是会子价格大幅度降低，百姓怨声载道，官员的生活和吏治也受到了影响。

吴潜在奏疏中指出："今之楮币折阅已甚，以镪计之，不及元俸三分之一，何以养廉？"

赵昀要求吴潜拿出救楮币的办法，吴潜与秦九韶商议后，采纳了他的建议：商人在限期内用盐钞买盐，必须搭用旧会子，以加大回收纸币的力度。精于计算的秦九韶估计，每袋盐如搭收旧会子三十贯，三百万袋盐就可回收九千万贯钞。再利用度牒、官银、金银和新会子回收一二千万。不出数月，旧楮尽而新楮见行，将自流通，物价将自减落。

赵昀也觉得此法可行，让吴潜照此执行，却引起了谢方叔的不满。谢方叔是主和派，认为在对外关系上以和为贵，反对轻易挑起战端，本就与吴潜政见不同，便借机攻击吴潜未将他这个左丞相放在眼里，独断专行。吴潜一怒之下推辞整顿楮币的任务，奏请让谢方叔总管此事，由其他大臣协助，而他只管跑腿做事，不负其责。赵昀认为吴潜是在推卸责任，不许。

两位丞相的矛盾不断激化，吴潜不愿让秦九韶卷入朝堂纷争，任命他为沿江制置司参议官。沿江制置司是早年为加强对长江沿线的军事防御而设立的，在大宋军事防御体系中具有积极的影响。时隔多年，秦九韶再次赴建康上任。制置司参议官乃军事参谋，秦九韶满心期待可以施展才华，积极参与军事部署，为抗蒙斗争出谋划策。结果却又是空欢喜一场，他才刚上任，谢方叔便伙同御史萧泰来弹劾吴潜，诬陷罗织其"奸诈十罪"。尚书右司员外郎李伯玉替吴潜鸣不平，弹劾萧泰来附谢方叔伤残善类。但赵昀不分正邪贤良，切责李伯玉，降两官罢叙，随后将吴潜罢相。秦九韶也受到牵连，于第二年被免职，回到安吉州家中。

乘兴而去，失望而归，秦九韶郁郁寡欢，幸有阮夜月和一对可爱的儿子给予他莫大的慰藉。他不甘寂寞，仍竭力寻找参政的机会。有一个人物，引起了他的关注，那是赵昀最宠爱的贾贵妃的弟弟贾似道。自从姐姐于嘉定四年（1211）入宫，为赵昀宠封贵妃后，贾似道便官运亨通。宝祐二年（1254）升为同知枢密院事，同年设枢密行府于扬州。宝祐四年（1256）升为参知政事，五年又升改为知枢密院事。贾似道不过四十三岁，升迁之快，在朝廷内的势力之大令人咋舌。

秦九韶思来想去，做出了一个决定，投靠贾似道。

听到这个决定，阮夜月大吃了一惊："那贾似道不是个好人，且与你政见不同，怎可投靠他？"

贾似道无功无德，只因是贵戚，加上善于使弄权术，才得以连年升官。他有恃无恐，行为放荡，十多年前在临安为官时，常常白天在临安名妓处鬼混，夜间又挟妓通宵在西湖上泛舟燕游。他还是主和派，而秦九韶是站在主战派吴潜这一边的。

"吴公是个好官，却被罢免了，我无法再借助他来实现自己的抱负。"秦九韶无奈叹气，"靠山倒了，我也失去了官职。现在我只能找一个能够屹立不倒的靠山，贾似道是最佳人选。人品、政见皆可暂时抛开，在家闲居，我就是个无用之人，还不如先设法给自己谋个官职，有了官职，我才有用武之地。"

"可是……"阮夜月还想说什么，被他挥手制止。

"你放心。"他轻揽过她的肩，闻言安慰，"我只是将贾似道作为跳板，绝不会与他同流合污。到了任上，我依然会做个造福百姓的好官。"

阮夜月不再言语，心中却隐忧深重。

秦九韶打听到贾似道酷爱美玉，便投其所好，重金购得各种名贵玉石，于宝祐五年（1257）冬前往扬州府。冬日的扬州雨雪霏霏，远不及那烟花三月的明媚春光。贾似道的豪华私第傍水而建，亭台水榭、飞檐流阁，处处彰显出不凡的气派。秦九韶登门拜谒时，贾似道正悠闲地斜靠在书房内的榻上，两名美妾一个为他揉肩，一个为他捶脚，好不逍遥惬意。

贾似道疏眉目，美须髯，相貌不俗。有下人进来，递上秦九韶的名帖。

贾似道接过看了一眼，挥手让两名美妾退下，又道："去请刘老丈过来。"

他口中的刘老丈，是为孟珙撰写碑文的文豪刘克庄。此人博才多艺，蜚声文坛，先前任秘书少监，兼国史院编修官、实录院检讨官。他与贾似道的父亲贾涉相交甚笃，贾似道从小就对他十分敬重。因着两家的交情，刘克庄对贾似道爱护有加，也对他寄予厚望。年逾古稀的刘克庄前些日子因眼疾发作而离职，贾似道便将他接到身边来养疾，有事也请他参议。

不多会儿工夫，一位白发老者被人搀扶着走了进来，他眯缝着眼睛，费力地想要看清眼前的景象。

贾似道坐起身来，喊了声"老丈"，让刘克庄到自己身旁坐下。

"秦九韶前来拜谒，老丈认为，我见还是不见？"贾似道征询他的意见。

"秦九韶？"刘克庄轻拂颔下长髯，"哦，此人可谓通才。前些年他在临安讲学时，我去听过，学识渊博，很是了得。"

"我与老丈一样，也是惜才爱才之人。"贾似道的眼珠子转了转，"可秦九韶过去是吴潜的幕僚，吴潜与我素来政见不合。"

"吴潜已被罢官，何必再计较。"刘克庄道，"不妨先了解他的来意，再做应对。"

贾似道于是示意一旁的下人，去将秦九韶带进来。又对刘克庄道："老丈且在此休息，我去去就来。"

秦九韶在门外焦急等待着，心中忐忑不安，终于等来贾似道愿意见他的回音，心头的一块大石头终于落了地，匆匆跟随下人入内。

贾似道端坐在正厅内，一脸似笑非笑地望着秦九韶。

秦九韶上前见礼，赔笑道："听闻相公乃玉石行家，鄙人得了些玉石，特来请相公品鉴。"

他说着将随身带来的包袱一层层打开，见到里面的各种名贵玉石，贾似道立即两眼放光，几乎从太师椅上弹了起来，凑到跟前，脸都快贴到上面了。

秦九韶顺势道："鄙人对玉石也略有研究，难得遇上知音，这些便作为见面礼，赠予相公。"

贾似道也不推辞，重新落座，直截了当问道："无事不登三宝殿，你今日上门，所为何事？"

秦九韶也直言："鄙人辞官丁母忧，一直盼着早日起复，继续为国尽忠，为民效命。奈何一直未能达成所愿，好容易得了个参议官的职位，才上任，便受吴公被罢官之事牵连，到头来一场空。"

"你来找我，是为了谋得官职？"贾似道直白询问。

"正是。"秦九韶亦不拐弯抹角，"良禽择木而栖，如今能助鄙人实现抱负的，唯有相公了。"

这话让贾似道颇为受用，问道："你想当什么样的官？"

"父母官。"秦九韶回答。

贾似道嗤地一笑，略作思忖后问道："琼州缺个知州，正是父母官，你可愿意去？"

"愿意。"秦九韶不假思索地回答。

贾似道有些意外，琼州为罪犯被流放的边远荒僻之地，也是官员贬谪之地，那里弥漫的瘴气令人闻风丧胆，很少有人情愿到那里为官，目前正找不到合适的人选。秦九韶愿意去，他倒是省事了，立即道："既是如此，我修书一封，你带着前往潭州，交给任荆湖南路安抚使兼潭州知府的李曾伯。李曾伯即将调任广南制置使、知静江府，过年后便要动身，你可与他同行，他见到书信，会替你做好安排。"

秦九韶大喜，忙不迭地道谢，他并不介意到偏远地区为官，也不畏惧瘴气。

秦九韶告辞离开，到达大门时，正遇见一个青年男子迈进门槛，二人并不相识，那男子二十多岁模样，长相平平无奇，脸上没有任何表情，他瞥了秦九韶一眼，径自向内行去。

贾似道回到书房，对刘克庄说了秦九韶谋求官职之事，刘克庄赞成贾似道为他举荐的做法，认为秦九韶若能造福百姓是好事，贾似道也可笼络人才，为己所用。

两人说话间，方才那个青年男子走了进来。

"相公。"少年恭敬行礼，"方才有客人来访？"

男子随口一问，贾似道也随口答道："是秦九韶，来谋官。"

"秦九韶？"少年眸光倏然一冷，"是那个精于算术的秦九韶？相公同意为他举荐官职了？"

贾似道"嗯"了一声，瞧出他神色有异，问道："怎么啦？"

男子看了看刘克庄，低声道："相公，可否单独说话？"

贾似道疑惑不解，但还是唤来下人道："扶老丈回房休息。"

刘克庄一离开，男子便对着贾似道跪下了，口中直呼："秦九韶并非善类，相公莫要被他所蒙骗。"

那男子名叫周密，字公谨，二十六岁，曾任义乌县令，因其能诗善文，文字精美，诗词作品典雅浓丽、格律严谨，深得刘克庄赏识，将其推荐给贾似道，负责文书起草。

"你与秦九韶有过节？"贾似道听出了端倪。

"当年家父为他所害。"周密愤然咬牙，"二十多年前，家父为乌程县令时，断过一起案子，证据确凿，依法判刑。可秦九韶看上了罪犯的妹妹，将她据为己有，为了讨好她，还收买安吉州知州胡希谭，逼迫证人翻供，为她的哥哥翻案。家父因此受到惩罚，从此仕途受阻，郁郁寡欢，至死仍难以释怀。"

周密的父亲便是曾经的乌程县令周晋，胡希谭为阮家两兄弟平冤昭雪后，周晋被追官勒停。周晋原本一心想要在仕途上大有作为，有了这一污点，从此失去登上高位的机会，郁郁不得志。此事纯属周晋偏袒马家造成冤案，自食其果，可他为了维护自己的体面，故意颠倒黑白。案子发生时，周密只有六岁，哪里懂得个中是非。后来只知道父亲对此事耿耿于怀，更听信了他的一面之词，因而对素未谋面的秦九韶怀恨在心。今日意外遇见秦九韶，周密积聚已久的怨恨一下子被激发出来，听得他投靠贾似道谋官，脑中只有一个念头，绝不能让他称心如意！

"你的意思是……"贾似道故意拉长了音调，等着周密提要求。

"那等卑鄙小人，为官只会祸害当地百姓……"周密迫切想要说服贾似道。

贾似道打断他，皮笑肉不笑："但是，我已答应了秦九韶，岂能言而无信。再说了，我瞧着他是个人才，且与我有同样的爱好，喜欢把玩玉石。"

周密脸色发白了，贾似道这话中有明显的暗示意味。周密家中有一祖传玉带，乃稀世珍宝，贾似道不知从哪里听说此事，曾对周密问起，周密告知那玉带已为先人陪葬。贾似道只叹可惜，倒也未再说什么，总不好强迫周密掘自家祖坟，这种事情可是大忌。但这回周密有求于他，如此机会，怎能不好好把握，让他乖乖将玉带献出来。

贾似道不再开口，以研究的眼光，直盯着周密。

周密低俯着头，脸上的肌肉紧绷着，他呼吸沉重，嘴唇哆嗦着，浑身都在微微颤抖，他竭力在压制着自己，终是下定了决心般，仰起头来，语气坚定：

"如相公不嫌弃，我周家的祖传玉带，愿赠予相公。"

　　秦九韶先回家安排好一切，阮夜月听闻他要去琼州那等蛮荒瘴炎之地，担心不已，要求同行。秦九韶自然不忍她跟着自己受苦，起初不同意，但她态度坚决，甚至跪在地上苦苦哀求，秦九韶拗不过她，只得同意了。二人将一双儿子托付给张平和秋婵，便一同出发了。

　　他们抵达潭州，见到了一脸正气的李曾伯。李曾伯是个正直之人，不屑与贾似道为伍，但又畏惧他的权势，只能依照他的要求办事，为此对秦九韶的态度不冷不热。对于李曾伯的不友善，秦九韶夫妇大概猜到是因为他对贾似道的不满，因此这一路很识趣，尽量避免与他接触。终于到达静江府，秦九韶诚心向李曾伯道过谢，带着阮夜月前往琼州欢喜上任去了。

　　为了避免被人说闲话，阮夜月女扮男装，成了秦九韶的跟班。州衙已经很长一段时间没有知州，只有一个名叫万屹的通判。

　　万屹五十来岁，面部瘦削、相貌丑陋。秦九韶向万屹了解琼州的民情，万屹咧嘴一笑，露出一口大黄牙："此地民风彪悍，盗匪猖獗，公开抢劫官府的货物，官府也无可奈何。"

　　"为何？"秦九韶不解，官府怎会对盗匪无可奈何。

　　万屹的嘴咧得更大："这里的百姓群起为盗，在官府当差的也都是当地人，官匪一家。你说，当差的怎会抓自己的家人？"

　　秦九韶曾到多地为官，这样的事情，还是第一次听说，一时颇感惊讶。

　　万屹见秦九韶沉默，以为他是被吓住了，似安慰又似劝说："难得糊涂，有些事情，睁一只眼闭一只眼也就过去了，在这种地方当官，时间长不了，谁不是逮着机会就溜走。"

　　秦九韶没有作声，但心中已经有了对策。晚间，阮夜月准备早早休息了，秦九韶却道："我们去练那套比翼双飞剑。"

　　"练剑？"阮夜月茫然望着他，不知为何大晚上的要练剑。

　　秦九韶将从万屹那儿听到的对阮夜月说了，又道："我们明日去会会那些盗匪，双剑合璧，更具威力。"

　　"可是，官人这年纪……"阮夜月不赞成他以身涉险。

他斜睨着她："你可是嫌我老了？"

"我不是这个意思，官人风采依旧，身手也依然矫健。只是……"她忙解释，她说的是真心话，并非恭维，秦九韶虽已年过半百，但身体状态并不逊色于年轻人。

他笑着打断："既然如此，就不必再多言了。"

她无奈，只得顺从。

第二日，有一批粮食经由水路运抵琼州城，将送往州衙。秦九韶和阮夜月混入运送粮食的官差中，二人皆是官差打扮，抹黑了脸。秦九韶刚上任，州衙的衙役大多没见过他，加上刻意乔装打扮，更是分辨不出来，这些官差都是临时抽调的，相互之间基本不认识，二人也并未引起他人的怀疑。

运送粮食的队伍刚离开码头不久，便见一大群人气势汹汹地对着他们直冲过来，有十多个，都是皮肤黝黑的汉子，来者不善，个个手持棍棒，目露凶光。领头的大喝一声："动手！"那群人立即呼啦啦一拥而上，就要强抢粮食。

那些官差竟然无动于衷，纷纷往后退，为劫匪让道。

秦九韶与阮夜月对视了一眼，同时拔出自己的佩剑。秦九韶持剑对着为首的盗匪高喝："谁敢动手！"

领头人凌厉的目光射向秦九韶身后的几个官差，立即有人拔刀相向："这是规矩，别多管闲事！"

"规矩？"秦九韶冷哼，"哪里的规矩，允许光天化日之下抢劫财物？"

"少和他们废话！"领头人粗声粗气，"先把这两个人收拾了！"

他身后的一群人齐齐挥舞着棍棒就要动手，秦九韶和阮夜月默契地使出了他们的比翼双飞剑法，他们无意伤人，只是发挥剑法的威势，剑光如重波叠浪，层层涌起，迫得围攻人群纷纷倒退。他们配合得丝丝入扣，剑气弥漫，仿佛四周都被剑光笼罩。官差们都看呆了，定定地望着他们，一动也不动。那领头人气得骂骂咧咧，带着几个胆大的汉子试图合力攻入，手中的棍棒立时都被斩作两截，人也被震得先后跌倒在地。

领头人仍不甘心，从地上爬起来，要去取官差的刀，秦九韶剑势陡然间横出一招，攻向领头人，待他尚未回过神来，已被秦九韶擒住，一把剑架在了他的脖子之上。

"如果想要他活命，就不要轻举妄动！"秦九韶喝令。

领头人破口大骂，拼命扭动挣扎，阮夜月取出早已准备好的绳索，将他捆了个严严实实。

其他人都不敢动了，只一个个怒目瞪着秦九韶，

阮夜月又从秦九韶腰间取下知州腰牌，冷然道："这位是新任的琼州知州，他听得此地百姓群起为盗，官匪一家，不知虚实，特亲自前来求证。"

那些汉子都愣住了，官差们则吓得纷纷求饶。

领头人却依旧蛮横无理，啐道："是你们这些当官的不顾我们百姓死活，才将我们逼到如斯地步！"

秦九韶态度温和："你且说说，究竟如何不顾百姓死活。"

领头人哼了哼，似不屑同他说话。

这时一名年纪稍长的汉子开了口："我们这里四面环海，台风频繁，七月只要打雷，台风便会接连而至。每次刮台风，我们的房子都会遭殃，没有住的地方，家里所有的东西也全被淹了。可前几任知州根本不管我们，台风天州衙大门紧闭，他们躲在里头吃好喝好，不管我们吃不饱穿不暖，连个避雨的地方也不肯提供给我们。"

另一人道："当官的不为民做主，我们老百姓又何必守规矩，苦了自己。能偷就偷，能抢就抢，你不仁，就休怪我不义。"

"官府不让我们好过，我们也不让官府好过。"人群里又传来其他人的声音。

台风给琼州当地百姓带来极大的灾难，每逢台风来临，所到之处摧枯拉朽，房屋倒塌，满目疮痍，百姓苦不堪言。官府却对此不闻不问，也难怪他们要反。秦九韶已经明白了根结的所在，他的脑中飞速转动着念头，少顷道："我想先和你们谈个交换条件，我教会你们建造能够抵御台风、不会遭水淹的房屋，你们答应我，不再行抢掠之事。"

"不会遭水淹的房屋？这怎么可能。"那群汉子并不相信。

"不试试看，怎知不可能。"秦九韶耐心道，"盖房子的材料，由州衙承担。你们犯了劫掠之罪，这个领头之人，我暂且将他关押。至于其他人，就罚你们劳作，房子盖好后，归你们所有。"

众人面面相觑，都拿不定主意，领头人一声不吭，他对这个处罚结果很是意外，脑子一时转不过弯来。最终还是那名年纪稍长的汉子道："若真能住上不会被水淹的房子，我们也可免去居无定所之苦，不如试试吧。"

那日之后，秦九韶便成了那群汉子的领头人，他利用自己在营建方面的特长，将知识传授给他们。例如房屋不要建在开阔地、溪滩边、河道或山口上，这些地方往往最易受台风和洪水的侵扰；因地制宜，最大限度利用山形和地势，依山就势，民居三五成群，墙靠墙聚居在一处。或者聚在一块儿，中间留有羊肠小道。路边留有水渠，能够迅速、及时地将雨水排向大海；外墙就地取材，以厚重石块垒筑而成，内部则采用木质结构，架以木梁，楼面上铺木板，这样构筑物的各个部件都具有一定的抗台风性能；地势低洼地区的建筑，下大雨时入口处容易积水，因此还在入口处的大门下方设置一石质门槛，防止雨水进入室内……他亲自到现场指导，还与大家一起抬石头、搬木材。阮夜月也来帮忙，她的力气不如男人，但也毫不示弱。

那几个受到惩罚的官差也都参与进来，还有那个被关押的盗匪头子，他叫韩德生，几日后秦九韶便将他放出来，让他来当劳力。消息很快传开，越来越多的当地人前来取经，也想为自家盖房子。民居群分散在多个地方，秦九韶和阮夜月只能来回奔波，每天浑身是泥，累得筋疲力尽才回到住处。

夜里回到住处，秦九韶见阮夜月手上布满了血口子，旧的未愈，又添新伤，腿上也有许多伤痕，总是心疼不已。阮夜月也心疼秦九韶身上的伤，二人相互上药，都那样细心体贴、温情脉脉。

多个地方的房屋群落赶在台风来临之前建造好，并成功抵御了台风的侵袭。众人感激不尽，以香蜡、鱼果等为礼敬献表达感激之情，到州衙送礼的人来了一波又一波。秦九韶若在衙内，总是坚决婉拒。但那日他不在之时，又来了许多送礼的，通判万屹自作主张替他收下。

秦九韶回来后知道了，要求万屹退回去，万屹一脸的为难之色："我连谁送的都不知道，上哪儿退去啊。再说了，这些都是不值钱的东西，百姓的一片心意，你就笑纳吧。"

秦九韶无奈道："那就分给衙门的弟兄们吧，下不为例。"

万屹连连应声。

当地百姓不再行劫掠之事，官差们也对秦九韶敬佩不已。上任满百日那天晚上，秦九韶心情舒畅，与阮夜月在院子里举杯邀明月。

"恭喜官人，治州有方。"阮夜月笑靥如花，对着他举杯，"我敬官人一杯。"

秦九韶目不转睛地盯着她，眼眸深邃而明亮，嘴角泛着笑意："你喂我。"

她笑容可掬，将酒杯递到他嘴边。

他却不张嘴，她催促："快喝啊。"

他的眼底掠过了一抹狡黠的光芒："用嘴喂。"

"你真是……老没正经。"她娇嗔。

"又嫌我老了。"他佯怒。

"不老不老，还是这般好看。"她姿态妩媚地摸了摸他的脸颊，樱唇轻启，将那一整杯酒含入口中，用手勾住他的脖子，吻他的唇。他箍紧了她的腰，两人唇舌纠缠间，酒渡入了他的口中。他松开她，凑到她耳边，暧昧咬耳朵："光好看怎么够。"

她心跳而脸红，他的手开始不安分起来。

"快别……"她吓得拽住他的手，"万一又有人来。"在清月苑被牛卜偷窥之事，即便多年过去，她想起来仍懊恼不已。

"还记着那事呢。"他那笑谑的眼神让她噘起嘴，他趁势又低头攫住她的唇，好一阵意乱情迷后，才将她抱起，开怀大笑，"那就到屋里去，你还这般年轻貌美，我怎能老去。"

一夜的柔情蜜意，翌日两人仍在酣睡中，被敲门声惊醒。下人来通报，李曾伯到访，要见秦九韶，现在后厅等待。

秦九韶匆忙更衣洗漱，前去接待。

李曾伯的态度瞧着比先前友善许多，秦九韶心中暗喜，大概是知道他为当地百姓做了好事，对他另眼相待了。

李曾伯同他寒暄了一阵，便转入正题，他似有些难以启齿，支吾着道："我来……是遵圣旨……免去你的代理琼州守职务。"

如同晴天霹雳，秦九韶的脑中一片空白，良久，他才听到自己的声音，沙哑而不稳定地响着："这是……何故？"

"有人告你贪暴，当街虐打百姓，还要求他们大量进贡，遭到百姓的强烈反对。皇上下诏，撤销了对你的任命。"李曾伯摇头叹气，"小人作祟，防不胜防啊。"他昨日就已抵达琼州，这一路走来，看到百姓新盖的房子，听到他们表达对新任知州的感激之情，便知道秦九韶是遭人诬陷。

秦九韶脑中有电光闪过，立即明白那个作祟的小人是谁了。知州如有不法行为，通判可直接向朝廷奏议。他万万没有想到，万屹用心险恶，竟捏造莫须有的罪名，向朝廷告发他。他打击盗匪，被万屹歪曲成暴虐，而那些万屹私自替秦九韶收下的谢礼，成了他贪婪的证据。可是，他实在不明白，万屹为何要这般对他。

"可是，我与万屹无冤无仇……"秦九韶喃喃自语，一颗心陡然沉入了冰冷暗黑的深海。不知在那暗沉沉的深海里泅游多久，才被李曾伯的声音震醒："若非背后有人指使，他怎敢如此胆大妄为。亲君子，远小人，你原先追随的是吴潜那样的君子，怎又攀上贾似道那等小人？"

是贾似道在背后指使？秦九韶的心猛跳起来，浑身的肌肉都绷紧了："我只是请他帮忙举荐官职，之后我尽好分内之事便可，不想再与他有任何瓜葛。"

"幼稚！"李曾伯毫不留情地批评，"我还是那句话，亲君子，远小人。小人我惹不起，对你的事情，无能为力。我并非贪生怕死之辈，却不能置家人的性命安全于不顾。你好自为之吧。"

万屹自知理亏心虚，自李曾伯到来后便躲了起来，不见踪影。直至秦九韶离开，也未能当面质问他。

秦九韶离开那天，天空阴沉欲雨，他的心也如天边欲雨的云絮，沉甸甸乱纷纷。身旁的阮夜月挽住他的手臂，给予他无声的安慰和支持。这一路陪他走来，她从不抱怨，总是坚定地站在他的身旁，温柔却有力量。李曾伯亲自为他们送行，还赠送了一些琼州特产。

临近码头时，三人都惊愕住了，黑压压的人群，像是专程等候在那里。

当日的盗匪头领韩德生，领着一大群当地百姓，男女老少皆有，一见秦九韶走近，众人跪地便拜。"使君，乡亲们舍不得你，来送送你。"韩德生高呼。

"使君，我们舍不得你走……"人群中逐渐响起一片呜咽之声。

秦九韶瞬间红了眼眶，心中的万般委屈，几乎要随着泪水夺眶而出，但他硬是忍住了，强抑住伤感的情绪道："乡亲们的深情厚意，我将深铭肺腑。天下没有不散的筵席，你们多保重！"

一旁的阮夜月泪盈于睫，李曾伯亦是心有戚戚焉。

不远处，万屹躲在一堵石墙后，偷偷探头张望，口中念念有词："对不住了秦使君，我也是奉命行事，如果不照做，我就不能离开这个鬼地方。"

秦九韶和阮夜月登上航海帆船，船扬帆起航。李曾伯和百姓们一直站在岸边，目送孤帆远行。秦九韶也对着他们遥遥挥手，踯浪兼天，拍击着船舷，衣衫被打湿，寒意阵阵袭来，他却似浑然不觉，心中悲吟苏轼所作词句："世事一场大梦，人生几度新凉？"

一番长途跋涉回到家中，张平和秋婵见到秦九韶和阮夜月，二人脸上的神情都略显怪异，像是有些惊慌失措。张平先缓过神来，勉强笑道："回来好啊，蛮荒瘴炎之地，不宜久留。秋婵快去安排，为郎君和夫人接风洗尘。"

秦九韶和阮夜月互视了一眼，瞧出了彼此眼中的疑惑，但他们风尘仆仆，都已经疲倦极了，暂时无力去探究。

秦缘也带着弟弟秦襄跑了出来，秦缘已经十五岁，俊眉朗目，容貌酷似阮夜月。秦襄九岁，相貌更多遗传自秦九韶，也是个英俊少年。

兄弟二人喊着爹娘，亲热地围着他们。

秦襄抱住秦九韶，秦九韶将他抱起，亲了亲他的脸蛋。"长高了，也变沉了。"他笑道，"你的两个哥哥这么大时，都没你高，也没你沉。"

"爹——"秦襄忽然道，"大哥死了。"

秦九韶猛然怔住："你说什么？"

"别胡说！再胡说我打你！"秦缘高声威胁。

秦襄"哇"的一声大哭起来，边哭边嚷嚷："我没胡说，大哥就是死了，我听到你们说的话，还说不能告诉爹爹。"

秦九韶将秦襄放下，暮色向他游来，透过那苍茫的暮色，他看不清所有的人与物了，只觉得天旋地转，身子狠狠地晃了晃。

阮夜月急忙扶住秦九韶。"这到底是怎么回事？"她瞪视着秦缘，陷入一份深深的恐惧与忧虑中。

秦缘将求助的目光投向秦九韶身后的张平，张平知道瞒不住了，只得上前，一五一十地道来：

窝阔台去世后，孛儿只斤·蒙哥继任汗位，开始调整对宋作战方略。宝祐五年（1257），蒙哥正式发动战争，一方面，蒙哥以绝对优势兵力攻击四川并围困钓鱼城。另一方面，派塔察儿率东路军攻击襄樊，久攻不下只能撤退，又改任忽必烈为东路军统帅。今年九月，忽必烈选择绕过襄樊，以鄂州为主要攻击目标。此前秦凌云投充效用后，辗转去了鄂州，得了个军中小官职，他就是在这场保卫鄂州的战争中奋勇杀敌，战死沙场。他新婚不久便离家，没能留下一儿半女。

前几日噩耗刚传来，张平决定先瞒住秦九韶，却未曾料到他会突然回来，一时慌乱无措。

秦九韶眼前发黑，一切都湮没在了黑暗当中，他昏了过去。

秦九韶病倒了，他从前极少生病，有点小病痛也很快痊愈，这次却是病来如山倒，病去如抽丝，整整一个月卧床不起。这日，有两位客人登门，是已许久未见的陈元靓和陈振孙。来到病床前，二人见秦九韶病恹恹的模样，伤感不已。

老友叙旧，万千感慨涌上心头，这些年，经历了多少世事变迁，他们曾在一起，杯觥谈笑客风流。而如今，李梅亭在十多年前便已因病驾鹤西去，陈振孙已是耄耋之年，老态龙钟，陈元靓鬓发斑白。他们当中最年轻的秦九韶，经此大病，似乎一夜之间华发丛生，身体也大不如从前了。

陈振孙历时二十年撰写完成的私家藏书目录《直斋书录解题》已刻印，该书著录五万一千一百八十余卷，超过官修《中兴馆阁书目》所著四万四千四百八十六卷。著录图书三千〇九十六种，分五十三类，大致依经、史、子、集顺序编排，书稿收录丰富，体例较完备，记载较全面。其"解题"的参考使用价值，也较《中兴馆阁书目》为优。

秦九韶翻阅陈振孙带来赠送给他的《直斋书录解题》，见其中有他的《数术大略》和一些见解，此外陈振孙在卷十二中写道"秦博学多能，尤邃历法，凡近世诸历，皆传于秦"，同时在题纪《崇天历》和《纪元历》时写明"此二历近得之蜀人秦九韶道古"，他为此既感激又欣慰。

陈元靓也带来了他新近编撰刻印的《岁时广记》，他搜罗了大量有关岁时风俗的资料加以辑录整理而成。书前有首卷、图说，后有末卷、总裁。正文在结构上按春夏秋冬四季，以元旦、立春、人日、上元、正月晦、中和节、二社日、寒食、清明、上巳、佛日、端午、朝节、三伏节、立秋、七夕、中元、重九等为序，在叙述时博引诸书，取古证今，广列有关记载。为后世研究岁时节日民俗提供了重要资料。

看到两位好友皆有著述问世，秦九韶为他们高兴，却也难掩自己内心的失落，他苦心孤诣，潜心钻研，心血凝成的《数术大略》却迟迟未能问世。陈元靓和陈振孙都安慰他，现如今《数术大略》已经有许多手抄本在各地民间流传，终有一日定能付梓刻印。

陈振孙还给秦九韶带来了一个好消息，吴潜再度被封为左丞相。秦九韶只知吴潜被罢官后，居宣城响山，种竹筑堂，吟咏自适，与词人刘震孙相唱和。后来他忙着求官、赴任又返回，路途遥远，音信不通，已有近三年不曾与吴潜联系，并不清楚他的近况，没想到他还能重返高位。

说来也怪，陈元靓和陈振孙离开后，秦九韶消沉抑郁的情绪有所好转，病也渐渐好了。身体康复后，新年伊始，他迫不及待动身前往临安，拜见吴潜。

秦九韶向吴潜坦白此前以重金向贾似道谋求官职，却又遭诬陷之事。吴潜并未责怪，只是不无担忧地说道："我如今与贾似道水火不容，你若再追随我，只怕会同我一样，成为他的眼中钉、肉中刺。"

通过吴潜的叙述，秦九韶知晓了他与贾似道结仇的始末，也了解到鄂州保卫战的真相。

宝祐五年（1257），遭罢免的吴潜被重新启用，以观文殿大学士授沿海制置大使、知庆元府。去年九月，蒙军进攻鄂州，京师震动。危难之际，赵昀起用吴潜为左丞相兼枢密使，进封庆国公。

朝廷调沿江、淮东军队应援鄂州，已改任两淮宣抚大使的贾似道奉命移司汉阳，并派水陆之师及时赶往鄂州救援。忽必烈亲临鄂州，当月初九蒙军完成对鄂州的包围。宋廷诏贾似道节制江西、两广人马，应援上流，增强抗蒙军力。十月，贾似道由汉阳进入鄂州城内督师，直接指挥保卫鄂州的战斗，赵昀也派人于军中拜他为右丞相兼枢密使。

但贾似道令宋军节节失利，宋军死伤已经达到一万三千余人。根据当时的紧张局势，吴潜向赵昀建议，命贾似道移师黄州，在那里组织起一道新的防线，以便更好地指挥宋军全局战斗。赵昀听从吴潜的建议，下诏命贾似道移师。黄州乃北骑往来之要冲，从鄂州突围到黄州，十分危险，贾似道接到调令，认为吴潜是欲借蒙古之刀置他于死地，十分恼恨。贾似道在七百精兵护送下得以顺利进入黄州，他的移师成功鼓舞了两淮、江西一带的士气。可他并未更好地布防和组织战斗，力挫敌军，反倒私下里派人议和，表示愿意称臣，岁奉二十万两银、绢二十万匹。

没想到的是，议和尚未达成，蒙哥忽然死在钓鱼城，在前线率兵作战的忽必烈率军北返，开始了争夺汗位的斗争。鄂州之战结束，大宋摆脱了一场近似于亡国的危机。贾似道竟恬不知耻地将这退兵的功劳全揽到了自己身上，他班师回朝，只字不提议和之事，上表称："诸路大捷，鄂围始解，江汉肃清。宗社危而复安，实万世无疆之休！"赵昀亲自在临安城外等候迎接，赞扬贾似道"奋不顾身，吾民赖之而更生，王室有同于再造"，还下诏加其少傅、卫国公衔，可谓隆恩浩荡。

秦九韶想起死去的秦凌云，不胜悲愤，若非贾似道指挥不力，宋军的伤亡不会这般惨重，秦凌云或许也不会死。可他非但不及时补救，还一心求和，蒙军撤围纯属贾似道运气好，他居然厚颜无耻地居功邀宠，心安理得享受谎言为他带来的荣耀，实在令人不齿。可皇上偏偏宠信奸佞，是非不分。

"贾似道必定会伺机报复，我已经这把年纪，早已无所畏惧，只求尽我所能，保江山社稷。但我不希望你受到牵连。"吴潜语重心长。

"我也无所畏惧！"秦九韶的语气却异常坚定，"'为天地立心，为生民立命，为往圣继绝学，为万世开太平'，数十年前老师魏了翁以儒学家张载之言鼓励我，我至今不敢忘。岂能事事尽如人意，但求无愧于心。"

"皇上重用奸佞小人，大宋朝气数将尽。"吴潜喟然长叹，"也罢，我们便一道尽人事，听天命吧。"

吴潜任命秦九韶为司农丞，前往平江一带筹措军粮，但才动身不久，刘克庄便到赵昀面前告状。刘克庄眼疾已康复，再次被召入朝任秘书监、起居郎、兼权中书舍人。他对秦九韶在琼州贪暴之事信以为真，加上贾似道将秦九韶再度追随吴潜视为对自己的藐视，对他怀恨在心，故意提供虚假信息，刘克庄于是状告其"到郡仅百日许，郡人莫不厌其贪暴，作卒哭歌以快其去"。吴潜竭力为秦九韶辩解，澄清他在琼州绝无贪暴之事，而是勤政爱民，造福一方，遭人诬陷离任时当地百姓不舍哭泣送别，但赵昀还是免去了秦九韶的职务。

如今的贾似道极尽荣宠，不仅朝中大权在握，赵昀还专门为他在西湖之北的葛岭建了一幢豪华府邸，取名为"后乐园"，府中奇花异草应有尽有。"后乐园"出自名臣范仲淹的"先天下之忧而忧，后天下之乐而乐"，讽刺的是，贾似道不为天下而忧，只图自己淫乐。自回到临安后，他迷上了斗蟋蟀。周密来访时，他正带着一帮美妾踞地斗蟋蟀。

周密哭笑不得地站在人群后方，不敢打扰。贾似道玩得尽兴了，才慢悠悠从地上爬起来。他瞥了周密一眼，遣散众美妾。周密躬身来到他面前见礼。

"秦九韶已经被免职了。"贾似道阴恻恻地笑着，"吴潜那个老家伙，已经自身难保，还有闲心替人谋官，哼，不知道得了多少好处。"

"我想搜集秦九韶更多的罪状，让他臭名昭著。"周密仍不满足，"还望相公成全。"

"想做就去做吧。"贾似道一副漫不经心的模样，"不过，你要先替我办妥一件事。"

秦九韶白跑了一趟，带着一身疲惫回到临安。此番他已有心理准备，倒也较先前坦然了许多。风雨凄凄，备觉春寒料峭，他冒雨前往吴潜的府邸。吴潜进宫去了，秦九韶等候许久，直至暮色渐浓，吴潜才回到家中，他的面色异常凝重。

"皇上召我入宫面谈。"吴潜主动开口道，"据说民间流传了一首童谣，连宫中的内侍也会哼唱了：大蜈蚣，小蜈蚣，尽是人间业毒虫。夤缘攀附有百尺，若使飞天能食龙。"

秦九韶心头一凛，这分明是以"蜈蚣"来影射"吴公"，吴潜的哥哥吴渊乃嘉定七年（1214）进士，官至参知政事，颇有才干。所谓的童谣，便是抓住吴潜兄弟同朝为官这点，污蔑他们欲篡位，将他们置于不利的境地。这必定是贾似道那伙人搞的鬼。"皇上怎么看？"他问道。

"皇上并未直言，但我知道，他肯定对我有了猜忌。"吴潜语声微顿，"他还问我对于立储之事的看法，这是在试探我。"

秦九韶安静地望着他，等着他往下说。

"皇上准备立荣王赵与芮之子赵禥为太子。"吴潜又道，赵昀没有儿子，只得仿照前代皇帝，从宗族近亲里选子，作为皇位的继承人。赵昀喜欢侄儿赵禥，将他接到宫中教育，先后封他为建安王、永嘉王、忠王，现又打算立他为太子。"忠王天生体弱，七岁才会说话，智力也亚于一般的孩子。这样一个人，如何能继承皇位？贾似道为讨皇上欢心，却极力赞同立赵禥为太子。立储之事绝不能含糊，我不愿一味逢迎上意。我对皇上说，贾似道无史弥远之才，忠王无陛下之福。皇上一怒之下将我赶走。"

秦九韶默然无语，忠言拂于耳，而明主听之，昏聩无能的赵昀却非明主，听不进忠言。窗外夜色幽暗，寒风呼啸，疾雨敲窗，他的心头升腾起强烈的不安之感。

数月后，吴潜再次任命秦九韶知临江军，秦九韶一上任，立即又遭到刘克庄的激烈批驳，他在写给朝廷的奏章《缴秦九韶知临江军奏状》中，列举了秦九韶的种种"罪行"，而那些所谓的"罪行"都是周密"搜集"而来的。

周密早就开始留意与秦九韶有关的一切，利用各种机会打听，对与之相关的人想方设法笼络。周密颠倒黑白的本事，比起他的父亲周晋，有过之而无不及。当年孟珙紧急救援蕲州，身为蕲州通判的秦九韶配合孟珙整肃军机，抓获了四十九名通敌叛逃者，立即斩首，以儆后者，弃城逃走的原知州张可大经周密"指点"，将其歪曲成"倅蕲妄作，几激军变"；秦九韶任和州知州时打击私盐贩子，将许昌士处斩，许昌士的姐夫，当年的监察御史、江南东路转运使吕璋对秦九韶怨恨极深，周密轻易从他那里得到了"守和贩矱，抑卖于民"的"罪证"，反诬陷秦九韶没收私盐，而后高价卖于民众；秦九韶对吴潜有救命之恩，吴潜赠送土地，周密编造谎言，称其盖房子的土地乃"以术攫取之"，而秦九韶亲自设计建造房子，堂内常常高朋满座，也成了"用度无算""既出东南，多交豪富"。

在得到贾似道的支持后，周密有些得意忘形了，他去了安吉州，打着贾似道的旗号，逼迫与秦九韶交好的杨缵交代秦九韶的"罪行"，杨缵不敢得罪贾似道，只得违心说出秦九韶与阮夜月在庭院中交欢，岂料被一个仆役无意间撞见，秦九韶认定那仆役有意窥探他的隐私，于是诬告仆役偷盗，要求判仆役流放。但他觉得仆役罪不至流放，只判杖责。周密又在此基础上添油加醋："秦九韶多蓄毒药，如所不喜者，必遭其毒手。他对于杨缵未判仆役流放怀恨在心，企图将其毒死，但因被识破，未能得手。"

杨缵还向周密讲述了他所了解的，当年秦九韶与秦凌云矛盾的始末，周密又是刻意夸大歪曲事实，大骂秦九韶为"暴如虎狼，毒如蛇蝎"之徒，称其因秦凌云无意间的一次冲撞便恨之入骨，悄悄派一名手下去杀死秦凌云，还亲自设计了毒死、用剑自裁、溺死三种方式。得知手下不忍杀害其子，偷偷带他逃走后，大发雷霆，随即逼迫杨缵贴出告示，巨额悬赏，追杀秦凌云和这名手下。一时间，惹得百姓纷纷咒骂他。后来幸得李泽民庇护，秦凌云才免遭父亲的毒手。

贾似道也在网罗罪名，陷害吴潜。此前他暗中打探到赵昀对于吴潜在蒙军进攻鄂州时由于军情紧急，常先斩后奏的行为深为不满。在令周密编造散布童谣后，又恰逢吴潜因反对立赵禥为太子而惹怒赵昀，于是趁此机会令侍御史沈炎疏吴潜过失，罗织吴潜指挥作战不力，对立储之事"奸谋不测"等罪名。这年四月，吴潜被罢相，以观文殿大学士提举临安洞霄宫。贾似道仍不罢休，又令攀附他的侍御史何梦然上疏弹劾吴潜欺君无君之罪。七月，吴潜又遭赵昀罢免，被流放至循州。

"恭喜相公，终于除去了心头大患。"周密向贾似道道喜，一脸谄媚的笑。

贾似道悠闲地躺在榻上闭目养神，并不言语。

"那秦九韶……相公要如何处置？"周密忍不住又问道。

贾似道慵懒地抬了抬眼皮，讥笑："他不是想当父母官，梅州缺个知州，就让他去那里好好当官吧。"

"可是……"周密的意图，是让秦九韶背负上罪名被流放。

贾似道却话锋一转，眼神锐利地盯着周密："你的胆子不小，自作主张去找了杨缵。杨缵与秦九韶交好，却能将秦九韶说得如此不堪，必定是你的功劳。可是你想过没有，杨缵的女儿是赵禥的宠妾，将来要当皇妃的，他也是未来的国丈，你这是挑拨离间我和他的关系。"

周密吓得跪倒在地："是小人考虑不周，望相公恕罪！"

"看在你还有用处的分上，这回暂且饶过你。"贾似道冷冷一哼，"安分些，莫要再惹是非了。"

秦九韶没能再回到临安，也无法为吴潜送行。他被贬至梅州，任梅州知州。梅州和循州同属岭南，岭南乃蛮荒之地，也是恶疫瘴病流行之地，官吏都害怕到那里任职。

阮夜月依旧陪着他赴任，从安吉州秦宅出发时，秦九韶预感到自己此行将一去不复返，与两个儿子和家中其他人依依惜别，又在宅院前的苕水边徘徊许久，才携阮夜月登上了停靠在岸边的船只。

小舟破浪而去，二人静立船头，遥望两岸青山。

"我想起吴公多年前的词作。"秦九韶忽道，当年吴潜送别辞官的友人李珙时，作了一首词《满江红·送李御带珙》相赠。此情此景，他再吟此词，感慨万千：

> 红玉阶前，问何事、翩然引去。湖海上、一汀鸥鹭，半帆烟雨。报国无门空自怨，济时有策从谁吐。过垂虹、亭下系扁舟，鲈堪煮。
>
> 拼一醉，留君住。歌一曲，送君路。遍江南江北，欲归何处。世事悠悠浑未了，年光冉冉今如许。试举头、一笑问青天，天无语。

吟罢，二人皆沉默了。良久，阮夜月柔声问道："官人，你后悔吗？"

"不悔。"秦九韶的回答却是坚定而有力，"'试问岭南应不好，却道，此心安处是吾乡'，我欣赏苏轼的豁达。"

阮夜月轻轻点头，依偎在他的身旁。他们凝眸望去，日薄西山，余光横照。然而青山依旧，漫漫长夜过后，也仍将迎来旭日东升。

补　记

　　秦九韶抵达梅州后，在梅治政不辍，六年后因病辞世，终年六十岁。《数术大略》手抄本流传至明初，被收入《永乐大典》，另抄本藏于文渊阁。明代学者王应遴传抄时定名为《数书九章》，明末学者赵琦美再抄时沿用此名。抄本形式流传至清代，乾隆四十六年（1781）由李锐校订后收入《四库全书》。道光二十二年（1842）由宋景昌校订后收入《宜稼堂丛书》，第一次印刷出版，结束了近六百年的传抄历史。